格列佛游记

〔英〕乔纳森·斯威夫特 ◎ 著

卫　华 ◎ 主编

青岛出版集团 | 青岛出版社

图书在版编目（CIP）数据

格列佛游记 / 卫华主编. — 青岛：青岛出版社，2016.5
（名著点读）
ISBN 978-7-5552-3952-9

Ⅰ.①格… Ⅱ.①卫… Ⅲ.①长篇小说 – 英国 – 近代 Ⅳ.① I561.44

中国版本图书馆 CIP 数据核字（2016）第 103862 号

书　　名	名著点读·格列佛游记
原　　著	〔英〕乔纳森·斯威夫特
主　　编	卫　华
评　　注	姜　波
出版发行	青岛出版社（青岛市海尔路182号，266061）
本社网址	http://www.qdpub.com
邮购电话	0532-68068091
责任编辑	刘　坤
封面设计	戌戌同文
排　　版	青岛乐喜力科技发展有限公司
印　　刷	滨州传媒集团印务有限公司
出版日期	2016年6月第1版　2020年11月第7版第15次印刷
开　　本	16开（787mm×1092mm）
印　　张	15
字　　数	175千
书　　号	ISBN 978-7-5552-3952-9
定　　价	35.00元

编校印装质量、盗版监督服务电话　4006532017　0532-68068638

第一卷　小人国游记

001	第 一 章	初次出海遇险
009	第 二 章	被俘的巨人
017	第 三 章	在小人国的表演
023	第 四 章	内忧外患
027	第 五 章	赫赫战功
032	第 六 章	小人国概述
040	第 七 章	在小人国的生活
047	第 八 章	离开小人国

第二卷　大人国游记

052	第 一 章	来到大人国
062	第 二 章	巡回演出
067	第 三 章	进入王宫
076	第 四 章	游览大人国
080	第 五 章	有惊无险
088	第 六 章	和国王的讨论
095	第 七 章	不被采纳的建议
101	第 八 章	回归祖国

第三卷　飞岛国游记

111	第一章	巧遇空中岛屿
116	第二章	勒皮他轶事
123	第三章	飞岛真面目

129	第 四 章　首都见闻
134	第 五 章　科学院见闻
140	第 六 章　政治设计家学院见闻
145	第 七 章　格勒大锥小岛一游
149	第 八 章　被召见的鬼魂
154	第 九 章　拉格奈格王国的经历
157	第 十 章　长生不老的人
164	第十一章　经日本回国

第四卷　慧骃国游记

167	第 一 章　初见耶胡与慧骃
173	第 二 章　初入慧骃国
178	第 三 章　与慧骃交谈
183	第 四 章　对自己身世的叙述
187	第 五 章　欧洲的法律和战争
194	第 六 章　对英国的叙述
200	第 七 章　慧骃的看法
207	第 八 章　慧骃国概述
212	第 九 章　大辩论
216	第 十 章　被迫离开
222	第十一章　回到英国
229	第十二章　写作计划

校本学案手册（含答案）

第一卷　小人国游记

初次出海遇险

主人公略述其自身及其家庭情况——出游的最初动机——海上船只失事,泅水逃生——利立浦特境内安全登陆——被俘,押解到内地。

我父亲在诺丁汉郡有一份小小的产业;我在他的五个儿子中,排行老三[1]。在我十四岁那年,他把我送进剑桥的伊曼纽尔学院。我在那儿住了三年,埋头攻读我的学业。虽然家里偶尔会给我很少的补贴,但对于一个贫困的家庭来说,这项负担还是太重了。于是我就到伦敦著名的外科医生詹姆斯·贝茨(cí)先生手下当学徒;我一直跟着他学习了四年。在这期间,父亲也时有小额款项寄给我,我就用这些钱来学习航海及数学中的一些学科,对那些有志于旅行的人来说,这些东西都很有用处。我确信,终有一天我会交上好运外出去旅行的。学业完成后,我辞别贝茨先生回家去见父亲;多亏他和约翰叔叔以及其他几个亲戚帮忙,我得了四十英镑,他们还答应以后一年给我三十英镑以维持我在莱顿求学。我在莱顿学医共用两年零七个月。我知道医学对于长途航行来说,是很有用处的。

从莱顿回来后不久,恩师贝茨先生推荐我到亚伯拉罕·潘耐尔船长统率下的"燕子号"商船上去当外科医生。我跟随潘耐尔船长干了三年半,曾经多次到利凡特和其他一些地方。回来之后,恩师贝茨先生对我大加鼓励,我就决定在伦敦住下来。他时常给我介绍一些病人。我在老周瑞街的一座小房子里租下了几个房间;那时大家都劝我改变一下生活方式,我就跟新门街上做内衣生意的埃德蒙·伯顿先生的二女儿玛丽·伯顿小姐结了婚。

写作指导

[1] 以第一人称的口吻来写个人游记,营造了一种写实的氛围,拉近了和读者的距离。

我也因此得到了四百英镑的嫁资。

可是，两年之后恩师贝茨去世了，我没有几个朋友，而良心又不容许我像我的许多同行那样胡来[2]，生意因此渐渐萧条。我和妻子以及几个熟人商量了一下，决心再度出海。我先后在两艘船上当外科医生，六年中几次航行到东印度群岛和西印度群岛，我的财产也因此有所增加。由于我总能得到大量的书籍，空余时间我就用来阅读古今最优秀的作品。到岸上去的时候，就观察当地人的风俗、性情，也学学他们的语言，我仗着自己记性强，学起来非常容易[3]。

这几次航海中的最后一次却不怎么顺利，我开始厌倦起海上生活，想着要待在家中与老婆孩子一起过日子。我从老周瑞街搬到脚镣巷，接着又搬到威平，盼着能在水手帮里揽点生意，结果却未能如愿。三年过去了，眼看着时来运转已经无望，我就接受了"羚羊号"船主威廉·普利查德船长的待遇优厚的聘请；那时他正准备去南太平洋一带航海。1699年5月4日，我们从布里斯托尔①起航。我们的航行起初一帆风顺[4]。

由于某些原因，把我们在那一带海上历险的细枝末节②全都告诉读者扰其视听是不合适的，只说说下面这些情况也就够了[5]：在往东印度群岛去的途中，一阵强风暴把我们刮到了凡迪门兰的西北方。据观测，我们发现所在的位置是南纬三十度零二分。船员中有十二人因操劳过度与饮食恶劣而丧生，其余的人身体也极度虚弱[6]。11月5日，那一带正是初夏时节，天气雾塞霾(mái)布，水手们在离船半链的地方发现了一块礁石；但是风势太猛，我们被刮得直撞上去，船身立刻触礁碎裂。六名船员，连我在内，将救生的小船放下海去，竭尽全力脱离大船和礁石。据我估计，我们只划出去三里格远，就再也划不动了，因为大家在大船上时力气已耗尽，我们于是只好听凭波涛的摆布。大约过了半个小时，一阵狂风忽然从北方吹来，一下将小船掀翻了。小船上的同伴，以及那些逃上礁石或者留在大船上的人后来怎么样，我说不上，可我断定他们全都完了。至于我自己，则听天由命地游着，被风浪

[2] 此处可以看出"我"是一个善良、正直、有责任感的人。

[3] 格列佛博览群书，见多识广，为他以后的奇遇埋下伏笔。

[4] 交代了"我"随船长去南太平洋的原因，这便是格列佛海上历险的导火线。

[5] 略去细枝末节，详略得当。

[6] 点明航海生活的艰难和凶险。

---
①布里斯托尔：英国西南部一海港。
②细枝末节：细小的树枝，微末的环节。比喻事情或问题的细小而无关紧要的部分。

推向前去。我不时将腿沉下去,却总也探不到底。眼看我就要完蛋而又再也无力挣扎时,忽然觉得水深已经不及灭顶了,而这时风暴也已大大减弱。海底的坡度很小,我走了差不多一英里才到岸上,那时我想大约是晚上八点钟。我又继续往前走了近半英里,不见有任何房屋或居民的迹象,至少是我没有能看得到,因为当时我实在太虚弱了。我疲惫至极,加上天气炎热,离船前又喝过半品脱的白兰地,所以极想睡觉[7]。我在草地上躺了下来。草很短,软软的,一觉睡去,记忆所及真是前所未有的酣甜香沉。我估计睡了有九个小时,因为醒来时,正好已天亮了。我想起来,却动弹不得;由于我恰好是仰天躺着,这时我发现自己的胳膊和腿都被牢牢地绑在地上;我的头发又长又厚,也被同样地绑着,从腋(yè)窝到大腿,我感觉身上也横绑着一些细细的带子。我只能朝上看。太阳开始热起来了,阳光刺痛了我的眼睛。我听到周围一片嘈杂声,可我那样躺着,除了天空什么也看不到[8]。稍过了一会儿,我觉得有个什么活的东西在我的左腿上蠕动,轻轻地向前移着,越过我的胸脯,几乎到了我的下巴前。我尽力将眼睛往下看,竟发现一个身高不足六英寸、手持弓箭、背负箭袋的人!与此同时,我感觉到至少有四十个他的同类(我估算)随他而来。我大为吃惊,猛吼一声,结果吓得他们全都掉头就跑。后来有人告诉我,他们中有几个因为从我腰部往下跳,竟跌伤了。但是他们很快又回来了,其中的一个竟敢走到能看得清我整个面孔的地方,举起双手,抬起双眼,一副惊羡的样子,他用尖而清晰的声音高喊:"海琴那·德古尔!"其他的人也把这几个字重复了几遍,可我那时还不明白那是什么意思。读者可以相信,我一直这么躺着是极不舒服的;最后,我想努力挣脱。我侥幸挣断了绳子,拔出了将我的左臂绑到地上的木钉。我把左臂举到眼前,发现了他们绑缚我的方法。这时我又用力一扯,虽然十分疼痛,却将左边绑着我头发的绳子扯松了一点,这样我才得以稍稍将头转动两英寸光景。但是,我还没来得及将他们捉住,他们就又一次跑掉了。于是就听到他们一阵尖声叫喊,喊声过后,我听见其中的一个大叫道:"托尔戈·奉纳克";即刻就感觉有一百多支箭射中了我的右臂,像许多针刺一样的痛;他们又向空中射了一阵,仿佛我们欧洲人放炮弹一般[9]。我猜想许多箭是落到我的身上了(尽管我并

[7]"我"的极度虚弱和疲惫使"我"想睡觉,这就为后文轻而易举地被小人绑缚埋下伏笔。

[8]"我"被绑的细节描写增强了真实感,抓人眼球。

[9]"仿佛我们欧洲人放炮一般"交代了当时的时代背景——欧洲战火频发。

[10] 小人虽小，攻击力却不小。

没有感觉到)，有些则落在我的脸上，我赶紧用左手去遮挡。这一阵箭雨过去之后，我不胜悲痛地呻吟起来[10]。接着我再一次挣扎着想脱身，他们就比刚才更猛烈地向我齐射，有几个还试图用矛来刺我的腰；幸亏我穿着一件米黄色的牛皮背心，他们刺不进去。我想最稳妥的办法就是安安静静地躺着。我的打算是，就这么挨到夜晚，因为既然我的左手已经松绑，我是可以很轻松地就获得自由的。至于那些当地的居民，假如他们长得全和我看到的那一个一般大小，那么我有理由相信，就是他们将最强大的军队调来与我拼，我也是可以敌得过他们的。但是命运却给我另作了安排[11]。当这些人发现我安静下来不动，就不再放箭；根据我听到的吵闹声来判断，我知道他们的人数又增加了。在离我约四码远的地方，冲着我的右耳处，我听到敲敲打打地闹了有一个多钟头，就好像有人在干活似的。在木钉与绳子允许的范围内，我把头朝那个方向转过去，这才看见地上已竖起了一个一英尺半高的平台，平台可容纳四个人，旁边还有两三副梯子靠着用以攀登。这中间就有一个看上去像是有身份的人，对我发表了一通长长的演说，只是我一个字也听不懂。我刚才应该先提一下，就是，在那位有身份的人发表演说前，他高喊了三声"朗格罗·德胡尔·桑"（这句话和前面那些话他们后来又都重新说过，并且向我作了解释）。他一喊完，立即就有大约五十个居民过来将我头左边的绳子割断，我因此得以把头往右边转动，也得以看得清要说话的那人的样子。他看上去中年，比跟随他的另外三人都要高。三人中一个是侍从，身材好像只比我的中指略长些，正替那人牵着拖在其身后的衣服；另外两人分站在他左右扶持着他[12]。他演说家派头十足，我看得出来他用了不少威胁的话语，有时也许下诺言，表示其同情与友好。我答了几句，但态度极为恭顺，我举起左手，双目注视着太阳，请它给我作证。我离船前到现在已有好几个小时没吃一点东西了，饥肠辘辘③，我感觉这种生理要求是那样强烈，再也忍不住要表露，我已等不及了（也许这有悖礼仪），就不时地把手指放到嘴上，表示我要吃东西。那位"赫够"（后来我才得知，对大老爷他们都是这么称呼的）很明白我的意思。他从台上下

[11] 当"我"信心十足地打算与小人国的居民周旋的时候，"我"的命运发生了转折，激发了读者的阅读兴趣。

[12] 对"演说家"的描写说明他的地位不一般。

---

③ 饥肠辘辘：肚子饿得咕咕直响。形容十分饥饿。

来,命令在我的两侧各放几副梯子,一百个左右的居民就将盛满了肉的篮子向我的嘴边送来;这肉是国王接到关于我的情报之后,下令准备并送到这儿来的。我看到有好几种动物的肉,但从味道上却分辨不出那是些什么肉。从形状上看,有些像是羊的肩肉、腿肉和腰肉,做得很可口,但是比百灵鸟的翅膀还要小。我一口吃两三块,步枪子弹大小的面包一口就是三个[13]。他们一边迅速地给我供应食物,一边对我的高大身躯与胃口惊讶万状。

接着我又示意要喝水。他们从我吃东西的样子看出,一点点水是不够我喝的。这些人非常聪明,他们十分熟练地吊起一只头号大桶,然后把它滚到我手边,撬开桶盖[14]。我一饮而尽,这我很容易做到,因为一桶酒还不到半品脱。酒的味道很像勃艮第产的淡味葡萄酒,但要香得多。他们又给我弄了一桶来,我也是一口气喝个精光,并表示还想喝,可他们已拿不出来了。我表演完这些奇迹之后,他们欢呼雀跃,在我的胸脯上手舞足蹈,又像起先那样,一遍又一遍地高喊"海琴那·德古尔"。他们向我做了个手势,要我把这两只酒桶扔下去,可是先警告下面的人躲开,高喊着:"勃拉契·米浮拉。"当他们看到酒桶飞在空中时,齐声高喊:"海琴那·德古尔。"我得承认,当这些人在我身上来来回回地走动时,我常想将先走近我的四五十个人一把捉住砸到地上去。可是想起我刚才所吃的苦头,而那也许还不是他们最厉害的手段;我也曾答应对他们表示敬重(我是这样解释我那恭顺的态度的),想到这些,我就立即打消了以上念头[15]。再说,这些人如此破费而又隆重地款待我,我也理应以礼相待。然而,私下里我又不胜惊奇,这帮小人儿竟如此大胆,我一只手已经自由,还敢爬到我身上走来走去;在他们眼中我一定是个庞然大物,可见到我居然抖都不抖一下。过了一些时候,他们看我不再要吃肉了,我的面前就出现了一位国王派来的高官。钦差大臣带着十二三个随员,从我的右小腿爬上来,一直来到我的脸前。他拿出盖有国玺的身份证书,递到我眼前,大约讲了十分钟话,虽然没有任何愤怒的表示,但说话的样子却很坚决。他不时地手指前方,后来我才明白他是在指半英里外的京城,国王已在那里的御前会议上决定,要把我运到那儿去。我回答了几句,可是没什么用。我用空着的那只手

[13] 通过具体数字说明所吃食物之小。

[14] 从"我"吃的肉、面包,喝的水的情状描写将小人国食物的微小表现出来,"我"相比之下的巨大不言而喻。

[15] 格列佛行事谨慎,考虑周到。

[16] "我们"彼此语言不通,只能用肢体语言交流,这样使得情节近乎真实,也利于读者理解和感受。

[17] 运用比喻,生动有趣。

[18] 说明小人国的人们行事谨慎小心,对这个庞然大物丝毫不敢放松警惕。

做了一个手势,把左手放到右手上(从钦差大人的头顶掠过,以免伤了他和他的随员),接着又碰了碰头和身子,示意他们我想要获得自由。他像是很明白我的意思,因为他摇了摇头表示不同意;他举起手来做了个手势,告诉我非得把我当俘虏运走不可。不过他又做了另一些手势,让我明白可享受足够的酒肉,待遇非常好[16]。这么一来,我倒又想要努力挣脱束缚了,可同时我感觉到脸上手上的箭伤还在痛,而且都已经起疱,许多箭头还扎在里面;同时我看到敌人的人数又已增加,这样我就只有做手势让他们明白,他们爱怎么处置我就怎么处置吧。这样,"赫够"及其随员才礼貌而和颜悦色地退了下去。很快我就听到他们一齐高喊,不断地重复着:"派布龙·塞兰。"这时我感觉我左边有许许多多人在为我松绑,使我能够将身子转向右边,撒泡尿放松一下。我撒了很多,使这些人大为惊讶;他们根据我的举动,推知我要干什么,就赶忙向左右两边躲闪那股又响又猛的洪流[17]。在这以前,他们在我的脸上手上都涂了一种味道很香的油膏,不过几分钟,所有的箭伤全部消失了。这一切,加上我用了他们那营养丰富的饮食,使得我精力恢复,不觉昏昏欲睡。后来有人证实,我睡了大约有八个小时;这倒也并不奇怪,因为医生们奉国王之命,事先在酒里掺进了一种安眠药水[18]。

看来我上岸以后一被人发现在地上躺着,就有专差报告了国王,所以他早就知道了这事,于是开会决定用我前面叙述的方式把我绑缚起来(这是在夜间我睡着时干的),又决定送给我充足的酒肉,并备一架机器将我运到京城。

这一决定未免太大胆危险,我敢说在同样情形下,任何一位欧洲的君主都不会效仿这一做法的。不过依我看,他们这么做既是非常慎重的,又是很宽宏大量的,因为假如这些人趁我睡着的时候企图用矛和箭杀死我,那么我一感觉疼痛,肯定就会惊醒过来,那样也许就会使我大怒,我一用力气就能够挣断绑着我的绳子,到那时,他们无力抵抗,也就不能指望我心慈手软了。

这些人是十分出色的数学家,在国王的支持与鼓励下,他们在机械学方面的知识也达到了极其完备的程度。国王以崇尚、保护学术而闻名。这个君主有好几台装有轮子的机器,用来运载树木和其他一些重物。他经常在生产木材的树林子里建造大的战舰,有的长达九英尺,然后就用这些机器将战舰运到三四百码以外的海上去[19]。这次为了运我,五百个木匠与工程师立即动手建造他们的大机器。这是一座木架,离地三英寸,长约七英尺,宽约四英尺,装有二十二个轮子。看来是我上岸后四小时他们就出发了,我听到欢呼声就是因为这机器运到了。机器被推到我身边,与我的身体平行。可是主要的困难是怎样把我抬起来放到车上去。为此他们竖起了八十根一英尺高的柱子,工人们用绷带将我的脖子、手、身子和腿全都捆住,然后用包扎线粗细的极为结实的绳索,一头用钩子钩住绷带,一头缚在木柱顶端的滑车上。九百名最强壮的汉子齐拉绳索,结果不到三小时,就把我抬起来吊到了车上;在车上我依然被捆得严严实实。这一切全都是别人跟我说的,因为他们在工作时,我由于掺在酒里的催眠药药性发作,睡得正香呢。一千五百匹最大的御马,每匹都高约四英寸半,拖着我向京城而去。前面我已说过,京城就在半英里之外[20]。

我们在路上走了大约四个小时,这时一件很可笑的事忽然把我弄醒了[21]。原来是车子出了点毛病,需要修理,车子停下没多久就有两三个年轻人因为好奇,想看看我睡着时的模样,就爬上机器来,悄悄地来到我的脸前,其中一个是卫队军官,他把短枪的枪尖直往我左鼻孔里伸,像一根稻草那样弄得我鼻孔发痒,猛打喷嚏[22];随后他们就偷偷溜走了,并未被人发觉;事情过了三个星期,我才弄清楚为什么我那时会突然醒来。那天我们又走了很长的路,夜里休息时,我的两边各有五百名卫士,他们一半手持火把,一半拿着弓箭,如果我想动弹一下,他们就随时向我射击[23]。第二天太阳刚刚升起,我们又继续上路,大约中午时分,离城门就不足两百码了。国王率全朝官员出来迎接,但他的大将们却无论如何也不同意国王冒险爬到我的身上来。

停车的地方有座古庙,据说是整个王国最大的。几年前庙里曾发生过一桩惨无人道的凶杀案[24],在当地那些虔(qián)诚的人看来,这是有污圣地的,所以他们就把一切物品都搬走了,只把这里当作一般的公共场所使用。他们决定就让我在这座古庙住下。此庙朝北的大门约有四英尺高两英尺宽,由此我可以方便地爬进爬出。门的两边各有一扇小窗,离地大约六英寸。国王的铁匠从左边的窗口引进去九十一条链条;那链条很像欧洲妇女表上所挂

[19]以皇帝为典型说明这个国家在数学、机械学方面的天赋和创造力。

[20]用具体的数字展现出运送"我"的阵势之大。
[21]过渡句,引起读者阅读兴趣。

[22]就算是小人国的居民,他们也有好奇心,读来让人忍俊不禁。
[23]卫士们的戒备心十分强。

[24]"惨无人道",令人对小人国的真实面目产生好奇。

的链子,粗细也一样;铁匠再用三十六把挂锁把我的左腿锁在链条上[25]。在古庙对面,二十英尺的地方有一座塔楼,楼高至少五英尺,国王及其朝中主要官员就由此登楼,以便瞻仰我的风采。这是我后来听说的,因为我看不到他们。估计大约有十万以上的居民也都出城来看我。尽管我有卫队保护,可我猜想有不下一万人好几次由梯子爬上了我的身体。但不久国王就发出公告禁止这种行为,违者处死。当工人们发现我不可能再挣脱时,就将捆绑我的所有绳子全都砍断;我站立起来,生平从来没有这样沮丧过。可是人们看到我站起来走动,他们喧闹和惊讶的情形简直无法形容。拴住我左腿的链条长约两码,不仅使我可以在一个半圆的范围内自由地活动,而且因为拴链条的地方离大门不到四英寸,所以我可以爬进庙去,伸直身子躺在里面。

[25] 通过运用数字描写和比喻手法,充分表达了主人公的不屑与无奈之情,让人哭笑不得。

第二章

被俘的巨人

利立浦特国王在几位贵族的陪同下前来观看在押的格列佛——描写国王的仪容与服饰——学者们奉命教授作者当地语言——他因性格温顺博得国王的欢心——衣袋受到搜查,刀、手枪被没收。

我站起来,向四下望去,必须承认,我从没见过比这更美的景色。周围的田野像不尽的花园,圈起来的田地一般都是四十英尺见方,就像许许多多的花畦。田地间夹杂着树林,树林占地八分之一英亩,据我推断,最高的树大约是七英尺。我瞭望左边的城池,它看上去很像戏院里所绘的城池布景[1]。

几个小时以来,我因为有大便,所以憋得十分难受;这也不奇怪,因为从上一次解大便到现在已经两天了。我又急又羞,十分难堪。眼下我所能想到的最好的办法就是爬进屋去。我也只能这么做了,进去后把门关上,链子有多长,我就走多远,把身体里那叫我难受的负担排掉。但是这么不干不净的事我也就做过这一次,为此我希望公正的读者多少包涵(hán)一些了,能够实实在在、不偏不倚地考虑一下我当时的处境与所受的痛苦[2]。从此以后,我总是清早起来就拖着链子到户外去办这件事。这也得到了适当的处理,每天早上行人出来之前,由两个特派的仆人用手推车将这令人恶心的东西运走。因为这与我好清洁的习性有关,所以我才认为有为自己辩明的必要,否则也不会啰唆半天来说这么一件乍看起来似乎微不足道的事。不过我听说我的敌人却很乐意在这件事和别的一些事情上中伤我。

这件事结束之后,我又重新走出屋子,因为有必要呼吸一下新鲜空气。这时国王已经下了塔,正骑着马向我走来,这却使他为此付出不小的代价,因为那马虽然受过良好的训练,但见了我

[1] 这种描写让人联想到照实物按比例缩小的模型,富有画面感。

[2] 作者跳出故事,与读者进行交流,容易拉近作者和读者之间的距离,显得亲近自然,更加真实可信。

却整个儿不习惯,仿佛是一座山在它面前动来动去,它不由得受惊,前蹄悬空站了起来,幸亏这君王是位出色的骑手,依然能在马上坐住,这时侍卫跑过来勒(lēi)住缰绳,国王才得以及时从马上下来。下马之后,他以极其惊讶的神情绕我一周,仔细打量,不过一直保持在链子长度以外的活动范围。他下令他的厨师和管家把酒菜送给我。他们早已作好准备,一听到命令就用一种轮车把饮食推到我能够得到的地方。我接过这些轮车,一会儿就把上面的东西吃个精光。二十辆车装满了肉,十辆车盛着酒;每辆肉车上的肉足够我吃两三大口;每辆酒车上有十小陶罐的酒,我把它们倒在一起,一饮而尽;剩下的几车我也是这样吃掉的[3]。皇后以及年轻的男女王族,在许多贵妇人的陪伴下,坐在稍远一点的轿子里,但是国王的马出事之后,他们就下轿来到了国王的跟前。现在我来描述一下国王的仪容。他比所有的大臣高出大约我的一个指甲盖,仅此一点就足以使看到他的人肃然起敬[4]。他容貌雄健威武,长着奥地利人的嘴唇,鹰钩鼻,茶青色皮肤,面相坚毅端庄,四肢十分匀称,举止文雅,态度庄严。他现年二十八岁零九个月,青年时代已经过去;在位大约七年,国泰民安,大体上都是战无不胜。为了更方便地看他,我侧身躺着,脸对着他的脸。他在离我只三码远的地方站着,后来我也曾多次把他托在我手中,所以我的描述是不会有问题的。他的服装非常简朴,式样介于亚洲式和欧洲式之间,但头上戴了一顶饰满珠宝的黄金轻盔,盔顶上插着一根羽毛。他手握着抽出的剑,万一我挣脱束缚,他就可以用剑来防身。这剑大约三英寸长,柄和鞘全是黄金做的,上面镶满了钻石。他的嗓音很尖,但嘹亮清晰,我站起来也可以听得清清楚楚。贵妇人和廷臣们全都穿得非常华丽,他们站在那里看起来仿佛地上铺了一条绣满了金人银人的衬裙。国王陛下不时跟我说话,我也回答他,但彼此一个字都听不懂[5]。在场的还有他的几个牧师和律师(我从他们的服装推断),也奉命跟我谈话。我就用我一知半解的各种语言与他们说话,这其中有高地荷兰语和低地荷兰语①,拉丁语,法语,西班牙语,意大利语和通行于地中海一些港口地区的意、西、法、希腊、阿拉伯等的混合语,可是全都不抵

[3]"二十辆车"的食物只够"我"吃一顿,对小人国来说"我"的饭量实在太大了。

[4]比所有大臣都高,却也只高出"我"一个指甲盖那么多,这种看似惊讶的描写方式,夸张而诙谐,读来轻松欢快,为小说增色不少。

[5]互相之间听不懂还坚持对话,讽刺又好笑。

---

① 高地荷兰语和低地荷兰语:高地荷兰语指德语,低地荷兰语指荷兰语。

用。大约过了两个小时,宫廷的人才离去,他们留下一支强大的卫队,以防止乱民们无礼或者做出恶意的举动;这些人急不可耐地往我周围挤,大着胆子尽可能地挨近我;我在房门口地上坐着的时候,有人竟无礼地向我放箭,有一支就差点儿射中了我的左眼。领队的上校下令逮捕了六个罪魁祸首,他觉得最合适的惩罚莫过于将他们捆绑了送到我手中。他的几个兵照办了,用枪杆将那六人推到我手可以够得着的地方。我一把将他们全都抓在右手里,五个放入上衣口袋,至于第六个,我做出要生吃他的样子。那可怜虫号啕大哭,上校和军官们也都痛苦万状,尤其当他们看见我掏出小刀来的时候[6]。但我很快就消除了他们的恐惧,因为我立即和颜悦色地用刀割断了绑着他的绳子,轻轻地把他放到地上,他撒腿就跑。其余几个我也作了同样的处理,将他们一个一个放出我的口袋。我看得出来,不论士兵还是百姓,对我这种宽宏大量的表现都万分感激,后来朝廷就得到了十分有利于我的报告[7]。

到了傍晚时分,我好不容易才爬回屋里,在地上躺了下来,我这样睡了大约两个星期。这期间国王下令给我准备一张床。他们运来了六百张普通尺寸的床,在我的屋子里安置起来。一百五十张小床被缝在一起,做成一张长宽适度的床,其余的也照样缝好,四层叠在一起。但是我睡在上面也不见得比睡在平滑的石板地上好到哪里去。他们又以同样的计算方法给我准备了床单、毯子和被子,对于我这么一个过惯了艰苦生活的人来说,这一切也就很过得去了。

随着我来到的消息传遍整个王国,引得无数富人、闲人和好奇的人前来看我。乡村里的人差不多都走空了,要不是国王陛下下敕(chì)令②颁公告禁止这种骚乱,那么随之就要产生无人耕种无人理家的严重后果[8]。他命令那些已经看过我的人必须回家,没有朝廷许可证,不得擅自走近离我房子五十码以内的地方,廷臣们倒还因此获得了数量可观的税款[9]。

与此同时,国王多次召开会议,讨论应对我采取的措施。我

[6]设置悬念,让人不由得捏一把冷汗。

[7]格列佛的善良和宽容为他赢得了信任。

[8]通过小人国居民的反应,进一步增强了真实性,让"我"在小人国引起的轰动历历在目。

[9]以此方式收税,充满讽刺意味。

---

②敕令:皇帝下达的命令。

有一位地位很高的特殊的朋友,被认为参与了这桩机密事件,他后来向我证实,因为我,朝廷面临重重困难。他们怕我挣脱逃跑;我的伙食费太贵,可能会引起饥荒。他们曾一度决定将我饿死或者用毒箭射我的脸与手,那样很快就可以将我处死。但他们又考虑到,这么庞大的一具尸体,发出恶臭来,可能会造成京城瘟(wēn)疫,说不定还会在整个王国传染开来。正当大家在商讨这些事情的时候,会议大厅门口来了几位部队的军官,其中两位被召见,他们进去报告了上文提到的我处置六名罪犯的情形[10]。我的这一举动在国王陛下以及全体廷臣的心中留下了极好的印象,国王随即颁下一道命令:京城周围九百码以内所有的村庄,每天早上必须送上六头牛、四十只羊以及其他食品作为我的给养;此外还须提供相应数量的面包、葡萄酒和其他酒类;这笔费用,国王指令由国库支付。原来这位君王主要靠自己领地上的收入生活,除非遇上重大事件,一般难得向百姓征税;只是一旦战事发生,百姓须随国王出征,费用由自己负担[11]。国王又指令组成一个六百人的队伍做我的听差,发给他们伙食费以维持生计;为方便服务,又在我的门两旁搭建帐篷供他们居住。他还下令三百个裁缝按本国式样给我做一套衣服;雇六名最伟大的学者教我学习他们的语言;最后,他还要他的御马、贵族们的马以及卫队的马时常地在我跟前操练,使它们对我习惯起来。所有这些命令都得到及时执行。大约过了三个星期,我在学习他们的语言方面大有进步;这期间国王时常惠顾,并且十分乐意帮助我的老师一起教我。我们已经可以开始作某些方面的交谈了[12]。我学会的第一句话就是向他表达自己的愿望,问他是否可以让我获得自由。这句话我每天都跪在地上重复。根据我的理解,他的回答是:这得经过时间的考验,不征求内阁会议的意见,是不予考虑的,而且首先我要"卢莫斯·凯尔敏·派索·德丝玛·龙·恩普索",意思是说,宣誓与他及他的王国和平相处。当然,他们总会很好地待我;他还劝我要耐心谨慎,以此来赢得他及他的臣民的好感。他又表示,假如他命几个官员来搜我的身,希望我不要见怪,因为我身上很可能带着几件武器,要是这些武器的大小配得上我这一个庞然大物,那一定是很危险的东西。我说我可以满足陛下的要求,我随时可以脱下衣服,翻出口袋让他检查。这番意思我是一半用

[10] 呼应上文,引出下文,是写作中一种极巧妙的过渡手法。

[11] 战争会破坏百姓的安稳生活,暗含作者的反战思想。

[12] 格列佛学习能力强,有天分。

话一半用手势来表达的。他回答说，根据王国的法律，我必须经过两位官员的搜查；他也知道，没有我的同意和协作，这事是办不到的；但是他对我的大度与正直极有好感，很放心将他们的安全托付给我；并且无论他们从我身上取走什么，我离开这个国家时自当奉还，或者按我规定的价格如数赔偿。我于是把那两位官员拿到手上，先放入上衣口袋，接着又放入身上的其他口袋，只有两只表袋和另一只放着几件零用必需品的秘密口袋没有让他们搜查[13]，因为那些东西对别人没有什么意义，我觉得没有搜查的必要。一只表袋里是一块银表，另一只则放着一只存有少量金币的钱包。两位先生随身带着钢笔、墨水和纸，他们将所看到的一切列出一份详细的清单；做完之后，要我把他们放回地上，以便将清单呈交国王。这份清单我后来将它译成了英文，逐字抄录如下：

[13]为后文埋下了伏笔，这几样东西将起到重要作用。

第一，在巨人山（"昆布斯·弗莱斯纯"一词我是这样翻译的）上衣的右边口袋里，经过最严格的搜查，我们只发现了一大块粗布，大小足可做陛下大殿的地毯。

在左边口袋里，我们看到一口巨大的银箱，盖子也是银制的，我们搜查的人打不开。我们要他打开，我们中有一人就跨了进去，结果有一种尘土一般的东西一下没到他腿的中部，尘埃扑面，弄得我们俩一起打了好几个喷嚏[16]。在他背心的右边口袋里，我们发现了一大捆白而薄的东西，层层相叠，有三个人这么大，用一根粗壮的缆绳扎着，上面记着黑色的图形，依我们的愚见，这大概就是他们的文字，每个字母差不多有我们半个巴掌那么大小。左边那只口袋里是一部机器一样的东西，它的背面伸出二十根长长的柱子，仿佛陛下宫前的栏杆，我们推测那是巨人山用来梳头的东西。我们没有老拿问题去麻烦他，因为我们发现要他听懂我们的话很是困难。在他的中罩衣（"栾佛一路"一词我译作中罩衣，他们指的是我的马裤）右边的大口袋里，我们看见一根中空的铁柱子，有一人来高，固定在比铁柱子还要粗大的一块坚硬的木头上，柱子的一边伸出几块大铁片，做得奇形怪状，我们不明白这是做什么用的[14]。左边的口袋里放着同样的一部机器。在

[14]从小人们的视角看格列佛的物品，新奇有趣。也让人好奇他们搜查到的究竟是什么，设置悬念。

右边稍小一点的口袋里,是一些大小不等的圆而扁的金属板,颜色有白有红;白的像是银子,又大又重,我和我的同伴都难以搬动。左边那一只里,是两根形状不规则的黑柱子;由于我们站在口袋底部,轻易到不了柱子的顶端。一根柱子被东西覆盖着,看上去只是一件整的东西;可是另一根柱子的顶端似乎有一样白色的圆东西,大约有我们的两个头大小。两根柱子都镶着一块巨大的钢板,我们怕是什么危险的机器,就命令他拿出来给我们看。他把它们从盒子里取出,告诉我们,在他国内,他一般是用其中的一件刮胡子,另一件切肉。还有两只口袋我们进不去,他管它们叫表袋,实际是他中罩衣上端开着的两个狭长的缝口;因为他肚子的压力,这两只袋很紧。右边表袋外悬着一条巨大的银链,底端拴着一部神奇的机器。我们指令他把链子上拴着的东西拉出来,却是一个球体的东西,半边是银,半边是种透明的金属;在透明的一边,我们看到画着一圈奇异的图形,我们想也许可以去摸一下,手指却被那透明的物质挡住了。他把那机器放到我们耳朵边,只听得它发出不间断的声音,仿佛水车一般。我们猜想这不是某种我们不知名的动物,就是他所崇拜的上帝,但我们更倾向于后一种猜测,因为他对我们说(如果我们理解正确的话,他表达得很不清楚),无论做什么事,他都要向它请教[15]。他管它叫先知,说他一生中的每一个活动都由它来指定时间。他从左边的表袋里掏出一张差不多够渔夫使用的网,不过可以像钱包一样开合,实际也就是他的钱包。我们在里边找到几大块黄色的金属,要真是金子的话,其价值可就大了。

我们遵奉陛下之命,将他身上所有的口袋都认真地搜查了一遍。我们还在他腰间看到了一条腰带,是由一种巨兽的皮革制成的。腰带的左边挂了一把五人高的长刀,右边挂着一只皮囊,里面又分做两个小袋,每只小袋均可装得下三个陛下的臣民;其中的一只装了些和我们脑袋一样大小的重金属球,要一手好力气才拿得起来;另一只盛了一堆黑色颗粒,个儿不大也不重,我们一手可以抓起五十多个[16]。

这就是我们在巨人山身上搜查结果的详细清单。他对

[15]搜查官员对怀表的描述严肃而滑稽,充满了喜感。

[16]"五人高""三个陛下的臣民""脑袋一样大小""五十多个"等让读者对小人们的大小有了直观的感受。

我们极有礼貌,对陛下的命令表现了应有的尊重。陛下荣登宝位第八十九月初四日。签名盖章。

克莱弗林·弗利洛克
马尔西·弗利洛克

当这份清单给国王宣读完之后,他虽然措辞③婉转,却还是命令我把那几件物品交出来[17]。他首先要我交出腰刀,我就连刀带鞘一起摘了下来。与此同时,他命令三千精兵(当时正护卫着他)远远地将我围起来,持弓搭箭随时准备向我放射;不过我并没有去留心那个,因为我两眼正全神贯注于国王身上。他接着要我拔出腰刀;刀虽然受海水浸泡有点生锈,但大体上还是雪亮的。我拔出刀来,所有士兵又惊又怕,立即齐声叫喊;此时正烈日当空,我手持腰刀舞来舞去,那刀光就使他们眼花缭(liáo)乱。陛下到底是位气概非凡的君王,并没有像我预想的那么惊恐;他命令我将刀收回刀鞘,轻轻地放到地上离拴着我的链子的末端约六英尺的地方[18]。他要我交出的第二件东西是那两根中空的铁柱之一,他指的是我那袖珍手枪。我把枪拔出来,按照他的要求,尽量向他说清楚这枪的用途。因为皮囊收得紧,其中的火药幸而没有被海水浸湿(所有谨慎的航海家都会特别小心以免火药被海水浸湿这种不方便的事情发生);我装上了火药,并且事先提醒国王不要害怕,然后向空中放了一枪。他们这一次所受的惊吓,比刚才见我腰刀时受的惊吓更为严重,几百人倒地,好像被震死了一样,就是国王,虽然依旧站着没有倒下,但也半天不能恢复常态[19]。我像交出腰刀那样,交出了两把手枪以及弹药包;我提醒他注意,不要让火药接近火,因为一丁点儿火星就会引起燃烧,会把皇宫轰上天去。同时我又交出了表,国王看了非常好奇,命令两个个子最高的卫兵用杠子抬在肩上,就像英格兰的运货车夫抬着一桶淡啤酒一样。对于表所发出的连续不断的闹声和分针的走动,他十分惊奇;由于他们的视力远比我们的敏锐,所以很容易就看得出分针是在走动着。他征询了身边学者们的意见,虽然我不大能听得懂他们的话,却还是可以看出他们的意见各式各样,有很大的

[17]说明包括国王在内的小人国成员对"我"始终不敢放松警惕。

[18]国王的镇定与士兵们的慌乱形成鲜明对比,体现出一国之君的气概。

[19]镇定的国王此时也"半天不能恢复常态",可见手枪给他们带来多么大的震慑。

---

③措辞:说话、行文时选用词句。

分歧,这也用不着我多说,读者自可想象。接着我又交出了银币和铜币、钱包以及里面的九大块金币及几枚小金币,还有我的小刀、剃刀、梳子、银鼻烟盒、手帕和旅行日记[20]。结果是我的腰刀、手枪和弹药包被装进车里送到了国王的御库,其余的东西全都归还给了我[21]。

　　前面也曾说到过,我还有一只秘密口袋逃过了他们的检查,那里有我的一副眼镜(我视力差,有时需戴眼镜)、一架袖珍望远镜和其他一些小玩意儿。那些东西对国王来说无关紧要,我也就认为不必献出来。再者,我也担心,这些东西随随便便交了出去,可能不是被弄丢就是要被搞坏的。

[20] 此处解答了小人们搜查到的究竟是什么。

[21] 国王对武器十分重视,同时也表现出国王对"我"的防范。

在小人国的表演

格列佛给国王和男女贵族表演一种极不寻常的游戏——描写利立浦特官廷中的各种游乐活动——格列佛接受某些条件后获得自由。

我的谦和风度和善良举止博得了国王和朝臣们的欢心,实际上,军队和人民也都普遍地对我产生了好感,所以我就开始抱有在短期内获得自由的希望。我采取一切可能的办法来讨好他们。渐渐地,当地人不再害怕我会给他们带来危险了。有时候我躺在地上,让五六个人在我的手上跳舞;后来,男孩女孩们都敢走到我的头发里来玩捉迷藏了。在听和说他们的语言方面,我现在也有了长足的进步[1]。有一天,国王想到要招待我观看他国内的几种表演。就演出的精妙与宏大而言,他们的表演超过了我所知道的任何一个国家。最让我觉得开心的是绳舞者的表演。他们是在一根长约两英尺、离地面十二英寸的白色细绳子上表演的。这件事我想请读者耐心一点,听我仔仔细细地讲来。

只有那些正在候补重要官职或希望获得朝廷恩宠的人才来表演这种技艺。他们从小就接受这种表演的训练。他们也并不都是贵族出身或受过良好的教育。每当有重要官职空缺,不论是原官员过世还是失宠撤职(这是常有的事),就会有五六位候补人员呈请国王准许他们给国王陛下及朝廷百官表演一次绳上舞蹈;谁跳得最高而且没有跌落在地上,谁就接任这个职位[2]。重臣们也常常奉命表演这一技艺,使国王相信他们并没有忘记自己的本领。大家认为,财政大臣佛利姆奈浦在拉直的绳子上跳舞,跳得比全国任何一位大臣都至少要高出一英寸。我曾见他在一块固定在绳子上的木板上面一连翻了好几个跟斗,那绳子只有英国普通的

[1] 格列佛与小人们的相处日渐和谐。融洽的气氛使得之后的表演有了铺垫。

[2] 作者不惜笔墨,详细描写绳上表演的目的和规则,充满了极强的政治讽刺意味,这种谋取官职的方式无疑是可笑而滑稽的。

包装线那么粗。如果我没有偏袒①(tǎn)谁的话,那么据我看,我的朋友内务大臣瑞尔德里沙本领仅次于财政大臣,其余大官们则彼此不相上下。

这样的游戏往往伴有致命的意外事故,其中大多是有案可稽的。我自己就亲眼看到两三个候补人员跌断了胳膊和腿。但是更大的危险发生在大臣们自己奉命来表现功夫的时候,因为他们想跳得比以前好,又想胜过同跳的人,猛然来一下,很少有不栽倒的,有人甚至要跌两三次。我听说在我来到这地方一两年之前,佛利姆奈浦就差点儿跌死,要不是国王的一块坐垫恰好在地上减轻了他跌落的力量,他的脖子是肯定折断了[3]。

还有一种游戏,是在特别重大的节日专为国王、皇后及首相表演的。国王在桌上放三根六英寸长的精美丝线,一根紫,一根黄,一根白。这三根丝线是国王准备的奖品,他打算用以奖励不同的人以示其不同的恩宠(chǒng)。表演仪式在皇宫的大殿上举行,候补人员要在此比试和前面完全不同的技艺,这类技艺我在新旧大陆的任何一个国度都未曾见过有一丝相似的。国王手拿一根棍子,两头与地面平行,候选人员一个接一个跑上前去,一会儿跳过横杆,一会儿从横杆下爬行,来来回回反复多次,全看那横杆是往上提还是往下放而定。有时候国王和首相各拿着棍子的一端,有时则由首相一人拿着。谁表演得最敏捷,跳来爬去坚持的时间最长,谁就被奖以紫丝线,其次赏给黄丝线,第三名得白丝线。他们把丝线绕两圈围在腰间;你可以看到朝廷上下很少有人不用这种腰带做装饰的[4]。

战马和皇家御马由于每天都被带到我的跟前,已经不再胆怯(qiè),一直走到我的脚边也不会受到惊吓。我把手放在地下,骑手们就纵马从上面跃过去;其中有一名国王手下的猎手,骑一匹高大的骏马从我穿着鞋子的脚面跳了过去。这确是惊人的一跳。一天,我很荣幸有机会表演一种非常特别的游戏供国王消遣。我请求他吩咐人给我弄几根两英尺长的棍子来,像普通手杖一样粗细的就行。国王就命令他负责森林的官员前去照办。第二天早晨,六个伐木工人驾着六辆马车来了,每辆车都由八匹马拉着。

[3] 作者辛辣讽刺了小人国的大臣们为了谋取权力和财富而对这种危险的游戏乐此不疲的丑态。

[4] 生动细致的场景描写将皇帝与大臣们游戏的场景生动地展现在读者面前,如临其境,可观可感。

---

① 偏袒:袒护一方。

我从车上取下九根木棍,牢牢地插在地上,摆成一个二点五平方英尺的四边形。我又取四根木棍,横绑在四边形的四角,离地面约两英尺。接着我把手帕缚在九根直立的木棍上,四面绷紧就像鼓面一样。那四根横绑的木棍高出手帕约五英寸充作四边的栏杆。这活干完之后,我就请国王让一支由二十四人组成的精骑兵上这块平台来操演[5]。国王同意了我的这一建议,我就用手将这些马一匹匹拿起来放到手帕上,马上骑着全副武装的军官,准备操练。他们一站整齐就立即分成两队,进行小规模的军事演习,一时枪箭齐发,刀剑出鞘,跑的跑,追的追,攻的攻,退的退,总之他们表现出了我从未见过的严明的军事纪律[6]。那四根横木棍保护了人马,他们没有从平台上跌下来。国王高兴至极,命令这几天内反复表演这个游戏。有一次他甚至乐意让我把他举到平台上去发号施令。他甚至于费尽口舌说动皇后,让我把她连人带轿举到离平台不到两码的高处,从那里她得以饱览操练的全景。也算我运气好,几次表演都没有什么不幸的事故。只有一次,一位队长骑的一匹性情暴烈的马用蹄子乱踢,在手帕上踹了一个洞,马腿一滑,人仰马翻。但我马上就将人马都救起了,一手遮住洞,一手像原先送他们上台时那样将人马放回了地上。失足的马左肩胛(jiǎ)扭伤了,骑手则什么事也没有。我尽量将手帕补好,不过我再也不相信这手帕有多坚牢,能经得起这种危险的玩意儿了[7]。

就在我获得自由前两三天,一次当我正在给朝廷上下表演这类技艺供他们取乐时,忽然来了一位专差,向国王报告说,有几个百姓在骑马走近我原先被俘的地方时,发现地上躺着一个很大的黑色的东西,样子怪极了,圆圆的边,伸展开去有陛下的寝宫那么大,中部突起有一人高。他们起初还怕那是什么活的动物,可是有人绕它走了几圈,它还是在草地上躺着一动不动,他们就觉得并不是了。他们踩着彼此的肩膀爬到了顶上,顶平平扁扁的,用脚一踩才发现里面是空的。依他们浅陋②之见,这可能是巨人山的东西。如果国王准许,他们用五匹马就可以将它拉来。我立即就明白他们说的是什么了。听到这个消息,我真打心眼儿里高兴。可能是翻船以后我刚上岸那会儿狼狈不堪,还没走到睡倒的地方,帽子

[5] "我"的一块手帕足以充当士兵们的军事训练场!作者无时无刻不在体现着小人国的小。

[6] "从未见过"高度赞扬了小人国的军队纪律严明。

[7] 危急情况发生了,这样使得"我"的经历的真实性和可信度更高。

---

②浅陋:见闻狭隘,见识贫乏。

就搞掉了。那帽子我划船时曾用绳子系在头上,泅水时也一直戴着,我估计后来是什么意外事故,绳子断了,而我却一无所知,还以为帽子掉在海里了呢。我恳请皇上下令尽快将帽子给我送来,一边给他说了帽子的用途和特性。第二天,车夫将帽子运来了,可是已经不很完好。他们在帽檐上离边不到一英寸半的地方钻了两个孔,孔上扎了两个钩,再用一根长绳系住钩子一头接到马具上,这样将我的帽子拖了半英里多路。不过这个国家的地面极为平整光滑,所以帽子所受的损伤比我预想的要轻。

这件事之后两天,国王命令驻扎在京城内外的一部分部队作好演习准备。原来他又想出了一种花头,要以一种十分奇怪的方式来取乐。他要我像一座巨像那样站在那儿,两腿尽可能地分开,然后命令他的将军(一位经验丰富的老将,也是我的一位大恩人)集合队伍排成密集队形,从我的胯下行军。步兵二十四人一排,骑兵十六人一排,擂鼓扬旗,手持长枪向前进。这一支军队由三千步兵与一千骑兵组成[8]。国王命令,前进中每一名士兵必须严守纪律,尊敬我个人,违者处死。不过这道命令并没有禁止住几位年轻军官在我胯下经过时抬起头来朝我看。说实话,我的裤子那时已经破得不成样子了,所以会引起那些军官的哄笑与惊奇。

我向国王上了许多奏章要求恢复自由,他终于先在内阁会议上,接着又在全体国务委员会议上提出了此事。除斯开瑞什·博尔戈兰姆之外,无一人反对。这个人我并未惹他,他却偏要与我为敌。但是全体阁员都反对他,因此我的请求还是得到了国王的批准。这位大臣是个"葛贝特",即当朝的海军大将,深得国王的信任,也通晓国家事务,不过脸色阴郁愤怒[9]。他最后还是被说服同意了,却又坚持我的释放须有条件,我得宣誓信守那些条件,条件文本由他亲自起草。斯开瑞什·博尔戈兰姆在两位次官与几位显要的陪同下,亲手将文件交给了我。文件宣读完之后,他们要我宣誓遵守执行上面的条款,先是按照我自己国家的方式,然后再按照他们的法律所规定的方式宣誓。他们的方式是:用左手拿住右脚,右手中指置于头顶,大拇指放在右耳尖。读者也许好奇,想了解一下这个民族特有的文章风格和表达方式,以及我恢复自由所应遵守的条款,我就将整个文件尽可能逐字逐句地在

[8]通过想象,可以得知取乐画面之搞笑。一国之君竟能想出如此花头,可见当时英国政治的腐败。

[9]为下文埋下了伏笔,点明这是一个即将影响"我"命运的人物。

此翻译出来，供大家一看：

高尔伯斯脱·莫马仑·依芙莱姆·歌尔迪洛·谢芬·木利·乌利·古，利立浦特国至高无上的国王，举世拥戴、畏惧，领土广被五千布拉斯特洛格（周界约十二英里），边境直达地球四极；身高超过人类的万王之王；脚踏地心，头顶太阳；头一点，全球君王双膝颤；和蔼如春，舒适如夏，丰饶如秋，可怖如冬[10]。至高无上的我皇陛下，向最近来到本天朝国土的巨人山提出如下条款，巨人山须庄严宣誓遵守执行：

一、如果没有加盖我国国玺(xǐ)的许可证，巨人山不得离开本土。

二、不得命令，不准擅自进入首都；如经特许，居民应在两小时前接到通知闭户不出。

三、巨人山只准在我国的主要大路上行走，不得随便在草地上或庄稼地里行走卧躺。

四、在上述大路走动时，须绝对小心，不得践踏我国良民及其车马；没有本人同意，不得将我国良民拿到手里。

五、如遇需要特殊传递的急件，巨人山须将专差连人带马装进口袋，一月一次跑完六天的路程。如果必要，还须将该专差安全送回到国王驾前。

六、他应和我国联盟，迎战不来夫斯库岛的敌人，竭尽全力摧毁正准备向我们发起侵略的敌军舰队。

七、巨人山闲时应帮助我们的工匠抬运巨石，建造大公园院墙以及其他皇家建筑。

八、巨人山须用沿海岸步行的计算方法，在两个月内，呈交我国疆域周长精确测量报告一份[11]。

最后，巨人山如果郑重宣誓遵守上述各条，他每天即可得到足以维持我国一千七百二十八个国民的肉食与饮料。可随时谒(yè)见③国王，同时享受国王的其他恩典。

我皇登基以来第九十一月十二日于伯尔法勃拉克宫。

[10]如此一个小人国却用这么强大、令人震撼的词语来形容，与实际情况形成了鲜明的对比。作者用诙谐的笔触将小人国的自大愚昧表现得淋漓尽致。

[11]制定如此精细的条款控制"巨人山"，利立浦特人的自信可笑又可叹。

---

③谒见：进见地位或辈分高的人。

我心悦诚服①地宣了誓,并且在条款上签了字。不过有几条不如我希望的那么体面,那完全是海军大将斯开瑞什·博尔戈兰姆心存不良所致。锁住我的链子一打开,我即获得了完全的自由。国王也特别赏光,御驾亲临了整个仪式。我俯伏在国王脚下以示感恩,可他命令我站起来,又说了许多好话,不过为了避免人说我虚荣,我就不再在这里重复了。他又说,希望我做一名有用的仆从,不要辜负他已经赏赐于我并且将来还可以赏赐于我的恩典。

读者也许会注意到,在让我恢复自由的条约中,最后一条是,国王规定每天供给我足可维持一千七百二十八个利立浦特人的肉食与饮料。不久以后,我问宫廷的一位朋友,他们是怎样得出了这样一个确切的数目。他告诉我说,国王手下的数学家们借助四分仪测定了我的身高。我的身高和他们的身高的比例为十二比一,由于他们的身体大致相同,因此得出结论:我的身体至少可抵得上一千七百二十八个利立浦特人,这样也就需要可维持这么多人的相应数量的食物[13]。读者由此可以想象到,这个民族是多么聪明智慧,这位伟大的君王的经济原则又是多么精明而准确。

[13] 利立浦特人根据身高比例得出"我"每天需要的饮食量,由此得出这个国家不乏足智多谋之人。

---

① 心悦诚服:由衷地高兴,真心地服气。指真心地服气或服从。

第四章

内忧外患

关于利立浦特首都密尔敦多以及皇宫的描写——格列佛与一位大臣谈帝国大事——格列佛表示愿为国王效劳对敌作战。

我获得自由以后,第一个要求就是恳请国王准许我参观首都密尔敦多。国王倒爽快地答应了,只是特别关照我不得伤及当地居民和民房。人们也从告示里得知我将访问京城的计划。由于有高两英尺半,宽至少有十一英寸的城墙环绕京城,所以尽可驾驶一辆马车很安全地在上面绕行一周。城墙两侧每隔十英尺就是一座坚固的塔楼。我跨过西大门,慢慢地往前行,侧着身子穿过两条主要的街道,身上只穿了件短背心,因为我担心,如果我穿了上衣,衣服的下摆也许会刮坏民房的屋顶或屋檐(yán)。虽然国王下令禁止任何人出门,否则就会有生命危险,但我走路时还是非常小心,免得一脚踏坏了在街上游荡的人[1]。阁楼的窗口和房顶上全都挤满了看热闹的人,我不由得想,在我的历次旅行中,从没见过像这样人口众多的地方。这座城是一个标准的正方形,每边城墙长五百英尺。两条大街各宽五英尺,十字交叉将全城分作四个部分。胡同与巷子我是进不去的,只能在路过时看一下,它们的宽度从十二英寸到十八英寸不等。全城可容纳五十万人。房子有的高三层,有的高五层。有商店和市场,内部百货齐全[2]。

皇宫在全城的中心,正处于两条主要大街的交会之处,皇宫四周是高两英尺的围墙,宫殿和围墙之间还有二十英尺的距离。我获得国王的准许后跨过了这道围墙。围墙与宫殿之间的空地很大,我可以很容易地绕行,使我能够看到宫殿的每一面。外院四十英尺见方,其中又包括两座宫院。最里面的是皇家内院,我很想进去见识一下,却发现这是极困难的,原因是从一座宫院通

[1]"我"轻手轻脚地在小人国街道上行走,避免对小人国造成破坏和损失,也体现了"我"对他们生命的尊重。

[2]具体数字形象地说明京城之小,增强了可信度。

往另一座宫院的大门都只有十八英寸高、七英寸宽。外院的建筑高至少也有五英尺,虽然院墙由坚固的石块砌成,厚达四英寸,可我就这么跨过去不可能不对整个建筑群造成极大的损害。国王这时候也很希望我去瞻(zhān)仰①一下他那金碧辉煌的宫殿,但这我三天以后才办到。那三天,我用小刀在离城约一百码的皇家公园里砍下了几棵最大的树,我用它们做了两张凳子,每张高约三英尺,并且都能承受得起我的体重。市民们得到第二次通告后,我又进城了,手里拿着两张凳子往皇宫而去。到达外院近旁,我站上一张凳子,另一张举过屋顶,然后轻轻地放到一院和二院中间那块宽八英尺的空地上。这样从一张凳子到另一张凳子,我很轻便地就跨过了外院的楼群,之后我再用带弯钩的棍棒把第一张凳子钩了过来。我用这样的方法来到了皇家内院。我侧着身子躺下来,脸挨到中间几层楼那扇特地为我打开的窗子前,由此看到了人们所能想象到的最辉煌壮丽的内宫。

我看到了皇后和年轻的王子们,他们在各自的寝(qǐn)宫里,身边都有主要的一些侍从相随。皇后殿下很高兴,对我十分和蔼地笑了笑,又从窗子里伸出手来赐我一吻。

但是我不想读者更多地来听这一类的描述了,因为我把它们留给了另一部篇幅更大的书;那书差不多就要出版了,里边概括地叙述了这个帝国由创建历经各代君王的整个历史,特别叙述了该帝国的政治、法律、学术、宗教、动植物、特殊的风俗习惯以及其他稀奇而有益的事情。眼下我主要想来描述一下我住在这个帝国的约九个月里发生在我以及公众身上的种种事件[3]。

我获得自由后约两个星期,一天早上,内务大臣瑞尔德里沙(他们这么称呼他)来到我的寓所,随身只带了一个侍从。他吩咐他的马车在远处等候,请求同我谈一个小时。由于他的身份和个人功绩,也由于我在向朝廷提出请求时他帮过不少忙,因此我很快就答应了他。我提出躺下来,这样我听他说话可以更方便些,但他更愿意让我把他拿在手里同我交谈。他先是祝贺我获得了自由。他说在这件事情上他自认为也有些功劳;不过他又说,要不是朝廷现在这个处境,我也许不会这么快就获得自由的。"因

[3] 一句话提及了接下来要讲述的事情,提纲挈领,引出下文。

---

① 瞻仰:恭敬地观看。

为，"他说，"虽然在外国人看来我们的国势很昌隆②，实际我们却深为两大危机所苦：一是国内党争激烈，一是国外强敌入侵的危险[4]。至于第一个，你要知道，七十多个月以来，帝国内有两个党派一直在互相争斗；一个党叫作特莱姆克三，一个党叫作斯莱姆克三，区别就在于一个党的鞋跟高些，另一个党的鞋跟低些。事实上，据说高跟党最合古法，但不论怎样，国王却决意一切政府行政管理部门只起用低跟党人。这一点你是不会觉察不到的。国王的鞋跟就特别来得低，和朝廷中任何一位官员比，他的鞋跟都至少要低一'都尔'（'都尔'是一种长度，约等于十四分之一英寸）。两党间积怨极深，从不在一块儿吃喝或谈话。我们算来，特莱姆克三或高跟党的人数要超过我们，可是权力却完全掌握在我们手中。我们担心的是，作为王位继承人的太子殿下有几分倾向于高跟党，至少我们清清楚楚地看到他的一只鞋跟比另一只要高些，所以走起路来一拐一拐的[5]。而正当我们内患方殷(yīn)，却又受到不来夫斯库岛敌人入侵的威胁。那是天地间又一个大帝国，面积与实力和我皇陛下治下的这个帝国几乎不相上下。至于我们听你说世界上还有其他一些王国和国家，住着像你一般庞大的人类，我们的哲学家对此深表怀疑，他们宁可认为你是从月球或者其他某个星球上掉下来的，因为身躯像你这么大的人只要有一百个，短期内就肯定会将国王陛下领地上所有的果实与牲畜吃个精光[6]。再说，我们六千月的历史除了利立浦特和不来夫斯库两大帝国外，也从来没有提到过其他什么地方。我下面就要告诉你的是，这两大强国过去三十六个月以来一直在苦战。战争是由以下原因引起的：我们大家都认为，吃鸡蛋前，原始的方法是打破鸡蛋较大的一端。可是当今国王的祖父小时候吃鸡蛋，一次按古法打鸡蛋时碰巧将一个手指弄破了，因此他的父亲，当时的国王，就下了一道敕令，命全体臣民吃鸡蛋时打破鸡蛋较小的一端，违者重罚。人民对此法极为反感。历史告诉我们，由此曾发生过六次叛乱，其中一个国王送了命，另一个丢了王位。这些内乱常常是由不来夫斯库国的君王们煽(shān)动③起来的[7]。骚乱平息

[4]此处暗指英国现状。

[5]高跟党影射英国当时的辉格党，低跟党代表的是托利党。

[6]内政大臣的话表现了这里人们的担忧与对像"我"这样人大量存在世界上的怀疑。

[7]打鸡蛋方法的分歧，竟能使国内发生叛乱甚至导致国王送命，这原因是否太过荒唐？

②昌隆：昌盛兴隆。
③煽动：指怂恿、鼓动人做坏事。

后,流亡的人总是逃到那个帝国去寻求避难。据估计,先后几次有一万一千人情愿受死也不肯去打破鸡蛋较小的一端。关于这一争端,曾出版过几百本巨著;不过大端派的书一直是受禁的,法律也规定该派任何人不得做官。在这一切麻烦纷乱的过程中,不来夫斯库的帝王们经常派大使前来规劝,说我们在宗教上闹门户分立,违背了我们伟大的先知拉斯特洛格在《布兰德克拉尔》(即他们的《古兰经》)第五十四章中的一条基本的教义。不过我们认为这只是对经文的一种曲解,因为原文是:'一切真正的信徒应在他们觉得方便的一端打破鸡蛋。'到底哪一端是方便的一端呢?依我个人的浅见,似乎只有听凭各人的良知了,或者至少也得由主要行政长官来决定。那些流亡的大端派深得不来夫斯库朝廷的信任,又深受国内党羽的秘密援助和怂恿④(sǒngyǒng),于是就掀起了两大帝国之间的血战,三十六个月以来,双方各有胜负。这期间我们损失了四十艘主要战舰和数目更多的小艇,我们还折损了三万最精锐的水兵和陆军。估计敌人所受的损失比我们的损失还要大。可是他们现在又组建了一支庞大的舰队,正准备向我们发起进攻。陛下深信你的勇气和力量,所以才命我来把这个重要事件说与你听。"

[8]格列佛的回奏体现出他的勇敢和非凡胆识。

　　我请求内务大臣替我回奏皇上:虽然我是个外国人,不方便参与党派纷争,但为了保卫国王陛下和他的国家,我情愿冒着生命危险,随时准备抗击一切入侵者[8]。

---

④怂恿:从旁劝说鼓动。

第五章

赫赫战功

格列佛以特殊战略阻止了敌人的侵略——被授予高级荣誉称号——不来夫斯库国王遣使求和——皇后寝宫失火，格列佛帮忙抢救了所有的宫殿。

不来夫斯库帝国是一个岛国，位于利立浦特的东北方，两国间只隔了一条宽八百码的海峡。我还没有见过这个岛。自从得到敌人企图发动侵略战争的消息以后，我就避免去那一带海岸露面，为的是不让敌人的船只发现我，因为他们至今还没有得到关于我的任何情报。战争期间两国间的来往一律严格禁止，违者将被处死；国王同时下令所有船只统统禁运。关于如何夺取敌人的整个舰队，我向国王提出了我构想的方案[1]。据我们的侦察员报告，敌人的舰队正停泊在港湾，一旦刮起顺风，就会立刻起航。我向经验最丰富的海员打听海峡的深度。他们多次测量过，海峡中心高水位时有七十"格兰姆格兰夫"深，大约相当于欧洲度量单位的六英尺；别的地方最多不过五十"格兰姆格兰夫"。我向东北海岸走去，正对面就是不来夫斯库。我趴在一座小山丘后面，取出我的袖珍望远镜，看到了停泊在港的由约五十艘战舰和大量运输舰组成的敌军舰队。然后我回到住所，下令（国王颁发给我一份委任状）赶办大量最结实的缆绳和铁棍。缆绳的粗细与包扎线差不多，铁棍的长度和大小与编织用针一样。我把三根缆绳拧成一股，这样就更结实了；同样，我又把三根铁棍扭到一起，把两端弯成钩形。我把五十只钩子拴上五十根缆绳之后，又回到了东北海岸[2]。我脱去上衣和鞋袜，只穿着件皮背心就走下海去，这时离涨潮大约还有半个小时。我赶紧泅水而过，在海峡中部游了约三十码，直到我的脚能够得着海底。不到半个小时，我就到达了敌

[1] 明确敌国位置，隐藏自己，为构想的方案作铺垫。

[2] 细致到位的战前准备工作，引出下文的"渡海奇袭"。

[3] 敌人的恐惧衬托出格列佛的强大。

[4] 战前的准备为"我"将敌人的船拉回利立浦特赢得了胜利。

[5] 照应前文，表现出格列佛的机智。

[6] 击退小人对格列佛来说轻而易举，双方力量差距太过悬殊。

军舰队停泊的地方。敌人见到我都吓得魂飞魄散①，纷纷跳下船向岸边游去，一时跳下水去的不下三万人[3]。我拿出工具，把每一只船船头上的一个孔用钩子套牢，所有缆绳的另一端都收拢扎起[4]。我做这些事的时候，敌人放射了几千支箭，许多箭射中了我的手和脸，不仅使我极度疼痛，而且工作也大受干扰。我最担心的是我的眼睛，要不是我忽然想到了应急的措施，我的一双眼睛肯定是没了。我前面已经说过，我在一只秘密口袋里藏了一些日常的小用品，其中就有一副眼镜，这些东西都逃过了国王派来的人的搜查。我把眼镜拿出来，尽可能牢地戴在鼻子上；有了这装备之后，就继续大胆地工作起来。尽管敌人还在放箭，好多箭也射中了镜片，但那也只是对玻璃片稍有损伤罢了[5]。现在我已套牢了所有的钩子，我拿起绳结，开始拉；可是船一动不动，原来它们都下了锚，死死地停在那里；这样，最需要我勇气的活儿还在后头呢。我因此先放下绳索，铁钩仍旧搭在船上，取出小刀，果断地割断了系着铁锚的缆绳，这时我脸上和手上大约中了有两百支箭。接着我重又拾起系着铁钩的绳结一端，轻而易举地将敌方最大的五十艘战舰拖了就走。

不来夫斯库人一点儿也没有想到我要干什么，起初只是一片惊慌失措。他们看到我割绳，还以为我只是想让船只随波漂流或互相撞击而沉，可当他们发现整个舰队竟秩序井然地动起来而又见我在一头拉着时，立即尖叫起来，那种悲哀绝望的喊叫声简直难以形容，不可想象。我脱离危险之后，稍稍停了一会儿，拔出手上脸上的箭，搽了一点油膏；这我前面已提到过，是我初到时利立浦特人给我的。然后我摘下眼镜，等了约一个小时后潮水稍退，再带着我的货物，涉水走过海峡的中心，安全返回利立浦特皇家港口[6]。

国王和全朝官员均站在岸边，等待这一次伟大冒险行动的结果。他们只看见船只成一个大半月形向前推进，却不见我人，因我在水中，水已没过我的胸脯。当我走到海峡中心时，他们就越发愁闷了，因为这时的水已没及我的脖子。国王断定我是淹死了，而敌国舰队正不怀好意而来。可是他很快就放心了；我越往

① 魂飞魄散：吓得连魂魄都离开人体飞散了。形容惊恐万分，极端害怕。

前走，海峡的水就越浅，不一会儿工夫，就走到了彼此可以听见喊声的地方。我举起拖拉舰队的缆绳的一端，高声呼喊："最强大的利立浦特国王万岁！"这位伟大的君王迎我上岸，对我极尽赞颂，当场就封了我"那达克"，这是他们最高的荣誉称号了[7]。

国王希望我另找个机会把剩下的敌方军舰全都拉到他的港口来。君王的野心深不可测②，他似乎想着要把不来夫斯库帝国整个灭掉，化为一个行省，派上一位总督去统治。他想彻底消灭大端派的流亡者，强迫那个国家的人民也都打鸡蛋的小端，那样他才可以做成全世界独一无二的君主[8]。但是，我尽力设法让他打消这种念头，从政策到道义，我向他列举了许多论据。我明白地表示，我不愿做人家的工具，使一个自由、勇敢的民族沦为奴隶。这件事在国务会议上辩论的时候，大臣中最聪明的那部分人都赞同我的意见。

我的这一公开而大胆的声明完全违背了国王的计划与政策，他因此永远也不会宽恕我。他在国务会议上以一种很策略的方式提到了这事。据说，最聪明的几位大臣至少是以沉默表示了他们是赞成我的意见的。可是另一些人是我的私敌，忍不住就要说话，旁敲侧击③地中伤我。从此，国王与一小撮对我不怀好意的大臣之间就开始达成一项阴谋；不到两个月，阴谋暴露，却差点儿以我被彻底消灭而告终。[9]最大的功绩在君王眼里又能算什么，你一拂逆他，不使其野心得到满足，再大的功劳也几乎等于零。

我立下这一功劳后约三个星期，不来夫斯库正式遣使，卑躬屈膝，提出求和。不久，两国缔（dì）结了于我们国王极为有利的和约④。关于和约的内容我就不说了，以免劳读者之神。大使有六位，随行人员差不多五百人；入境仪式十分隆重，不失其主子的威严，也表示其使命的重大。和约签订之后，有人私下里告诉那几位大使，说我实为他们的朋友。我凭借自己当时在朝中的声望——至少表面看来是这样，也确实在签约过程中帮了他们一些忙，他们因此礼节性地来拜访了我。他们先是讲了一大堆恭维话，说我勇敢、慷慨，接着以他们国王的名义邀请我访问他们王

[7] 先是渲染利立浦特国王和大臣们的提心吊胆，惶恐不安，再大声宣告战争的胜利，所有人终于松了口气，高声欢呼庆祝，使得故事有火山般的酣畅淋漓之感，大快人心。

[8] 作者借国王的野心勃勃以及一心想扩张领土，讽刺了当时英国统治阶级的贪婪。

[9] 三人成虎。拂逆国王，不论你曾有多么辉煌的功绩，都不堪一击。

---

②深不可测：深得无法测量。比喻对事物的情况捉摸不透。
③旁敲侧击：比喻说话、写文章不从正面直接点明，而是从侧面曲折地加以讽刺或抨击。
④和约：这里指的是经过二年交涉，1713年签订的乌特瑞支条约。

国。他们听说了许许多多关于我力大无穷的神奇传说，很希望我能给他们表演一番，看看到底如何。我欣然答应了他们，详细情况就不对读者们赘(zhuì)述了[10]。

我花了一些时间招待了这几位大使阁下，使他们无比满意又十分惊奇。我提出想请他们代我向他们国王致以最诚挚的敬意。大皇仁德远扬，举世同钦，在我回到自己祖国之前是一定要去晋见的。这样，我后来一次谒见我们国王时，就请求他准许我前去拜会不来夫斯库的君王。他准倒是准了，可我能看得出来，他的态度十分冷淡。我猜不出是什么原因。后来有个人悄悄告诉我，是佛利姆奈浦和博尔戈兰姆把我和那几位大使交谈的情况报告了国王，说那是我怀有二心的表现[11]。不过我敢说，这件事情上我完全问心无愧。我第一次开始产生朝廷和大臣们并非完美无缺的看法。

有一点值得注意，这些大使是通过翻译与我交谈的。两帝国的语言和欧洲任何两个国家的语言一样，彼此差别很大。每一国都夸耀自己民族的语言美丽、有力，历史悠久，而对邻国的语言公然蔑视[12]。可是，我们国王仗着夺了人家舰队得来的优势，强要别人用利立浦特语递交国书并致词。同时也该承认，因为两国间的商贸往来很多，因为彼此都不断接受对方的流亡人员，又因为两个帝国都有互派贵族及富家子弟到对方国家留学以增长见识，了解异域的风土人情，所以名门望族和住在沿海地区的商人、海员，几乎无人不会说两国话。这一点我在几个星期后去朝见不来夫斯库国王时就发现了。由于我的敌人们不怀好意，当时我正身处种种不幸之中，但事实证明这次朝见还是一件让人开心的乐事；这，我以后还要在适当的地方加以叙述。

读者们也许还记得，在签订使我恢复自由的那些条款时，有几条我很不喜欢，因为它们使我简直像个奴隶；当时也是万不得已，否则我是决不会屈从的。而如今我是拥有帝国最高头衔的"那达克"了，再履行这样的义务未免有失身份；说句公平话，国王后来也一次都没有提起要我做那些事。然而，时隔不久我就得到了一次为国王陛下效劳的机会，至少我当时认为我是立了一大功。一天半夜，忽有几百人在我门口呼喊把我惊醒了。因为突然一下子被惊醒，我心里有几分恐惧。我听到有人不停地喊"布尔

[10]议和国的盛情邀请和"我"的爽快答应为后文皇帝态度冷淡、大臣说"我"怀有二心埋下了伏笔。

[11]大臣的奸诈、阴险和猜忌在此表现出来。

[12]影射、讽刺欧洲各国。

格兰姆"。朝廷的几位大臣从人群中挤了过来，恳请我立刻赶到宫中去。原来是一位女侍官不小心，看传奇小说时睡着了，以致皇后的寝宫失火。我立即爬了起来；这时已有命令让众人给我让开道路，又因为这是一个月明之夜，所以我一路小心赶到宫中一个人也没有踏伤。我看他们已在寝宫的墙上竖好了梯子，水桶也很齐全，只是水源离这儿还有一段距离。这些水桶只有大针箍那么大小，可怜的人们以最快的速度把一桶接一桶的水递给我，但火势太猛，无济于事。本来我可以用我的上衣很容易地将火扑灭，不幸的是匆忙之中忘了带来，只穿一件皮背心就跑出来了[13]。事情很惨，看来已毫无希望。要不是我忽然想出一条妙计（这种时候并不多），这么一座富丽堂皇的宫殿肯定是要烧成平地了。前一天晚上我喝了大量的一种名叫"格力姆格瑞姆"的美酒（不来夫斯库人管它叫"福禄奈克"，但我们的酒被认为更好一点），这酒有很好的利尿作用。真是凑巧不过，我一次小便都还没有解过呢。我靠火焰很近，又在忙着将火扑灭，身上一吸热，酒就变成尿了。我狠狠地撒了一大泡尿，撒得也正是地方，结果不到三分钟火就整个儿被浇灭了，花了多少年心血建成的其他皇家建筑也幸免于难，被救了下来。

天已经亮了，我没有向国王道贺就回到了自己的家，因为虽说我立了一大奇功，但我不知道国王对我这种立功的方式是不是很反感。根据这个国家的基本法令，任何人不管其地位高低，如果在皇宫区内小便，一律处死。不过国王给我的一则通知又使我稍稍放宽了心，他说他会下令给司法部正式赦我无罪，但是我却没能拿到那份赦免证书。有人偷偷告诉我，皇后极其痛恨我的行为，她已远远地搬到皇宫的另一边去了。她坚决不让修复那座被毁的寝宫，她再也不会去那里住了。当着几个主要心腹的面，她发誓她一定要报复[14]。

[13] 通过详细说明当时的情况，凸显了救火难度之大，可见接下来"我"用尿灭火实属无奈之举。

[14] 王后恩将仇报，其阴险、恶毒不难窥见，也为后面的故事埋下了伏笔。

第六章

小人国概述

关于利立浦特居民的情况:他们的学术、法律、风俗和教育儿童的方法——格列佛在该国的生活方式——他为一名贵妇人辩护。

我虽然想写一篇专门的文章来描述这个帝国的一切,但也乐意先介绍一点大概的情况使我的读者的好奇心得到满足[1]。由于当地人的身高不足六英寸,所以其他的动物、植物和树木都有与之相称的严格的比例。比如说,最高的马和牛的身高是四五英寸,绵羊大约一英寸半,鹅大概就只有麻雀那么大,依次往下推,一直到最小的种类,我简直就看不见了[2]。不过大自然已经使利立浦特人的眼睛适应了他们眼前那一切特殊的东西,他们能看得非常清楚,只是看不太远。我非常高兴曾经看到一位厨师在一只没有普通苍蝇大的百灵鸟身上挦(xián)毛,也曾看到一位年轻姑娘拿着根细得看不见的丝线在穿一枚小得看不见的针。这些都说明他们对近处的东西有着十分敏锐的视力。他们最高的树木大约有七英尺,我指的是皇家大公园里的那几棵大树,我举起握着的拳头刚好够得着这些树的树顶。其他诸如蔬菜之类的物品同样也有一定的比例,那些就留给读者自己去想象吧[3]。

他们的学术历经许多年代,各学科也已经十分发达,这些我现在就不必多说了。不过他们写字的方法很特别,既不像欧洲人那样从左到右,也不像阿拉伯人那样从右到左,不像中国人那样自上而下,也不像卡斯卡吉人那样自下而上,他们写字是从纸的一角斜着写到另一角,和英国的太太小姐们的写字方式是一个样子[4]。

他们埋葬死人时是将死人的头直接朝下,因为他们坚持这样一种看法,就是,一万一千个月之后死人全都要复活,这期间地球

[1] 作者此时安排对小人国作一个概述,构思独特。

[2] 运用对比手法详细列举小人国常见的几种事物,化抽象为形象,给人留下深刻的印象。

[3] 以"我"为参照物,让读者想象小人国的事物大小。

[4] 讽刺了英国的上流社会妇女,以写字歪斜为时髦。

（他们以为是扁平的）会上下翻个个儿；用这样的方法埋葬，死人到复活的时候，就能稳稳当当地站住了。他们中有见识的人也都承认这种说法是荒谬①（miù）的，但为了随俗，这种做法仍在沿用[5]。

  这个帝国有些法律和风俗非常奇特，要不是它们与我亲爱的祖国的法律和风俗完全相反，我真想替他们说几句辩解的话。但愿我们也能实行就好。我首先要提到的是关于告密者的法律。一切背叛国家的罪行在此均将受到最严厉的惩罚。但如果被告能在开审时表明自己清白无罪，则原告将被立即处死，落得个可耻的下场；同时无辜者还可以从原告的财产或土地中获得四项赔偿：损失的时间、经历的危险、监禁的痛苦，以及全部的辩护费用。假如原告的财产不够赔偿，则多半由皇家负担。国王还要公开对被告有所恩赐，同时颁发通告，向全城宣布被告无罪[6]。

  他们视欺诈较偷窃为更严重的犯罪，因此欺诈者很少有不被处以死刑的。他们认为，一个人只要小心谨慎，提高警惕，再加上有点儿一般的常识，自己的东西就不会被偷掉，可是对于老奸巨猾②者，诚实的人就防不胜防。既然人们需要不断地买卖，信用交易，如果我们允许和纵容欺诈行为，或者没有相应的法律对其进行制裁，那么诚实的生意人就会永远吃亏，流氓无赖反倒会获利。我记得有一次我曾在国王面前替一个拐骗了主人一大笔钱的罪犯说情。那人奉主人之命去收款，随后竟携款潜逃。我对国王说，这不过是一种背信弃义的行为，希望能减轻对他的量刑。国王觉得我荒谬至极，竟会将最能加重其罪行的理由提出来替他辩护。说真的，我当时无言以对，只好泛泛地回答他说，各国有各国不同的习俗吧。应当承认，我那时确实羞愧难当[7]。

  虽然我们把赏与罚认作是一切政府运作的两个枢纽，但除了在利立浦特之外，我还没见过有任何一个国家能真正实行这一原则[8]。不论是谁，只要能拿出充分证据，证明自己在七十三个月内一直严守国家法律，就可以享受一定的特权，根据其地位及生活状况的不同，从拨作专用的基金中，领取相应的一笔款子，同时

[5] 这种荒诞的做法和荒谬的想法，让人忍俊不禁，说明小人国的物理学和生物学还不够发达，而且他们也有异想天开的一面。

[6] 举例说明小人国法律风俗的奇特，增强说服力。

[7] 讽刺了英国现状。

[8] 由衷表达了对这种制度的赞赏，也从侧面反映了作者的法律主张。

---

① 荒谬：极端错误，非常不合情理。
② 老奸巨猾：指非常阴险狡诈的人。

获得"斯尼尔普尔"或"守法者"的称号,不过这种称号不能传给后代。我告诉他们,我们的法律只有刑罚没有奖赏,这些人就认为这是我们政策上的一大缺点。正因为如此,他们的法庭上正义女神像塑有六只眼睛,两只在前,两只在后,左右还各有一只,以此象征谨慎周全。女神右手拿一袋金子,袋口开着,左手持一柄宝剑,剑在鞘中,这表示她更倾向于赏而不是罚[9]。

在选人任职方面,他们更注重优良的品德而非卓越的才能。他们认为,既然人类必须要有政府,那么人类的一般才能也就可以胜任各种职务了;上天从来就没有想到要把公共事务的管理弄得非常神秘,好像只有极少数杰出的天才才搞得懂,这样的天才一个时代也难得出三个。相反,他们认为每个人身上都有真诚、正义、节制等等美德,大家只要实践这些美德,加上经验和为善之心,就都能为国服务,不过还需经过一段时间的学习罢了。但是他们认为,如果一个人没有德行,那么才能再高也不抵用,任何事务都决不能交给这些有才无德的危险分子去办。一个品行端正的人如果由于无知而犯错,至少也不会像那些存心腐败的人那样给社会利益造成致命的后果,这些人本事不小,能够加倍地营私舞弊③,同时还能掩饰自己的腐败行径[10]。

同样,不相信上帝的人也不能担任任何公职。利立浦特人认为,既然国王们宣称自己是上帝的代表,那么他所任用的人如不承认他所凭借的权威就再荒唐不过了。

在说到这些法律以及下面的一些法律时,读者应该明白我指的只是他们原先的那些制度,而并不是后来那臭名昭著④的腐败政治。由于人类天性堕落,这些人已经陷入腐败之中去了。读者要注意,那些凭借在绳子上跳舞而获取高位,在御杖上下跳跃或爬行以赢得恩宠和荣誉勋章等可耻行为,最初是由当今皇上的祖父开始的[11],随着党派纷争愈演愈烈,这些劣迹逐渐发展到了目前的地步。

忘恩负义在他们看来应判死罪;我们在书上读到过,其他一些国家也有这样的法律。他们的理由是这样的:不管是谁,如以

[9] 通过细节描写,让小人国正义女神的形象立体生动起来。

[10] 作者关于人才选拔制度的观点鲜明,读来也饶有趣味,并具有一定的借鉴意义。

[11] 详细介绍利立浦特国制度的同时,对前文中提到的情节作出解释和补充,使得文章结构严谨。

---

③营私舞弊:因图谋私利而玩弄欺骗手段做犯法的事。
④臭名昭著:坏名声人人都知道。

怨报德,就应该是人类的公敌,不知报恩的人,根本不配活在世上。

  他们关于父母亲和子女的责任的一些观念也和我们的完全不同。男女结合是基于伟大的自然法则,为的是传宗接代,利立浦特人也得有这样一种结合。他们认为,和别的动物一样,男女结合的动机在于性欲,而对其儿女的怜爱呵护也是出于同样的自然法则。根据这一道理,他们绝对不认为一个孩子因为父亲生了他,或者母亲把他带到了这个世上,就应对父母尽什么义务[12]。想想人生的悲惨,生儿育女本身也没有什么好处,做父母的也没有想到要生儿育女,相遇相爱时,心思还用在别的上面呢。根据这些还有其他一些类似的理由,他们认为最不应该让父母亲来教育他们的子女。因此,他们的每个城镇都办有公共学校,除村民和劳工外,所有父母,儿女一到二十个月被认为具备一定受教育条件时,一律得将他们送去学校接受培养和教育。学校分几种,以适应不同等级与性别。所有学校均有经验丰富的教师,他们训练孩子们养成一种与其父母亲地位相符同时又符合自身能力及爱好的生活方式。我先来说说男校的情况,接着再谈女校。

  接收名门贵族子弟的男校配备有庄重博学的教师,他们手下还有几名助教。孩子们的衣食简单朴素。他们受到荣誉、正义、勇敢、谦虚、仁慈、宗教、爱国等各方面原则的培养教育,除了短暂的吃饭、睡觉时间以及包括身体锻炼在内的两小时娱乐活动之外,他们总有些事情要做。四岁以前男仆给他们穿衣服,之后则不管身份多高,都得自己穿衣。女仆们年纪相当于我们的五十岁,只做那最粗贱的活儿。孩子们绝不准许同仆人交谈,只许一小伙或一大群在一块儿玩耍,还总得有一位教师或者助教在旁,这样他们就不会像我们的孩子那样幼年时代染上愚顽的恶习。一年中父母亲只准看望孩子们两次,每次看望的时间只有一小时,见面和分别时可以亲一下自己的子女,但那种时候总有一位教师在旁,他不准做父母的窃窃私语或对孩子表示爱抚,也不准他们带进玩具、糖果之类的礼物[13]。

  每家必须交付子女的教育及娱乐费用,到期不缴,由国王委派官吏强行征收。

  接收一般绅士、商人、做小买卖和手艺人子弟的学校,也按照

[12] 作者认为男女的结合基于性欲,而非爱情。父母养育子女是自然法则,所以子女不必对父母尽义务。

[13] 借此表达了自己对教育的看法。

同样的方法相应管理。不过那些预备要做生意的孩子十一岁就得放出去当学徒，而贵族子弟则继续在校学习，直到十五岁（相当于我们的二十一岁），只是最后三年的管教渐渐放松了。

　　在女子学校里，贵族出身的女孩子所受的教育大致和男孩子的相同，不过替她们穿衣服的是整洁端庄的女仆，每次也都有一位教师或助教在场，一直到五岁她们可以自己穿衣服为止。一旦发现这些女仆擅自给女孩子讲一些恐怖、愚蠢的故事，或者玩那些我们的侍女所惯于玩弄的愚蠢把戏来给姑娘们取乐，就得把她们鞭打着在全城游街示众三次，再监禁一年，然后终身流放到这个国家最最荒凉的地方[14]。所以那里的女孩子和男孩子一样，都耻于成为懦夫和呆子，也鄙视一切不洁不正派的个人打扮。我也没有发现她们的教育因为性别不同就有什么差别，只是女子的运动不像男孩子们的那么剧烈罢了[15]。她们要学一些家政方面的规则，研究学问的范围也较小些，因为这里人的信条是，女人不可能永远年轻，贵族人家的主妇却应该永远做一个懂道理的、和蔼可亲的伴侣。女孩子长到十二岁，在他们看来就是结婚的年龄了，父母或监护人把她们领回家，对老师是千恩万谢；姑娘与同伴别离则少有不落泪的。

　　在较为低一级的女子学校里，孩子们学习各种符合她们性别和不同身份等级的工作。打算当学徒的九岁退学，其余的留到十一岁。

　　有孩子在这些学校里上学的小户人家，除每年要交低到不能再低的学费之外，还得将每月所得缴一小部分给学校的财政主管作为分给孩子的一份财产，所以父母的开支是受法律限制的。利立浦特人认为，人们为了满足自己一时的欲望，把小孩子生到这个世上，却要公众来负担教养，也未免太不公平了。至于有身份的人，也要根据各人的情况，保证拨一笔一定数量的款额留给每一个孩子。这部分基金将永远按照勤俭节约的原则绝对公平地管理和使用。

　　村民和劳工把孩子养在家里，他们的本分就是耕种田地，因此他们的教育对公众来说就无足轻重。不过他们中年老多病的人将由养老院来抚养，因为这个国家中没有乞丐这一行业[16]。

　　我在这个国家住了有九个月零十三天，好奇的读者也许乐意

[14] 阶级差别明显，对仆人惩罚严苛。

[15] 此处体现了作者主张男女平等的思想。

[16] 传达了作者乌托邦式的理想。

我来说说我在那里是怎么过日子的。我天生长有一个具有机械才能的脑袋,同时也由于生活中迫切需要,我就用皇家公园里最大的树木给自己做了一套相当方便适用的桌椅。两百名女裁缝受雇给我制作衬衫、床单和台布,用的虽是最牢最粗的料,却还得几层相叠缝到一起,因为他们最厚的布和我们的上等细麻布比,还是要精细几等。他们的亚麻布通常是三英寸宽三英尺长算一匹。我躺在地上给女裁缝们量尺寸,她们一个站在我脖子那儿,一个站在我腿肚那儿,各执一端拉直一根粗线,再由第三个人拿一根一英寸长的尺子来量粗线的长度。接着量过我右手的大拇指后,她们就不再需要量什么了,因为按照数学的方法来计算,大拇指的两周就等于手腕的一周,依此类推,她们又算出了我脖子和腰围的粗细;我再把我的一件旧衬衫摊在地上给她们做样子参考,结果她们做出的衬衣非常合我的身[17]。他们又雇了三百名裁缝给我做外衣,但他们另有一种量尺寸的办法。我跪在地上,他们竖起一架梯子靠在我脖子上,由一人爬上梯子,将一根带铅锤的线从我的衣领处垂直放到地面,这恰好就是我外衣的长度。但腰身和手臂由我自己来量。这些衣服全是在我自己的屋子里做的,因为他们最大的房子也放不下这样大的衣服。衣服做成,看上去就像英国太太们做的百袖衣一般,只是我的衣服全身一种颜色罢了。

给我做饭的有三百名厨师,他们带了家人住在我房子附近很方便的小茅屋里。每位厨师给我做两种菜。我一手拿起二十名服务员把他们放到桌上,另外有一百名在地面上侍候,有的端着一盘盘的肉,有的肩上扛着一桶桶的葡萄酒和其他酒类。我说要吃,在上面的服务员就用绳索以一种很巧妙的方法将这一切往上吊,就像我们在欧洲从井里往上拉一桶水一样。他们的一盘肉够我吃一大口,一桶酒也够我喝一口的。他们的羊肉不及我们的好,但他们的牛肉味道却极佳。我曾吃到一块牛腰肉,非常大,咬了三口才吃完,不过这种时候很难得。我像在我们国家吃百灵鸟的腿肉一样,将那些肉连骨头什么的一股脑吞了下去,仆人们见了惊讶不已。他们的鹅和火鸡我通常是一口一只;应该承认,它们的味道远比我们的要好。至于他们的小家禽,我用刀尖一次一挑就是二三十只[18]。

[17]详细描述了利立浦特人为"我"做衬衣的过程,用详尽的表述来说明他们为巨人制作一件衬衣的工程之浩大,增加了文章的趣味性。

[18]批判了当时剥削者奢侈的生活。

国王陛下听说了我过日子的情形后,有一天就提出要带皇后和年轻的王子、公主来和我同享吃饭的快乐(他喜欢这么说)。他们真的还就来了。我把他们放在桌上的御椅里,正和我面对着面。侍卫在他们四周站着。财政大臣佛利姆奈浦手里拿着他那根白色权杖也在一旁侍奉。我发觉他不时从一旁酸溜溜地看我,我不愿多理会,反而吃得比平常还要多,一来为了我亲爱的祖国,二来也想让朝廷惊叹一下。我私下里总感觉国王的这一次驾临又给了佛利姆奈浦一次在他的主子面前算计我的机会。这位大臣一向暗地里与我为敌,表面上却又表示爱我,就其阴暗乖僻的本性来看,他这么做是不正常的。他向国王报告说,目前的财政状况很不景气,往下拨款都得打折扣,国库券的价值比票面价值低百分之九才能流通。总之,我已经花掉国王陛下一百五十多万"斯普鲁格"了(这是他们最大的金币,大约有我们缝在衣服上做装饰用的小金属片那么大小);从全局考虑,国王最好还是一有适当的机会就把我打发走[19]。

　　这里我还得为一位品质高尚的夫人的名誉辩护一下,她因我而蒙受了不白之冤。财政大臣也真想得起来,竟会猜忌起自己的妻子来。有人心怀叵测,嚼着舌头跟他说他的夫人疯狂地爱上了我。朝廷的这一丑闻传遍一时,说她有一次曾秘密到过我的住处。我郑重声明这事毫无根据,纯属造谣,夫人只不过喜欢用完全天真无邪的坦诚和友谊对待我罢了。我承认她常到我家来,但每次都是公开的,马车里也总是另外带着三个人,多半是她的姊妹、年轻的女儿和某个特殊的相识,可这种事在朝廷的其他贵夫人身上也是很寻常的呀。这事我还需请我的仆人为我作证,让他们说说,他们什么时候看到我门口停着辆马车,却不知道里面坐的是什么人。每次有人来访,总是先由仆人通报,我依照惯例立即到门口迎接;请安之后,我很小心地拿起马车和两匹马(如果是六匹马,车夫总要解下其中的四匹)放到桌子上;我在桌子周围安了一道五英寸高的活动桌边,以防出事。常常是我的桌上同时有四辆马车,里边全坐满了人,这时我就在椅子里坐好,把脸靠近他们。我和一辆马车中的客人交谈时,马车夫就驾着其余几辆车在桌子上慢慢地兜圈子[20]。我就在这样的交谈中度过了许多愉快的下午。可是我要向财政大臣或者向他告密的那两个人挑战(我

[19] 奸佞小人的嘴脸跃然纸上,也为后来"我"被陷害的遭遇埋下了伏笔。

[20] 详尽细致地描写"我"通常的待客之道,为下文打破谣言作铺垫。

要说出他俩的名字,让他们看着办好了),这两个人就是克拉斯特利尔和德隆洛。我要他们把证据拿出来,除了我以前说到过的瑞尔德里沙内务大臣曾奉国王陛下的命令来过以外,还有什么人隐姓埋名私下来找过我。要不是这件事关系到一位贵夫人的名誉,我是不会絮絮叨叨说这么多的,我自己的名誉受损也就算了。当时我的爵位是"那达克",财政大臣却并不是,大家都知道他只是一个"克拉姆格拉姆",比我要低一级,就像在英国侯爵比公爵要低一级一样。但是我必须承认,他在朝廷的地位比我的要高。我是后来在一次偶然的机会得知这些虚假的谣言的,至于怎么偶然得知还是不提了;谣言曾使佛利姆奈浦一度尽给他太太脸色看,对我的态度就更坏了。尽管他最终还是醒悟了并与太太重归于好,但我却永远失去了他的信任。不久国王对我也日渐疏远,他实在太受制于他那位宠臣了[21]。

[21] 这段文字,从侧面反映了财政大臣为了治我的罪而轻信谣言,甚至怪罪自己的太太。也反映出国王好听信谗言,没有明辨是非的能力。

第七章

在小人国的生活

格列佛得到消息,有人阴谋指控他犯有严重的叛国罪,他只好逃往不来夫斯库——他在那里受到欢迎。

在我继续往下叙述我是怎样离开这个王国的情形之前,似乎该把两个月来一直在进行着的一桩针对我的阴谋告诉给读者[1]。

[1]此句总领全文。

到那时为止,我对朝廷里的事情还是不熟悉,我的地位低微,也没有资格知道宫廷的事。关于君王和大臣们的性情脾气,我倒真是听过很多,在书本里也读过不少,但是却从没想到这样偏远的一个国家,君王和大臣竟然也会产生这么可怕的影响。我本以为这个国家的统治原则与欧洲国家的大不相同呢。

我正准备前去朝见不来夫斯库国王的时候,朝廷的一位重要人物(他有一次大大地触怒了国王,我为此帮过他的忙)夜里忽然坐着暖轿十分隐秘地来到了我家[2]。他没有通报姓名就要求接见。他将抬轿的人打发走后,我就把这位老爷连同他乘坐的轿子一起放入了上衣口袋。我吩咐心腹仆人,如果有人来拜访就说我身体不太舒服已经睡下了。我闩上大门,把轿子放到桌上,像平时一样,在桌子边坐了下来。一番寒暄①(xuān)过后,我发觉这位老爷的脸上满是忧虑,就问他是为什么。他说他希望我耐心地听他讲这件与我的荣誉及生命有重大关系的事情。他的讲话大意是这样的,他一走我就用笔记了下来:

[2]渲染紧张气氛,意味着将有重大事件发生。

"你要知道,"他说,"为了你的事,最近国务会议的几个委员

---

①寒暄:问寒问暖。今多泛指宾主见面时谈天气冷暖之类的应酬话。

会召集了一次极为秘密的会议,国王在两天前作出了最后的决定。

"你很清楚,从你一来到这里,斯开瑞什·博尔戈兰姆('葛贝特',即海军大将)就把你看作不共戴天②的敌人。他起初为什么恨你我不知道,不过自从你大败不来夫斯库,建立了伟大的功勋之后,他对你的仇恨就日益加深了,因为你的功勋使他这个海军大将黯然失色。这位大臣与财政大臣佛利姆奈浦(他因太太的事对你怀恨在心,这是尽人皆知的)、陆军大将利姆托克、掌礼大臣拉尔孔和大法官巴尔墨夫相勾结,拟就了一份弹劾(hé)书,指控你犯有叛国罪和其他重大罪行[3]。"

[3]"我"的卓越表现,得到了一干朝廷重臣的嫉妒。

他这一段开场白听得我急不可耐就要去打断他,因为我觉得自己只有功没有罪。可是他请我不要讲话,自己接着说了下去:

"为了报答你对我的恩情,我冒杀头的危险设法探听到了这件事的全部消息,并且弄到了一份弹劾书的原文:

对巨人山昆布斯·弗莱斯纯的弹劾书

第一条

大国王卡林·德法·普鲁恩陛下在位时曾制定法令:规定凡在皇宫范围内小便者,一律以严重叛国罪论处。当事人昆布斯·弗莱斯纯公然违反该项法令,借口扑救皇后寝宫火灾,竟敢撒尿救火,居心叵测③,忤(wǔ)逆④不忠,形同恶魔。又擅自进入皇宫内院起卧,不仅违反该项法令,且有越权擅职情事[4]。

第二条

当事人昆布斯·弗莱斯纯曾将不来夫斯库皇家舰队押来我皇家港口,国王陛下后命其前往捕捉不来夫斯库的一切残余船只,削该帝国为行省,遣总督统辖。亡命该国的大端

[4]说得冠冕堂皇,实际上恩将仇报,极具讽刺意味。

---

②不共戴天:不愿和仇敌在一个天底下并存。形容仇恨极深。
③居心叵测:指心存险恶,不可推测。
④忤逆:冒犯;违抗。

派及该国不愿立即放弃大端邪说者,一律斩尽杀绝。弗莱斯纯实系奸诈忤逆之徒,借口不愿违背良心去摧残一个无辜民族的自由与生命,竟敢抗拒洪福齐天尊贵威严的国王陛下,呈请免予执行上述任务。

第三条

不来夫斯库国遣使臣来我朝求和,当事人弗莱斯纯实系奸诈忤逆之徒,竟帮助、教唆⑤(suō)、安慰、款待该国使臣,尽管当事人知道这些人乃最近与我皇陛下公然为敌、公开宣战的敌国君王的走卒。

第四条

当事人昆布斯·弗莱斯纯不履行忠顺臣民的天职,仅取得国王陛下的口头允许,就准备前往不来夫斯库帝国。借此口头允诺,该当事人背信弃义,意欲前往辅佐、安慰、教唆不来夫斯库国王。如前所述,该国国王就在不久前还与我皇为敌,公然向陛下宣战。

"还有其他的条文,但这几条最重要,我已扼要地念给你听了。

"在关于这宗弹劾案的几次辩论中,应当承认国王陛下有不少宽大为怀的表现,他不止一次强调你为他建立的功绩,竭力想减轻你的罪行。财政大臣和海军大将却坚持要将你处死,他们要在夜里放火烧你的房子,让你极其痛苦地死去,落个可耻的下场;陆军大将须率两万人用毒箭射你的脸和手。他们还要秘密命令你的几个仆人将毒汁洒到你的衬衣上,这样你自己就会把皮肉抓烂,受尽折磨而死[5]。陆军大将也都赞成这些意见。所以有很长一段时间多数人都站在你的反面,倒是国王陛下决定尽可能地保全你的性命,最后争取到了掌礼大臣。

"关于这件事,国王还令内务大臣瑞尔德里沙发表看法。大

[5]这些处置措施都极其残忍,招招致命,可见人心险恶。那些卑鄙的大臣对格列佛又恨又怕,已经密谋了很久,想要置他于死地。

---

⑤教唆:通过诱导唆使别人做坏事。

臣一向自认为是你忠实的朋友。他说了。从他发表的意见看来，你对他印象不错还是有道理的。他承认你罪行重大，但尚有可以宽恕之处，而宽恕是一个君王最值得人赞美的美德，国王陛下也正以胸襟宽阔而闻名天下。他说你和他是朋友这事尽人皆知，所以尊敬的阁员也许要认为他是在偏护你。不过既然国王要他说，他也就愿意坦率地谈谈自己的看法。假如陛下能念你的功劳，慈悲为怀愿意保你一命，他可以只下令把你的两只眼睛弄瞎[6]。他说依他粗陋之见，用这个办法可以相对满足公正的要求，全世界都会交口赞颂国王仁慈，有幸做陛下阁僚的人也都办事公正而大方。你眼睛没了也并不会影响到体力，照样可以为陛下效劳；再说盲目可以增加勇气，因为你看不到危险；当初也就是因为你担心眼睛被射瞎，好不容易才把敌人的舰队夺了来。所以你以后由大臣们来替你看也就够了，伟大的君王就是这么办的。

"这一建议遭到了全体阁员的坚决反对。海军大将博尔戈兰姆都控制不住了，他勃然大怒地站了起来，说他觉得奇怪，内务大臣怎么胆敢随随便便主张要保全一个叛徒的性命。从执政者的一切实际理由来考虑，你所建立的那些功劳只能加重你的罪行。你既然撒泡尿就可以将皇后寝宫的大火扑灭（他提到这事时惊骇不已），那么用同样的方法，下次你就可能带来大水泛滥，把整座皇宫淹没。你既然有力气将敌人的舰队拖了来，那么一不称心你同样可以将舰队再拖回去[7]。他还有充分的理由认为，你骨子里是个大端派。叛逆开始总是先在心里盘算，然后才公开行动，因此他指控你是叛徒，并坚持要把你处死。

"财政大臣的意见也一样。他指出，为了维持你的生活，开支巨大，皇家财政已经到了多么窘迫的地步，再这样下去，很快就要供不起了。内务大臣提出弄瞎你的眼睛远不是消灭这一祸害的良策，说不定反会加重这祸害；从弄瞎某类家禽的一般情形来看，很明显，这些家禽眼瞎之后吃得更多，很快发胖。神圣的国王和阁员就是你的审判官，他们凭着各自的是非心完全可以认为你有罪，这就足以判你死刑，并不需要有法律明文规定的正式证据[8]。

[6] 多么仁慈的"朋友"啊！弄瞎双眼竟然是"宽恕"。

[7] 运用诡辩法，误导国王作出极端的判决。

[8] 欲加之罪，何患无辞！专制体制下，法律形同虚设，让人唏嘘不已。

"但是国王陛下拿定主意反对把你处死,他仁慈地说,既然阁员们觉得弄瞎眼睛的刑罚太轻了点,以后还可以加其他刑嘛。这时你的朋友内务大臣谦恭地要求再次得到发言的机会,来答复财政大臣提出的反对他的理由:国王为了维持你的生活耗资巨大。他说既然阁下可以全权处理国王的财政,不妨逐渐减少你的配给量,这样这个祸害很容易就可以得到解决。你得不到足够的食物,就会消瘦昏厥(jué),没有胃口,结果用不了几个月你就会枯萎而死。到那时你的身体轻了一大半,尸体发出的臭气也就不会太危险了。你一死,五六千个老百姓两三天就可以把你的肉从骨头上割下来,用货车运走,远远地埋起来,免得传染,留下你的骨架作为纪念,供后人瞻仰[9]。

"就这样,多亏了内务大臣对你的伟大友情,整个事情才得到了折中的解决。国王严令:一步步将你饿死的计划必须保密,但弄瞎你眼睛的判决却写进了弹劾书中。除海军大将博尔戈兰姆之外,大家一致同意。博尔戈兰姆是皇后的奴才,皇后陛下一直在唆使他坚持把你处死;自从你那次用可耻而非法的手段扑灭了她寝宫的大火,她对你一直怀恨在心[10]。

"再过三天,你的朋友内务大臣就将奉命来你家向你宣读弹劾书;随后还要向你表明国王陛下以及阁员们的宽大与恩典,正是仰仗这宽大与恩典,你才仅仅被判处弄瞎眼睛。国王陛下毫不怀疑你会感激涕零、低声下气地接受这一判决。之后将有二十名御用外科医生前来监督,保证手术顺利进行:你在地上躺着,他们将把十分尖利的箭射入你的眼球。

"你该采取什么措施,我让你自己去考虑吧。为了不引起人怀疑,我得像刚才来的时候那样赶紧偷偷地回去了。"

这位老爷走了,留下我一个人,心中疑惑不解,一片茫然[11]。

这位君王和他的内阁采用了一种惯例(有人跟我说,这种惯例和从前的做法大不相同),就是,每当朝廷颁布一项严酷的判决,不论那是为了替君王泄愤,还是为了替宠臣报怨,国王总要在全体内阁会议上发表一通演说,表明他如何宽大、仁爱,说他这些品质是天

[9] 饿死"我"的计划极其圆满。既节省供给,又降低尸体的危险程度。

[10] 非但不谢救命之恩,反而恩将仇报。

[11] "我"的"疑惑不解"与"一片茫然"更衬托出此次弹劾的莫名其妙与难以置信。

下闻名，举世公认的。演说很快刊行全王国。再没有比歌颂国王仁慈那样的话更让老百姓害怕的了，因为大家看得出来，这样的颂词越夸张越官方反复强调，刑罚肯定越惨无人道，而受害人也就更加冤枉了[12]。拿我自己来说，我得承认，无论是从我的出身还是所受的教育来看，我都绝没有做朝臣的资格。我判断事情太不在行了，我看不出对我的这一判决有何宽大和恩典可言，我反而觉得（也许是错的）这与其说是宽厚还不如说是苛刻。有时我想，就去受审吧；弹劾状上所说的那几条事实我不否认，但总希望他们还能容许将我的刑罚再减轻一点。但是我一生中也曾经仔细阅读过许多由国家提出起诉的政治案件的判例，我发觉到头来都是由判官自以为是地结案了事。在这么紧要的关头，面对如此有权势的敌人，这样危险的一个决定我怕是靠不住的。我一度又极力想反抗；我现在还有自由，这个帝国整个的力量用上也很难将我制服，只要用些石块，我就可以轻轻松松地把京城砸得粉碎[13]。可是，一想起我曾对国王宣过誓，想起他给我的恩典，以及授予我的"那达克"的崇高荣誉，我即刻就惶恐地打消了这样的念头。我也没有这么快就学会朝臣们那种报恩的办法，我劝慰自己说，既然现在国王对我这么严酷，以前那一切应尽的义务也就拉倒吧[14]。

最后，我作出了一个决定。这决定也许要招来某些非议，那倒也不一定没有道理，因为我承认是由于我草草行事没有经验，才保全了双眼，获得了自由。因为，要是我那时就掌握了帝王与大臣们的性格（这是我后来在其他许多朝廷里观察得来的），以及他们对待罪行比我轻的犯人的手段，我一定会心甘情愿地服从这么便宜的刑罚。可那时由于自己年轻急躁，又有国王的许可，准我前去朝见不来夫斯库国王，我就利用这个机会，趁这三天还没有过去，发了一封信给我的朋友内务大臣，表明按照我已得到的许可，决定当天早上就动身前往不来夫斯库。我没有等答复，就来到了舰队停泊的海边[15]。我抓了一艘大战舰，在船头拴上一根缆绳，拔起船锚，脱掉衣服，将衣服连同腋下夹来的被子一起放入船中。我拖着船前进，半涉水半游泳地到达了不来夫斯库皇家港

[12]百姓对当权者的套路已深谙于心。

[13]受尽委屈，也曾想用武力解决一切。

[14]用细腻的笔触把格列佛内心的愤怒、失望、无奈表现得淋漓尽致。

[15]格列佛未待答复即动身，反映出他的机智。

口。那里的人民早就在盼望着我的到来了。他们派了两名向导把我带到首都,首都也叫不来夫斯库。我把这两人拿在手里,一直走到离城门不到两百码的地方。我让他们把我到来的消息通报给一位大臣,就说我到了,让他知道我在此等候国王的命令。大约过了一个钟头,我得到答复说国王陛下已经率皇室成员及朝廷重臣出来迎接我了。我又往前走了一百码。国王及其随从下了马,皇后和贵夫人们也都下了车。我看不出他们有任何惶恐或忧虑的表现。我卧在地上吻了国王和皇后的手。我告诉国王,我是来践约的。我的国王准许我前来拜见他这么一位伟大的君主,我感到不胜荣幸并愿意尽力为他效劳,这也与我为自己君王尽义务完全一致。我只字不提我失宠一事,因为我到目前为止并没有接到正式通知,可以表现出对这件事完全不知情的样子。我已不在他的势力范围之内,推想国王也不可能宣布那件密谋的。然而不久我就发现我想错了[16]。

[16] 制造悬念,此处意在引起读者的阅读兴趣。

　　我不想把这个朝廷如何接待我的详细情形再来说给读者听了,总之,这种接待是和这么一位伟大君王的慷慨气度相称的。我也不想再来多说我怎么没有房子没有床,不得不把被子裹在身上睡在地上等等困难情形了。

第八章

离开小人国

格列佛侥幸找到离开不来夫斯库的办法,经历一些困难后,安全回到自己的祖国。

我到达后三天,好奇心驱使我来到了这个岛的东北海岸。在离海岸约半里格的海面上,我发现了一样东西,看上去像是一只翻了的小船。我脱下鞋袜,涉水走了两三百码,在潮水的冲击下,那东西离我越来越近了。我看得清清楚楚,那果真是一只小船,我猜想那大概是暴风雨把它从一艘大船上吹落下来的。我立刻返回城里,请国王陛下将他的舰队损失后剩下的军舰中最大的二十艘,以及由海军中将率领的三千名水手全都借给我。这支舰队绕道而行,向那个地方进发,我则抄最近的一条路回到原先发现小船的地方。我看到潮水把小船推得离岸更近了。水手们全都带着绳索,事先我已将它们结结实实地拧到了一起。军舰到来后,我立即脱掉衣服,涉水向前,走到离小船不到一百码的地方后,我的脚够不着海底了,只能泅水向前。游到小船跟前后,水手们将绳索的一端扔给我,我将它系在小船前部的一个小孔里,另一头缚到一艘军舰上。可是我发现我做的这一切并没有用,因为我的脚够不到水底,没有办法工作。不得已,我只好游到小船的后面去,用一只手尽可能地把小船朝前推。潮水很帮忙,我一直向前游去,直到双脚可以探着水底,这时下巴刚好露出水面。休息两三分钟后,我又推了一阵,一直把船推到海水只能够到我的腋窝的地方。最艰巨的工作完成了,我又拿出一些放在另一艘军舰上的绳索,将它们的一头系着小船,另一头系在供我调遣的九艘军舰上。这时是顺风,水手们在前面拉,我在后面推,一直推到离岸不足四十码的地方[1]。潮水退后,我把小船弄出水,又有两千人拿了绳索和机器帮我的忙,我终于将它底朝天地翻了过来,

[1]如此麻烦只为获得这只小船,可见"我"想回家乡的急切之情。

这时我发现船只受到一点损伤。

我不想把遇到的种种困难啰啰唆唆说给读者听了，总之我是花了十天工夫做了几把桨，然后把小船划进了不来夫斯库的皇家港口[2]。我一到那儿，只见人山人海，大家见到这么庞大的一艘船，都万分惊奇。我对国王说，上天赐予我这只船真是我的高运，它可以载着我到别的地方去，我说不定再从那里就可以回到祖国了。我请求国王下令供给我材料以便我把小船修好，又请他发给我离境许可证。他先是好心地劝了我一阵，接着倒也欣然批准了。

这些日子里我一直觉得很奇怪，为什么没有听说我们国王在我的事情上给不来夫斯库朝廷来过什么紧急文书呢[3]？但是后来有人悄悄地告诉我说，国王陛下绝没有想到我会知道他的计划，他想我只是按照他的许可到不来夫斯库去践约了[4]，而这事朝廷上下全清楚。他想我朝见仪式一结束，没几天就可以回去的。但是我久久不回终于使他痛苦起来。在和财政大臣以及那个小集团的其他成员商量之后，他派遣一名要员带了一份我的弹劾状前来不来夫斯库。这位使臣奉命向不来夫斯库君王申明他主公的宽大仁慈，说不过是判了我刺瞎双眼的罪，而我却逃脱正义的惩罚；又说我若两小时后不回去，就将被剥夺"那达克"的爵位而被宣布为叛国犯。这位使臣还说，为了维持两帝国间的和平友好，他主公希望不来夫斯库皇兄能下令将我手脚捆起送回利立浦特，以叛国罪受到惩处。

不来夫斯库国王和大臣们商议了三天，然后给了一个答复，其中说了不少请求原谅的客套话。他说，至于把我捆绑了送回去，皇兄也知道那是办不到的。虽然我曾经夺走了他的舰队，但议和时我帮过他不少忙，他是感激不尽的[5]。而且两国君王不久就可以宽心了，因为我在海边找到了一艘庞大的船，可以载我出海，他已下令在我的帮助和指导下把船修好。他希望再过几个星期两国就都可以解脱①了，不用再负担这么一个养不起的累赘②(zhuì)。

使臣带了这样一个答复回利立浦特去了。不来夫斯库国王

[2] 行文简洁，详略得当。

[3] 用设问句承上启下，引起读者好奇，期待揭晓答案，增强了小说的可读性。

[4] 小人国国王过于自信，昏庸无能。

[5] 由此可见不来夫斯库国王对"我"的知恩图报。

---

① 解脱：佛教指脱离苦恼，自在无碍。
② 累赘：拖累，麻烦。

把事情的全部经过都告诉了我,同时在极其保密的情况下向我表示,如果我愿意继续为他出力,他将尽力保护我。虽然我相信他是诚心诚意的,但我已下定决心,只要有可能回避,我再也不和帝王大臣们推心置腹③了[6]。我十分感谢他的一番好意,谦卑地乞求他能原谅。我告诉他,既然命运赐了我一条船,是吉是凶,我都决意要冒险出洋了,我不愿这么两位伟大的君主再因我而彼此不和[7]。我倒也没有发现国王有一丝的不悦,后来一次偶然的机会我看出他对我的决定还蛮高兴,他的大部分大臣也都是这样。

这种种考虑促使我决定比原计划提前离开,朝廷中的人巴不得我早点走,倒都很愿意来帮忙。五百名工人在我的指挥下把十三块最最结实的亚麻布缝到一起,给我的小船做成了两面帆。做缆绳很费事,我得将十根、二十根或三十根最粗最牢的绳索拧成一股。我又找了好久,终于在海边寻着了一块大石头,就用它来做船锚。我得到三百头牛的油脂来涂抹船身和作其他用途。砍大树做桨和桅真是苦不堪言了,不过我得到了皇家船匠的大力帮助,我先把粗活做好,然后他们帮我精加工。

大约一个月之后,一切准备就绪,我就派人向国王请示,并向他告别。国王带着皇室成员出了宫。我匍匐在地上,国王仁慈地伸出手来让我亲吻,皇后和公主也都让我吻了手。陛下赠了我五十只钱袋,每只钱袋里是两百块"斯普鲁格",还送了我一幅他的全身画像,我马上把它放进一只手套里,免得弄坏。告别的仪式太繁杂了,这里不必再向读者们多啰唆。

我在船上装上一百头牛和三百只羊,相应数量的面包和饮料以及大量的熟肉。做成这么多熟肉需要用四百名厨师。我又随身带了六头活母牛和两头活公牛,六只活母羊和两只活公羊,打算带回祖国去繁殖。为了在船上给它们喂养,我又带了一大捆干草和一袋谷子[8]。我本来很想再把十二个本地人带走,可这件事国王怎么也不答应;除了对我的衣袋仔仔细细搜查外,国王还要我以我的名誉作担保不带走他的任何臣民,就是这些人自己同意或想去也不行。

我这样尽可能地将一切准备好之后,就在1701年的9月24

[6] 格列佛增强了防备心,不再轻易相信帝王大臣了。

[7] "我"的大义凛然、冒险、无畏的精神令人佩服。

[8] 国王对"我"十分慷慨,但也不希望"我"再回来了。

---

③推心置腹:把赤诚的心交给人家。比喻真心待人。

日清晨六点钟开船了。我向北行驶了约四里格路,这时正刮着东南风。晚上六点,在西北方向约半里格的地方,我发现有一座小岛。我一直往前开去,在小岛背风的一面抛锚停船。这里似乎无人居住。我吃了点东西后就休息了。我睡得很好,想来至少也有六个钟头,因为我发现我醒来后两个钟头天才放亮。那晚天很晴朗。太阳出来前,我吃好早饭,然后起锚。这时风很顺,我就按照袖珍罗盘的指示,按前一天相同的航向驾船前进。我的愿望是,只要有可能,就把船开到我想是位于凡迪门兰东北面的一个岛那里去。一整天下来我什么也没有发现,可是第二天下午大约三点钟左右,我算来那时驶离不来夫斯库已有二十四里格,我正朝正东方向行驶,忽然发现一艘帆船正在向东南方向开去[9]。我向那船呼叫,但没有反应,不过风势已弱,我发现我已在逼近那帆船。我扬帆全速前进,半小时后,那船发现了我,就扯起了一面旗,还放了一枪。没想到我还有希望再次见到我亲爱的祖国和我留在那里的亲人,那样的快乐真是难以表达!那船降帆慢行,我就在9月26日傍晚的五六点钟终于赶上了它。看到那船上的英国国旗,我的心直跳。我把牛羊都装入上衣口袋,带着我所有的给养和货物上了那艘船。这是一艘英国商船,经北太平洋和南太平洋由日本返航。船长是戴浦特津④的约翰·毕得尔先生,极有礼貌,是位出色的海员。这时我们的位置是在南纬三十度。船上大约有五十个人,在这里我碰到了我的一个老同事,叫彼得·威廉姆斯,他向船长直夸我人不错。这位先生对我很友好,他要我告诉他我从哪里来又到哪里去。我答了几句,可他以为我是在说胡话,是我经历的种种危险使我的大脑出了问题[10]。我从口袋里掏出黑牛和黑羊,他见了无比惊讶,这才完全相信我说的是实话。接着我又给他看了不来夫斯库国王送我的金币、国王的全身画像以及那个国家的其他一些稀罕玩意儿。我送了他两袋钱,每只袋里是两百个"斯普鲁格",还答应回英国后再送他一头怀孕的母牛和一只怀孕的母羊。

关于这次航程中的详细情况,我不再啰啰唆唆说给读者听了,总之大部分行程还是很顺利的。我们于1702年4月13日到

[9]看到了茫茫大海中的帆船,格列佛已经到了和自己一样的人类出现的地方了。

[10]船长开始的反应衬托出"我"的经历有多么离奇。

④戴浦特津:印度孟买以北的一个城市。

达唐兹⑤锚地。航行中我只遇到了一次不幸的事：船上的老鼠拖走了我的一只羊；我后来在一个洞里发现了羊的骨头，肉已经全被啃光了[11]。其余牛羊我都把它们安全地带上了岸。我把它们放在格林威治的一个滚木球场草地上吃草，那里的草很细嫩，它们吃得非常痛快，虽然我总担心它们吃不好。在那么漫长的航行途中，要不是船长给了我几块精致的饼干，拿来研成粉末，和上水，当作它们日常的食粮，我也许就保不了它们的性命。在接下来我留在英国的短短的一段时间内，我把这些牛羊拿给许多贵人及其他一些人看，倒赚了很可观的一笔钱。在第二次航海前，我把它们卖了，得了六百英镑。自我回来以后，我发现它们繁殖得相当快，尤其是羊。但愿这种精细的羊毛能给毛纺工业带来不少好处。

我和妻子儿女只在一起住了两个月，因为我极想去异国他乡观光，就不愿意再住下去了。我给妻子留下一千五百英镑作生活费，并把她安顿在瑞德里夫的一所好房子里[12]。我把其余物品随身带走，有现金，也有货物，希望能够增加我的家当。我的大伯父约翰在埃平附近给我留了一块田产，一年大约有三十英镑的收入。我又把脚镣巷的黑公牛旅馆长期出租，一年的进项也多于三十镑，所以用不着担心在我走后，家人会因生活贫困，要去靠教区接济。我儿子约翰尼是按他叔叔的名字起的名，这时已上中学，倒是个有出息的孩子。女儿贝蒂已经出嫁，有了自己的孩子，那时在家做点针线活儿。我和妻子儿女告别，大家都流下了眼泪。我上了载重三百吨的一艘名叫"冒险号"的商船，准备前往苏拉特。指挥这艘船的是利物浦的约翰·尼古拉斯船长。关于这次航海的情况，我得在游记的第二部里去叙述了。

[11] 通过船上实实在在发生的事情证实了"我"的经历确实属实。

[12] "我"把妻子安顿好便开始了异国他乡的旅游观光，冒险精神和好奇心促使"我"再次出海。

---

⑤唐兹：位于英格兰肯特郡海岸，是著名的锚地。

第二卷 大人国游记

来到大人国

关于一场大风暴的描写;船长派出长舢板去取淡水;为了看看那是什么地方,格列佛随长舢板一同前往——他被丢在岸上;被一个当地人捉住,随后带到一个农民家里——他在那里受到招待,接着发生了几起事件——关于当地居民的描写。

不论是本性还是命运,都决定了我得在劳碌中过一辈子。回家才两个月,我就又离开了祖国[1]。1702年6月20日,我在唐兹登上了"冒险号"商船,启程前往苏拉特,船长是康沃尔郡人约翰·尼古拉斯。我们一帆风顺地到了好望角,在那儿上岸取淡水;这时发现船身有一个漏洞,就决定卸下东西就地过冬。由于船长得了疟(nüè)疾,所以我们一直到三月底才离开好望角。起航后一路顺风直到穿过了马达加斯加海峡。当船行驶到那个岛的北面大约南纬五度的地方时,风势突然发生变化。据观测,那一带海上,十二月初到五月初这段时间里,总是吹着风向不变的西北恒风。可是四月十九日那天,风势比平常要猛烈得多,也比平常更偏西一些,这样一连刮了二十天,我们就被刮到了摩鹿加群岛的东面。根据船长五月二日的观测,我们所在的地方大约是北纬三度。这时风势渐渐平息下来,海上风平浪静,我真是非常高兴。可是船长在这一带海域有着十分丰富的航海经验,他要我们做好准备,迎接风暴。果然,第二天风暴就出现了,开始刮起了南风,那就是所谓的南季节风。

大风狂吹起来能把东西吹落,我们就收起了斜杠帆,同时站在一边准备收前桅帆;可是天气越来越恶劣,我们就查看了一下

[1]交代了"我"又重新踏上了冒险之路,由此可以看出"我"是个不甘寂寞的人。

船上的炮是否都已拴牢,接着将后帆也收了。船偏离航道太远了,所以我们想与其这样让它吃力地慢慢行驶或者下帆随波逐流①,还不如让它在海面上扬帆猛进。我们卷起前樯帆把它定住,随后将前樯帆下端索拉向船尾。船舵吃风很紧,船尾猛地转向风的一面。我们把前樯落帆索拴在套索桩上,可是帆碎裂了,我们就把帆桁收下来,将帆收进船内,解掉了上面所有的东西。这是一场十分凶猛的风暴,大海一下子变得非常惊险。我们紧拉舵柄上的绳索以改变航向,避开风浪,接着帮助舵工一起掌舵。中樯我们不想把它降下来,而是让它照旧直立着,因为船在海上行得很好;我们也知道,中樯这么直立在那里,船也更安全一些,既然在海上有操纵的余地,船就可以更顺利地向前行驶。风暴过后,我们扯起了前帆和主帆,并把船停了下来。接着我们又挂起后帆、中樯主帆、中樯前帆。我们的航向是东北偏东,风向西南。我们把右舷的上下角索收到船边,解开迎风一面的转帆索和空中供应线,背风一面的转帆索则通过上风滚筒朝前拉紧、套牢,再把后帆上下角索拉过来迎着风,这样使船尽可能沿着航道满帆前进[2]。

  这场风暴过后,又刮了强劲的西南偏西风,据我估算,我们已被吹到了东面大约五百里格的地方,就是船上最年长的水手这时也说不清我们是在世界的哪个部分了[3]。我们的给养还足可以维持,船很坚固,全体船员身体也都很好,但是我们却严重缺乏淡水。我们觉得最好还是坚持走原来的航道,而不要转向北边去,那样的话我们很可能进入大鞑靼②的西北部,驶入冰冻的海洋。

  1703年6月16日,中樯上的一个水手发现了陆地。17日,我们清清楚楚看到有一座大岛或者是一片大陆(我们不知道是不是大陆),岛的南边有一片狭长地伸入海中,还有一个小小的港湾,但港内水太浅,一百吨以上的船无法停泊。我们在离这港湾一里格内的地方抛锚停船。船长派出十二名武装水手带着各种容器坐长舢板出去寻找淡水。我请求船长让我和他们一起去,到那地方去看看能不能有什么发现。上岸后,我们既没发现有河流、泉

[2] 这几段描写了"冒险"号在海上遭遇的大风暴,充分说明了航海充满了危险和不确定性,整船人的命运令人担忧。

[3] 迷失方向为格列佛误入大人国作了铺垫。

---

①随波逐流:随着波浪起伏,跟着流水漂荡。比喻没有坚定的立场,缺乏判断是非的能力,只能随着别人走。
②鞑靼:这里指西伯利亚。

水,也没有看到任何人烟的迹象。我们的人因此就在海岸边来回寻找,看看海边上是否有淡水。我则独自一人到另一边走了大约一英里,发现这地方全是岩石,一片荒凉。我开始感到无趣,看不到有什么东西可以引起我的好奇心,就慢慢朝港湾处走回去。大海一览无余③,我看到我们的那些水手已经上了舢板在拼着命朝大船划去。我正要向他们呼喊(尽管这也没有什么用),却忽然看到有个巨人在海水中飞快地追赶他们。他迈着大步,海水还不到他的膝(xī)盖。但我们的水手比他占先了半里格路,那一带的海水里又到处是锋利的礁石,所以那怪物追不上小船。这都是后来我听人说的,因为当时我哪还敢待在那里等着看这个惊险的场面会落得个什么结果。我循着原先走过的路拼命地跑,接着爬上了一座陡峭的小山,从那里我大致看清了这是个什么地方。我发现这是一片耕地,但首先让我吃惊的是那草的高度;在那片似乎是种着秣(mò)草的地上,草的高度在二十英尺以上[4]。

我走上了一条大道;我想这是一条大道,其实对当地人来说,那只是一片大麦地里的一条小径。我在这路上走了一些时候,两边什么也看不到。快到收割的时候了,麦子长得至少有四十英尺高。我走了一个小时才走到这一片田的尽头。田的四周有一道篱笆围着,高至少有一百二十英尺。树木就更高大了,我简直无法估算出它们的高度。从这块田到另一块田之间有一段台阶[5]。台阶有四级,爬到最高一级之后还要跨过一块石头。我是无法爬上这台阶的,因为每一级都有六英尺高,而最上面的那块石头高度在二十英尺以上。我正竭力在篱笆间寻找一个缺口,忽然发现一个当地人正从隔壁的田里朝台阶走来。这人和我看到的在海水中追赶我们小船的那一个一样高大。他有普通教堂的尖塔那么高,我估计他一步就是十来码。我惊恐不已,就跑到麦田中间躲了起来。我看到他站在台阶的顶端正回头看他右边的那块田,又听到他叫喊,声音比喇叭筒还要响好多倍,但由于那声音是从很高的空中发出的,我起初还以为一定是打雷了呢[6]。他这一喊,就有七个和他一模一样的怪物手拿着镰刀向他走来;那镰刀大约每把是我们的长柄镰的六倍。这些人穿的不如第一个人好,像是他的佣人

[4]爬上高处发现草的高度极高,为之前出现的巨人作了解释。

[5]通过对此处道路、麦子、篱笆、树木的描写,将巨人国令人惊奇的事物展现在读者眼前。

[6]通过对农夫身高、步子和声音的描写,以此来表现这是个实实在在的"巨人"。

③一览无余:一眼看去,所有的景物全看见了。形容建筑物的结构没有曲折变化,或诗文内容平淡,没有回味。

或者雇工,因为听他说了几句话之后,他们就来到了我趴着的这块田里来收割麦子了。我尽可能远远地躲着他们,但是因为麦秆与麦秆间的距离有时还不到一英尺,我移动起来就极其困难。尽管这样,我还是设法往前移,一直到了麦子被风雨吹倒的一块地方。这里我就再也无法向前移动一步了,因为麦秆全都缠结在一起,我没办法从中间爬过去,而落在地上的麦芒是又硬又尖,戳穿了我的衣服,直刺到肉里去。与此同时,我听到割麦子的人在我后面已经不到一百码了。我精疲力竭,悲伤绝望透顶,就躺倒在两道田垄间,一心想着就在这里死掉算了。想到我妻子要成为孤苦无依的寡妇,孩子要成为没有父亲的孤儿,我悲伤不已。我又悔恨自己愚蠢、任性,全不听亲友的忠告,一心就想着要做这第二次航行。我心里这样激动不安,不由得倒又想起利立浦特来。那里的居民全都把我看作是世界上最大的庞然大物;在那里我可以一只手牵走一支皇家舰队;创造的其他一些业绩,也将永远载入那个帝国的史册。虽说这一切后人难以相信,但有千百万人可以作证。可我在这个民族中间可能就微不足道,就像一个利立浦特人在我们中间微不足道一样,想到这一点,我真感到是奇耻大辱。但是我想这还不是我最大的不幸,因为据说人类的野蛮和残暴与他们的身材是成比例的,身材越高大,就越野蛮越残暴[7]。那么,要是这帮巨大的野人中有一个碰巧第一个将我捉到,我除了成为他口中的一小块食物之外,还能指望什么呢?毫无疑问,哲学家们的话还是对的,他们告诉我们:万事万物只有比较才能有大小之分。命运也许就喜欢这样捉弄人,让利立浦特人也找到一个民族,那里的人比他们还要小,就像他们比我们小一样。谁又知道,就是这么高大的一族巨人,不会同样被世界上某个遥远地方的更高大的人比下去呢?不过那样的巨人我们至今还没有发现罢了。

我那时心里又怕又乱,禁不住这样乱想下去。这时有一个割麦人离我趴着的田垄已经不到十码远了,我怕他再走一步,就会把我踩扁,或者用镰刀把我割成两段。因此,就在他又要向前移动的时候,我吓得拼命尖叫起来。一听到这叫喊声,巨人忽地停住了脚步,他朝下面向四周看了半天,终于发现了躺在地上的我。他迟疑了一会儿,那小心的样子就仿佛一个人努力想去捉住一只

[7] 受到惊吓之后,"我"想起了人们约定俗成的看法,但之后的经历很快就推翻了这一观点。

危险的小动物而又生怕被它抓伤或咬伤一样;我自己在英国时,有时候捉一只黄鼠狼也就是这样的。最后,他大胆地从我的身后用拇指和食指捏住我的腰将我提到了离他眼睛不到三码的地方,他这样是为了更好地看清楚我的形体。我猜到了他的意思,幸亏当时我还冷静,他把我举在空中,离地六十英尺,又怕我从他的指缝中间滑落,所以狠命地捏住我的腰部,但我却下定决心绝不挣扎一下。我敢做的一切,只是抬眼望着太阳,双手合拢做出一副哀求的可怜相,又低声下气、哀哀切切地说了几句适合我当时处境的话,因为我时刻担心他会把我砸到地上,就像我们通常对待我们不想让它活命的任何可恶的小动物一样[8]。可是我也真是福星高照,他似乎很喜欢我的声音和姿态,开始把我当作一件稀罕的宝贝。听到我发音清晰地说话,虽然听不懂是什么意思,他还是感到非常好奇。这同时我却忍不住呻吟流泪起来;我把头扭向腰部两侧,尽可能让他明白,他的拇指和食指捏得我好疼啊。他好像弄懂了我的意思,因为他随手就提起了上衣的下摆,把我轻轻地放了进去,然后兜着我立即跑去见他的主人。他的主人是个殷实的富农,也就是我在田里首先看到的那一个。

那农民听完他的佣人报告我的情况后(我从他们的谈话猜想是这样),就拾起一根手杖粗细的小麦秆儿,挑起我上衣的下摆;他似乎觉得我也许生下来就有这么一种外壳。他把我的头发吹向两边好把我的脸看得更清楚[9]。他把雇工们叫到他身边,问他们有没有在田里看到与我相近似的小动物。这是我后来才弄明白的。接着他把我轻轻地平放在地上,不过我马上就爬了起来,慢慢地来回踱步,让这些人明白我并不想逃走。他们全都围着我坐了下来,这样可以更清楚地看到我的举动。我脱下帽子,向那个农民深深地鞠了一躬。我又双膝跪地,举起双手,抬起双眼,尽可能大声地说了几句话[10]。我从口袋里掏出一袋金币,十分谦恭地呈献给他。他用手掌接过来,拿到眼前看看到底是什么,后来又从他衣袖上取下一根别针,用针尖拨弄了半天,还是弄不明白那究竟是什么东西。于是我就示意他把手放在地上,我再拿过钱袋,打开来,将金币尽数倒入他的手心[11]。除了二三十枚小金币以外,还有六枚西班牙大金币,每一枚值四个皮斯陀(tuó)。我见他把小指指尖在舌头上润了润,捡起一块大金币,接着又捡起一

[8] 面对巨人,"我"露出了一副可怜相,"我"当时的处境和感受生动、形象地表现了出来。

[9] 对农民的动作描写将他对"我"的好奇淋漓尽致地展现了出来。

[10] 一系列的动作和神态描写,生动而传神地把格列佛由于害怕而产生的恭敬之情表现得淋漓尽致。

[11] 很明显,格列佛在大人国里也变成了一个微不足道的"小人"。

块,可是他看来完全不明白这是些什么。他对我做了一个手势,让我把金币收进钱包,再把钱包放进衣袋。我向他献了几次,他都不肯收,我就想最好还是先收起来罢。

至此,那农民已经相信我一定是一个有理性的动物了。他一再和我说话,可是声音大得像水磨一样刺耳,清楚倒够清楚的。我尽量提高嗓门用几种不同的语言回答他,他也老是把耳朵凑近到离我不足两码的地方来听,可全都没有用,因为我们彼此完全听不懂对方的话。他接下来让佣人们回去干活,自己就从口袋里摸出一块手帕,摊在左手上叠成双层,再手心朝上平放在地上,做手势让我跨上去。他的手还不到一英尺厚,所以我很容易就跨了上去。我想我只有顺从的份儿,又怕跌下来,就伸直了身子在手帕上躺下。他用手帕四周余下的部分把我兜起来只露出个头,这样就更安全了。他就这样将我提回了家。一到家他就喊来他的妻子,把我拿给她看。可她吓得尖叫起来,回头就跑,仿佛英国的女人见了癞蛤蟆或蜘蛛一般。可是过了一会儿,她见我行为安详,并且她丈夫示意我做什么我就做什么,十分听话,她也就很快放心了,还渐渐地喜欢起我来。

中午十二点钟光景,仆人将饭送了上来。菜也就是满满的一盘肉(农民生活简单,吃这样的菜是相称的),装在一只直径达二十四英尺的碟子里。一道吃饭的有农民和他的妻子、三个孩子以及一位老奶奶。他们坐下来之后,农民把我放到桌子上,离他有一段距离。桌子离地面有三十英尺。我怕得要命,尽可能远离桌子边唯恐跌下去。农民的妻子切下了一小块肉,又在一只木碟子里把一些面包弄碎,然后一起放到了我的面前。我对她深深地鞠(jū)了一躬,拿出刀叉就吃了起来。大家见状十分开心[12]。女主人吩咐女佣取来一只容量约为三加仑的小酒杯,斟(zhēn)满了酒;我十分吃力地用两只手将酒杯捧了起来,以极为恭敬的态度把酒喝下,一边竭力提高嗓门用英语说:为夫人的健康干杯。大家听到这话全都开怀大笑,我却差点被这笑声震聋了耳朵。酒的味道像淡淡的苹果酒,并不难喝。接着主人做了一个手势让我走到他切面包用的木碟那边去。宽容的读者很容易就能体会到并且原谅我,就是,由于我一直惊魂未定,所以走在桌上的时候,不巧被一块面包屑绊了一跤,来了个嘴啃桌子,不过没有伤着。我

[12] "我"的彬彬有礼赢得了大家的欢心,"我"的到来使这个家充满了生机。

[13] 以己度人。不管巨人能听懂"我"呼万岁只是为了讨好他们并保全自己。

[14] 一个调皮的小男孩，一个对客人尊敬的严厉的父亲，通过该情节都得到了充分的表现。

[15] 从我对巨人的小儿子的态度可以看出"我"的善良、宽厚和仁慈。

马上爬了起来，看到这些好人都很关切的样子，我就拿起帽子（为了礼貌起见我一直把帽子夹在腋下），举过头顶挥了挥，连呼三声万岁，表示我并没有跌伤[13]。但就在我往前向我的主人（从此我就这么称呼他）走去的时候，坐在他边上的他那个最小的儿子，一个十岁左右的小调皮，一把抓住了我的两条腿把我高高地提到了半空中，吓得我四脚直颤。他父亲赶紧把我从他手里抢了过来，同时狠狠地在他左脸上给了一记耳光，命人把他带走，不许上桌[14]。这一记耳光足可以打倒一队欧洲骑兵。但是我怕小孩子可能要记我仇，又想起我们的孩子天生都爱捉弄些麻雀、兔子、小猫和小狗，就跪了下来，指着孩子，尽可能地让主人明白，我希望他能饶了儿子。父亲答应了，小家伙重新回到座位上。我走过去吻了他的手，我的主人也拉过他的手让他轻轻地抚摸我[15]。

正吃着饭，女主人宠爱的猫跳到她膝盖上来了。我听到身后闹哄哄的声音，像有十几个织袜工人在干活，掉头一看，发现原来是那只猫在满足地哼哼，女主人正在边抚摸边喂它吃东西呢。我看到了它的头和一只爪子，估计这猫有三头公牛那么大。我老远地站在桌子的另一边，与猫相距五十多英尺；女主人也怕它万一跳过来抓我，所以紧紧地抱住它；即使这样，那畜生狰狞的面相还是让我感到十分不安。可是碰巧倒也并没有危险，我的主人把我放到离它不足三码的地方，它连理都没理我一下。我常听人说，自己旅行中的亲身经历也证明是这样，就是，当着猛兽的面逃跑或者表现出恐惧，它就肯定会来追你或者向你进攻。因此，在这危险关头，我是拿定主意要表现得满不在乎。我在猫头的前面毫

[16] "我"故作镇定，鼓起勇气去面对像三头公牛一样的猫，由此证实了人们的想法。

无惧色地踱了五六次，有时离它还不到半码远；那猫倒像是更怕我似的，把身子缩了回去[16]。至于狗，我就更不怕了。这时候有三四条狗进了屋子，这在农民家里是常见的事，其中有一条是獒（áo）犬，身躯抵得上四头大象，还有一只灵缇（tí），不如獒犬大，却更高些。

饭快吃完的时候，保姆怀里抱着个一岁的小孩走了进来。他一见我就大声啼哭起来，那哭声从伦敦桥到切尔西④那么远也可以听得到。他像平常孩子那样咿呀了半天要拿我去当玩具。母

---

④切尔西：伦敦西南部的一个区，从伦敦桥到切尔西约有五英里。

亲也真是一味地溺爱孩子，就把我拿起来送到了孩子跟前。他立刻一把拦腰将我抓住，把我的头直往嘴里塞。我大吼起来，吓得这小淘气一松手把我扔了。要不是他母亲用围裙在下面接住我，我肯定是跌死了[17]。保姆为了哄孩子不哭，就用了一只拨浪鼓。这是一种中空的盒子，里边装上几块大石头，用一根缆绳拴在孩子的腰间。但这一切全都没有用，她只有使出最后一招，让孩子吃奶。我得承认，还从来没有过什么东西有这乳房让我这样恶心的，它长得那么怪异，我真不知道拿什么来形容它，所以也无法对好奇的读者说清这乳房的大小、形状和颜色。乳房挺着六英尺高，周长少说也有十六英尺，乳头大概有我半个头那么大。乳房上布满了黑点、丘疹(zhěn)和雀斑，那颜色那样子真是再没有什么比它更叫人作呕的了[18]。她坐着喂奶比较方便，而我是站在桌上，离得近，所以这一切我看得清清楚楚。这使我想起我们英国的太太们皮肤白皙细嫩，在我们眼中是多么的漂亮。不过那也只是因为她们身材和我们是一般大小罢了，有什么缺点瑕疵，还得借助于放大镜才能看得清。我们做过试验，从放大镜里看，最光滑洁白的皮肤也是粗糙不平、颜色难看的[19]。

　　我记得在利立浦特时，那些小人的面容在我看来是世界上最美丽的了[20]。有一次我同那里的一位学者也曾谈论过这个问题。那学者是我的一个亲密朋友，他说，我的脸他从地面往上远看比近看要光滑、漂亮得多。他承认当我把他拿在手里和我靠得很近时，初一看我很是吓人。他说都能在我的皮肤上见到大坑，胡子茬比野公猪的鬃毛还要硬十倍。面孔也是由多种不同颜色组成，看了整个儿让人不舒服。不过请允许我为自己辩白一下，我其实和我国的大多数男同胞一样漂亮，每一次旅行也并没有把我晒黑。另一方面，说起朝廷里的那些贵妇人时，他又常常跟我说，这个人有雀斑，那个人嘴太宽，还有什么人鼻子过大，可我是一点也看不出来。我承认他的这一见解已经足够明显的了，而我还是忍不住要说一说，免得读者们认为那些巨人长得真是丑陋不堪。我得替他们说句公道话，他们是一个美丽的民族，尤其是我那主人，虽然只是农民一个，我从六十英尺的高处看他，相貌还真匀称端正得很呢[21]。

　　吃完中饭，主人出去监督他的雇工了，从他的声音和手势我

[17] 预示着格列佛在大人国的命运将充满危机。

[18] 运用精确的数字和对比手法，使描述对象形象生动，具体可感。

[19] 用人们普遍了解的事实说话，增强可信度。

[20] 穿插小人国的经历，既是对小人国的回忆，也是与大人国作比较。

[21] 用简练的语言表达了"我"公正待人的观念。

能看出他严格嘱咐妻子要小心照看好我。我累得很,想睡觉,女主人看出来了,就把我放到了她自己的床上,给我身上盖了一条干净的白手帕,但那手帕比一艘战舰的主帆还要大,也粗糙得多。

我睡了大约有两个钟头,梦见在家与妻子儿女在一起,一觉醒来,越发痛苦。我发现自己孤零零地在一个两三百英尺宽、两百多英尺高的大房间里,躺在一张二十码宽的床上[22]。女主人忙家务去了,把我一个人锁在这里。床离地面有八码。因为生理上的需要,我不得不下床。我不敢随便叫喊,就是喊了,我睡的房间离那一家人所在的厨房那么远,我这样的声音根本不抵用。正当我处在这种境况中时,两只老鼠忽然缘着帐幔(màn)爬了上来,在床上跑来跑去乱嗅一阵。有一只差点跑到了我脸上,我吓得一下爬了起来,抽出腰刀进行自卫。这两只可怕的畜生竟敢对我两面夹攻,其中一只抬起前爪来抓我的衣领,幸亏它还没来得及伤害我,我就将它的肚子剖开了。它倒在了我脚下,另一只看到它同伙的下场立即就跑,但逃跑时背上也被我狠狠地砍了一刀,血淋淋地流了出来[23]。大功告成之后,我慢慢地在床上来回走动以平定呼吸,恢复精神。这两只畜生有大獒犬那么大,但要比獒犬灵活、凶猛得多,如果我在睡觉前解去了皮带,那么我肯定会被它们撕成碎片吞吃了。我量了一下死老鼠的尾巴,发现差一英寸就有两码长了。老鼠的尸身还躺在那里淌血,看了令人作呕,但我又没办法把它拖下床去。我见它还有点儿气,就在它脖子上猛砍了一刀,这才彻底结果了它的性命。

不久以后,女主人来到了房间,见我浑身是血,就赶紧跑过来把我拿在她手中。我指了指死老鼠,又笑着做手势给她看,表明我没有被伤着。她高兴极了,让女佣用火钳夹住死老鼠把它扔到了窗外。她又把我放到了桌上,我把沾满了血的腰刀给她看,又用上衣的下摆把刀擦干净,然后放回了刀鞘。这时我急不可耐地要做一两件别人无法替代的事情,就竭力让女主人明白要她把我放到地上。她把我放在地上以后,我觉得不好意思,只能指着门向她连鞠几躬,此外没有别的办法来进一步表达我的意思了。这个好心的女人最后好不容易才弄明白我的想法,就又用手拿起我,走进花园,把我放在了地上。我走到离她约有两百码的地方,打手势请她不要看我或者跟过来,然后躲在两片酸模树叶之间解

---

[22] 房子越大越空旷,越能彰显"我"之渺小,言辞间透露着伤感与失落。

[23] 昔日在小人国勇猛强壮的格列佛在大人国竟然受到如此威胁,情节设计巧妙合理,也引发读者对人生境遇的辩证思考。

除了生理上的需要。

　　我希望可敬的读者能原谅我絮絮叨叨说这些琐碎的事。在没有头脑的俗人看来，这些事情无关紧要，但它们无疑能帮助哲学家丰富想象，扩大思想范围，对公众与个人生活都有好处。这也就是我将这篇游记和其他几篇游记公之于世的唯一目的。我所关注的主要是事实，丝毫没有在学问或风格上炫耀卖弄。但这次航行中的所有经历给我留下了极其强烈的印象，并深深地刻在我的记忆之中，因此在叙述这些事件时，我没有任何遗漏。然而经过严格校订，我还是抹去了初稿中比较不重要的几个段落，怕人家指责我的游记冗长和琐碎。旅行家们常常受到这类指责，倒也不是完全没有道理的。

第二章

巡回演出

关于农民女儿的描写——格列佛被带到一个集镇,接着被带到了首都——旅途中的详情。

我的女主人有一个九岁的女儿,就年龄而言,她是一个早慧的孩子,她能做一手好针线活儿,打扮起娃娃来也是熟练灵巧。她和她母亲想办法临时做了一只婴儿的摇篮供我夜里睡觉。摇篮放在一个衣柜的小抽屉里,因为担心老鼠伤害我,她们又把抽屉放在一块悬空的吊板上[1]。我和这一家人住在一起的日子里,这就是我的床了;后来我开始学习他们的语言,渐渐地,他们能够明白我的需要,那床也就被改进得越来越方便舒适。这小姑娘心灵手巧,我只当着她的面脱过一两次衣服,她就会给我穿衣脱衣了。不过,只要她肯让我自己动手,我是从来不会去麻烦她的。她给我做了七件衬衫,还有一些内衣,用的都是最精致的布,不过这些布实际上比麻袋布还要粗[2]。她经常亲手给我洗衣服。她还是我的语言教师,我每指一样东西,她就告诉我在他们本国话里那叫什么。以后的几天里,凡是我要的东西,我都可以叫出名字来了。她脾气很好,身高不到四十英尺,在她那个年龄算个子小的了。她给我起了个名字,叫"格里尔特里格",全家人都这么叫我,后来全国的人也都这么喊我。这个词和拉丁文里的"nanunculus",意大利文里的"homunceletino",以及英文里的"mannikin"[侏儒(zhū rú),矮子]是同一个意思[3]。我能在那个国家里活下来,主要还得归功于她。我在那里生活的那段时间里,我们从来不分开。我管她叫我的"格兰姆达尔克立契",意思是小保姆。我如果不在这里敬重地提一下她对我的关怀和爱护,那我真是太忘恩负义了。她值得报答,我也衷心希望能够报答她的恩德。可我总担心她会因为我而失去宠爱,尽管我是无辜的,

[1] 通过细节描写可以看出小女孩的温柔体贴。

[2] 小姑娘对格列佛照顾得无微不至,但她改变不了格列佛的命运。

[3] 名字暗含着轻视的意思。

而且也出于无奈。

邻里如今都知道了这件事,纷纷开始谈论我的主人在地里发现了一头怪兽,大小相当于一只"斯泼拉克那克",形状却处处像人。它还能模仿人的所有的动作,好像有它自己的语言,也学会了几句他们的话。它能挺着身用两条腿走路,温顺,懂礼貌,叫它来它就来,让它做什么它就做什么。它长着世上最漂亮的四肢,面孔比贵族家中三岁的女儿还要白嫩[4]。有一个农民,就住在附近,他是我主人的一位特殊的朋友,曾特地前来打听这故事是否属实。我主人立即把我拿了出来放到桌上。我按照他的命令在桌上走路,抽出腰刀又放回刀鞘。我向主人的客人致敬,用他们自己的话向他问好,又说欢迎他的到来,一切全是按照我的小保姆教我的话说的。这个人老眼昏花,戴上眼镜想把我看个仔细。这一戴,却叫我忍不住大笑起来,因为他的眼睛就像两个从窗户照进房间来的满月。这一家人弄清楚我是为什么而发笑时,也和我一同大笑起来。老头子傻头傻脑,竟大生其气,脸色也变了。就我不幸的遭遇来说,说他是个守财奴①真是一点儿也不冤枉他。他给我的主人出了一个馊点子,让我主人趁赶集的日子把我带到邻近的镇上去展览[5]。那镇离我们家大约二十二英里,骑马半个钟头就到了。我看到主人和他的朋友在那儿窃窃私语老半天,有时还指指我,就猜想他们是在打什么坏主意了。我偷听到了他们的一些话,有几句还听懂了。我一害怕就胡思乱想起来。可是第二天早上,我的小保姆格兰姆达尔克立契就将整个事情一五一十地告诉了我,她是从她母亲那里巧妙地探听得来的。可怜的小姑娘把我抱在怀里,又羞又悲地哭了起来。她怕那些粗鲁的俗人会伤害我。他们把我拿在手里时说不定会把我捏死或者弄断我的手脚。她又说我的性情是那么朴实温和,对自己的面子又是那么顾惜,现在要拿我去给一帮最下流的人当把戏耍赚钱,我该认为那是多么大的耻辱啊[6]。她说爸爸妈妈都已答应她,"格里尔特里格"是她的,可如今她看出来他们又要像去年那样来对待她了。那时他们假装给她一只小羊羔,可羊一长肥壮,他们就把它卖给了屠户。至于我自己,老实说,反倒没有我的小保姆那样担心。

---

①守财奴:有钱而非常吝啬的人。

[4]通过描写"我"在邻居们眼中的形象侧面烘托了"我"的稀奇珍贵,为后文主人靠"我"赚钱埋下了伏笔。

[5]从此格列佛走上了街头卖艺之路,开始了在大人国的曲折经历。

[6]多么可爱、善良、讨人喜欢的姑娘呀。

我一直抱着一个强烈的愿望：终有一天我会恢复自由的。至于被人当作怪物带着到处跑这样不光彩的事，我就把自己当作是这个国家里的一个地道的异乡人，有朝一日我回到英国，人们也绝不可能因为我有过这样的不幸遭遇来非难我，因为就是大不列颠国王自己，处在我的位置，也同样要遭遇这不幸的[7]。

　　我的主人听信了他朋友的话，到了下一个赶集的日子，就用箱子把我装着到邻近的集镇上去了。他带上了小女儿，也就是我的小保姆，让她坐在他身后的马鞍上。箱子四面封得严严实实，只有一个小门供我出入，还有就是几个用做空气流通的小孔[8]。小姑娘真是想得周到，她把娃娃床上的被褥（rù）拿来放到了箱子里，好让我一路躺着。可是路虽只有半个小时，我却被颠坏了，弄得极不舒服，因为那马一步就是差不多四十英尺，跳得又高，箱子仿佛大风暴中的船只上下起伏，而起伏又远远比船只要频繁。我们的路程好像比从伦敦到圣奥尔班②还要远一点。我主人在一家他常光顾的小旅馆前下了马。他先和旅馆主人商量了一阵，又做了一些必要的准备，接着就雇了一名"格鲁特鲁德"，就是镇上的喊事员，通知全镇让大家到绿鹰旅馆来观赏一头怪兽；它大小还不及一头"斯泼拉克那克"（那是这个国家一种样子很美的动物，身长约六英尺），全身上下处处像人，会说几句话，还能耍一百种有趣的把戏[9]。

　　他们把我放到旅馆最大的房间里的一张桌子上，房间面积差不多有三百平方英尺。我的小保姆紧挨着桌子站在一张矮凳子上，一边照看着我，一边指挥我表演[10]。我主人为了避免人群拥挤，每次只让三十个人进来看我。我按照小姑娘的指令在桌子上走来走去。她用我听得懂的几句话向我提问，我就尽量提高了嗓门回答她。我几次在桌上绕行，面向观众致敬，说欢迎各位光临，还说了我学会的其他一些话。格兰姆达尔克立契给了我一个针箍大小的容器做酒杯，我拿起这盛满酒的杯子，为大家的健康干杯。我抽出腰刀，按照英国击剑家的样子舞弄了一会儿。保姆又给了我一节麦秆儿，我拿它当枪耍了一阵；这玩意儿我年轻时曾学过。那天我一共表演了十二场，常常被迫一遍又一遍地重复那

[7]"我"的乐观精神和坚信自己可以回到家乡的信念对当时处境的"我"来说是难能可贵的。

[8]"我"从座上客沦落为阶下囚，失去了自由。

[9]"怪兽"之称第一次出现，他们对格列佛的定义是"处处像人"，这就定位了格列佛在大人国中的身份。

[10]小女孩的做法与她父亲唯利是图的行为形成了鲜明的对比。

---

②圣奥尔班：伦敦西北约二十英里的一个城市。

些舞刀弄枪的把戏,直到累得半死不活,苦不堪言③[11]。那些看过我表演的人都大肆宣扬,所以人们准备破门而入来观赏。我主人为了他自身的利益,除我的小保姆外不让任何人碰我;为了防止出危险,他在桌子四周设了一圈长凳,远远地将我与众人隔开,谁也够不着。但是,一个倒霉鬼小学生拿起一只榛(zhēn)子对准我的头直扔了过来,差一点就击中了我。那榛子来势凶猛,真要是击中了我,我肯定得给打得脑浆迸裂,因为它差不多有一只小南瓜那么大。不过我很开心看到这小流氓被痛打了一顿,轰出了房间[12]。

我主人当众宣布,下一个赶集的日子再拿我来表演。同时他也给我准备了一辆更为方便舒适的车子。他这样做是很有道理的,因为第一次旅行下来我已疲惫不堪,加上连续八个钟头给人表演,两条腿快要站不住了,话都说不出。至少过了三天,我才恢复了体力[13]。可是我在家中也得不到休息,因为方圆一百英里内的绅士们听说我的名声后,都赶到我主人的家里来看我。当时带着妻子儿女来看我的人不下三十个(乡下人口很多)。每一次我主人让我在家表演时,即使是给一家人看,他也要求按一满屋子的人数收费。虽然我没有被带到镇上去,可是有一度每个星期除星期三是他们的安息日我可以休息外,天天都难得安稳。

我主人发现我可能给他赚大钱,就决定把我带到全国各大城市去走一趟[14]。他准备好长途旅行所必需的一切东西,又安排好了家中的事,于1703年8月17日,也就是我到这地方后约两个月的时候,告别妻子,动身前往靠近该帝国中部、离家约三千英里的首都。我主人让他女儿格兰姆达尔克立契骑在马上坐在他身后。她把装着我的箱子系在腰间抱放在膝上。箱子里四周她都用所能找得到的最柔软的棉布衬好,棉布下面垫得厚厚的。她把婴儿的小床放在里面,又给我预备了内衣和其他一些必需品,把一切都尽量搞得方便舒适[15]。我们没有其他同行的人,只带了一个男仆,他带着行李骑马跟在后面。

我主人的计划是让我在沿途所有的市镇上都进行表演,而且,只要有生意,也可以离开大路走上五十或一百英里到村子里

---

③ 苦不堪言:痛苦或困苦到了极点,已经不能用言语来表达。

[11] 详细描写格列佛表演的情景。

[12] 生动的记叙,让人不禁联想到动物园里人们向动物扔食物等的情境。

[13] 道出了"我"为讨主人欢心所做的努力,"我"的疲惫不堪也说明了"我"的劳动强度之大。

[14] 利欲熏心的主人眼中只有金钱,他把"我"视作挣钱的工具。

[15] 主人的女儿自始至终对我的照顾都是无微不至,与其唯利是图的父亲截然不同。

或者大户人家去演出。我们一路上慢慢地走,一天走不到一百五十英里。格兰姆达尔克立契有意想照顾我,就抱怨说马把她颠累了。她常常顺从我的要求把我从箱子里拿出来,让我呼吸新鲜空气,看看四野的风光,不过总是用一根带子将我紧紧地牵着。我们过了五六条河,那都比尼罗河和恒河要宽得多,也深得多,像伦敦桥畔的泰晤士河那样的小溪几乎一条也没有。我们在路上一共走了十个星期,我在十八个大城市被展出,许多村庄和私人家还不包括在内。

10月26日,我们到了首都,用他们的话说叫做"洛布鲁格鲁德",意思是"宇宙的骄傲"。我主人在离皇宫不远的一条主要大街上找了一个住处,照平常的样子贴出广告,把我的个人情况详细描述了一番。他租下一间三四百英尺宽的大房间,又预备了一张直径六十英尺的圆桌,要我在这上面表演。桌面上离桌边三英尺的地方围了一圈三英尺高的护栏,这样可以防止我跌到桌子下面去。我一天演出十场,所有人看了都惊叹不已,非常满足。他们的话我已经说得相当不错了,他们对我说话,每个词我都能听懂。此外,我还学会了他们的字母,不时还能设法解释个把句子[16]。在家时格兰姆达尔克立契就一直当我的老师,旅途中空闲时她也教我。她口袋里装了一本比《三松地图册》④大不了多少的小书。那是给年轻姑娘们看的一本普通读物,内容是关于他们的宗教的简要叙述。

她就用这本书来教我字母,讲解词义。

[16]"我"在这里被视作一个玩物,供人赏玩,讨人欢心;与此同时,"我"也学会了他们的语言。"我"在逆境中不自暴自弃、英勇顽强的精神值得学习。

④《三松地图册》:法国地理学家三松(1600—1667)绘制的地图集,长约二十五英寸,宽二十英寸。

第三章

进入王宫

格列佛奉召入官——王后从他的农民主人手里把他买下来献给国王——他和国王陛下的大学者们辩论——朝廷为格列佛提供了一个房间——他深得王后的欢心——他为祖国的荣誉辩护——他和王后的侏儒吵嘴。

我每天都很辛苦,几个星期下来,身体就发生了很大的变化。我的主人靠我赚到的钱越多就越贪得无厌。我胃口大减,瘦得只剩一把骨头了。那农民见我这样子,断定我肯定是快要死了,就决定尽可能地从我身上多捞一把[1]。他还在认真盘算并且未拿定主意的时候,从朝廷来了一个"斯拉德拉尔"(就是引见官),命令我主人马上把我带进官给王后和贵妇们表演取乐。有几位贵妇已经看过我的表演,她们早就把我的具体情况及离奇的事情向王后作了报告。王后和服侍她的那些人对我的行为举止无比欣赏。我双膝跪下,请求王后准许我吻一下她的脚;但我被她们放到桌上以后,这位仁慈的王后却把她的一个小手指头伸给了我。我立即展开双臂一把抱住,以最最尊敬的态度亲吻了她的指尖[2]。她问了我几个关于我的祖国和我的旅行情况的一般性问题,我都尽量清楚简要地做了回答。她问我愿不愿意到宫里来住。我一躬一直鞠到桌面,毕恭毕敬地回答说,我是我主人的奴隶,但要是让我自己做决定的话,我能终身为王后陛下效劳,那真是莫大的荣幸了。她接着就问我的主人是否愿意将我高价出售。我主人认为我活不到一个月,正巴不得将我卖掉,就要价一千金币[3]。王后吩咐当场就把钱给了他。每个金币大约有八百个莫艾多①那么

[1] 承接上文农民变得"贪得无厌",并为下文农民最后同意将"我"卖给宫廷埋下伏笔,推动情节的发展。

[2] 我的谦恭、彬彬有礼以及示弱的态度,获得了王后和贵妇们的欣赏。

[3] 农民认为"我"命不久矣,便漫天要价,意图最后再赚一笔。

---

① 莫艾多:古代葡萄牙的一种金币。

大，但是如果我们考虑一下这个国家的各种东西和欧洲的每一样东西之间的比例，再按照金子在他们那儿的高价来计算一下，这一千金币的数目几乎还不到英国的一千个几尼②。接着我就对王后说，既然我现在是王后陛下最卑（bēi）贱③的奴仆了，就请求陛下开恩，收下格兰姆达尔克立契为陛下效劳，同时也让她继续做我的保姆和老师。她长期以来一直照看着我，那样关心，那样善良；她也懂得怎么照料我[4]。王后同意了我的请求。征得那农民的同意自然很容易，女儿被选入宫还有不高兴的？我的旧主人向我告别，说他给我找到了一个好地方，然后就退了出去。我一句话也没有答他，只轻轻地欠了欠身[5]。

　　王后看出我态度冷淡，农民走出房间后，就问我是为什么。我大胆地对王后说，我并不欠我的旧主人什么情；要说欠他什么，也只是他没有将在他地里偶然发现的一只可怜无害的小动物砸个脑浆飞溅罢了，而这点情我如今已充分报答了他。他拿着我在王国内一半的地方演出，赚足了钱，如今又把我卖了个好价钱。我跟了他以后过的那生活实在太苦，就是一个体力比我强十倍的动物也免不了要被折磨死。一天之中每个小时都在不停地给一帮乌合之众④卖力表演供其取乐，我的健康因此受到极大损害。要不是我的主人认为我已经生命垂危，陛下也许就买不到这么一件便宜货。但是现在我丝毫不用害怕再会受到虐待了[6]，因为有这么一位伟大而善良的王后庇护着我；她给大自然添光彩，她是世界的宠儿，万民的福气，造物主的不死鸟[7]。我的旧主人担心我会死，我希望那担心再没有什么根据，因为我感觉到，受王后陛下威仪的影响，我的精神已经开始恢复。

　　这就是我说的话的要点。我说得犹犹豫豫，措辞也很不恰当，后半段完全是照那里人特有的一种模式来说的，有些词句是格兰姆达尔克立契带我进宫时我从她那儿学来的。

[4] 说明"我"知恩图报，并达成了上文中提及的想要报答她的心愿。

[5] 此处无声胜有声，表达了"我"对主人的怨恨。

[6] 格列佛讲了一番心里话，也算合情合理。

[7] 格列佛迎来了崭新的生活，并对王后寄予了厚望。

②几尼：英国的一种旧金币，值二十一先令。
③卑贱：出身或地位低下。
④乌合之众：比喻临时杂凑的、毫无组织纪律的一群人。

王后对我说话方面有些欠缺十分宽容,可她却非常惊奇这么小小的一个动物竟会这么聪明而有见识。她亲手拿起我带到国王那儿。国王这时已经进了内宫。这是一位神情庄严肃穆的君王。他第一眼都没有看清楚我的样子,我匍匐在王后的右手里,他还以为是一只"斯泼拉克那克"呢,就漫不经心地向王后说,什么时候喜欢上"斯泼拉克那克"来了[8]?王后十分机智幽默,她把我轻轻地立在写字台上,令我向国王作自我介绍。我就十分简要地说了几句。在内宫门口侍候的格兰姆达尔克立契是一刻不见我也不行,这时就被叫了进来,证实了我到她父亲家里以来的全部经历。

[8] "我"竟被当成了小动物,夸张中透着无奈。

国王非常博学,其程度不下于他领土范围内的任何一位学者;他研究过哲学,尤其是数学;尽管如此,在我开口说话之前,他看清楚我的样子后,见我站直了身子在那里走路,还以为我大概是哪位天才巧匠设计出来的一件钟表之类的机械呢(这类机械在那个国家已发展到了极其完善的程度)。可是当他听到了我说话的声音而我说话也十分正常有道理时,他禁不住大吃一惊。我向他叙述我是怎么来到他的王国的,他却怎么听都不能满意,以为是格兰姆达尔克立契和她父亲商量好了的一段故事;他们教我一套话,这样就可以把我卖个大价钱。他这么猜想着,就又问了我几个别的问题,得到的依然是有理性的回答。我只是说话带点外国腔调,用他们的语言不够纯熟,夹杂了一些在农民家里学到的乡下土话,与宫廷里文雅的风格不相称,除此之外,并没有什么别的缺点。

国王陛下召来了三位大学者,这个星期正当他们值班。学者值班听从国王召唤是这个国家的规矩。这几位先生先是仔仔细细地把我的模样察看了一番,然后开始就我发表不同的意见。他们一致认为,按照大自然的一般法则,是不可能产生我这个人的,因为我生来就没有保全自己性命的能力,行动不快,不会爬树,也不会打地洞。他们非常精细地察看了我的牙齿,认为我是一头食肉动物。但是,与大多数四足动物相比,我根本不是它们的对手。

[9] 通过一系列荒唐的推断,伪学者的迂腐和无知毕露无遗。

[10] 各种猜测,无不凸显出巨人国学者对格列佛的强烈好奇心。

[11] 对欧洲人想方设法掩饰自己无知行为的讽刺。

[12] 可以看出大人国国王性格儒雅、善于思考。

田鼠之类的动物也过分灵活,他们就无法想象我怎么能够活下来,除非我吃蜗牛或者其他什么昆虫[9]。可他们又提出了许多有学问的论据,证明我吃那些东西也是不可能的。其中有一位学者似乎觉得我可能是一个胚胎,或者是一个早产婴儿。但这一看法立即受到另外两位的反对,他们看我的四肢已发育完备,活了也有好几年了,这从我的胡子可以看出来;他们用放大镜可以清清楚楚地看到我的胡子茬。他们不承认我是侏儒,因为我小得实在无人可比;就是王后最宠爱的侏儒,他在这个国家是最矮小的了,身高也差不多有三十英尺[10]。他们争论了半天,最后一致得出结论,说我只是一个"瑞尔普拉姆·斯盖尔卡斯",照字面意思讲就是"lusus naturae"。这种决断方法与欧洲现代哲学的精神完全一致。欧洲的现代哲学教授们对不明事理就逃避的老办法很看不起,所以就发明了这种可以解决一切困难的妙方,使人类知识得到了难以形容的进步,而亚里士多德的门徒企图用那老办法来掩饰他们的无知,却又掩饰不住[11]。

在他们作出这一决定性的结论之后,我要求说一两句话。我对着国王说,我确实从某一个国家而来,那儿像我这样身材的男女有千千万万,那里的动物、树木和房屋都彼此相称;由此可以推断,正如陛下的每一个臣民在这里能够自卫、谋生一样,我在自己的国家同样也可以自卫和谋生。这也就是我对那几位先生的论点的全部答复。他们听了只报以轻蔑的一笑,说那农民把我教得真好。国王的见识毕竟要高得多,他辞退了那几位有学问的人,派人把那农民召来。巧得很,农民这时还没有出城。国王先秘密地盘问那农民,接着再让他跟我和小姑娘对证,这才开始相信我们告诉他的很可能是事实。他要王后吩咐下去对我必须特殊照顾,也表示格兰姆达尔克立契可以留下来继续照看我,因为他已看出我们俩非常要好[12]。宫里给她预备了一间舒适的房间,指派一名女教师负责她的教育,有一名宫女给她梳妆,另外还有两名仆人给她做些下活,不过照顾我的事却全由她自己承担。王后命令给她自己打家具的木工为我设计一只箱子用做我的寝室,但样式必须先征得格兰姆达尔克立契和我的同意。那人真是个巧匠，他在我的指导下，用三个星期的工夫就给我做成了一间十六英尺见方、十二英尺高的木头房子。那房间有可以推上拉下的窗子，有一扇门，还有两个橱，就像一间伦敦式的卧室一样。用做天花板的木板通过两个铰链打开或放下，王后陛下的家具商给我提供的一张床，就是从上面放进去的[13]。每天，格兰姆达尔克立契亲手把床拿出来晾一晾，晚上再放进去，之后再加锁把我关在里面。有一名以制造稀奇小玩意儿出名的工匠用一种类似象牙的材料，给我做了两把带靠背和扶手的椅子，还做了两张桌子，带柜的，我可以放放零碎东西。房间的四壁包括地板和天花板都垫得厚厚的，以防那些搬运我的人粗心大意出了事故；如果我坐马车，也不至于被颠坏。我要求在门上安把锁，免得老鼠跑进来。铁匠试了好多次才打出了他们那里从未见过的一把小锁；据我所知，英国有一位绅士家门上的锁比这还要大些。我想办法把钥匙留在自己的一只口袋里，怕格兰姆达尔克立契会弄丢掉。王后又吩咐找出最薄的丝绸给我做衣服。那丝绸和英国的毛毯差不多厚，穿在身上十分笨重，后来穿习惯了才好一些。衣服是照这个国家的式样做的，有点像波斯服，有点像中国服，倒也庄重大方。

　　王后非常喜欢我陪着她，少了我她简直饭都吃不下。她吃饭时，在她的饭桌上她左肘旁边摆一张桌子和椅子给我用。格兰姆达尔克立契站在放在地上的一张小凳子上，紧挨着我的桌子帮着照料我。我有一整套银制的碗碟和其他必备餐具，和王后的餐具比起来，它们和我在伦敦一家玩具店看到的用来做娃娃房里摆设的餐具差不多大小[14]。这套餐具我的小保姆放在她口袋里的一只银盒子里，吃饭时我要用她就拿给我，平时她总是亲手把它们洗得干干净净。和王后一起吃饭的只有两位公主，大的十六岁，小的那时才十三岁零　个月。王后总是把一小块肉放到我的碟子里让我自己切着吃。她喜欢看我小口小口地吃东西，把这当成一种乐事。王后实际上胃口并不大，但一口也能吃下十二个英国农民一顿饭的量；见她这样子，我有一段时间非常恶心。她能将

[13] 通过一系列举措不难看出，王后对"我"足够重视，小心呵护。

[14] 极具夸张之能事，用自嘲来面对窘境，产生了幽默的效果。

百灵鸟的一只翅膀连肉带骨一口嚼得粉碎,而那翅膀就有九只长足的火鸡那么大。她往嘴里塞一小片面包,但那也有两个价格十二便士的面包那么大小。她用金杯喝饮料,一口一大桶还不止。她的餐刀有两把镰刀拉直了那么长,汤匙、叉子和其他餐具也都成相应的比例[15]。我记得有一次出于好奇,格兰姆达尔克立契带我去宫里看一些人吃饭;十几把像这样巨大的刀叉同时举起,我觉得在那以前我还从未见过这么吓人的情景。

[15]对比、比喻、夸张等多种手法交叉运用,生动地描绘出王后吃饭时的情境。

我前面已经说过,星期三是他们的安息日,每逢这一天,国王、王后和王子、公主们照例要在国王陛下的内宫里一起用餐。如今我已是国王的大宠臣了,每当这种时候,他们就把我的小桌椅放在他左手边的一只盐瓶跟前。这位君王很乐意同我交谈,向我询问关于欧洲的风俗、宗教、法律、政府和学术方面的情况,我都尽可能一一给他介绍[16]。他头脑清晰,判断精确,我说什么他都能发表十分聪明的感想和意见。不过我得承认,一说起我亲爱的祖国,说起我们的贸易、海战和陆战、宗教派别和国内的不同政党,我的话就有点多了。他所受的教育使他成见极深,终于忍不住用右手把我拿起来,再用另一只手轻轻地抚摸我,一阵大笑之后,问我是一个辉格党还是一个托利党[17]。他接着转过身去对他的首相说(首相手持一根白色权杖侍候在国王身后,那权杖差不多有"王权号"的主桅那么高),人类的尊严实在微不足道,像我这么点大的小昆虫都可以模仿。"不过,"他又说,"我敢保证这些小东西倒也有他们的爵位和官衔呢,他们造了一些小窝小洞就算是房屋和城市了,他们修饰打扮以炫人耳目,他们谈情说爱,他们打仗、争辩、欺诈、背叛。"他就这样滔滔不绝⑤地一直说下去,气得我脸一阵红一阵白。我那高贵的祖国文武都堪称霸主,它可使法国遭灾,它是欧洲的仲裁人,是美德、虔诚、荣誉和真理的中心,是全世界仰慕和感到骄傲的地方;这样一个高贵的国家,想不到他竟如此不放在眼里[18]。

[16]大人国国王好学,善于听取别人意见,与英国统治者形成鲜明对比。

[17]国王的大笑饱含着轻蔑与讽刺。

[18]看似是爱国,实则讽刺了英国的称霸行径。

---

⑤滔滔不绝:像流水那样毫不间断。指话很多,说起来没个完。

但是就我当时的处境来说，我是不能对这种伤害表示什么怨恨的，仔细考虑过后，我都开始怀疑我是不是受了伤害。因为几个月下来，我已经看惯了这个国家的人的样子，听惯了他们的言谈，眼中所见的每一件事物也都大小相称，起初见到他们身躯与面孔时的恐惧至此已逐渐消失。如果这时候我要看见一群英国的老爷太太穿着华丽的生日服装，在那里装腔作势，高视阔步，点头鞠躬，空谈闲聊，说真的，我很有可能要笑话他们，就像这里的国王及其要员笑话我一样[19]。王后常常把我拿在手里站在一面镜子前面，这样我们两个人在一起的样子就一览无余地出现在了我的眼前，这种时候，说实在的，我就忍不住要笑话自己。再没有比这样的对照更可笑的了，我因此真的开始怀疑，我的身材已经比原来缩小了好几倍。

最使我气愤、最让我感到屈辱的莫过于王后的侏儒了。他是这个国家有史以来个子最矮的人（我确信他身高还不到三十英尺），可是见有个小东西比他还要小得多，他就傲慢无礼起来[20]。每次我在王后的接待室里站在桌上同宫里的老爷太太们说话，他总喜欢大摇大摆地从我身旁走过，显得他很高大的样子，不说一两句讥讽我矮小的话真是难得。每当这种时候，作为报复，我只能喊他一声兄弟，向他挑战要跟他搏斗，或者说几句宫廷小听差常说的俏皮话。一天吃晚饭的时候，他被我说的什么话惹怒了，这坏小子竟站到王后的椅子上，一把将我拦腰抓起，扔进盛着奶酪的一只大银碗里，然后撒腿就跑。我当时正要落座，没想到有人要害我，结果连头带耳栽进了碗里，要不是我擅长游泳，很可能就要吃大苦头了。格兰姆达尔克立契那一刻正好在房间的另一头，而王后则吓得一时不知如何救我才好。还是我的小保姆赶忙跑过来救了我，把我提了出来，这时我早已吞下了半夸脱⑥多的奶酪。她把我放到了床上。不过我除损失了一身衣服外，并没有受到其他什么伤害，那衣服是全坏了。侏儒挨了一顿痛打；他把我

[19]格列佛已经习惯了大人国的环境，认为英国老爷太太们是装腔作势，也是对当时英国贵族的讽刺。

[20]势利小人的卑鄙之处就在于欺软怕硬、恃强凌弱。此处彰显了人性丑陋的一面，也反映了人际关系的复杂与险恶。

⑥夸脱是液体容量单位，一夸脱等于四分之一加仑。

扔进那盛着奶酪的大碗,作为惩罚,他们就强迫他把碗里的奶酪全部喝了下去。以后他再没有重新得宠[21],因为王后不久就将他送给了一名贵妇人。我从此再没有见到他,这使我感到非常满意,因为如果不是这样,我真不知道这么一个坏小子还会怎样来报复我呢。

[21]这里上演了一出侏儒争宠的闹剧。

以前他也曾对我玩过一次下流的恶作剧,引得王后哈哈大笑,不过同时她也确实恼了,要不是我宽宏大量替他求情,王后立即就叫他滚蛋了。王后从盘子里拿了一根髓骨,敲出骨髓后又照原样把骨头直立在盘子里。那侏儒见格兰姆达尔克立契到餐具架那边去了,就爬上她照顾我用餐时站的凳子,两只手把我捧起来,捏拢我两条腿就往髓骨里塞,一直塞到我腰部。我卡在里边半天不得动弹,样子十分可笑。我想差不多过了有一分钟才有人发现我出了事,因为我没敢呼叫,认为那样未免有失体面。不过帝王们很少吃滚热的肉食,所以我的腿并没有烫伤,只是袜子和裤子被弄得一塌糊涂。侏儒因为我替他求了情,只挨了一顿痛打,并没有受到别的惩罚[22]。

[22]"我"的大度与善良,跟侏儒的狭隘、卑鄙形成了鲜明的对比。

王后常常讥笑我,说我胆小;她总问我,是不是我的同胞都是和我一样的一些胆小鬼。事情是这样的:夏天里,这个国家的苍蝇十分恼人;这些可恶的害人虫个个都有邓斯特堡⑦的百灵鸟那么大,我坐在那儿吃饭,它们就在我耳朵边不停地嗡嗡嗡叫,扰得我片刻都不得安宁。它们有时落在我的食物上,拉屎产卵,叫人十分恶心。那些东西我都看得清清楚楚,但当地人就看不见,他们眼珠子太大,看小一点的东西不如我来得锐利。有时候苍蝇还会停在我的鼻子或额头上,狠狠地刺我一下,味道极其难闻。苍蝇身上那种黏糊糊的物质我一眼就看出来了,据生物学家说,就是这种物质使那些苍蝇能够将脚倒贴在天花板上行走。我费尽力气来抵御这些可恶的动物以使自己不受侵扰,不过每次苍蝇飞到我脸上来,我还是禁不住要吓一跳。那侏儒常常用手抓一把苍

---

⑦邓斯特堡:伦敦西北三十英里的一个城市。

蝇,然后凑到我鼻子底下突然一撒手把它们放出,就像我们这里的小学生玩恶作剧一样,存心吓唬我,讨王后喜欢。我的办法就是趁苍蝇在空中飞的时候,用刀将它们砍成碎片,手段之灵敏,让他们很是佩服。

我记得有一天早晨,格兰姆达尔克立契把我连木箱一起放到窗台上让我透透空气,天气晴朗的时候她总是这么办的(我不敢冒险让她像我们英国人挂鸟笼子那样把箱子挂到窗外的钉子上)。我拉起一扇窗子,刚在桌子边坐下来准备吃块甜饼当早饭,忽然,甜饼的香味把二十几只黄蜂吸引来了,它们一齐飞进了我的房间,嗡嗡的叫声比二十几支风笛吹出的低音还要响。有的叼住甜饼飞走了,有的围着我的头和脸飞来飞去,闹哄哄地叫得我手足无措;我非常害怕它们要来蜇我。好在我还是鼓足勇气站起身来,抽出腰刀在空中向它们发起了进攻。我砍死了四只,其余的全跑了。我马上将窗户关上。这些黄蜂都和鹧鸪(zhè gū)一般大,我拔出蜂刺,发现它们有一英寸半长,而且像针一般尖利。我将这些刺全都小心地收藏起来,后来我曾在欧洲几个地方将它们以及其他一些稀罕玩意儿展出过;回英国后,我送了三根给格雷萨姆学院⑧,自己只留了一根。

⑧格雷萨姆学院:伦敦英国皇家学会的所在地。

第四章

游览大人国

关于这个国家的描写——修改现代地图的建议——国王的官殿及首都概况——格列佛旅行的方式——主要庙宇的描述。

现在就我在首都洛布鲁格鲁德周围两千英里内旅行中的见闻,向读者简短地说一说,让大家了解一下这个国家的情况。王后陪同国王出巡从来都不出这两千英里的范围,国王到边境视察,她就待在原来的地方等他回来,这种情况下,我总是同王后在一起。这位君王的领土长约六千英里,宽在三千到五千英里之间,由此我得出这样的结论:我们欧洲的地理学家认为日本与加利福尼亚之间只有一片汪洋大海实在是一个极大的错误。我一直认为,地球上肯定有一片相应的土地与鞑靼(dá dá)大陆①相平衡,因此他们必须修正他们的地图和海图,在美洲的西北部加绘上这一片广大的陆地,我愿意在这方面随时向他们提供帮助[1]。

[1]用事实推翻错误推论。

这个王国是一个半岛,东北边界是一条高三十英里的山脉,山顶上到处是火山,所以根本无法通过;就是最有学问的人也不知道山那边究竟住着些什么人,或者究竟有没有人住。王国的另外三面环海。国内没有一个海港,河流入海处的海岸边到处布满了尖利的岩石,海上总是波涛汹涌,没有人敢冒险驾驶船只出海,可以说这是个与世隔绝的地方。但是大河里到处是船只,也盛产味道鲜美的鱼。他们很少到海里捕鱼,因为海里的鱼和欧洲的一样大小,也就不值得去捕捉了。这就表明,这一片大陆得天独厚,才能出产超常大小的动植物来,至于为什么会这样,只有让哲学家们去判断了[2]。不过有时候他们也会捉到一条偶然间撞死在

[2]讽刺了当时的英国哲学家。

---

①鞑靼大陆:指欧洲东部和亚洲。

岩石上的鲸鱼；老百姓捉到了就痛快地吃上一顿。我知道这些鲸鱼非常大，一个人背一条都背不动。有时候他们把这种鱼当作稀罕物，用有盖子的大篮子装着送到洛布鲁格鲁德去。我曾在国王餐桌上的一只盘子里见过一条，那算是一味珍品了，不过我注意到国王并不爱吃。我想一定是这鱼大得叫他讨厌，尽管我在格陵兰还见过一条更大一点的。

　　这个国家人口稠密，有五十一座大城市，有城墙的城镇将近有一百个，此外还有许许多多村庄。为了满足好奇的读者，也许把洛布鲁格鲁德描述一下也就够了。这座城横跨在一条大河上，大河从城中流过，将它分成大小几乎相等的两个部分。城市有八万多户人家，居民在六十万左右。城长三"格隆格仑"（约合五十四英里），宽两"格隆格仑"半。这是我在根据国王命令绘制的皇家地图上亲自测量出来的。他们特地为我把地图铺在地上，地图展开有一百英尺长。我光着脚几次步测直径和周长，又按比例尺计算，所以测量得还是相当准确的[3]。

　　国王的宫殿不是一座规则的大厦，而是一大堆占地方圆约七英里的建筑物；主要房间一般都有四十英尺高，长和宽也都与之相称。国王赐给格兰姆达尔克立契和我一辆马车。她的女教师常常带她坐了车出去逛街或逛商店，我则总是坐在箱子里和她们一道外出。当然，在我的要求下，那姑娘也经常把我从箱子里拿出来放到她手上，这样我们在街上经过的时候，我就可以更方便地看一看沿途的房屋和行人了。我估计我们的马车约有西敏寺的大厅那么大，不过没那么高；当然我不能说得十分精确。一天，女教师吩咐马车夫在几家店铺门前停了几次车，乞丐们见机会来了，就蜂拥到马车边，使我这个欧洲人看到了从未见过的、最可怕的景象。有一个女人乳房上长了一个毒瘤，肿大得叫人害怕，上面布满了洞，其中两三个洞很大，我很容易就可以爬进去把整个身子藏在里面。有一个家伙脖子上长了一个粉瘤，比五个羊毛包还要大。还有一个人装了一副木头做的假腿，每条长约二十英尺。不过最可憎的情景还是那些在他们的衣服上爬动的虱子。我用肉眼就可以清清楚楚地看到这些害虫的腿，那比在显微镜底下看一只欧洲的虱子要清楚多了。它们用来吸人血的嘴跟猪嘴一样，这在我有生以来还是第一次见到。要是我有适当的工具，

[3] 详细描绘了城市布局，说明了巨人国极其繁荣，人口众多。

我一定会出于好奇解剖一个来看看,可惜那工具我都丢在船上了。不过事实上那情景实在太叫人恶心了,我当时就反胃想吐。除了平常带我外出时用的那只大箱子外,王后又下令再给我做一只约十二英尺见方、十英尺高的小箱子。那是为了旅行时更方便些,因为原来那一只放在格兰姆达尔克立契的膝上嫌大,放在马车里运也太笨重。小箱子还是由原来那个工匠做的,整个做的过程中有我加以指导。这个旅行用的小屋是个标准的正方形,三面的正中都开有一扇窗户,每扇窗户外边都用铁丝装饰成格子状,这也是为了防止长途旅行中出事故。第四面没有窗户,而是安了两个结实的锁环;每当我想要骑马旅行时,带我的那个人就在铁环中间穿上一根皮带,将另一头扣在他腰间。如果赶上格兰姆达尔克立契身体不适,他们就总是把我交给一位我可以信赖的老成持重的仆人。我或是陪国王和王后出巡,或是想去花园看看,或是去朝廷拜访达官贵妇。大官们不久就知道我并且开始器重我了,我想这更多是由于他们偏爱我,并不是我自身有什么优点。旅途中,每当我在马车里坐厌了,骑着马的一个仆人就会把小箱子在他身上扣好,搁到他跟前的一块垫子上,这样我就可以透过三面三扇窗户饱览这个国家的风光。我的这间小屋里有一张行军床,一张从天花板上吊下来的吊床,两把椅子和一张桌子;床和桌椅都端端正正地用螺丝钉钉在地板上,免得被车马颠得东倒西歪[4]。我早已习惯了航海的生活,所以虽然有时颠晃得很厉害,倒也并没有感到太苦恼。

[4] 设计巧妙,处处用心。

每次我想到市镇上去看看,总是坐在这间旅行小屋里。格兰姆达尔克立契把小屋抱放在膝上,坐上本国式的一种敞篷(péng)轿子,由四人抬着,后面还跟着王后的两名侍从。人们常常听人说起我,十分好奇地拥到轿子周围来看。小姑娘就说好话请抬轿子的人停下来,她再把我拿在手里好让大家看得更清楚[5]。

[5] 与之前的被迫带到各地像木偶一样表演的场面形成了鲜明对比,足见格列佛的境遇已经大大改善。

我很想去看看这个国家最主要的一座庙宇,特别是它的钟楼,据说是全王国最高的。因此,有一天我的小保姆就带我去了;不过说老实话,我是失望而归的,因为从地面到最高的尖顶总共还不到三千英尺。如果考虑一下那些人和我们欧洲人之间在身材高矮上的差别,那这三千英尺真不是什么值得惊奇的事;就比例来看,也根本不能与索尔兹伯里大教堂②的尖塔相比(如果我没

②索尔兹伯里大教堂:英国最高的教堂,中心塔尖高一百二十三米,位于英格兰南部威尔特郡的索尔兹伯里镇。

有记错的话）。但是对于这个国家我终身都将感激不尽，所以我不能贬损它的名誉。应当承认，无论这座名塔在高度上有什么欠缺，其美丽与结实都足以补偿它的不足。庙宇的墙壁差不多有一百英尺厚，都是用每块约四十英尺见方的石头砌成的。墙四周的几处壁龛里供放着用大理石雕刻的神像和帝王像。每一尊像都比真人还要大。从一尊神像上掉下来的一根小指头，躺在垃圾堆里没人注意，我量了一下，正好是四英尺一英寸长[6]。格兰姆达尔克立契用手帕把它包起来，放在口袋里带走了，和其他的一些小玩意儿放在一起。这个小姑娘和与她同龄的孩子一样，通常就爱玩这些东西。

[6]用具体的数字说明庙宇的宏大，视点由远及近，由大及小，形象生动。

国王的厨房确实是一座宏大的建筑。屋顶是拱形的，大约有六百英尺高。厨房里的大灶比圣保罗教堂③的圆顶要小十步，后者我回国以后曾特地去量了一次。不过要是让我把厨房里的炉格子，那大锅大壶，那正在烤架上烤着的大块肉以及其他许许多多具体的东西都描述出来，也许没有人会相信我的话，至少严厉的批评家会认为我说得有些夸张；人们经常是这样怀疑旅行家的。因为怕受到这样的指责，我担心我又走了另一个极端。如果这本书有机会被译成布罗卜丁奈格语（该王国的人一般管它叫布罗卜丁奈格）流传到那里，国王和老百姓们就有理由抱怨我污辱了他们，把他们描写得这样渺小，这样不真实[7]。

[7]作者从辩证的角度来说明自己所描述的真实度，如果说为了附和英国的读者能接受的程度，巨人国的人看了未免觉得失实，可见作者所描述的都是中肯的事实，增加了可信度。

国王陛下养的马一般不超过六百匹。这些马身高大多在五十四英尺到六十英尺之间。每逢重大节日国王出巡时，为了显示其威仪，总有五百匹马组成的警卫队相随。在我看到他的一部分陆军操演以前，我真的以为那是我见到的最宏大的场面了。关于那陆军操演的情形，我将另找机会讲给读者听。

---

③圣保罗教堂：伦敦城内的著名教堂，其圆顶宽一百零八英尺。

第五章

有惊无险

格列佛经历的几件险事——一名罪犯被处决的情形——格列佛表演航海技术。

在那个国家,本来我是可以开开心心地过的,但由于我身材矮小,就出了几件可笑而麻烦的事[1]。现在我就说几件给大家听听。格兰姆达尔克立契常常把我放在我那只小箱子里,带我到王宫的花园去玩。她有时把我从箱子里拿出来放在她手上,有时把我放到地上散步。我记得那个侏儒被王后赶走以前,有一天我们进花园时他也跟了进来。我的保姆把我放到地上,侏儒和我紧挨在一起,来到几棵矮苹果树旁边时,我偏偏想显露一下自己的小聪明,就胡乱开玩笑,暗示他和那几棵矮苹果树之间有相似之处。巧得很,这种说法在他们的语言中倒也同样适用。一听这话,这坏小子就瞅准机会,当我从一棵树下走过的时候,就在我头顶上方摇起树来。这一摇,十二只苹果,每只差不多都有布里斯托尔大酒桶那么大,就劈头盖脸地掉了下来;我一弯腰,恰巧一只苹果砸到我背上,一下将我打趴在地,好在我也只受了一点轻伤。因为这事是我先挑起的,所以在我的请求下,那侏儒得到了饶恕[2]。

还有一天,格兰姆达尔克立契把我丢在一块光滑平整的草地上,让我自己玩耍,她却和她的家庭女教师到附近散步去了。就在这时,突然下起一阵冰雹来,冰雹来势凶猛,很快就把我打倒在地。我倒在地上,那冰雹狠狠地砸遍了我的全身,就好像被许多网球打在身上[3]。但我还是尽力设法趴着身子往前爬,最后来到一处由柠檬树和百里香组成的花坛的背风一面,脸朝下躺着躲在那里。这时我已经遍体鳞伤①,以至于此后整整十天不能出门。

[1]制造悬念,引出下文。

[2]和侏儒之间的故事体现了格列佛的宽容。

[3]冰雹像网球那么大,这种比喻给人以真实感。

---

①遍体鳞伤:满身都是伤痕。形容伤势重。

这也没有什么值得大惊小怪的,因为这个国家发生的一切事情,大自然都遵守着同样的规律。一颗冰雹差不多就是欧洲冰雹的一千八百倍。这是我的经验之谈,因为我那时十分好奇,曾称量过那些冰雹。

但是也就在这个花园里,我遇上了一件更加危险的事[4]。我的小保姆有一次怕带着我那箱子太麻烦,就把它丢家里了。她自以为已经把我放到了一个安全的地方(我常请她把我一个人放在某个地方,这样我就可以独自静静地思考),自己和她的家庭女教师还有其他几个女朋友就上花园的别处去了。当她不在我跟前,喊她也听不见的时候,花园一位总管养的一条长毛小白狗不知怎么进花园来了,也正好来到我躺的那地方附近来回觅食。那狗闻到了我的气味,一路直奔我寻来,随即将我一口叼在嘴上,摇着尾巴一直跑到主人跟前,轻轻地把我放到地上。我真是运气不错,那狗受过极好的训练,所以虽然它这么用上下齿叼着我,我却一点也没有受伤,连衣服也没有撕坏。但是那可怜的花园管理员却吓坏了;他本来就和我很熟,对我也很不错。他用双手将我轻轻地捧起,问我怎么样了。我可是惊呆了,气都喘不过来,一句话说不出。过了几分钟我才恢复正常[5],他就把我安全送回到我的小保姆身边。小保姆这时已回到了她原先将我丢下的地方,当她见不到我人,喊我也没有回答时,可急坏了。为了那狗,她把花园管理员狠狠地训了一顿。但这件事没有张扬出去,宫里一直不知道,因为小姑娘怕王后知道了要生气,而且说老实话,拿我自己来说,这样一件事在外面传来传去,名声也不好听。

这件意外的事情发生过后,格兰姆达尔克立契下定决心,以后绝不敢再放我一人出去了,她非得看着我不行。我早就怕她要下这样的决心,所以那时候我一个人独处时碰到的几件小小的不幸,就干脆瞒着她不说。有一次是一只正在花园上空盘旋的鸢(yuān)突然朝我扑来,要不是我果断地拔出腰刀并跑到一棵枝叶繁茂的树下面去,那我肯定是被它抓走了。还有一次是我正在往一个新的鼹(yǎn)鼠窝顶上爬。一下就掉进了鼹鼠运土出来的一个洞里,一直没到脖子那里;衣服弄脏了,我就撒谎给自己找了个借口;至于撒的什么谎,现在已不值得再去多回想了。再有一次是我独自在路上走着,正想着可怜的英国,不小心给一只蜗牛

[4] 推波助澜,悬念迭起。

[5] 惊吓过度后魂飞魄散的模样跃然纸上。

绊倒，撞在蜗牛壳上，伤了右小腿[6]。

当我独自散步的时候，我真说不出我是高兴还是恼怒，那些小一点的鸟儿好像一点也不怕我。它们在离我不到一码的范围内跳来跳去，寻找毛毛虫和其他食物，态度非常安闲自在，就像它们身边根本没有什么生物似的。我记得有一只画眉竟敢用嘴把一块饼从我手上抢跑，那是格兰姆达尔克立契刚给我当早饭的。我有时想逮几只这样的鸟儿，它们竟敢向我反抗，企图啄我的手指头，我就不敢把手伸出去了。接着它们又照样满不在乎地跳回去寻找毛毛虫或者蜗牛了。不过有一天，我拿起一根又粗又重的短棍子使出全身力气向一只红雀砸去，我侥幸打中了，就用两只手抓住它的脖子提起来，得意洋洋地跑去见我的保姆。可是那鸟只是被打昏了，它一恢复知觉，就扇起翅膀不停地扑打我头部和身子的两侧。虽然我伸直了手臂，它的爪子够不到我，我却一直在想把它放了算了。幸好不久我们的一个仆人给我解了围，他把那鸟的脖子给扭断了。第二天，王后下令把那鸟烧了给我当晚饭。就我记忆所及，这只红雀似乎比一只英国的天鹅还要大一些[7]。

侍候王后的那些未婚姑娘经常邀请格兰姆达尔克立契到她们屋里去玩，并且要她把我也带上，为的是能有幸见见我，摸摸我。她们常常把我从头到脚脱得精光，让我躺在她们的胸脯上。她们这么做我非常讨厌，因为说老实话，她们的皮肤发出一种十分难闻的气味[8]。我极为尊敬那些优秀的姑娘，本不打算说她们的坏话，但是因为我个子矮小，我的嗅觉就相应地要敏锐得多。我想，这些漂亮的人儿在她们的情人眼里，或者在她们彼此之间，是不会显得讨厌的，这种情形在我们英国同样的人中间也是一样。但不管怎么说，她们身上本来的味道还叫人容易忍受，可一用香水，我马上就要晕过去。我忘不了在利立浦特时，有一天很暖和，我运动了好一阵子，我的一位好朋友竟直言不讳②地抱怨说我身上的味道很大。其实和大多数男同胞一样，我并没有那样的毛病。我想，对于我来说，他的嗅觉是比较敏锐的，就像对于这个国家的人来说我的嗅觉比较敏锐一样。在这一点上，我不能不为

[6] 被鸢当成猎物抓，掉进鼹鼠洞，被蜗牛绊倒，虽然用笔不多，但三组场景皆生动有趣，描述自然。

[7] 运用天鹅作对比，让人对红雀的大小有了直观、形象的感受。
[8] 格列佛在侍女的眼里就是一个玩物，没有丝毫尊严可言了，也为下文"我"想方设法地避免见侍女埋下伏笔。

---

② 直言不讳：说话坦率，毫无顾忌。

我的主人王后和我的保姆格兰姆达尔克立契说句公道话,她们的身体是和任何一位英国的小姐太太一样芬芳的。

　　我的保姆带我去见这些侍女时,最让我感到不安的是,我见她们对我一点也不讲礼貌,仿佛我根本就是一个微不足道的生物。她们把我放在梳妆台上,当着我的面脱得精光,然后再穿上衬衫。可是,直接面对着她们那赤条条的身体,我敢说我看了绝没有感到有什么诱惑,除了恐怖和恶心,也绝没有引起我任何骚动。她们的皮肤极其粗糙,高低不平,近看颜色还不一样;这儿一颗痣,那儿一颗痣,宽得像切面包用的垫板一样;痣上还长着毛,挂下来比扎包裹用的绳子还粗;至于身上其他地方就更不用说了[9]。她们还毫无顾忌地当我面小便,将喝进去的水解掉,一次至少有两猪头升,而装小便的容器容量在三大桶以上。侍女中最漂亮的是一位十六岁的姑娘,很爱嬉闹,有时竟让我两腿分开跨在她的一只奶头上。还有许许多多其他花样,我不能一一细说了,还请读者原谅。我很不开心,就请格兰姆达尔克立契为我找个什么借口,以后再也不去见那个女孩子了。

　　一天,我保姆的女教师的侄子来了,他是一位年轻的绅士。他硬要拉她俩去看一名罪犯被执行死刑的情景。那罪犯暗杀了年轻绅士的一位好朋友。大家都劝格兰姆达尔克立契一道去,她自己却很不愿意,因为她生性心肠软。我自己呢,虽然也很讨厌这类场面,但我想事情一定不同寻常,好奇心就驱使我非得去看一看。那罪大恶极的家伙被绑在专门竖起的断头台的一把椅子上。行刑刀大约有四十英尺长,一刀下去,他的头就被砍了下来。从静脉管和动脉管喷出了大量的血,血柱喷到空中老高,就是凡尔赛宫的大喷泉也赶不上它。人头落到断头台的地板上砰的一声巨响,虽然我至少远在半英里外的地方,还是给吓了一跳。

　　王后经常听我说起海上航行的事,所以每当我心情郁闷的时候,她就想尽办法来给我解闷,问我会不会使帆划桨?做一点划船运动是不是对我的身体有益?我回答说使帆划桨我都很在行,虽然我在船上的正式职业是做内外科医生,但关键时刻也得干普通水手的活儿。不过我看不出来我在他们这个国家能划什么船,这地方就是最小的舢板也有我们一流的军舰那么大,像我能划得来的这种船在他们的河里是永远也不会有的。王后陛下说,只要

[9] 运用夸张和比喻的手法,由面到点进行写作,描写富有喜感。

我能设计出,她手下的细木匠就能照样做,她还能给我提供一个划船的场所。那人是一个脑子很灵的工匠,在我的指导下,十天工夫就造成了一艘船具齐备的游艇,足足可容得下八个欧洲人。船造好后,王后异常高兴,用衣服兜着它就跑去见国王。国王随即下令把船放入一只装满水的蓄水池中,让我到船上试验一下;可是地方不够大,我无法划那两把短桨。好在王后早就想好了另一个方案。她吩咐细木匠做了一只三百英尺长、五十英尺宽、八英尺深的木槽,木槽上涂满沥青以防漏水。那木槽就在王宫外殿的地上靠墙放着。靠近槽底的地方有一个开关龙头,要是水开始发臭就把它放出去,之后两个仆人用半个小时就可以重新将木槽灌满水。我就常在这里划船自娱,也给王后及贵妇们消愁解闷。我划船的技术好,动作灵巧,她们看了觉得非常开心。有时我把帆挂起来,贵妇们就用扇子给我扇出一阵强风,这时候我只要掌掌舵就行了。贵妇们如果累了,就由几名侍从用嘴吹气推帆前进,我则随心所欲,一会儿左驶,一会儿右行,大显身手[10]。每次划完船,总是由格兰姆达尔克立契把船拿到她房里去,挂在一只钉子上晾干。

　　在这样的划船运动中,有一次我曾出过一桩事,差点儿没把性命给丢了[11]。一名侍从先把我的船放到了木槽里,这时照管格兰姆达尔克立契的那个女教师多管闲事,她要把我拿起来放到船上去。可是我不知怎么从她的指缝中间滑落了,要不是我侥天之大幸被这位好太太胸衣上插着的一枚别针挡住,肯定是从四十英尺高的空中一直跌到地上。别针的针头从我衬衣和裤腰带的中间穿过,这样我就被吊在了半空中,一直到格兰姆达尔克立契跑过来将我救下。

　　还有一次,有一个仆人,他的任务是每三天给我的水槽换一次新鲜水;他一时疏忽,没看清就把水桶里的一只大青蛙倒在水槽里了。青蛙一直躲在水底,后来他们把我放到了船上,青蛙见有了一个休息的地方,就爬上船来,可它把船弄得直向一边倾去,我不得不用全身的重量站到船的另一边以保持平衡,不让翻船。青蛙上船后,一跳就是半条船那么远,接着又在我头顶上跳来跳去,把它那可恶的黏液淋得我脸上衣服上到处都是。它那巨大的模样,看起来是一切动物中最怪异丑陋的了。不过,我要求格兰

[10] 看似是"我"待遇颇高,悠闲自在,其实是因为"我"被王后和贵妇人当成了玩偶,成了讨她们欢心的工具。

[11] 层层递进,危险步步升级。

姆达尔克立契让我一个人来对付它。我用桨狠狠地打了它一阵子,最后迫使它从船上跳了出去[12]。

但是,我在那个王国经历的最危险[13]的一件事,还是由御厨一位管理员养的一只猴子弄出来的。那是格兰姆达尔克立契一次有事到什么地方去了,或者是去看什么人,她就把我锁在了她的小房间里。天气很暖和,房间的窗户都开着,我自己那只大箱子的门窗也都开着;这箱子因为又大又方便,我一般就住在这里面。我正静静地坐在桌子边沉思,忽然听到有什么东西从小房间的窗口跳了进来,接着就在房间里从这头跳到那头。虽然我十分害怕,还是壮着胆子向外看了一下,只是坐在那里没有起来。接着我就看到了这只顽皮的动物,它在那儿蹿上跳下,一刻不息,最后来到了我的箱子前。它见了这箱子似乎又开心又好奇,就从门和每一扇窗口朝里边张望。我退缩到我房间(木箱子)最远的一个角落里,可那猴子从四面往里探头探脑,吓得我一时竟没有想到可以到床底下躲一躲,这我本来是很容易就能办到的。它又是看,又是龇牙咧嘴,还吱吱地叫,过了好一阵子,终于发现了我。它从门口伸进一只爪子来,就像猫逗老鼠玩一样。尽管我躲来躲去想不给它抓到,可最终它还是抓住了我上衣的下摆(这上衣是用这个国家的布料做的,又厚又结实),把我拖了出去。它用右前爪将我抓起,像保姆给孩子喂奶似的把我抱着,这和我在欧洲看到的大猴抱小猴的情景完全一样。我一挣扎,它就抱得更紧,所以我觉得还是听话一点更保险。我有充分的理由相信它是把我当成一只小猴子了,因为它不时用它的另一只爪子轻轻地摩挲我的脸。它正这么玩着,忽然从小房子的门口传来一阵响动,好像是有人在开门,这打断了它的兴头。它突然蹿上原先进来的那个窗户,沿着导水管和檐槽,三条腿走路,一条腿抱着我,从窗口一直爬上邻屋的屋顶。猴子将我抱出去的那一刻,我听到格兰姆达尔克立契一声尖叫。这可怜的姑娘差点儿急疯了。王宫这一带整个儿沸腾了[14]。仆人们跑着去找梯子。宫里有好几百人看见那猴子坐在一座楼的屋脊上,前爪像抱婴孩似的抱着我,另一只前爪喂我吃东西,将颚部一侧颊囊里的食物硬挤出来往我嘴里填,我不肯吃,它就轻轻地拍打我,惹得下面的一帮人忍不住哈哈大笑。我想这也不该怪他们,见了这样子,除了我,谁都毫无疑问要觉得可笑的[15]。有几个人往上丢石头,想把猴子赶下来,可立即就被

[12] 勇斗青蛙显示了格列佛的勇敢,增添了故事的趣味性。

[13] 层层递进,使读者对格列佛的遭遇的危险感受愈发强烈。

[14] 场面慌乱,陷入失控状态。

[15] 猴子的动作和"我"的反应,都富有喜感。

严令制止了,要不然我就会被砸得脑浆飞迸。

这时梯子已经架好,几个人爬了上来。猴子见状,发现自己几乎被四面包围,而三条腿又跑不快,只好把我放在屋脊的一片瓦上,自顾逃命。我在瓦上坐了一刻;这里离地面有三百码。我时时都觉得会被风刮下来,或者自己头昏目眩,从屋脊一直滚到屋檐下[16]。但是,给我的保姆跑腿的一个诚实可靠的小伙子这时爬了上来,他把我装到他的马裤裤袋里,安全地带下了地。

[16]格列佛心有余悸、惊魂未定。

我都快要被那猴子硬塞到喉咙里的脏东西噎死了,幸亏我亲爱的小保姆用了一根细针把脏东西从我嘴里弄了出来。接着我大吐了一阵,轻松了许多。可我还是很虚弱,那可恶的畜生捏得我腰部到处是伤,我不得不在床上躺了两个星期。国王、王后以及宫里所有的人每天都派人来探望我;我生病期间,王后陛下还亲自来看过我几次。那猴子被杀了,王后同时下令,以后宫内不准再饲养这种动物。

我身体恢复后去朝见国王,感谢他对我的恩宠。这件事使他很开心,他好好地开了我一顿玩笑。他问我,躺在猴子的怀里有何感想?猴子给我的食物我愿意吃吗?它喂我吃东西的方式我觉得怎么样?屋顶的新鲜空气是不是很开胃?他还想知道,如果我在本国遇到这样一件事,我会怎样?我告诉国王,我们欧洲没有猴子,有的都是从别的地方当稀罕东西运到那儿去的,而且都很小,如果它们敢向我进攻,我一个人可以同时对付十二只。至于我最近碰到的那只可怕的畜生(它实际有一头象那么大),要不是我吓坏了,没想到在它把爪子伸进我房里来时用我的腰刀狠狠地给它一下将其砍伤(说这话时我手按刀柄,样子十分凶狠),也许它那爪子都来不及缩回去呢,更不要说伸进来了。我说这番话时口气十分坚定,就像一个人生怕别人不相信他有勇气似的。可是我的话只引来哄堂大笑,那些平时在陛下周围毕恭毕敬的侍从,现在也都忍不住大笑起来。这就使我想到,一个人身处根本无法与之相提并论也无法与之比较的人中间竟还企图死要面子时,真是白费力气。可自从我回到英国后,像我一样有这种行为的人还真不少见;就有那么一个可鄙的小人,出身毫不高贵,也没有风采,缺少才智,甚至连常识也不具备,却居然敢自高自大,想跟王国内最了不起的人物相提并论[17]。

[17]心理描写是对死要面子的人的讽刺。

我每天都要给宫里人提供几个可笑的故事;格兰姆达尔克立契

虽然特别爱我，可是每当我做出什么傻事，并且她认为这件事能够讨王后的喜欢，她就跑去向王后报告，这说明她也是够狡猾的[18]。一次小姑娘身上不舒服，她的女教师就带她到城外三十英里的地方去呼吸新鲜空气；马车要走一个小时才能够到达那里。她们在一条小田埂旁边下了车，格兰姆达尔克立契把我乘坐的旅行箱放了下来，我就走到外边去散步。田埂上有一堆牛屎，我偏偏想跳过去试一试身手。我向前奔跑，可是不幸一跳跳近了，正好跳到牛屎当中，一直陷到两个膝盖。我好不容易才从牛粪堆里拔出双腿，浑身脏兮兮的，幸亏一个跑腿的用他的手帕替我擦了个干净。我的保姆只得把我关在箱子里，直到回家后才放我出来。小姑娘很快就把发生的一切报告了王后，那几个跑腿的也把这件事在宫内四处传播，所以一连几天我都成了大家的笑柄，他们为此乐个不止[19]。

[18] 格兰姆达尔克立契胆小媚俗的一面得到了进一步的展现。

[19] 作者把格列佛跳牛粪时跃跃欲试、志在必得，却又不幸身陷牛粪的样子刻画得生动传神。

第六章

和国王的讨论

格列佛讨好国王和王后的几种方法——他表现了他的音乐才能——国王询问关于英国的情况,格列佛就此所作的叙述——国王的意见。

每个星期中,我都会有那么一两次机会去参加国王的早朝,这时候我常常看到理发师在给他刮胡子,那样子初次看见真是十分吓人,因为那把剃刀差不多有两把普通镰刀那么长[1]。这个国家有个习俗,那就是国王每星期只刮两次胡子。有一次,我说服理发师,请他把刮胡子时刮下来的肥皂沫给我一点,我从里面挑选了四五十根最粗硬的胡子茬。接着我找了一块好木头,削成一只梳子背,又向格兰姆达尔克立契要了一根最小的针,在梳背上等距离地钻了几个小孔。我很巧妙地将胡子茬嵌在小孔里装好,再用小刀把它们削得尖尖的,这样就做成了一把很不错的梳子[2]。我自己原来那把梳子的齿大多断了,已经不能用,所以新梳子做得正是时候。我知道这个国家里也不会有什么工匠能那样灵巧,会照我原来那梳子的样替我另做一把。

这使我想起了一件有趣的事来,我把空闲的时间大多都花到了那上面。我请王后的侍女替我把给王后梳头时掉落的头发留起来。后来我还真积攒了不少。我和我的一位木匠朋友(他是奉命来给我干点零碎活的)商量了一下,我指导他做了两把和我箱子里那几把椅子一样大小的椅子框架。在我设计做椅背和椅面的地方周围,我又让他用细钻子钻上许多小孔。接着我挑选最粗壮的头发往孔里穿,就像英国人做藤椅那样编织起来。椅子做好了,我就把它们当礼物送给了王后[3]。她把椅子放在她的房间里,常常当稀罕玩意拿给人看。看到椅子的人都感到很稀奇。王后要我坐到其中的一把椅子上去,我坚决拒绝了,坚持说宁愿自

[1] 将国王用的剃刀与普通镰刀相对比,突出表现了巨人国剃刀的危险。

[2] 此处动作描写充分表明格列佛是一个聪明能干、心灵手巧的人。

[3] 送礼物的行为表明格列佛是在有意讨好王后。

已死一万次也不敢把身体的那个部分放到那些宝贵的头发上去,那可是曾经为王后的头增辉的东西啊[4]!由于我一向具有机械方面的才能,我又用这些头发做了一只约五英尺长的样子很好看的小钱包,并且用金线把王后的名字织了上去。征得王后的同意后,我将钱包送给了格兰姆达尔克立契。不过说实话,这钱包是中看不中用,大一点的钱币它就吃不住,所以除了一些小姑娘喜欢的小玩意外,她什么都不敢朝里放。

[4]格列佛对王后毕恭毕敬的态度可见一斑。

国王喜爱音乐,常在宫里开音乐会。他们有时也把我带去,把我放在箱子里再搁到桌上去听演奏。但声音太大,我简直分辨不出那是些什么曲调。我相信皇家军队所有的鼓与号凑着你的耳朵一起吹打,也赶不上这里的声音响。我通常只能让人把我的箱子从演奏者坐的地方搬开,越远越好,然后关上门窗,放下窗帘,这才觉得他们的音乐还并不难听。

我年轻时曾学会弹几下古钢琴。格兰姆达尔克立契房里就有一架琴,有一名教师每星期两次来教她弹奏。我之所以管那琴叫古钢琴,是因为它样子有点像古钢琴,而且弹奏的方法也一样。一次我突发奇想,想用这件乐器给国王和王后弹一首英国的曲子。可这件事看来极难办到,因为那架古钢琴将近有六十英尺长,一个键差不多就是一英尺宽,就是我两臂伸直,最多也只能够着五个琴键[5],而且将琴键按下去也得用拳头猛砸才行,那样未免太费力,还不会有什么效果。后来我想出了这样一个办法:我准备了两根和普通棍棒差不多大小的圆棍,一头粗一头细,粗的一头用老鼠皮裹起来,这样敲起来既不会伤琴键的表面,也不会妨碍音乐。琴前面放一张长凳,比键盘大约低四英尺。他们把我放到长凳上,我就斜着身子在上面尽快地跑来跑去,一会儿跑到那边,一会儿又跑到这边,握着那两根圆棍,该敲什么键就狠狠地敲,这样算设法演奏了一首快步舞曲[6]。国王和王后听了非常满意,可对我来说,这却是我生平所做的最剧烈的运动了。就是这样,我也只能敲到十六个键,结果就不能像别的艺术家那样同时弹奏出低音和高音了,这使我的演奏大打折扣。

[5]运用具体的数字来表明古钢琴的巨大,给人以真实、如临其境之感。

[6]弹钢琴的情景让人忍俊不禁。作者将格列佛塑造成了一个供人取乐的跳梁小丑形象,与之前在小人国的形象相比一落千丈,产生了强烈的反差。

我前面已经说过,国王是一位具有杰出理解力的君王[7]。他常吩咐人把我连箱子一起带到他房间里去,放到桌上后,他再命令我从箱子里搬出一张椅子来,在箱子顶上离边沿三码的地方坐

[7]提纲挈领,为下文的展开作铺垫。

好,这样我和他的脸就差不多在同一个水平线上了。我和他以这样的方式交谈了几次。有一天,我直言不讳地对他说,他对欧洲及世界上其他地方表现出一种鄙视,这似乎与他具备的杰出的智力不大相称。人并不是躯体大头脑就发达,恰恰相反,在我们国家,我们注意到,最高的人往往最没有头脑;在其他动物中间,蜜蜂和蚂蚁跟许多大一点的动物比起来,更具有勤劳和聪明伶俐的好名声。所以,虽然他把我看得微不足道,我倒还希望有生之年能为他做几件了不起的事情让陛下他看看。国王很认真地听我说着,渐渐开始对我产生前所未有的好感。他要我尽可能详细地给他说说关于英国政府的情况,因为虽然君王们一般都喜欢他们自己的制度(他从我以前的谈话中推想,别的君主也都是这样的),但要是有什么值得效法的,他却也乐意听听。

可敬的读者,你替我想想看,那时我曾多少次渴望我有狄摩西尼或者西塞罗的口才啊!那样的话,我就能够以适当的方式描述我国的辉煌成就以及国泰民安的盛世景象,以此来歌颂我那亲爱的祖国[8]。

[8]格列佛的口气中饱含了对祖国无尽的赞美之情,但作者真的是想借格列佛之口赞美英国吗?

我首先告诉国王,我国领土由两个岛屿组成,三大王国统归一位君主治理,此外在美洲我们还有殖民地。关于我们那肥沃的土地和温和的气候,我详详细细说了老半天。接下来我详尽地谈了英国议会设立的情况。议会的一部分由一个著名的团体组成,称为上议院;成员是一些血统最高贵的人,世袭①最古老最富足的祖传产业。我又说到,这些人在文武方面都一直受到特殊的教育,使他们生来就有资格做国王及王国的参议;使他们能帮助国家立法;能成为一切上诉都得到处理的最高法庭的法官;能具有勇敢、方正、忠诚的品格,随时都准备充当捍卫君主及国家的战士。他们是王国的光荣和保障,是他们盛德隆名的祖先的好后代;他们的先人因其美德而享荣耀,子孙后代就因此一直兴旺不衰。这些人之外,上议院中还有一部分人是享有主教称号的圣职人员,他们的专责是管理宗教事务,并负责带领教士向人民宣传。这些人由国王及其最英明的参政在全国范围内,从生活最圣洁、

---

①世袭:帝位、爵位、领地等世代承袭。

学识最渊博②的教士中寻找和选拔出来，他们确乎是教士和人民的精神领袖。

议会的另一部分由称作下议院的一个集团组成，议员都是些重要的绅士，由人民自己自由选举产生。这些人才能卓越，爱国心强，能够代表全民的智慧。这两院人士组成了欧洲最严正的议会，整个立法机关就交由他们和君主一起掌管。

我转而说到法庭，法官们都是些可敬的德高望重而又通晓法律的人，他们主持审判，对人们的权利及财产纠纷作出判决，同时惩罚罪恶，保护无辜。我还提到了我国节俭的财政管理制度，提到了我国海陆军队的勇武与成就。我先估算一下我们每个教会或政党大约拥有几百万人，然后再统算出我国的总人口是多少。我甚至提到了我们的体育和娱乐以及每一件我认为能为我国增光的琐屑的事。最后我对英国近百年来的主要事件作了一番简要的历史的叙述[9]。

我被召见了五次才谈完这些事，每次历时几个小时。我谈的一切国王都听得很仔细，他还不时地记些笔记，要问我的问题都写成了备忘录[10]。

我这几次长篇谈话结束以后，国王在第六次召见我的时候，就一边对照着笔记，一边逐条逐项提出了他的许多疑点、质问和不同意见[11]。他问我们用什么方法来培养年轻贵族的身心，他们在早年那最可以受教育的时期一般做些什么？如果有哪家贵族绝了嗣，采取什么方法来补充议会里的缺额？那些将被封为新贵的人应该具备哪些必要的条件？会不会由于国王一时心血来潮，或者给哪位宫廷贵妇或首相行一笔贿赂③，或者违反公共利益阴谋加强一党势力，就能使这些人一跃而成为贵族？这些新贵对本国的法律具备哪些知识？怎样获得这些知识？如果没有其他办法只得上法庭时，他们又如何来裁判他们同胞的财产纠纷？难道他们从不贪婪、偏私，不缺钱花就不会接受贿赂，不会搞什么阴谋诡计？我说到的那些圣职官僚是不是总是因为他们对宗教事务具有渊博的知识，生活也非常圣洁，才被提升到那样的高位的？

[9]对欧洲及自己祖国的介绍全是正面形象，可见格列佛的爱国之情。想通过明褒暗贬的方式来驳斥英国选举制度、议会制度的民主的悖论，抨击各种政教措施的罪恶。

[10]可以看出国王善于学习的一面。

[11]可见国王的态度之认真。

---

②渊博：精深而广博。
③贿赂：用给予报酬（如金钱、财产、利益或方便）来收买某人（如政府官员）。

难道他们做普通牧师时就从未趋炎附势？从未卑躬屈膝在什么贵族门下充当低贱无行的牧师？被选进议会后，他们难道不是继续对贵族的意志言听计从[12]？

他接下来还想知道，选举那些我称为下议员的人，常用的是什么伎俩？一个外乡人，如果他腰包里有的是钱，是否就可以左右普通选民投他的票，而不选举自己的地主或邻近最值得考虑的绅士？我承认这事既很麻烦又很费钱，没有薪金和年俸的人往往弄得倾家荡产，可是，人们为什么还要那样强烈地渴望往这个议会里挤呢？这看起来像是大家品德极高，有为公众服务的精神，但国王却怀疑那会不会总是出于至诚？他还想知道，这些热心的绅士会不会想到以牺牲公众利益来迎合一位软弱、邪恶的君主和腐败内阁的意志，从而使自己破费的金钱和所经历的麻烦得到补偿[13]？他还提了许多问题，并且在这方面就各个部分逐一对我细细盘问，提出了无数的疑问和异议。不过我想不好也不便在此复述他的话。

关于我谈到的我国法庭的情况，国王也想了解几点；这一点上我比较能够胜任，因为我从前曾在大法官法庭上打过一场历时很久的官司，花了不少钱才得到判决，几乎搞得倾家荡产。他问我裁决一件案子的是非一般需要多少时间？得花多少钱？如果判案明显不公平，故意与人为难，或者欺压一方，辩护人和原告有没有申明抗辩的自由？教派或政党是否被发现对执法的公正有影响？那些为人辩护的律师是否受过公平常识的教育？他们是不是只了解一些省、国家及其他地方性的习俗？律师或者法官们认为自己有能任意解释法律的自由，那他们是否也参与起草法律？他们是否在不同的时间为同一桩案子一会儿辩护，一会儿又反驳，还援引先例来证明自己意见前后矛盾却依然有理？律师这一帮人是有钱人还是穷人？他们为人辩护，发表意见，是否得到金钱报酬？特别是，他们能否被选为下院议员[14]？

他接着又对我国的财政管理进行攻击。他说，他觉得我的记忆力是不行了；我算算我们的税收每年大概是五六百万，可我接下来又提到了各项开支，他就发现有时超支一倍还不止。这一点上他记的笔记非常具体详细，因为他说他本来倒是希望了解一下我们的做法或许对他是有用的，计算时不会被人欺蒙。但是，如

[12]通过国王对选举制度的疑问与"我"的思考，道出了资本主义选举的实质。

[13]一连串的疑问暴露了英国选举制的种种弊端，将矛头直指英国议会选举制度的不公平、不民主。

[14]国王的疑问再次揭露了英国法律的弊端。这里，作者借国王之口进行提问，表达上一气呵成，层层递进。

果我对他说的是真的,他还是弄不明白,一个王国怎么也会像私人那样超支呢?他问我谁是我们的债权人?我们又上哪里去弄钱来还债?听我说到那些耗资巨大的大规模战争时,他非常吃惊,说我们一定是一个好争吵的民族,要不就是我们的四邻全是些坏人,而我们的将军肯定比我们的国王还来得有钱[15]。他问,除了进行贸易、订立条约,或者出动舰队保卫海岸线之外,在我们自己岛国以外的地方还有我们什么事?最令他感到不解的是,他听我说起一个正处于和平时期的自由民族居然还要到国外去招募一支常备军。他说,既然领导、统治我们的是我们自己认可的代表,他想象不出来我们还要怕谁,又要同谁去战斗。他说他愿意听听我的意见:一个人的家由他自己或者子女家人来保护,难道不强似用少许钱到街上胡乱找六七个流氓来保护?这些流氓要是把全家人都杀了,不就可以多赚一百倍的钱吗[16]?

[15] 国王的吃惊反衬出巨人国的太平、安宁。

我通过计算几个教派和政党的人数推算出我国的人口总数。他笑话我这种计算方法,说这方法真是离奇。他说他不明白那些对公众怀有恶意的人为什么非得改变自己的主张,而不让他们把自己的主张隐瞒起来。任何一个政府,要是它强迫人改变自己的意见,那就是专制;而让人公开自己对大众有害的意见则又是软弱,虽然可以让人在自己家里私藏毒药,却不能让他拿毒药当兴奋剂去四处兜售。

[16] 抨击了英国财政制度的混乱和不合理。

他又说,我谈到贵族绅士的娱乐活动时曾提到了赌博。他想知道,他们大致在什么年龄开始玩这种游戏?玩到什么时候才放手?玩这种游戏要花费他们多少时间?会不会导致倾家荡产?卑鄙邪恶的人会不会因为赌术高超高明而终成巨富,以致我们的贵族老爷有时也得仰其鼻息,终日与下流人为伍,完全丧失了智力?而赌输之后,贵族老爷们会不会也去学那些卑劣手段并用之于他人[17]?

[17] 借国王之口抨击英国贵族绅士骄奢淫逸的腐败生活。

我向他叙述了我国过去一百年来发生的重大事件,他听了大为震惊。他断然宣称,那些事不过是一大堆阴谋、叛乱、暗杀、大屠杀、革命和流放,是贪婪、党争、虚伪、背信弃义、残暴、愤怒、疯狂、仇恨、嫉妒、淫欲、阴险和野心所能产生的最大恶果。

国王在他另一次召见我的时候又不厌其烦地将我所说的一切扼要地总结了一下。他把自己所提的问题与我所作的回答作了一番比较，接着把我拿到他手里，轻轻地抚摸着我，讲了这样一席话，这席话连同他说话的态度我永远也忘不了："我的小朋友格里尔特里格，你对你的祖国发表了一篇最为堂皇的颂词。你已经清楚地证明：无知、懒散和腐化有时也许正是做一个立法者所必备的唯一条件；那些有兴趣、有能力曲解、混淆和逃避法律的人，才能最好地解释、说明和应用法律。我想你们原来还有几条规章制度可以说得过去，可是那一半已被废除了，剩下的全被腐败所玷污[18]。从你所说的一切来看，似乎在你们那里取得任何职位都不需要有一点道德，更不用说人要有什么美德才能封爵了。教士地位升迁不是因为其虔诚或博学；军人晋级不是因为其品行好或勇武；法官高升不是因为其廉洁公正；议会议员也不是因为其爱国，国家参政大臣也不是因为其智慧而分别得到升迁。至于你呢，"国王接着说，"你过了大半辈子旅行生活，我很希望你至今为止没有沾染上你那个国家的许多罪恶。但是，从你的叙述以及我费了好大的劲才从你口里挤出的回答来看，我不得不得出这样的结论：你的同胞中，大部分人是大自然从古到今容忍在地面上爬行的小小害虫中最有毒害的一类[19]。"

[18]国王的总结道出了英国政权的腐败和制度的腐朽，更有力地抨击了社会现实。

[19]国王毫不犹豫地抨击了"我"的同胞，比喻手法的运用使讽刺意味更强。

第七章

不被采纳的建议

格列佛对祖国的爱——他提出一项对国王极为有利的建议,却遭拒绝——国王对政治一无所知——该国学术很不完善,且范围狭窄——该国法律、军事和政党的情况。

因为我酷爱真理,所以我的这一段故事就要向读者毫无隐瞒地讲出来。我当时就是表示出愤慨也没用,事实上即使我那么做了,还是会遭到他们的嘲笑。我不得不耐着性子,听凭别人对我那高贵而可爱的祖国大肆侮辱。我真的感到很难过,事实上,无论哪一位读者碰到这样的场合也一定会很难过的。可这位君王偏偏又是那样好奇,每一件琐屑①的事都要问,如果我的答复不能使他满意,那我就是知恩不报,或者失礼。不过我还可以为自己辩白的是,我巧妙地避开了他的许多问题,而我对于每一个问题的回答都要比事实好许多倍,因为我对自己的祖国一向是偏袒的。而偏袒祖国是值得赞颂的一种美德[1]。哈利卡纳苏的狄奥尼修斯②就劝告历史学家要多说祖国的好话,这也是很有道理的。我要掩饰我的祖国在政治方面的缺陷,而竭力宣扬她的美德和优点。在和那位伟大的君王的多次谈话中,我曾真诚地努力那样做,然而不幸没有成功[2]。

但是,我们还是应该多多原谅这位君王,他完全与世隔绝,对于其他国家十分常见的风俗人情全然不知。这么一种无知就产

[1] 不切实际地回答问题,替祖国掩饰各种不足,格列佛的爱国之心快乐吗?
[2] 反语,暗示英国社会制度弊端之多,同时也增添了故事的喜剧效果。

---

① 琐屑:烦琐,细碎。
② 狄奥尼修斯(公元前54—公元前7年):古希腊历史学家。

生了许多偏见以及某种狭隘的思想和认识,而这些东西在我们和欧洲一些较文明的国家是根本不会有的。如果把生活在这么偏远地方的一位君王的善恶观提出来作为全人类的标准,那真是叫人难以接受。

为了证实我这儿说的话,也为了进一步说明狭隘的教育会有什么样的悲惨结果,我在这里要插上一段几乎叫人难以置信的叙述[3]。为了讨好国王以获得他更多的宠幸,我告诉他:三四百年前有人发明了一种粉末,星星之火落到这样的一堆粉末上,哪怕这粉末堆得像山一样高,也会被即刻点燃,一起飞到半空,声响和震动比打雷还厉害[4]。按照管子的大小,把一定量的这种粉末塞进一根空的铜管或铁管里,就可以将一枚铁弹或铅弹推出,力量之大,速度之快,没有东西能挡得住。以这种方法将最大的弹丸打出去,不仅可以将一支军队一下子整个儿消灭掉,还可以把最坚固的城墙夷为平地,将载有一千名士兵的船只击沉海底。如果把所有的船用链子串到一起,子弹出去能打断桅杆和船索,将几千人的身体炸成两段,一切都消灭得干干净净。我们就经常将这种粉末装入空心的大铁球,用一种机器对着我们正在围攻的城池将大铁球射出去,就可以将道路炸毁,房屋炸碎,碎片四处纷飞,所有走近的人都会被炸得脑浆迸裂[5]。我告诉国王我对这种粉末的成分十分熟悉,那是些平常而又便宜的东西。我也知道调配的方法,也可以指导他的工人制造出与陛下的王国内其他各种东西比例相称的炮管来,最长的也不会超过一百英尺。有二三十根这样的炮管,给它们装进一定数量的粉末和铁球,就可以在几小时内摧毁他领土内最坚固的城垣;要是京城的人胆敢抗拒陛下的命令,也可以把整个京城炸毁。我谨将这一主意献给陛下,略表寸心,以报答我受到的他的许多恩典和庇护。

国王对我描述的那些可怕的机器以及我提出的建议大为震惊[6]。他很惊异像我这么一只无能而卑贱的昆虫(这是他的说法),竟怀有如此非人道的念头,说起来还这么随随便便,似乎我对自己所描绘的那些毁灭性的机器所造成的流血和破坏这样普

[3] 作者用简洁的语言,巧妙地过渡到下文。

[4] 为了引起国王的注意,"我"故弄悬虚,吸引国王的好奇心。

[5] 作为技术革新的标志,这里实际上是对英国殖民主义的讽刺。

[6] 国王的惊异和话语表达了他对这种惨无人道的破坏性武器的鄙夷和唾弃。

通的结果丝毫都无动于衷。他说，最先发明这种机器的人一定是恶魔天才，人类公敌。至于他自己，他坚决表示，虽然很少有什么东西能比艺术或自然界的新发现更让他感到愉快，但他还是宁可失去半壁河山，也不愿与闻这样一件秘密。他命令我，如果我还想保住一命，就决不要再提这事了。

狭隘的教条和短浅的目光就产生了这么奇怪的结果！一位君王，具有令人崇敬、爱戴和敬仰的所有品质，他有杰出的才能、伟大的智慧、高深的学问、统治国家的雄才，他的百姓几乎都崇拜他；就是这么一位君王，出于一种完全没有必要的顾虑，竟将到手的机会轻易放过了，这真是我们欧洲人想不到的，要不然，他很可能成为他领导下的人民的生命、自由和财产的绝对主宰。我这么说倒也丝毫不是要减损那位杰出国王的许多美德。我很清楚，在这一点上，英国的读者会很看不起国王的这种性格。不过我认为他们有这种缺点是出于无知，他们至今还没能像欧洲一些比较精明的才子那样把政治变成一门科学。因为我记得很清楚，在有一天我和国王的谈话中，我曾偶然提到，关于统治这门学问，我们写过几千本书。我真是没有想到，这反而使他非常鄙视我们的智慧。他表示，不论是君王还是大臣，心里每一点神秘、精明和阴谋都令他厌恶、瞧不起。因为他那里既没有敌人也没有敌国，所以他不明白我所谓的国家机密到底是什么意思。他把治理国家的知识的范围划得很小，那不外乎是些常识和理智，正义和仁慈，从速判决民事、刑事案件，以及其他不值一提的一些简单事项[7]。他还提出了这样的看法：谁能使原来只生产一串谷穗、一片草叶的土地长出两串谷穗、两片草叶来，谁就比所有的政客更有功于人类，对国家的贡献也更重大[8]。

这个民族的学术很不完备，只有伦理、历史、诗歌和数学几个部分。应该承认，他们在这几个方面的成就还是很卓越的。可是他们的数学完全应用到有益于生活的事情上去了，用来改良农业以及一切机械技术，所以在我们看来不足称道。至于什么观念、本体、抽象、先验，我是永远也不可能将哪怕是一丁点的概念灌输

[7] 此处运用对比和夸张手法。

[8] 简单的假设展现了整个大人国的价值观，暗示下文将转笔讨论大人国的政治民生。

到他们的头脑中去的。

这个国家的字母有二十二个,他们的法律条文一条也不准超过这个数目。不过,事实上绝大部分条文甚至都到不了那么长。法律是以最明白简易的文字写成的,那里的人民也没有那么狡诈,能在法律上找出一种以上的解释。对任何一条法律写文章评头论足③都要被处以死刑。至于民事诉讼的裁决或刑事审判的程序,由于他们的判例太少,两方面都没有什么可以值得吹嘘的特别的技巧。

和中国人一样,他们也是在很久很久以前就有了印刷术。可是他们的图书馆却并不很大,国王的那一个被认为是最大的了,藏书也不过一千卷,都陈列在一千二百英尺长的一间长廊里。我可以在那儿自由借阅我所喜爱的任何图书。王后的细木匠在格兰姆达尔克立契的一个房间里设计制造出了一种二十五英尺高的木机械,形同一架直立的梯子,每一层踏板有五十英尺长。实际上这是一架可以搬动的梯子,最下面的一端离开房间的墙壁有十英尺。我把想要看的书斜靠在墙壁上,先爬到梯子上面的一块踏板上去,然后脸朝着书,从一页书的头上开始,根据一行行不同的长度,向右或者向左来回走大约八到十步,一直看到下面我眼睛不太能看得到的地方,再慢慢地一级一级往下降,直到最底层。之后我重新爬上梯子,用同样的方法阅读另一页;读完了,就将那一张翻过去。翻书我用两只手很容易就能做得到,因为书页像硬纸板一样又厚又硬,最大的对开本也不过十八到二十英尺长。

他们的文风清晰、雄健、流畅,可是不华丽,因为他们最忌讳堆砌不必要的词藻(zǎo)或者使用各种花样不同的表达法。我仔细阅读过他们的许多书,尤其是历史和道德方面的书籍。其他方面的书呢,我最喜欢看一直摆在格兰姆达尔克立契卧室里的那一本小小的旧书了。这书是她的女教师的。这位老成持重的太太喜欢阅读关于道德和宗教信仰方面的著作。这本书论述了人类

---

③评头论足:任意挑剔。

的弱点,不过除女人和俗子外,并不怎么受推崇。然而这样一个题目,那个国家的一个作家能谈些什么,我倒很想看看。这位作家论述了欧洲道德学家经常谈论的所有主题,指出人本质上是一个多么渺小、卑鄙、无能的动物,既不能抗御恶劣的天气,又不能抵挡凶猛的野兽;其他动物,论力量,论速度,论预见力,论勤劳,各有所长,都远胜于人类。他又说,近代世界什么都在衰败,连大自然都退化了。跟古时候的人相比,大自然如今降生的都只是些矮小的早产儿[9]。他说,很有理由这么认为:不仅原始的人种比现在的人要大得多,而且从前也确实有巨人存在,这一点历史和传说都是这么讲的,王国各处偶然挖掘出来的巨大的骨骼和骷髅,也都证明从前的人远远超过当今已缩成一点的人类。他表示,刚开始时,大自然的法则是绝对要求我们长得又高大又强壮的,那我们也就不会像现在这样,连屋上掉下一片瓦,小孩子手里扔过来一块石子,或失足掉进一条小溪这样小小的意外都能使我们送命。根据这一种推论,作者提出了几条对人生处世有用的道德法则,不过在此就不必转述了。至于我自己,心里却不由得想,这种因与自然发生争吵而吸取道德方面教训的才能倒真是天底下都一样,但事实上人们只是在发发牢骚表示其不满罢了。经过严密的调查,我认为,那个民族跟自然之间的争吵,也和我们的一样,都是毫无根据的。

　　至于他们的军事,他们夸耀说国王的大军有步兵十七万六千,骑兵三十二万。这支军队由各城的手艺人和乡下的农民组成,指挥官由当地的贵族和乡绅担任,他们既没有薪饷,也不受赏赐,所以真不知道能不能管这样一队人马叫军队。他们的操练特别熟练,纪律也非常好,不过我却看不出有什么了不起的优点来,因为每一个农民都由他自己的地主指挥,每一个市民都由他自己所在城市的头面人物统率,而这些人又都是像威尼斯④的做法那样经投票选出来的,他们又怎么会违反纪律呢[10]?我常常看到洛

[9]这些话指出,巨人国的作家也和欧洲道德学家一样,毫无根据地对大自然发表言论。

[10]"我"看不出巨人国的操作场景有什么优点,而是看到了它的本质,并对此提出了质疑。

---

④威尼斯:意大利北部的一个城市。

布鲁格鲁德城的民兵被拉到城郊一块面积二十平方英里的巨大的空地上去操练。他们总共不会超过两万五千名步兵和六千名骑兵，因为他们所占地盘太大，我无法计算出确切的数目来。一名骑在一匹大战马上的骑兵大约会有一百英尺高。我看见过这样一队骑兵，听到一声令下，同时抽出剑来在空中挥舞。没有人能想象出如此惊心动魄的壮观场面！看上去仿佛是万道闪电在天空中从四面八方同时闪射[11]。

　　既然任何国家和这个国家都无路可通，我就觉得奇怪，很想知道这位君王怎么会想到要设置军队，还要教他的百姓进行军事训练。但是不久，我就通过与人交谈和阅读他们的历史知道了其中的道理。原来几个世代以来，他们也犯了许多其他政府所犯的一个通病：贵族争权，人民争取自由，君王要独裁。无论王国的法律把这三方面协调得多么好，总有一方有时会出来破坏法律，因此酿成的内战不止一次[12]。最近的一次内战幸而被当今国王的祖父率大军平定了。于是三方面一致同意从此设立民兵团，严格执行它的职责。

[11] 生动形象地写出了"剑"的长、大和速度之快。表达了"我"的感叹和畏惧之情。

[12] 巨人国内部也有战乱，他们能从中吸取教训，建立军队，实为难得。

第八章

回归祖国

国王和王后到边境巡行——格列佛随从——格列佛详细叙述他离开这个国家的情形——他回到英国。

我一直强烈地盼望自己能有恢复自由的那一天,虽然我想不出用什么方法,也设计不出能够实现这个愿望的计划来。我原先乘坐的那艘船据说是第一艘被刮到这一带海岸附近的船。国王发布严令,如果再有这样的一艘船出现,就一定得将它押上岸,所有水手和乘客都要被装进囚车带到洛布鲁格鲁德。他一心要替我找一个女人,身材与我一样高大,那样就有人为我传宗接代了。可是我想我死也不会受那样的耻辱,留下后代被人像温顺的金丝雀那样在笼子里养着,也许到时候还会被当成稀罕玩物在王国的贵人们中间卖来卖去[1]。我确实很受优待:我是一位伟大的国王和王后的宠儿,全朝廷的人也都喜欢我;可是我所处的地位却有辱人类的尊严,我也永远忘不了生活在家乡的妻子儿女。我想跟我可以与之平等交谈的人们在一起,在街上或田野走着,也不用担心会像小狗或青蛙那样被人一脚踩死。但是,出人意料的是我竟很快就获救了,获救的方式也与众不同[2]。我要把这件事的全部经过详细地叙述出来。

我在这个国家已经生活了两个年头了。大约在第三年开始的时候,格兰姆达尔克立契和我陪同国王和王后到王国的南海岸巡行。和往常一样,他们把我放在旅行箱里带着;这箱子我以前描写过,是一个十二英尺宽的、方便而又舒适的小房间。我要求他们从房顶的四个角拉下四根丝绳给我安一张吊床,有时候我让骑马的仆人把我放在他前面,这样颠簸就可以减轻一点。在旅途

[1]用比喻手法表现了自己的忧虑和失去自由后的焦虑、无助。

[2]设置悬念,对下文即将发生的事情作了暗示。

中,我常常睡在吊床上。在房顶稍稍偏离吊床正中的地方,我让细木匠开了一个一英尺见方的孔,这样我在热天睡觉时也可以透透空气。孔上有一块木板,顺着一条槽可以前后拉,这样我随时都可以把它关上。

我们的行程结束时,国王觉得最好再到他在弗兰弗拉斯尼克的一座行宫去住几天;弗兰弗拉斯尼克是离海边不到十八英里的一座城市。格兰姆达尔克立契和我都已疲惫不堪。我有点受凉,而可怜的姑娘是病得门都不能出了。我渴望看到大海,如果有机会,这也是我唯一可以逃生的地方了。我假装病得比实际要重,希望带一位我很喜欢的仆人离开城市到海边去呼吸一下海上的新鲜空气。他们有时也把我托付给这个仆人。我永远也忘不了格兰姆达尔克立契是多么勉强才答应,也永远忘不了她一再嘱咐仆人要小心照看我;她当时哭成了一个泪人儿,好像对将要发生的事有某种预感[3]。仆人提着我的箱子走出了行宫,走了约半个小时,来到了海边的岩石上。我吩咐他把我放下。我将一扇窗子推上去,不停地对着大海郁郁地、充满渴求地张望[4]。我觉得不太舒服,就对仆人说我想上吊床小睡一会儿,希望那样会好一点。我爬进吊床,仆人怕我受凉将窗子又放下了。我很快就睡着了,我所能猜测到的只是:我睡着了,仆人想不会有什么危险事发生,就去岩石间找鸟蛋了,因为我之前曾从窗口看到他在那里四处寻找,并且还真在岩缝间捡着了一两个鸟蛋。就算是这样吧,我却忽然被惊醒了,箱子顶上为了携带方便安装的一个铁环被猛地扯了一下,我感觉箱子被高高地举到空中,然后以极快的速度向前飞驰。开头那一下震动差点儿把我从吊床上掀下来,不过随后倒还很平稳。我尽量提高嗓门大喊了几下,却一点也不管用。我朝窗口看去,但除了云和天,什么也看不见。我听到头顶上有一种像是翅膀在扇动的声音,这才开始意识到我此时的悲惨处境。原来是一只鹰用它的嘴叼起了我箱子上的铁环,打算像对付缩在壳里的乌龟一样,把箱子摔到岩石上,再把我的肉身啄出来吞吃掉。这种鸟非常机灵,嗅觉也十分敏锐,从老远的地方就能发现猎物,就是猎物躲在比我这两英寸厚的木板更安全的地方

[3]为下文的意外分离埋下伏笔。

[4]动作描写,表现了格列佛对逃出大人国重获自由的渴望之情。

也没有用。

不一会儿工夫,我感觉到翅膀扇动的声音越来越快,我那箱子就像刮风天气的路标牌一样上下直晃荡。我听到了几声撞击的声音,我想那是鹰遭到了袭击(我现在已完全肯定用嘴衔住我那箱子上的铁环的一定是只鹰)。接着,我猛然感觉到自己在垂直往下掉,有一分多钟的样子,可速度之快令人难以置信,我都差点儿接不上气来。忽然啪的一声巨响,我不再往下掉了;那声音我听起来比尼亚加拉大瀑布①还要响。随后又是一分钟我眼前一片漆黑,接着箱子高高地漂起来,我从最上面的窗子里看到了光亮。这时我才意识到我是掉进海里了。我那箱子,由于我身体的重量和里边的东西,再加上为了加固而在箱子顶部及底部四角钉上去的宽铁板,大约有五英尺浸在水中。我那时就猜想,现在还是这么认为,那只叼着我箱子往前飞的鹰大概正被另外两三只鹰追赶着,它们想分享我这一份活点心;那只鹰为了自卫,不得不扔下我去同它们搏斗[5]。钉在箱子底部的铁板最坚固,所以箱子往下掉时得以保持平衡,也避免了在水面上砸得粉碎。所有的接缝处都做得很严,门也不是靠铰链来开关的,而是像窗户那样是上下拉动式,所以我这小屋关得严严实实,几乎没有一点水渗进来。因为缺乏空气,我都感到快要给闷死了,所以就先冒险拉开前面已提到的屋顶上那块透空气用的活板,这才好不容易从吊床上爬了下来。

那时我多么希望我能和我亲爱的格兰姆达尔克立契在一起啊!其实我们分开不过才一个钟头!说句心里话,虽然我自己正遭遇着不幸,但还是禁不住要替我那可怜的保姆伤心。丢了我,她该有多痛苦,而王后一生气,她这一辈子也就完了[6]。许多旅行家大概还不曾遭遇过我这么大的艰难和痛苦;在这危险关头,我时刻担心我那箱子会被撞得粉碎,一阵狂风一个巨浪也至少可以将它掀翻。只要一块窗玻璃来一道裂口,我马上就会送命;也幸亏当初为防止旅行时出意外在窗子外安上了结实的铁线格,要

[5]"我"的猜想合情合理,为"我"突然下落作了解释。

[6]从"我"对保姆的担忧可见"我"的仁慈和善良。

---

①尼亚加拉大瀑布:在美国靠近加拿大的边境上,是世界上最大的瀑布。

不然窗户哪还能保得住。我看到有几处缝隙已经开始渗水,虽然漏得不是很大,我也尽量设法将其漏堵住。我无法推开我那小屋的屋顶,要不然我肯定要那么做;坐到箱子顶上去,至少可以使我多活几个小时,总比这么关禁闭似的关着要强(我说这是关禁闭)。可是,就算我一两天里躲过了这许多危险,到头来除了饥寒交迫悲惨地死去外,我还能指望别的什么呢?我在这处境下已待了有四个小时了,时时刻刻都在想我已死到临头;我也确实希望自己死掉算了[7]。

[7] 面对被圈禁在海洋上的处境,"我"万念俱灰,想不到活下去的方法。

我已经告诉过读者,我那箱子没有开窗的一面安有两个结实的锁环,经常带我骑马出去的仆人总是从这锁环里穿一根皮带,把箱子绑在腰间。我正在发愁,突然听到,至少我以为我听到了,箱子安着锁环的一面发出一种摩擦声;我马上就开始想象是什么东西在海水里拖着箱子前进,因为我时时感觉到有一种拖拉的力量,激起的浪花几乎高到窗户的顶部,差不多使我陷入一片漆黑。这给了我一线获救的希望,尽管我想象不出那到底是怎么回事。我冒险将一直钉在地板上的一张椅子的螺丝旋开,又费了不少劲把它搬到正对着我刚才打开的活动木板的下面,重新用螺丝固定在地上。我爬上椅子,将嘴尽可能地凑近洞口,用我所掌握的各种语言大声呼救。接着我又将手帕系到我平时一直随身携带的一根手杖上,伸出洞去,在空中摇动了好几下;要是附近有什么大小船只,水手们见了就会猜到这箱子里关着一个倒霉鬼[8]。

[8] 动作描写到位,形象展现了格列佛求救的急切样子。

我发现我所能做的一切全都没有什么效果,不过我倒明显感觉到我这小屋在往前移动。过了一个小时,或者还要久一点,箱子安着锁环而没有开窗的一面撞到什么硬东西上。我担心那是块礁石。这时我感到比以前颠得更厉害了。我清清楚楚听到箱子顶上有响声,像是缆绳穿过那铁环发出的摩擦声。接着我发现自己在一点点地往上升,至少比原先升高了三英尺。我于是再次将手杖连手帕伸出去,大声呼救,直喊到嗓子都快嘶哑了。我的呼救得到了反应。我听到外面大叫了三声,这真叫我欣喜若狂;没有亲身体会的人哪会感受到这样的狂喜[9]!这时我听到头顶有脚步声,有人对着洞口用英语大喊:"下面有人吗?快说话!"我

[9] 详细描写了"我"获救的全过程,"我"获得了生的希望,这种兴奋无法言表。

回话说我是英国人,命运不好,遭遇了任何人不曾遭遇的最大的灾难;我说尽好话,求他们快把我从这暗牢里救出来。那声音回答说,我已经安全了,因为我的箱子已经拴到了他们的船上,木匠马上就到,在箱子顶上锯一个大洞,就可以把我拉出去。我回答说用不着,那样做也太费时间,只需让一名水手用手指头钩住铁环,将箱子从海里提到船上,再放到船长室去就行了。有人听到我这么胡说,以为我是疯了,还有人则大笑起来。我确实一点也没有想到,这时候我是和一帮身材和力气都跟我一样的人在一起了。木匠来了,几分钟就锯了一个四英尺见方的通道口。接着放下来一个小梯子,我爬上去,就这样被他们弄到了船上。此时我已虚弱至极。

　　水手们一个个都非常惊奇,问了我无数的问题,我却无心回答。我见到这么多矮子,一下子也糊涂了;这么长时间以来我的眼睛已看惯了我刚刚离开的那些庞然大物,所以就把这些人看成是矮子了。可是船长托马斯·威尔柯克斯先生是个诚实又可敬的什罗普郡人,他见我快要晕倒了,就带我到他的舱里,让我服了一种强心药使我安定下来,又叫我上他自己的床,劝我稍稍休息一会儿,这我真是太需要了。我在睡去之前告诉他,我那箱子里有几件珍贵的家具,丢了未免可惜:一张很好的吊床、一张漂亮的行军床、两把椅子、一张桌子,还有一个橱;小屋的四壁都挂着也可以说是垫着绸缎和棉絮[10]。如果他叫一名水手去把我那小屋弄到他舱里来,我可以当面打开,把我那些物件拿给他看。船长听我说这些稀奇古怪的东西,断定我是在说胡话了;不过(我猜想他当时是想让我安顿下来)他还是答应按照我的要求吩咐人去办这件事。他来到甲板上,派几个人到我的小屋里把我所有的东西都搬了出来,垫衬在墙壁上的东西也都扯了下来(这些都是我后来才知道的);不过椅子、橱还有床架都是用螺丝钉在地板上的,水手们不知道,硬使劲往上扯,结果大多毁坏了。他们又敲下了几块木板拿到船上来用,想要的东西全拿光后,就把空箱子扔进了海里;因为箱底和四壁有不少裂缝,箱子当即就沉了下去。说真的,我很高兴没有亲眼看着他们将东西毁坏,因为我相信,让一

[10]"我"在巨人国生活了两年多,对于自己日夜居住的"豪宅"已经产生了依赖和留恋。

件件往事重新在脑海中经过,我一定会感触万端的,而这些事我宁愿忘掉[11]。

[11]"我"宁愿忘掉这些事情,也不愿看他们将东西毁掉,可见巨人国的记忆对"我"来说是珍贵而震撼的。

我睡了几个小时,但不断地为梦所扰;我梦见了我离开的那个地方,梦见了我刚刚躲过的种种危险。不过一觉醒来,我觉得自己精力已大为恢复。这时大约已是晚上八点钟了,船长想我也是好长时间没有吃东西了,就立即吩咐开晚饭。他见我已不再是疯样,说话也前后连贯,就十分友好地招待我。当房间里只剩下我们两人的时候,他要我把旅行的情况告诉他,我是怎么乘坐那只大得吓人的木头箱子在海上漂流的。他说,中午十二点钟的样子,他正拿着望远镜在瞭望,忽然在远处发现了那东西,还以为是一艘帆船,心想离他的航线不太远,自己船上的饼干又快吃完了,就想赶上去从那船上买一些过来。船靠近了才发现他错了,就派人坐长舢板去探探到底是什么东西。他的水手们回来都十分害怕,发誓说他们看到了一座漂流着的房屋[12]。他笑他们说傻话,就亲自坐小船去看,同时吩咐水手们随身带一根结实的缆绳。当时风平浪静,他们绕着我划了几圈,发现了我箱子上的窗户和保护窗户的铁线框格,又发现一面全是木板,没有一点透光的地方,却安着两个锁环。他于是命令水手把船划到那一面去,将缆绳拴上其中的一只锁环后,就叫他们把我那柜子(这是他的话)向大船拖去。箱子到船边后,他又下令再拴一根缆绳到安在箱顶的铁环上,然后用滑车把箱子吊起来。可是全体水手一齐动手,也只不过吊起两三英尺。他说他们看到了我从洞里伸出来的手杖和手帕,断定一定有什么不幸的人被关在那洞里了。我问他起初发现我的时候,他和水手们可曾看见天空有什么大鸟。他回答说,我睡觉的时候,他同水手们谈过这事,其中有一个说他是看到有三只鹰朝北方飞去,不过他并没有说它们比普通的鹰大。我想那一定是因为它们飞得太高的缘故。他当时猜不透我为什么要问这个问题。我接着问船长,让他估计我们离陆地有多远了。他说,据他最精确的计算,至少有一百里格。我告诉他,他肯定多算了差不多一半的路程,因为我掉进海里时,离开我来的那个国家还不到两个小时。听我这么一说,他又开始认为我的脑子有毛病

[12]借船长之口告诉格列佛他被发现的过程。

了;他暗示我,我是神经错乱,劝我上他给我预备的一间舱房里去睡觉。我让他放心,他这么友好地招待我陪我,我早已恢复过来了,神志也跟平时一样完全清醒。他这时却严肃起来,说想坦率地问我一句,是不是我犯了什么大罪,按照某个君王的命令受到惩罚,把我丢到那个柜子里面,就像别的一些国家对待重罪犯那样,不给食物,强迫他上一只破船到海上漂流;意识到自己犯了大错,我还能心神安宁吗?他说虽然很懊恼把这么一个坏人搭救上船,可他还是说话算话,一到第一个港口就送我平安上岸[13]。他又补充说,我一开始对水手们净说胡话,后来又对他去讲,什么小屋、柜子,加上我吃晚饭时神情举止都很古怪,他就越来越怀疑了。

    我请求他耐心听我讲我的故事。我把自己最后一次离开英国到他发现我那一刻为止的经历,原原本本地说了一遍。事实总是能说服懂道理的人。这位诚实而可敬的先生有几分学问,头脑也很清楚,他很快就相信我是坦诚的,说的都是实话。但为了进一步证实我所说的一切,我请求他吩咐人把我的橱拿来,那橱的钥匙还在我的口袋里(他已经把水手们怎么处理我那小屋的情形都告诉了我)。我当着他的面把橱打开,把我在那个国家收集到的那点珍奇玩意儿拿给他看。说来也真怪,我居然得以从那里被救了出来。这里面有我用国王的胡子茬做的一把梳子;还有一把也是用同样的材料做成的,不过是装在王后剪下来的一片大拇指指甲上,我用那指甲做了梳子的背。还有几根缝衣针和别针,长度从一英尺到半码不等;四根像细木匠用的平头钉一样的黄蜂刺;王后梳下来的几根头发;还有一枚金戒指,那是王后有一天特别客气送给我的;她把戒指从小指上取下,像套项圈似的把戒指一下扔过来套到我头上[14]。为了报答船长对我的款待,我请他收下这枚戒指,可他坚决拒绝了。我又拿出我亲手从一位皇室侍女脚趾上割下的一只鸡眼给他看;它有一只肯特郡②生产的苹果那么大,长得很坚硬,我回英国后把它挖空做成了一只杯子,还用白银把它镶了起来。最后我还请他看了我当时穿在身上的裤子,那

[13]满嘴胡言乱语,任船长人再好,也不得不对我产生怀疑。

[14]为了使好心的船长相信"我"的经历,"我"又一次用证据证明"我"的话语,极富说服力。

---

    ②肯特郡:英国英格兰的一个郡。

是用一只老鼠的皮做成的。

无论我怎么说,他都不肯接受我的任何东西,只是有一颗仆人的牙齿,我见他十分好奇地在那儿仔细端详,我觉得他很喜欢,就硬劝他收下了。他千恩万谢地接了,这么一件小东西其实不值得他这么道谢的。那牙齿是一位技术不熟练的外科医生从格兰姆达尔克立契的一个害牙痛的仆人嘴里错拔下来的,它其实和他嘴里的其他牙齿一样是好好的,我把它洗干净,放到了橱里。牙齿有一英尺长,直径四英寸。

船长对我这一番简单明了的描述十分满意。他说他希望我们回英国后我能把这一切写下来公之于世。我的回答是:我觉得我们写旅行的书已经太多了,现在不来点别出心裁③根本就不行。我因此很怀疑一些作家考虑的不是什么真实性,而是他们自身的虚荣心和利益,要么就是为了博得无知读者的欢心。我的故事却只有一些普普通通的事件,别的很少,我不会像大多数作家那样,笔底下尽是些关于奇怪的草、木、鸟、兽或者野蛮民族的野蛮风俗、偶像崇拜等等华而不实的描写。尽管如此,我还是感谢他的好意,并答应他考虑写书的事。

他说,有一件事他觉得很奇怪,就是我说话的声音为什么这么大。他问我,是不是那个国家的国王和王后都耳朵有毛病。我跟他说,两年多来我一直这么说习惯了。我也觉得很奇怪,他和水手们说话的声音低得像是在耳语,不过我还是听得蛮清楚的。在那个国家里,我说话就像一个人站在大街上跟另一个从教堂的塔顶向外探望的人说话一样,除非他们把我放在桌上,或者托在什么人的手上,说话声音才不必那么响。我告诉他,我还注意到了另一件事,就是我刚上船那会儿,水手们全都围着我站着,我都以为他们是我平生见过的最不起眼的小人儿呢。真的,我在那个君王的国土上的时候,两眼已经看惯了庞然大物,一照镜子就受不了,因为相形之下,实在自惭形秽。船长说我们一道吃晚饭时,他就发觉我看什么东西都带着一种惊奇的目光,好像总忍不住要

③别出心裁:另有一种构思或设计。指想出的办法与众不同。

笑似的,他也不清楚是怎么回事,只好认为我有点精神失常。我回答说他讲得很对。我看到那菜盘子只有三便士银币那么大,一条猪腿几乎不够一口吃的,酒杯还没有胡桃壳大,我想我怎么能忍住不笑[15]。我接着又以同样的方式把他的其余家用器具和食物形容了一番。我在为王后效命时,虽然她吩咐人给我预备了一整套小型日用品,我却一门心思只在我周围看到的那些大东西上;就像人们对待自己的错误一样,我对自身的渺小故意视而不见。船长很能领会我这善意的嘲笑话,就轻快地引用一句古老的英国谚语来回敬我,说他怀疑我的眼睛比肚子还大,因为我虽然饿了一天了,他却发现我的胃口并不怎么好。他还继续往下开玩笑,坚决说他乐意出一百英镑看鹰叼着我那小屋,再从极高的空中把它丢进海里。他说那情景一定惊心动魄,值得写下来传之后世;那和法厄同④的故事显然可以相提并论,不过我却不大欣赏他这种牵强附会⑤的说法[16]。

[15]在大人国住习惯了,格列佛的视觉差表现得很明显,他不适应现实生活。

[16]船长的玩笑话说明了他的和蔼可亲和对"我"的信任。

　　船长此前一直在越南的东京,这时正在返回英国的途中。船正朝东北方向行驶,方位北纬四十四度,东经一百四十三度。但是我上船后两天就遇到了贸易风。我们向南航行了很长时间,又沿新荷兰⑥海岸航行,之后一直走西南西的航线,再改走南南西,直到绕过了好望角。我们一路上十分顺利,我就不再把每天的航行日记拿到这里来费读者的神了。船长在一两个港口停了船,派人坐长舢板前往采购食品和淡水。不过我在到达唐兹锚地前一直没有下过船。我们于1703年6月3日到达唐兹锚地,这时离我脱险大约已有九个月了。我提出留下我那些东西作为我搭船的费用,但船长坚决表示他分文不收。我们亲切话别,同时我要他答应以后上瑞德里夫我家里去看我。我还向船长借了五先令,雇了一匹马和一位向导回家而去。

　　一路上,我见到房屋、树木、牲口和人都小得很,就以为自己

---

④法厄同:希腊神话中太阳神赫利俄斯的儿子。他得到父亲的许可,驾驶太阳车一天,但中途翻车,几乎使地球失火,后来他被宙斯用雷霆击死。

⑤牵强附会:把本来没有某种意义的事物硬说成有某种意义。也指把不相关联的事物牵拉在一起,混为一谈。

⑥新荷兰:指澳大利亚。

是在利立浦特的境内。我怕踩倒我所碰到的每一个行人,就总是高声叫喊要他们给我让路。由于我的不礼貌,有一两次我差点叫人打得头破血流。

　　我打听了一阵,才找到了自己的家。一位佣人开了门,因为我怕碰着头,所以就像鹅进窝那样弯腰走了进去。我妻子跑出来拥抱我,可是我却把腰一直弯到她的膝盖以下,认为如果不这样她就够不到我的嘴[17]。我女儿跪下来要我给她祝福,可是长期以来我已养成习惯,就是站着仰头看六十英尺以上的高处,所以直到她站起身来,我才看见她,这才赶忙走上前一手将她拦腰抱起。我居高临下看了看佣人和家里来的一两个朋友,好像他们都是矮子,我才是巨人。我对妻子说,她过于节俭了,因为我发现她把自己和女儿都快饿得不成样子了。总之,我的举动非常让人莫名其妙,大家就同那船长初见我时一样,以为我是精神失常了。我提这一点,是为了证明,习惯和偏见的力量是很大的[18]。

　　没过多久,我和家人及朋友就趋于正常,彼此理解了,可是我妻子坚决反对我再去航海。不过我是命中注定要受苦的,她也阻止不了,这一点读者以后就可以知道。我的不幸航行的第二部分就写到这里吧。

[17]"我"回家路上和回家后的行为说明"我"还沉迷在巨人国的印象中。

[18]以自己的哲思告诉世人习惯和偏见对人的影响。

第三卷　飞岛国游记

巧遇空中岛屿

格列佛开始第三次航海——为海盗所劫——一个心肠毒辣的荷兰人——他来到一座小岛——他被接入勒皮他。

我在家住了还不到十天，载重三百吨的大船"好望号"的船长，康沃尔郡人威廉·罗宾逊就到我家来了。他以前在另一艘船上当船长，他持有那艘船的四分之一股份。我曾在那船上当过外科医生，跟他一起到过黎凡特。他和我关系亲密，把我当作兄弟，好像我并不是他属下的船员。他听说我回来了，就来看我，我原以为那只是出于友谊；老朋友多年不见面了，互相看望一下也是很平常的事。可是他不断地来访，说他见我身体很好感到非常高兴，问我是不是就这样长久地留下来过日子了。他故意说，打算大约两个月之后去东印度群岛一带航海。最后他虽然也说了几句抱歉的话，但还是明白地向我发出了邀请，要我到他船上去当外科医生[1]。他说，除两名助手外，我手下还有一名外科医生，薪水也比一般的多一倍。他知道我在航海方面知识丰富，经验也和他不相上下，所以他无论如何可以保证采纳我的意见，真好像我可以和他一道指挥这船似的。

他说了无数的客气话，我也知道他是个老实人，就不再拒绝他的邀请了。虽然我过去有过种种不幸的遭遇，但我仍像往常一样渴望再到世界各地去观光[2]。现在的唯一困难就是怎样说服我的妻子。不过我最终还是征得了她的同意，她替她儿女们的前途着想也就答应让我去了。

我们于 1706 年 8 月 5 日动身，1707 年的 4 月 11 日到达圣乔

[1] 新的征程在老朋友的鼓动下即将开始。

[2] 不断冒险的精神激励格列佛再一次出海。

治要塞。由于有不少水手生了病，我们决定在那里停留了三个星期，让他们休整恢复一下。接着我们从那里开往越南的东京。由于船长想买的许多东西还没有买到，几个月内也不可能指望都办成，他就决定在那里待上一段时间。为了能够支付一部分必要的开支，他买了一艘单桅帆船；平时，东京人和邻近岛上的人做生意就坐这种船。他给这船装了几种货物，派了十四名水手，其中三名是当地人。他任命我做这帆船的船长，并且授权我在两个月内自行交易。这期间，他自己在东京处理一切事务。

我们航行还不到三天，海上就起了大风暴。我们向正北偏东方向漂流了五天，之后又漂向东边。这之后天气晴朗，但从西边刮来的风却还是相当的猛。到了第十天，有两艘海盗船在追赶我们；由于我那单桅帆船负载重，航行很慢，我们也不具备自卫的条件，所以海盗船不久就追上了我们[3]。两艘海盗船上的人差不多同时上了我们的船，这些人在他们头领的带领下，气势汹汹地爬了上来。可当他们看到我们全都脸朝下在那儿趴着（这是我下的命令），就用结实的绳子将我们的双臂捆绑起来，留下一人看守，其余的都到船上去搜刮。

这伙人中间，我发现有一个是荷兰人；虽然他并不是哪一艘贼船的头，却似乎有些势力。他从我们的容貌上推断我们是英国人，就用荷兰话对我们叽里呱啦地咒了一通，发誓说一定要把我们背对背地捆起来扔进海里去[4]。我能说一口相当好的荷兰话，就告诉他我们是些什么人，又求他看在我们是基督徒和新教徒，且英荷两国是比邻的紧密联盟的分上，能去向两位船长说说情，怜恤我们一点。我这话却惹得他勃然大怒；他把那些威胁的话又重复了一遍，并且转过身去对着他的同伙十分激烈地说了半天。我猜想他们说的是日本话，又听到他们一再提到"基督徒"这个词。

两艘海盗船中较大的一艘是由一名日本船长指挥的。他会说几句荷兰话，但说得很糟糕。他走到我跟前，问了我几个问题，我低声下气地做了回答。他听后说，我们死不了。我向船长深深地鞠了一躬，接着转过身去对那荷兰人说，我真感到遗憾，一位基督徒兄弟反不及一位异教徒来得宽厚。可是我马上就后悔自己说了这样的蠢话，因为这个心狠手辣①的恶棍好几次都企图说服

[3] 海上航行充满了危险性和不确定性，格列佛再一次遭遇不测。

[4] 荷兰人的做法是当时英国和荷兰争夺海上霸权的现实反映，也为后文这个荷兰人不断为难"我"埋下伏笔。

———
①心狠手辣：心肠凶狠，手段毒辣。

两位船长把我抛进海里(他们既然已答应不把我处死,就不会听他的话),他虽然没有得逞,却究竟占了上风,竟说服他们要以一种比死本身还恶劣的惩罚来整治我。我的水手被平均分作两半送上了贼船,那艘单桅帆船则另派了新的水手。至于我自己,他们决定把我放到一只独木舟里去海上随波漂流,给我的东西只有桨和帆以及只够吃四天的食品。那位日本船长倒是心肠很好,他从自己的存货中给我多加了一倍的食物,并且不准任何人搜查我。我上了独木舟,那荷兰人还站在甲板上,把荷兰话里所有的诅咒(zǔ zhòu)和伤人的话一齐泻到我的头上[5]。

　　在我们看到海盗船以前大约一个小时,我曾测过一次方位,发现我们当时地处北纬四十六度,东经一百八十三度。我离海盗船相当一段距离之后,用袖珍望远镜看到东南方向有几座岛屿。当时正是顺风,我就挂起帆,打算把船开到最近的一座岛上去。我花了大约三个小时才好不容易到了那里。岛上全是岩石,不过我倒是拣到了不少鸟蛋;我划火点燃石南草和干海藻,把鸟蛋烤熟。晚饭我就只吃了鸟蛋,别的什么也没吃,因为我决意要尽可能地节约粮食。我在一块岩石下面找了个避风处,身底下铺上些石南草就过夜,睡得倒还不错[6]。

　　第二天,我向另一座岛驶去;我时而扬帆,时而划桨,接着又驶向了第三座岛和第四座岛。但我就不烦读者来听我说那些困苦的情形了。总之,到了第五天,我来到了我所能看得见的最后一座岛屿,它坐落在它前面那岛的正南以东方向。

　　那岛离我远比我预想的要远,我几乎用了五个小时才到那里。我差不多绕岛转了一圈,才找到一个便于登陆的地方。那是一条小港汊(chà),大约有我那独木舟三倍宽。我发现岛上四处是岩石,只有几处点缀着一簇簇的青草和散发着香味的药草[7]。我把我那一点点口粮拿出来,吃了一点,剩下的就全都藏到一个洞穴里;这样的洞这地方有许多。我在岩石上找到不少鸟蛋,又找来一些干海藻和干草,打算第二天用来点火把蛋好好烤一下(我随身带有火石、火镰、火柴和取火镜)。整个夜里我就躺在我存放食物的洞里,床铺就是我预备用来燃火的干草和干海藻。我几乎没怎么睡,心里烦躁②不安也就忘记了疲劳;这样一直醒着,想想在这么一个荒凉的地方我怎么能活下去,结局一定是很悲惨

[5] 荷兰人对"我"的处罚相当严厉,这种表现与两国的利益之争有关联。

[6] 格列佛选择的住处对保护自己很有用,说明多年的航海经验为格列佛的求生极为有利。

[7] 此处突出了小岛的荒凉。

---

②烦躁:烦闷焦躁。

的[8]。我感觉自己神情沮(jǔ)丧,一丝劲都没有,也就懒得爬起来。等我好不容易鼓足精神爬出洞来时,天早已大亮了。我在岩石间走了一会儿;天气极其晴朗,太阳热得烤人,我只得把脸转过去背着它。就在这时,忽然,天暗了下来,可是我觉得那情形和天空飘过来一片云大不一样。我转过身来,只见在我和太阳之间有一个巨大的不透明的物体,它正在朝着这个小岛飞来。那物体看上去大约有两英里高,它把太阳遮了有六七分钟,可我感觉空气并没有凉爽多少,天空也没有变得更加灰暗,这情形就和我站在一座山的背阴处差不多[9]。随着那东西离我所在的地方越来越近,我看它像是一个固体,底部平滑,在下面海水的映照下闪闪发光。我站在离海边约两百码的一个高处,看着那个巨大的物体逐渐下降,差不多到了与我平行的位置,离开我已经不到半英里了。我取出袖珍望远镜,清清楚楚看到有不少人在那东西的边缘上上下下。边缘似乎是呈倾斜状,可是那些人在做什么,我却分辨不出[10]。

出于对生命的一种本能的爱,我因此打心眼里感觉到几分欢乐。我开始产生一种希望,觉得这件奇迹无论怎样似乎总能够把我从这个荒凉的地方以及我目前这种困境中解救出来。然而,与此同时,读者也很难想象出我当时是多么吃惊,居然看到空中会有一座岛,上面还住满了人,而且看来这些人可以随意地使这岛或升或降,或者向前运行。不过,我当时还没有心思去对这一现象进行哲学研究,我只想看看这岛到底要往什么方向去,因为有一会儿它似乎在那儿停住不动了。不一会儿工夫,它靠我更近了,我看得见它的边缘四周全是一层层的走廊,每隔一段距离就有一段楼梯,可供上下。在最下面的一层走廊上,我看到有一些人拿着长长的钓竿在那里钓鱼,另有一些在一旁观看[11]。我向着那岛挥动我的便帽(我的礼帽早就破了)和手帕;当它离我更加近的时候,我就拼着命又喊又叫。随后我仔细看了一下,只见我看得最清楚的一面聚集了一群人。他们虽然没有搭理我的呼喊,可他们在用手指我,互相之间又在那儿指指点点,我就知道他们显然已经发现了我。我看到四五个人急匆匆地沿着楼梯一直跑到岛的顶部,随后就不见了。我猜得没错,这些人是为这件事被派去向有关当局请示去了。

[8] 表达了"我"流落荒岛的绝望之情。

[9] 用浅显的类比手法来说明"我"当时的处境,易于理解。

[10] 对天空中的情景描写,自然地将读者的注意力转入对不明飞行物的叙述。

[11] 对飞岛上人物行动的描写,使得读者对这个飞岛更加好奇,激发了读者继续阅读下去的兴趣。

人越来越多;不到半个小时,那岛又动了起来;它往上升,使最下面的一层走廊与我所站的高处相平行,彼此相去不到一百码。我于是做出苦苦哀求的姿势,尽可能地把话说得低声下气,可是没有得到回答。站在上面离我最近的那几个人,从他们的服装来看,我猜想大概是有几分地位的。他们不时地朝我望来,互相之间又热烈地交谈了一阵。最后,其中的一个高喊了一声,声音清楚,语调文雅③悦耳,听起来倒像是意大利语。我因此就用意大利语答了他一句,希望至少那语言的调调能使他们听着更舒服一点。虽然我们彼此都听不懂对方的话,可他们很容易就明白了我的意思,因为他们看到了我当时困苦的样子。

他们打手势让我从那岩石上走下来,一直走到海边去。我照他们的意思做了。那飞岛上升到一个适当的高度,边缘正好就在我头顶的时候,有一条链子从最下面的走廊里垂了下来,链子末端拴着一个座位,我坐上座位,把自己系好,他们就用滑轮车把我拉了上去[12]。

[12] 格列佛被滑轮钓了上去,会有什么样的奇特经历呢?

---

③ 文雅:温文尔雅,讲礼仪而不粗鄙。

第二章

勒皮他轶事

勒皮他人的性格和脾气——他们的学术——国王及其朝廷——格列佛在那里受到的接待——当地居民恐惧不安——妇女的生活情形。

我上岛以后,就被一群人团团围了起来,不过站得离我最近的人像是有些身份。他们用惊奇的眼神打量我。可事实上我也和他们一样地惊奇,因为我还从未见过这么古怪的种族,无论外形、服装和面貌都这么奇特。他们的头全都是歪着的,不是偏右,就是偏左;眼睛是一只内翻,另一只朝上直瞪天顶。他们的外衣上装饰着太阳、月亮和星星的图形;与这些相交织的,是那些提琴、长笛、竖琴、军号、六弦琴、羽管键琴以及许许多多其他我们欧洲所没有的乐器的图形[1]。我发现这里到处都有许多穿着仆人服装的人,他们手里拿着短棍,短棍的一端缚着一个吹得鼓起来的气囊,形同一把连枷(liánjiā)。我后来才知道,每一个气囊里都装有少量的干豌豆或者小石子儿。他们时常用这些气囊拍打站在他们身边的人的嘴巴和耳朵,那时我还想不出这是什么意思,好像是这些人一门心思在冥思苦想,不刺激他们的发音及听觉器官,他们就不会说话,也注意不到别人说话似的。由于这个原因,那些出得起钱的人,家里就总养着一名拍手(原文是"克里门脑儿"),就当是家仆中的一员,出门访友总是带着他。这名侍从的职责就是,当两三个或者更多的人在一起时,先用气囊轻轻地拍一下要说话的人的嘴,再拍一下听他说话的人的右耳朵。主人走路的时候,拍手同样得殷勤侍候,有时要在主人的眼睛上轻轻地拍打一下,因为这主人总是在埋头苦想,这就有坠落悬崖或者头撞上柱子的危险;走在大街上,也有挤倒别人或者被别人挤到阴沟里去的可能[2]。

[1] 对飞岛国上人们相貌的刻画形象而生动,他们的奇特相貌如在眼前。

[2] 对"拍手"职责生动具体的介绍,从侧面反映了岛上贵族荒唐的生活方式。

这一信息有必要先通报给读者，否则大家就会像我一样对这些人的行动感到莫名其妙：他们领着我沿楼梯往岛的顶部爬，又从那儿向王宫走去；就在我们往上走的时候，一路上他们竟几次忘了自己是在干什么，把我一人撇下了，一直到后来由拍手们提醒，他们才回想起来！我这外来人的奇异服饰和面貌以及普通百姓的叫喊声，他们见了，听了，似乎根本就无动于衷①。百姓们心情倒轻松得多，不像他们那样思虑重重。

最后我们进了王宫，来到了接见厅。我看到国王正坐在宝座上，显贵大臣侍立两旁。宝座前摆着一张大桌子，上面放满了天球仪和地球仪以及各种各样的数学仪器[3]。我们进宫时，全朝廷的人都拥了上来，声音相当的嘈杂，可国王陛下竟一点都没有注意到我们。他当时正在沉思一个问题，我们至少等了一个钟头，他才把这个问题解决。他的两边各站着一名年轻的侍从，手里都拿着拍子；他们见国王空了下来，其中的一个就轻轻地拍了拍他的嘴，另一个则拍了一下他的右耳朵；这一拍，他好像突然惊醒了过来似的，就朝我以及拥着我的人这边看来，这才想起他事先已经得到报告说我们要来这件事[4]。他说了几句话，立刻就有一个手持拍子的年轻人走到我的身边，在我的右耳朵上轻轻地拍了一下。我尽可能地对他们打手势，说明我并不需要这样一件工具；事后我才发现，国王和全朝人士因此都十分鄙视我的智力。就我所猜测，国王问了我几个问题，我就用我懂得的每一种语言来回答他。后来发现我既听不懂他的话，他也听不懂我的话，国王就命令把我带到宫内的一间房间里去（这位君王以对陌生人好客而闻名，这一点上他超过了他的每一位前任），同时指派两名仆人侍候我。我的晚饭送了上来，四位我记得曾在国王身边见到过的贵人赏光陪我吃饭。我们一共有两道菜，每一道三盘。第一道菜是切成等边三角形的一块羊肩肉，一块切成长菱形的牛肉和一块圆形的布丁。第二道菜是两只捆扎成小提琴形状的鸭子，一些像长笛和双簧(huáng)管的香肠和布丁，以及形状做得像竖琴的一块小牛胸肉。仆人们把我们的面包切成圆锥形、圆柱形、平行四边形和其他一些数学图形[5]。

[3]桌子上的仪器表明这是一个注重数学研究的国家。

[4]拍手竟然可以拍打国王，这其实是作者对所谓的神圣不可侵犯的王权的讽刺。

[5]从这些菜和面包的形状可见这个国家对数学和音乐的重视，他们丰富的想象力和创造力令人叹服。

---

①无动于衷：心里一点儿也没有触动。指对应该关心、注意的事情毫不关心，置之不理。

我们进餐时,我壮着胆子问他们那几样东西在他们的话里叫什么;那几个贵人在拍手们的帮忙下,倒很乐意回答我的提问;他们希望,要是我能够同他们谈话,我对他们了不起的才能也就更加能够欣赏了。不久,我就可以叫他们上面包上酒,要什么就叫什么了。

晚饭吃过,陪我的人就告退了。国王又命令给我派了一个人来,他随身也带着一个拍手。他带来了笔墨纸张和三四本书,打着手势让我明白,他是奉命来教我语言的。我们在一起坐了四个小时,我把大量单词一竖排一竖排地写了下来,另一边写上相应的译文。我的老师让我的一个仆人做出取物、转身、鞠躬、坐下、起立、走路等各种动作,这样我倒又设法学到了几个简短的句子,我把这些句子也都写了下来。他又把一本书上太阳、月亮、星星、黄道、热带、南北极圈的图形指给我看,还告诉我许多平面和立体的名称。他告诉我各种乐器的名称和性质,以及演奏每一种乐器时所用的一般性技术用语。他走后,我就将所有的单词连译文解释全都按字母顺序排列起来;这样,几天之后,我凭着自己超强的记忆力,对他们的语言多少有了一点理解[6]。

我解释作"飞岛"或"浮岛"的这个词,原文是"Laputa"(勒皮他),可它的真正来源,我永远也没有能搞得清楚。"Lap"在古文里,意思是"高";"Untuh"是"长官"的意思。由此他们以讹传讹,说"Laputa"这个词是由"Lapuntuh"派生而来的。我是不同意这么一种派生法的,未免有些牵强附会。我曾冒昧地向他们的学者提出了我的看法:勒皮他其实是"Quasi lap Outed";"Lap"正确的意思应该是"阳光在海上舞蹈","outed"表示"翅膀"。不过我并不想把我的意思强加给大家,有见识的读者可自行判断。

受国王之托照管我的那些人见我衣服穿得不像样子,就吩咐一名裁缝第二天过来给我量体做一套衣服。这位技工的工作方法和欧洲的裁缝不一样。他先用四分仪量我的身高,接着再用尺子和圆规量我全身的长、宽、厚和整个轮廓,这些他都一一记到纸上。六天之后,衣服送来了,做得很差;因为他在计算时偶然弄错了一个数字,弄得衣服形都没有了。不过值得安慰的是,我见过的这类事太寻常了,所以也就不怎么在意[7]。

我因为没有衣服穿不能出门,又逢身体不适,便在家多待了

[6] 格列佛的语言天分极高。

[7] "我"对飞岛国裁缝的死板见怪不怪,暗讽英国社会的机械、刻板。

几天,这倒使我的词汇量扩大了许多。第二次进宫时,国王说的好多话我都听得懂了,我还能答他几句。国王下达命令,让本岛向东北偏东方向运行,停到拉格多上空的垂直位置上去;拉格多是全王国的首都,坐落在坚实的大地上,距离大约为九十里格,我们航行了四天半。我丝毫都没有感觉到这岛是在空中运行。第二天上午约十一点钟的样子,国王本人和相随的贵族、朝臣以及官员预备好了他们所有的乐器,不间断地连续演奏了三个小时,喧闹声震得我头都晕了。我也猜不明白这是什么意思,后来还是我的老师告诉了我。他说,岛上的人耳朵已经听惯了这天上的音乐,所以每隔一段时间总要演奏一次,这时宫里的人都各司其职,准备演奏自己最拿手的乐器。

在我们前往首都拉格多的途中,国王曾下令本岛在几个城镇和乡村的上空停留,以便他接受下面百姓的请愿书。为此,他们将几根包装用线粗细的绳子放了下去,绳子的末端系着个小小的重体。老百姓们就把他们的请愿书系到绳子上,绳子就直接给拉了上来,样子倒像小学生们把纸片系在风筝线的一头那样。有时我们还收到底下送上来的酒食,那些是用滑轮扯上来的。

在学习他们的词汇方面,我的数学知识帮了大忙。这些词汇大多与数学和音乐有关,而我对音乐倒也并不生疏。他们的思想永远跟线和图形密切相关。比方说他们要赞美妇女或者其他什么动物,就总是用菱形、圆形、平行四边形、椭圆形以及其他一些几何术语来形容,要不就使用一些来源于音乐的艺术名词,这里就不再重复了。我曾在御膳(shàn)房里看到各种各样的数学仪器和乐器,他们就按照这些东西的图形将大块肉切好,供奉到国王的餐桌上。

他们的房屋造得极差,墙壁倾斜,在任何房间里见不到一个直角。这一缺点产生的原因是由于他们瞧不起实用几何学,他们认为实用几何粗俗而机械;可他们下的那些指令又太精细,工匠的脑子根本无法理解,所以老是出错。虽然他们在纸上使用起规尺、铅笔和两脚规来相当熟练灵巧,可是在平常的行动和生活的行为方面,我还没见过有什么人比他们更笨手笨脚的[8]。除了数学和音乐,他们对其他任何学科的理解力都极其迟钝,一片茫然。他们很不讲道理,对反对意见反应十分激烈,除非别人的意见凑

[8]这里的人们只注重纯数学和音乐的东西,忽略了实用几何学,只注重精巧而忽略了实用,作者对他们纸上谈兵的工作和爱好进行了讽刺。

巧和他们的一致,不过这种情况很是难得。对于想象、幻想和发明,他们全然无知,他们的语言中也没有任何可以用来表达这些概念的词汇。他们的心思完全封闭在前面提到的两门学问范围内。

但他们中的大多数,尤其是研究天文学的人,都对神裁占星学十分信仰,不过这一点他们却耻于公开承认。最令我惊奇也是我觉得最不可思议②的是,我发现他们对时事和政治的关心十分热切,总爱探究公众事务,对国家大事发表自己的判断,对于一个政党的主张辩论起来是寸步不让。在我认识的大多数欧洲的数学家中,我确实也曾发现了这么一种相同的癖好;可是我在数学和政治这两门学问之间,怎么也找不到有任何一点相同的东西,除非那些人这么来假设:因为最小的圈和最大的圈度数相同,治理这个世界,除了会处理和转动一个球体之外,并不需要有别的什么本领[9]。可是我宁可认为这种性格来源于人性中一个十分普遍的病症:对于和我们最无关系的事情,对于最不适合于我们的天性或者最不适于我们研究的东西,我们却偏偏更好奇,还更自以为是。

这些人总是惶惶不安,心里一刻也得不到宁静,而搅得他们不安的原因,对其他的人类简直不可能发生任何影响。他们担心的是,天体会发生若干变化[10]。比方说,随着太阳不断地接近地球,地球最终会被太阳吸掉或者吞灭。太阳表面逐渐被它自身所散发出的臭气笼罩,形成一层外壳,阳光就再也照不到地球上来了。地球十分侥幸地逃过了上一次彗星尾巴的扫刷,要不然肯定早已化为灰烬;可他们推算,再过三十一年,彗星将再次出现,那时我们就很有可能被毁灭。根据他们的计算,他们有理由害怕,当彗星运行到近日点时,在离太阳一定的位置上,彗星所吸收的热量,相当于赤热发光的铁的热量的一万倍。彗星离开太阳后,拖在后面的一条炽热的尾巴有一百万零十四英里长。如果地球从距离彗核或者彗星主体十万英里的地方经过,那么运行过程中地球必然要着火而被烧成灰烬。太阳光每天都在消耗,却得不到任何补充,到最后全部耗尽时,太阳也就完了,而地球以及一切受

[9] 格列佛想到了欧洲的数学家,这里暗含了对欧洲数学家的讽刺。

[10] 他们的杞人忧天读来令人忍俊不禁。

---

② 不可思议:原有神秘奥妙的意思。现多指无法想象,难以理解。

太阳光照的行星,也都将随之而毁灭。

这么一些恐惧加上其他类似的即将降临的危险,使得他们永远在担惊受怕,不能安眠,人生一般的欢乐也根本无心去享受。早晨碰到一个认识的人,第一个问题就是询问太阳的健康,日出日落时它的样子怎样,可有什么希望能躲避即将来临的彗星的打击。他们交谈这些问题时的心情和那些爱听神鬼故事的男孩们一样,爱听得要命,听完后又害怕得不敢上床去睡觉[11]。

这个岛上的妇女非常活跃,她们瞧不起自己的丈夫,对陌生人倒异常地喜爱。从下面大陆到岛上来的这样的生客总是很多,他们或是为了市镇和团体的事,或是因为个人的私事,上宫里来朝觐③(jìn);不过他们很受人轻视,因为他们缺少岛上人所共有的才能。贵妇们就从这些人中间挑选自己的情人。但令人气恼的是,他们干起来不急不慌,而且安全得很,因为做丈夫的永远在那里凝神沉思,只要给他提供纸和仪器,而拍手又不在身边的话。情妇情夫们就可以当他的面尽情调笑,肆意亲昵。

虽然我认为这个岛是世界上最好的地方,可那些人的妻女却都哀叹自己在岛上被困住了。她们住在这里,生活富裕,应有尽有,想做什么就做什么,可她们还是渴望到下面的世界去看看,去享受一下在首都生活的乐趣。不过,得不到国王的许可,她们是不准下去的。获得国王的特许也很不容易,因为贵族们已有不少经验,知道说服自己的夫人从下面归来是多么困难。有人跟我说,一位朝廷贵妇,已经有几个孩子了,丈夫就是王国里最有钱的首相;人很体面,对她恩爱有加;她住在岛上最漂亮的宫邸里,却以调养身体为借口到拉格多去了。她在那里一躲就是几个月,后来是国王签发了搜查令,才在一个偏僻的饭馆找到她,她衣衫褴褛④(lán lǚ)。为了养活一个年老而又丑陋的跟班,将自己的衣服都当了出去。跟班天天都要揍她,即便是这样,她被人抓回时,竟还舍不得离开他。她丈夫极为和蔼地接她回家,丝毫都没有责备她,可是不久,她竟带着她所有的珠宝又偷偷地跑到下面去了,还是去会她那老情人,从此再也没有下落[12]。

[11]类比手法。写出了飞岛国人整天杞人忧天,作者借此讽刺了英国学术界的空虚。

[12]首相夫人宁肯舍弃荣华,也要逃离上层社会。宁肯抛弃富有的首相,也要去私会自己的情人,可见对上层社会的深恶痛绝。

---

③朝觐:臣子朝见君主。
④褴褛:衣服破烂。

读者们也许会觉得，与其说这故事发生在那么遥远的一个国度，还不如说它发生在欧洲或者英国。可是读者能这样来想想倒也有趣，就是，女人的反复任性并不受气候或民族的限制，天下女人都是一样的；这也是我们不太容易想象得到的。

大约过了一个月，我已经能够熟练地掌握他们的语言了，我在侍奉国王时，他问的大部分问题我也都能够回答了。国王对我所到过的国家的法律、政府、历史、宗教或者风俗一点兴趣也没有，也不想询问，他的问题只和数字有关。虽然他的两旁都有拍手可以不时地提醒他，但是他对我的叙述却非常轻视，十分冷淡[13]。

[13]不同于巨人国美丽的国王，飞岛国的国王只关心数学，他的偏执和轻蔑表现了出来。

第二章

飞岛真面目

在现代哲学和天文学中已经解决了的一种现象——勒皮他人在天文学上的伟大进展——国王镇压叛乱的手段。

我请求君王准许我参观一下这座岛上种种稀奇古怪的事物,他很高兴地答应了,并且命令我的老师陪我前往。我主要想知道,这岛是怎样运行的,是由于人工的原因,还是凭借了自然的力量。现在我就要来向读者作一个哲学上的解释。

飞岛,或者叫浮岛,呈正圆形,直径七千八百三十七码,或者说四英里半,所以面积有十万英亩。岛的厚度是三百码。从下面看起来,岛的底部或者叫下表面,是一块平滑、匀称的金刚石,厚度约为两百码。金刚石板的上面,按照通常的序列埋藏着一层层的各种矿物。最上面一层是十到十二英尺深的松软肥沃的土壤。从岛的上层边缘到中心形成一个斜坡,所有降落到这个岛上的雨露因此自然地沿小河沟流向中心,最后全都流进四个周界约半英里的大塘;这些大塘距离岛的中心有两百码。白天,因为太阳的照射,水塘不断蒸发出水分,所以水不会满得溢出来。同时,君王有本事将岛升到云雾层以上的区域,所以他能够随意地不让雨露降落到岛上。科学家们一致认为,云层最高也不会上升到两英里的高度;至少在这个国家还从来没有听说过有这么高的云层[1]。

岛的中心有一个直径约为五十码的陷窟,天文学家由此进入一个大的圆顶洞,叫做"佛兰多纳·革格诺尔",意思是"天文学家之洞"。这个洞位于金刚石板上表面以下一百码的深处。洞内有

[1] 这一段是对飞岛的描写,特别是针对岛上雨露的去处做了细致描写,表明了飞岛的神奇与设计的合理、巧妙。

二十盏长明灯,灯光映照在金刚石表面上,又将强烈的灯光投射到四面八方。这地方收藏着各式各样的六分仪、四分仪、望远镜、星盘以及其他天文仪器。但是最稀罕的东西,也是该岛命运之所系,却是一块形状像织布工用的梭子一样的巨大的磁石。磁石长六码,最厚的地方至少有三码。磁石中间穿着一根极其坚硬的金刚石轴,依靠这轴,磁石即可转动。因为磁石在轴上绝对平衡,所以最没有力气的人也可以转动它。磁石的外面套着一个四英尺深四英尺厚直径十二码的金刚石圆筒。圆筒平放在那儿,底部有八根六码长的金刚石柱子支撑着。圆筒内壁的中部,是一个深十二英寸的凹口,轴的两端就装在里面,可根据需要随时转动。

任何力量都无法将磁石从原处搬开,因为圆筒、支柱和构成岛底面的那一部分金刚石板全都连在一块儿。

飞岛就是借助于这块磁石,或升或降,或从一处移动到另一处。在这位君王统治的这一部分土地上,那磁石的一端具有吸力,另一端则具有推力。如果把磁石竖直,让有吸力的一端指向地球,岛就下降;如果让有推力的一端朝下指,岛就径直往上升。假如磁石的位置是倾斜的,岛的动向也是倾斜的,因为这磁石所具有的力量总是在与其方向相平行的线上发生作用[2]。

飞岛凭借这种斜向的运动运行到君王领土的各个不同地区。为了解释岛的运行方式,让我们假设 AB 代表横贯巴尔尼巴比领地的一条线,CD 线代表磁石,D 是有推力的一端,C 是有吸力的一端,岛正停在 C 地上空。如果将磁石按 CD 位置摆好,让有推力的一端向下,那么,岛就会斜着上升被推到 D 处。到达 D 以后,让磁石在轴上转动,使有吸力的一端指向 E,岛就会斜着运行到 E。这时候如果再转动磁石,使它处于 EF 的位置,让有推力的一端朝下,岛就会斜向往上升到 F 的位置。到 F 后,只要把有吸力的一端指向 G,岛就朝 G 处运行。再转动磁石,令有推力的一端直指向下,岛就会从 G 运行到 H。这样根据需要随时变动磁石的位置,岛就可以按照倾斜的方向依次或升或降。通过这种交替升降(倾斜度不是很大),岛就从一块领地被送到另一块领地[3]。

[2] 对磁石作用的介绍,说明作者有着丰富的科学知识。

[3] 作者运用数学方面的知识对飞岛的运行方式进行说明,极大地增强了故事的可信度。

但是必须注意，飞岛的运行不能超出下方领地的范围，升高也不能超过四英里。天文学家认为这是由于下面这个理由（他们曾就那块磁石写过大量有系统的著作）：磁力在四英里以上的高度就不发生作用；在地球这一带的内部以及在离岸四英里的海里能对磁石发生作用的矿物，并非遍布全球，而是只限于国王的领土。飞岛处在这么一个优越的位置，要一位君王让处于磁场引力范围内的任何一个国家归顺他的统治，就十分容易办到了[4]。

如果把磁石放在与水平面相平行的位置，飞岛就静止不动，因为这种情况下，磁石的两端离地球的距离相等，一端往下拉，一端往上推，作用力相等，也就不会产生任何运动了。

这块磁石由几名特定的天文学家管理，他们按照君主的指令时时移动它的位置。他们一生中的绝大部分时间都用在观察天体上，观察时所借用的望远镜远比我们的要好。虽然他们最大的望远镜长度不出三英尺，望远的效果却比我们一百英尺的还要好得多，各种星宿看起来更加清清楚楚[5]。这一先进条件使他们的发现远远超过了我们欧洲的天文学家。他们曾编制过一份万座恒星表①，而我们最大的恒星表中所列的恒星还不到此数的三分之一。他们还发现了两颗小星星，或者叫卫星，在围绕火星转动；靠近主星的一颗离主星中心的距离，恰好是主星直径的三倍，外面一颗与主星中心的距离为主星直径的五倍；前者十小时运转一周，后者则二十一小时半运转一周；这样，它们运转周期的平方，就差不多相当于它们距火星中心的距离的立方；由此可见，它们显然也受着影响其他大体的万有引力的支配。

他们观察到了九十三颗不同的彗星，并极其精确地确定了它们的周期。如果这一点是真的（他们极有把握地断言这是真的），我们非常希望他们能把观察的结果公之于世，那样的话，目前这大有缺陷的彗星学说，也许就有可能像天文学的其他部分那样，能逐步达到完美的程度[6]。

[4]用飞岛优越的地理位置使其他国家归顺于他，可见国王的狂妄自大与仗势欺人，暗讽了英国现实社会。

[5]此处拿飞岛国的望远镜与英国现实中存在的望远镜相对比，源于现实又高于现实，增强了文章的真实性。

[6]飞岛国对于彗星的研究远远超过了英国，甚至整个欧洲。

---

①恒星表：1725年弗兰姆斯提德天文学者编制了一份恒星表，记录了两千九百三十五颗恒星。

国王要是能说服他的内阁同他合作,他就可以成为宇宙间最最专制的君王。可那些人在下面的大陆上都有自己的产业,再想想宠臣的地位又非常不稳定,所以从来都不肯跟国王一起奴役自己的国家[7]。

　　如果哪座城市发生叛乱,卷入激烈的内斗,或者拒绝像平常一样效忠纳贡,国王就有两种可以使他们归顺的手段。第一种手段比较温和[8],就是让飞岛浮翔在这座城市及其周围土地的上空,这样就剥夺了人们享受阳光和雨水的权利,当地居民就会因此而遭受饥荒和疾病的侵袭。如果罪有应得,岛上还可以同时将大石头往下扔,把他们的房屋砸得粉碎,他们无力自卫,只好爬进地窖或洞穴去藏身。可要是他们依然顽固不化②,或者还想谋反,国王就要拿出他最后的办法来了:让飞岛直接落到他们的头上,由此将人和房屋一起统统毁灭[9]。不过,这种极端手段国王很少采用,实际上他也不愿意那么做;大臣们也不敢建议国王采取这样的行动,因为底下有自己的产业,飞岛落下去了,不仅下面的人要憎恨他们,自己的产业也要受到极大的损害;而飞岛是国王的领地,是不受影响的。

　　但是,这个国家的国王们历来都是非到迫不得已③才施行这种可怕的手段,实际上,其中还有一个更重要的原因。因为,如果他想毁灭的城市中有什么高高耸立的岩石(这是大一点的城市里通常会有的情况,当初选定有岩石的地点很可能就是为了防止这种灾难的袭击),或者城市里到处是高高的尖塔或石柱,那么,飞岛突然往下掉落,有可能就要危及岛底或者下表面。虽然我前面说过岛的底部是由两百码厚的一整块金刚石板构成的,但震动太大,它也有可能碎裂;或者因离底下房屋中的炉火过近而爆裂,就像我们的烟囱,尽管是用铁石做的,靠火太近,常常就会爆裂。所有这些,老百姓都一清二楚,因为事关他们的自由和财产,他们心里明白,顽固不屈可以坚持到什么地步。要是国王已经忍无可

[7]国王对内阁没有绝对的控制权,这源于当时的英国社会。

[8]"比较温和"极具讽刺意味。

[9]国王的三种手段,一种比一种残暴,暗示英国等大国经常欺负其他弱小国家,在别国实行霸权主义。

---

②顽固不化:坚持错误,不肯改悔。
③迫不得已:被逼得没有办法,不得不这样。

忍，坚决要把一座城市碾成一堆废墟，他就会以体贴人民为借口，命令飞岛以极慢的速度降落，但实际是怕伤了那金刚石板底；因为哲学家们都认为，岛底要是坏了，磁石就再也不能使岛升起：整个岛就要掉落在地上[10]。

  大约在三年前我还没有来到他们这地方的时候，在国王巡视他的领土的途中，曾发生过一次非常事件，差点儿结束了这个王朝，至少是现在这么一个王朝。国王陛下首先巡视的是王国的第二大城林达洛因。他走后三天，一向抱怨其高压政策的当地居民就关起城门，把总督抓了起来，同时以难以置信的快速度和劳作，在城的四角建起了四座巨塔（这座城是正方形的），高度都和矗立在城中心的那块坚固的尖顶岩石相等。在每座塔以及那岩石的顶端，他们分别安装了一块大磁石；他们还预备了大量最易燃的燃料，为的是一旦磁石计划失败，能用它们来烧裂飞岛的金刚石底板[11]。

  过了八个月国王才接到确切的报告说林达洛因的人造反了。于是他下令让岛飘浮到这个城市的上空去。当地人民团结一致，已经储备好了粮食；城市的中心也有一条大河穿过。国王在他们的头顶上停留了几天，不让他们享受阳光和雨水。他下令放下许多绳子去，可是没有一个人送上来的是请愿书，相反却是一些十分大胆的要求；他们喊冤，要求大量地减免税赋，要求选举自己的总督；还有其他一些类似的过分要求。国王因此命令岛上全体居民从最底下一层走廊上往城中抛掷巨石；但居民们对此毒计早有所防范，他们连人带财物一起进了那四座巨塔以及其他坚固的建筑物和地窖[12]。

  这时国王已下定决心要降伏这些骄傲的人。他命令飞岛向离巨塔和岩石不到四十码的空间慢慢降落。大臣们照办了，但是负责这项工作的官员发现，飞岛下降的速度比平时快得多，就是转动磁石也很难使它稳定下来，岛像是要径直往下掉似的。他们立即把这件惊人的事报告了国王，请求陛下准许把岛往上升高一点。国王同意了；他召集会议，并命令负责磁石的官员参加。其中有一位年纪最大经验也最丰富的官员获得国王的准许做了一个试验。他取一

[10] 强大如飞岛，也有脆弱的时候。

[11] 受压迫者计划周密，可以看出他们的聪明才智和敢于反抗国王的精神。

[12] 揭示了统治者们的极端暴力，歌颂殖民地人民反抗统治者的英勇斗争。

根一百码长的结实的绳子,当飞岛上升到城市上空超出磁力范围以外的位置时,就在这绳子的末端系上一块掺和着铁矿石且成分和岛底表面一样的金刚石,再从底层走廊慢慢地将绳子往塔顶放去。这金刚石放下去还不到四码,那官员就感到有一股强大的力在把它往下拖,弄得他几乎不能把它拉回来。他接着又往下扔了几块小的金刚石,发现它们全都被吸到塔顶上去了。他又在其他三座塔以及那岩石上做了同样的试验,结果都一样。

这次事件使国王的计划彻底失败(其他情况就不再细说了),他被迫答应这个城市提出的条件[13]。

有一位大臣对我说过,如果那次飞岛落得离城太近而又无法再往上升,居民们就决定把它永远固定住,杀死国王和他的大臣们,彻底改换一下政府。

根据这个国家的一项基本法律,国王和他的长子及次子都不准离开飞岛;王后也不准离开,除非她已经过了生育的年龄。

[13]人民的机智、勇敢使国王的计划破灭,国王不得不让步。

第四章

首都见闻

格列佛离开勒皮他——他被送往巴尔尼巴比——到达巴尔尼巴比首府——关于首府及其近郊的描写——格列佛受到一位贵族的殷勤接待——他和贵族的谈话。

虽然我不能说我在这座岛上受到了虐待，可我得承认我觉得他们太不把我当回事了，对我的态度有几分轻蔑。国王和普通人似乎除了数学和音乐以外对其他学问都没有兴趣；这两方面我又远远不及他们，正因为如此，他们对我一点也不重视[1]。

另一方面，看过了这岛上所有稀奇古怪的东西之后，我也很想要离开了，因为我从心眼里厌烦这些人。的确，他们在那两门学问上很了不起，我也十分推崇①那两门学问，并且对此我也并非一窍不通；可他们未免太专心了，一味地沉思苦想，让我感到我从来没有碰到过这么乏味的同伴。我住在那里的两个月中，只和女人、商人、拍手及宫里的仆人们交谈，这样，我到最后是彻底叫人看不起了，可是只有从这些人那里我才能得到合乎情理的回答[2]。

我下了一番苦功，终于掌握了不少关于他们的语言的知识。我厌倦了困守在这岛上看别人的脸色，下决心一有机会就离开这儿。

宫里有一位大贵族，是国王的近亲，由于这个原因，别人才尊敬他。他被公认为是最无知、最愚蠢的人。他为国王立过不少功劳，天分、学力都很高，集正直、荣耀于一身；但对音乐却一窍不通，诽谤(fěi bàng)他的人到处宣扬，说他连拍子都常常打错；他

[1] 再次强调了飞岛国居民的狭隘与刻板。

[2] 所谓有学问的人令人乏味，反而从普通人那里可以得到合理的回答，真是可笑。

---

①推崇：尊崇，推重崇敬。

的教师就是费尽力气也不能教会他证明数学上最最简单的定理。他对我很友好,时常拜访我,希望我跟他说说欧洲的事情,以及我旅行过的几个国家的法律、风俗、礼仪与学术[3]。他很专注地听我说话,对我所讲的一切,他都能发表非常有智慧的见解。他身边也有两名拍手侍候以显示其尊严,可除了在朝廷或者正式访问的时候,他从来都不用他们;我们单独在一起时,他总是叫他们退下。

[3] 这位贵族与飞岛国其他人不同,兴趣广泛。

我就请这么一个显要的人代我说情,求国王准许我离开这里。他跟我说他不无遗憾地照办了。的确,他曾向我提供了几件于我大有好处的差使,我向他千恩万谢,却只能婉言谢绝。

二月十六日,我告别了国王和宫里的人。国王送了我一份价值约两百英镑的礼物,我的恩主即国王的亲戚也送了我一份同样价值的礼,还有就是一封推荐信,让我捎给他在首都拉格多的一位朋友。飞岛这时正停在离首都约两英里的一座山的上空,我从最底下一层的走廊上被放了下去,用的还是同上来时一样的方法。

这块大陆在飞岛君主治下,一般人把它叫做巴尔尼巴比,首都是拉格多,这我前面已经说过了。踏上坚实的土地,我感到几分小小的满足[4]。因为我身上穿着和当地人一样的衣服,学会的话也足以同他们交谈,这样我就毫无顾虑地朝这座城市走去。我很快就找到了我被介绍去的那人的房子,呈上他飞岛上那位贵族朋友的信,结果受到了十分友好的接待。这位大贵人叫孟诺迪,他在自己家里给我预备了一间房子,我在这地方停留期间就一直住在那里。我受到了他十分热情的款待。

[4] "我"终于离开了飞岛,如释重负。

我到后的第二天,他就带着我坐他的马车去城里参观。这城大概有伦敦一半大小,可是房子建得很奇特,大多年久失修。街上的人步履匆匆,样子狂野,双眼凝滞(zhì),大多还衣衫褴褛。我们穿过一座城门,走了约三英里来到了乡下。我看到不少人拿着各式各样的工具在地里劳作,却猜不出他们是在干什么。虽然土壤看上去极其肥美,我却看不到上面有一点庄稼或草木的迹象[5]。对城里和乡下的这些奇异的景象,我不禁感到惊奇。我冒昧地请我的向导给我解释一下:大街上,田野里,那么多头、手、脸在那里忙忙碌碌,却什么好的结果也弄不出来;相反,我倒还从来

[5] 描写了城乡奇特的景象,此景象与实际生活相差甚远,讽刺意味不言而喻。在当时,爱尔兰正受到英格兰的高压统治,作者意在借此反映当时爱尔兰农业的衰败。

都没有见过这么胡乱耕种的土地,造得这么糟糕、这么颓(tuí)败的房屋,也从没有见过哪个民族的人脸上、衣服上显示出这么多的悲惨和贫穷——这一切到底是怎么回事[6]?

这位孟诺迪老爷是位上层人士,曾担任过几年拉格多的行政长官,但朝臣们搞阴谋,说他能力差,不能胜任,结果他被解职了。国王对他倒还宽容,觉得他人心不坏,只是见识低劣可鄙罢了。

我对这个国家及其人民说了这些不客气的指责的话之后,他没有做出回答,只是对我说,我来到他们中间的日子还不长,下结论还为时过早,世上不同的民族其风俗也各不相同。他还说了其他一些普通的话,都是一个意思。但我们回到他府上后,他又问我,他这房子我觉得怎么样?我有没有发现什么荒唐可笑之处?关于他家里人的服装和面貌我有没有要指责的?他是完全可以这样问我的,因为他身上的一切都很庄严、齐整、有教养[7]。我回答说,阁下精明谨慎,地位高,运气好,自然不会有那些缺点;本来别人的那些缺点也都是愚蠢和贫困所造成的。他说要是我愿意随他上大约二十英里外他的乡下住宅去(他的产业就在那里),我们就可以有更多的工夫来进行这样的交谈了。我说我完全听阁下安排。于是我们第二天早上就出发了。

一路上,他要我注意农民经营管理土地的各种方法,我看了却完全是莫名其妙,因为除了极少的几个地方外,我看不到一穗谷子,一片草叶。但走了三小时后,景色却彻底变了。我们走进了美丽无比的一片田野;农舍彼此相隔不远,修建得十分整齐;田地四周都被围了起来,里边有葡萄园、麦田和草地。我也记不得自己在哪儿还见过比这更赏心悦目的景象[8]。那位贵族见我脸上开始晴朗起来,就叹了口气对我说,从这儿起就是他的产业了,一直到他的住宅都是这样子。他告诉我,同胞们都嘲讽他,看不起他,说他自己的事料理得都不行,哪还能给王国树立好榜样?虽然也有极少一些人学他的样子,可那都是些老弱而又任性的人[9]。

我们终于到了他的住宅。这是一座高贵的建筑,合乎最优秀的古代建筑的规范。喷泉、花园、小径、大路、树丛都安排布置得极有见识,极有趣味。我每见一样东西都适当地赞赏几句,可他却毫不理会,一直到晚饭后没有第三个人在场的时候,他才带着

[6]格列佛一口气提出了一连串问题,而他的疑问也正是读者的疑问,悬念丛生,激发了读者的阅读兴趣。

[7]如此有教养、有见地的一个人,却因朝臣们搞阴谋而被解职。

[8]透过格列佛的眼睛,我们看到了一片美丽的田园风光。

[9]主人才干过人,却遭嘲讽,正常的现象在这个国度里却是不正常的;荒诞的却被认为是正常的;这种荒诞的矛盾暗含作者强烈的嘲讽。

一副忧郁的神情告诉我：他怀疑他是不得不拆掉他现在城里和乡下的房子了，因为他得按照目前的式样重新建造，所有的种植园也得毁掉，把它们改建成现在流行的样子，还得指示他所有的佃户都这么去做，不然他就会招来非议，被人说成是傲慢、标新立异、做作、无知、古怪，说不定还会更加不讨国王的喜欢。

他还说，等他把具体的一些事告诉我之后，我也许就不会那么惊奇了；这些事我在朝廷时可能从未听人说过，因为那里的人一心埋头沉思，不会注意到下面发生的事情。

他谈话的内容总结起来大致是这样的：大约四十年前，有人或是因为有事，或是为了消遣，到勒皮他上面去了。五个月一呆，虽然数学只学了一点皮毛，却带回了在那高空地区学得的好冲动的风气[10]。这些人一回来，就开始觉得地上什么东西都讨厌，艺术、科学、语言、技术统统都要重新设计。为了达到这一目的，他们努力取得了皇家特许，在拉格多建立了一所设计家科学院。这一古怪的念头在百姓中倒十分流行，结果是王国内没有一座重要的城市不建有这么一所科学院。在这些学院里，教授们设计出新的农业与建筑的规范和方法，为一切工商业设计了新型的工具和仪器。应用这些方法和工具，他们保证一个人可以干十个人的活；一座宫殿一周内就可以建成，并且建筑材料经久耐用，永远也不用维修；地上所有的果实我们选择什么季节它们就在什么季节成熟，产量比现在还要多一百倍。他们还提出了无数其他巧妙的建议。唯一让人觉得烦扰的是，所有这些计划到现在一项都没有完成，全国上下一片废墟，房屋颓圮(pǐ)，百姓缺衣少食，景象十分悲惨。所有这一切，他们见了不仅不灰心，反而在希望与绝望的同时驱使下，变本加厉地要去实施他们的那些计划[11]。至于他自己，因为没有什么进取心，也就满足于老式的生活方式，住在先辈们建造的房子里，生活中方方面面都和祖上一模一样，没有什么革新。还有少数一些贵族和绅士倒也是这么做的，但他们却遭人冷眼和毒眼，被认为是艺术的敌人，是国人中无知的败类，全国普遍都在改革发展，他们却一味懒散，自顾逍遥。

这位贵人一定要我去参观一下大科学院，说我肯定会感兴趣的；他呢，就不再往下细说那些事了，以免扫我的兴。他只叫我去看一看大约三英里外山坡上的一座破房子，并对此作了这样的说

[10] 这正是这座城市命运的转折点。

[11] 空想家们知错不改，执迷不悟，给这座城市带来了致命的灾难，几乎把它变成了一座死城。

明:从前,在离他的房子不到半英里的地方有一座十分便当的水磨,它是靠从一条大河里来的水转动的,足够他自己家以及他的许多佃(diàn)户②使用。大约七年前,来了一伙这样的设计家,向他建议说,把这水磨毁了,在那座山的山坡上重建一个;说要在山冈上开一条长长的水渠,再用水管和机器把水送到山上蓄在那里,最后就用这水来给水磨提供动力,说是因为高处的风和空气可以把水激荡起来,更适合于水的流动,又因为水是从斜坡上下来的,和平地上的河水比起来,只需一半的水流就可以推动水磨了。他说他那时和朝廷的关系不太好,又有许多朋友前来相劝,他这才接受了这个建议。可是雇了一百个人,花了两年工夫,结果却失败了。设计家们走了,把责任全都推到他身上,并且一直都在怪他。他们又去拿别人做试验,同样说是保证成功,结果却一样地令人失望[12]。

几天之后,我们回到了城里。他考虑到自己在科学院名声不好,不愿意亲自陪我去,就介绍了他的一个朋友陪我前往。我这位老爷喜欢说我崇拜发明设计,又是个十分好奇而轻信的人。他这话倒还有几分道理,我年轻时自己就做过设计家之类的人物。

[12] 不能实现就推卸责任,真是一群脱离实际、祸国殃民的伪科学家呀。

---

②佃户:租种地主土地的农户。

第五章

科学院见闻

格列佛得到许可前往参观拉格多大科学院——科学院概况——教授们所研究的学术。

这所科学院并不是一整座独立的建筑,而是一条街道两旁连在一起的几所房子,因为年久失修,才买下来给科学院使用[1]。

科学院院长十分友好地接待了我,我就在科学院里住了一段时间。每一个房间里都有一位或一位以上的设计家;我相信我参观的房间不少于五百间。

我见到的第一个人瘦骨嶙峋①(lín xún),双手和脸黑得就像被烟熏过一样,头发和胡子很长,衣衫褴褛,有几处都被火烤焦了。他的外衣、衬衫和皮肤全是一种颜色。八年来他一直在从事一项设计,想从黄瓜里提取阳光,装到密封的小玻璃瓶里,碰到阴雨湿冷的夏天,就可以把阳光放出来使空气温暖。他告诉我,再过八年,他就可以以合理的价格向总督的花园提供阳光了;不过他又抱怨说原料不足,请求我捐点什么,作为对他这种精巧设计的鼓励,特别是现在这个季节,黄瓜价格那么贵,我就送了他一份小小的礼,因为我那位贵族朋友特意给我准备了钱,他知道,无论谁去参观,他们一向都是要钱的[2]。

我走进了另一间屋子,却差点儿被一种臭气熏倒,吓得我赶紧退了出来。我的向导却硬要我往前走,悄悄地求我不要得罪他们,否则他们会恨我入骨的。我因此吓得连鼻子都不敢捂。这间屋里的设计家是科学院里资格最老的学者,他的脸和胡子呈淡黄色,手上和衣服上涂满了污秽(huì)。我被介绍给他的时候,他紧紧地拥抱了我。自从他到科学院工作以来,就一直在研究怎样把

[1] 把旧房子作为科学院的研究场所,这是对所谓重视科学的态度的讽刺。

[2] 作者对科学家的描绘十分精彩,对科学家"双手、脸、头发、胡子、衣服"等方面进行了细致描写,形象地刻画出了科学家的丑陋外貌,为下文写他不可思议的研究作铺垫。

---

①嶙峋:形容人体瘦削露骨。

人的粪便还原为食物。他的方法是把粪便分解成几个部分,去除从胆汁里来的颜色,让臭气蒸发,再把浮着的唾液除去。每星期人们供应他一桶粪便,那桶大约有布里斯托尔酒桶那么大[3]。

我看到有一位在做将冰煅烧成火药的工作。他还给我看了他撰写的一篇关于火的可煅性的论文,他打算要发表。

还有一位极有独创性的建筑师,他发明了一种建造房屋的新方法,即先从屋顶造起,自上而下一路盖到地基。他还为自己的这种方法辩护,对我说,蜜蜂和蜘蛛这两种最精明的昆虫就是这么做的。

有一个人,生来眼睛就是瞎的,他有几名徒弟也都和他一样;他们的工作是为画家调颜色,先生教他们靠触觉和嗅觉来区分不同的颜色[4]。真是不幸,那一阵子我见他们的功课学得不是很到家,就是教授自己也往往会弄错。不过这位艺术家在全体同行中极受鼓励和推崇。

在另一个房间里,我十分高兴地看到有位设计家发明了一种用猪来耕地的方法。那方法不用犁和牲口,也省劳力,是这样的:在一亩地里,每隔六英寸,在八英寸深的地方埋上一些橡子、枣子、栗子和这种动物最爱吃的其他山毛榉果及蔬菜;然后把六百头或者更多一些的猪赶到地里去;猪为了寻找食物吃,几天工夫就可以把所有的土都翻遍,这样不仅适于下种,猪拉下的屎也正好给土上了肥。当然,尽管通过试验他们发现费用太大,也很麻烦,而且也几乎没有获得什么收成,可大家都相信这一发明大有改进的可能[5]。

我走进了另一个房间,这里边除了有一条狭小的通道供学者进出,其余墙上、天花板上全都挂满了蜘蛛网。我一进去,他就大声叫喊,让我不要碰坏他的蜘蛛网。他悲叹世人犯了个极大的错误,这么长时间以来竟一直在用蚕茧的丝,而他这里有的是家养昆虫,比蚕不知要好多少倍,因为它们既懂得织又懂得纺。他又进一步建议说,要是用蜘蛛,染丝的费用就可以整个儿省下来;这一点,在他把一大堆颜色极其漂亮的飞虫给我看了之后,我就彻底地相信了:他用这些飞虫喂他的蜘蛛;他向我们声称,蛛网的颜色就是从这些飞虫来的,又因为他各种颜色的飞虫都有,就有望使每个人的不同爱好都得到

[3]作者对讽刺手法的运用达到了高潮,借此将英国那些脱离实际、沉溺于幻想的科学家的丑陋形象揭露出来。

[4]靠触觉和嗅觉分辨颜色,简直天下奇闻。

[5]为了促使猪翻地而在地里到处埋上它们喜欢吃的东西,既愚蠢又好笑。

满足。只要他能给飞虫找到适当的食物，如树脂、油或者其他什么黏性的物质，他就能够使蜘蛛纺出来的丝线牢固而坚韧[6]。

有一位天文学家，他承担了一项设计，要在市政厅房顶的大风标上安装一架日晷（guǐ）仪，通过调整地球与太阳在一年中和一天中的运转，使它们能和风向的偶然转变正好一致。

我忽然感到一阵腹痛，我的向导于是就带我来到一间屋里，那儿住着一位以治疗这种毛病而闻名的了不起的医生。他能用同一种器具施行作用相反的两种手术。他有一副很大的、装有一个细长象牙嘴的手用吹风器。他会把这象牙嘴插入肛门内八英寸，将肚子里的气吸出来；他肯定地说，他会这样能把肚子吸得又细又长，像一个干瘪的膀胱。不过要是病情来得又顽劣又凶，他就要把吹风器先鼓满气再将象牙嘴插入肛门，把气打进病人的体内，然后抽出吹风器重新将气装满，同时用大拇指紧紧地堵住屁眼。这样重复打上三四次，打进去的气就会喷出来，毒气就被一同带出（就像抽水机一样），病人也就好了。我看到他在一只狗的身上同时做了这两种试验，第一种不见任何效果，第二种手术后，那畜生胀得都快要炸了，接着就猛屙（ē）了一阵，可把我和我的同伴熏得够呛。狗当场就死了，可我们走的时候，那医生还在设法用同样的手术让它起死回生呢[7]！

我还参观了许多其他的房间，所见到的一切稀奇古怪的事就不再说出来劳读者的神了，因为我很想把事情说得简单一点[8]。

至此，我只参观了科学院的一部分，另一部分是专门辟给倡导沉思空想的学者们使用的。我再来介绍一位著名的，被他们称之为"万能的学者"的人物，之后再来谈沉思空想的学者。这位"万能的学者"告诉我们，三十年来他一直在思考怎样才能改善人类的生活。他有两大间屋子，里边放满了神奇古怪的东西，有五十个人在其中搞研究。有些在从空气中提取硝酸钠，同时滤掉其中的水分子或者叫液体分子，以此来将空气凝结成干燥而可触摸的物质。有些在将大理石软化想做出枕头和针毡。还有些人在把一匹活马的马蹄弄僵，这样马跑起来就不会跌折腿了。这位学者自己此时正忙着两个伟大的计划，第一个是用谷壳来播种，他断言谷壳才有真正的胚胎作用；他还做了几项实验来证

[6]学者的行为表现和设计理念看似新奇有趣，实则荒诞透顶，这充分证明飞岛国的学者们是一群愚昧无知可笑的人。

[7]用一条狗做完全相反的两种实验，足见医生的无知和愚蠢。

[8]这些想法荒诞离奇，根本无法实现，但当地人却津津乐道，并全力以赴地工作，希望实现它们。作者如此描写意在嘲讽当时英国的科学家所从事的不切实际、毫无意义的研究。

明他的主张,不过我脑子不太灵,搞不懂。另一项计划是,在两头小羊的身上涂上一种树脂、矿石和蔬菜的混合物,不让羊长毛;他希望经过相当一段时间之后,能繁殖出一种无毛羊推广到全国各地。

我们走过一条通道来到科学院的另一部分,我前面已经说过,沉思空想的设计家就住在这里。

我见到的第一位教授在很大的一间屋子里,当时他的身边正围着他的四十个学生。致意过后,他见我出神地望着那个占满了房间大部分空间的架子,就说:看到他在研究如何应用实际而机械的操作方法来改善人的思辨知识,我也许要感到不解,不过世人不久就会感觉到它是有用的。他又洋洋自得地说,还没有任何人想到过这么高贵的点子呢。大家都知道,用常规的手段要想在艺术和科学上取得成就需要付出多大的劳动,而如果用他的方法,就是最无知的人,只要适当付点学费,再出一点点体力,就可以不借助于任何天才或学力,写出关于哲学、诗歌、政治、法律、数学和神学的书来。接着他领我走到了架子前,架子的四边都一排排站着他的学生。这架子二十英尺见方,放在房子的正中间。它的表面是由许多木块构成的,每一块大约有骰子那么大,不过有些还要大一点。这些木块全都用细绳连在一起,每一方块的面上都糊着一张纸,纸上写满了他们语言中所有的单词及其不同的语态、时态和变格,不过没有任何次序。教授接下来要我注意看,因为他现在要准备开动机器了。一声令下,学生们各抓住了一个铁把手。原来架子的四边装有四十个把手,学生们突然么一转,单词的布局就整个儿改变了。然后他又吩咐三十六个学生轻声念出架子上出现的一行行的文字,只要有三四个词连起来可以凑成一个句子,他们就念给剩下的四名做抄写员的学生听,由他们记录下来。这一工作要重复做三四次。由于机器构造上的原因,每转动一次,木方块就彻底翻个身,上面的文字也就会换到别的地方去。

这些年轻的学生一天六个小时花在这项劳动上。教授把几卷开本很大的书拿给我看,里边已经收集了不少支离破碎[②]的

[②]支离破碎:形容事物零散破碎,不完整。

句子,他打算把它们全都拼凑到一起,用这丰富的材料,搞一部包括所有文化和科学门类的全书贡献给这个世界。不过,要是公众能筹一笔资金在拉格多制造五百个这样的架子来从事这一工作,同时要求负责这些架子的人把他们各自搜集到的材料都贡献出来,那么,这项工作还可以得到改进,并且可以加速完成。

他还对我说,他从年轻的时候起,就一门心思全都用到这发明上来了;他已经把所有的词汇都写到了架子上,并极其精确地计算过书中出现的虚词、名词和动词与其他词类的一般比例。

这位著名的人物说了那么许多,我万分谦恭地向他表示了感谢。我又向他保证:要是我有幸还能回到祖国去,我一定会说公道话,就说他是这架神奇机器的唯一的发明者。我还请求他准许我把这机器的形状和构造描绘到纸上。我对他说,虽然我们欧洲的学者有互相剽(piāo)窃③发明成果的习惯,他们要是知道了有这么一架机器,至少可以捞点便宜,到时候谁是它真正的发明者就会很有争议了[9];但尽管如此,我一定会多加小心,让他独享荣誉,没有人来同他竞争。

[9] 对当地欧洲学者的绝妙讽刺。

接着我们来到了语言学校。三位教授正坐在那儿讨论如何改进本国的语言。

第一项计划是简化言辞,将多音节词缩成单音节,省去动词和分词,因为一切可以想象到的东西事实上全是名词。

另一项计划则是,无论是什么词汇,一概废除。他们坚决主张,不论从健康的角度考虑,还是从简练的角度考虑,这一计划都大有好处,因为大家都清楚,我们每说一个词,或多或少会对肺部有所侵蚀,这样也就缩短了我们的寿命。因此他们就想出了一个补救的办法:既然词只是事物的名称,那么,大家在谈到具体事情的时候,把表示那具体事情所需的东西带在身边,不是来得更方便吗?本来这一发明肯定早就实现了,百姓们会感到很舒服,对他们的健康也大有好处。可是妇女们和俗人、文盲联合起来,要求像他们的祖先那样能有用嘴说话的自由,否则他们就要起来造反。这样的俗人常常就是科学势不两立的敌人。不过,许多最有学问最有智慧的人还是坚持这种以物示意的新方法。这方法只

---

③ 剽窃:抄袭窃取。

有一点不便,如果一个人要办的事很大,种类又很多,那他就必须相应地将一大捆东西背在背上,除非他有钱,能雇上一两个身体健壮的佣人跟随左右。我就常常看到他们中有两位大学问家,背上的负荷压得他们快要倒下了,就像我们这里的小贩子一样。他们在街上相遇后,就把背上的东西放下来,然后打开背包,在一起谈上一个钟头,谈完话后,再把各自的谈话工具收起,互相帮忙将负荷重新背上,然后分手道别。

但是,如果谈话时间很短,只要把工具往口袋里一放或者朝腋下一夹也就够用了。如果是在家中,那他就不会感到为难。因为用这种方式交谈的人在房间里准备了谈话时所需的一切东西,凡是这种别扭的谈话所必需的一切,都近在手旁。

这种发明还有一大优点:它可以作为所有文明国家都能通晓的一种世界性语言,因为每个国家的货物和器具大体相同或类似,因此它们的用途也就很容易了解。这样,驻外大使们就是对别国的语言一窍不通,仍然有条件同其他国家的君王或大臣打交道[10]。

我还到了数学学校,那里的教师用一种我们欧洲人很难想得到的方法教他们的学生。命题和证明都用头皮一样颜色的墨水清清楚楚地写在一块薄而脆的饼干上。学生把饼干空腹吞食下去,以后三天,除面包和水之外什么都不准吃。饼干消化之后,那颜色就会带着命题走进脑子。不过到现在为止还不见有什么成效,一方面是因为墨水的成分有错误,另一方面也因为小孩子们性格顽劣,他们觉得这种药片吃下去太恶心,所以经常偷偷地跑到一边,不等药性发作,就把它吐了出来[11]。他们也不听劝告,不愿像处方上要求的那样那么长时间不吃东西。

[10] 这种"语言发明",使所有的文明能够消除障碍,"实现"世界一统了。

[11] 肚子里的墨水和知识都是吃进去,然后消化吸收为己所用,这是多么荒谬的理论啊!

第六章

政治设计家学院见闻

再说科学院——格列佛提出几项改进的意见，都很荣幸地被采纳了。

在政治设计家学院我受到了冷落。在我看来，学院里的教授们已完全失去了理智，那情景一直到现在都让我感到悲伤。这些郁郁寡欢的人正在那儿提出他们的构想，想劝说君主按照智力、才能和德行来选择宠臣；想教大臣们学会考虑公众的利益；想对建立功勋、才能出众、贡献杰出的人作出奖励；想指导君王们把自己真正的利益同人民的利益放在同一基础上加以认识；想选拔有资格能胜任工作的人担任官职；还有许许多多狂妄而无法实现的怪念头，都是人们以前从来都没有想过的。这倒使我更加相信一句老话：无论事情多么夸张悖理，总有一些哲学家坚持认为它是真理[1]。

[1]讽刺英国社会的哲学家们充满了各种不切实际的幻想。

但是，我也要为科学院的这一部分人说句公道话：我得承认，他们并不完全是幻想家。有一位头脑极其聪明的医生，他似乎很精通政府的性质和体制。这位杰出人物善于应用他学到的知识，给各种公共行政机关很容易犯的一切弊病和腐化堕落行为，找到有效的治疗方法；这些弊病一方面是由于执政者的罪恶或者过失所致，另一方面也是因为统治者放纵淫逸所造成的。比方说，所有的作家和理论家都一致认为，人体和政体严格地说是非常相似的，那么，人体和政体就都必须保持健康；同一张处方两者的毛病就都可以治愈，这不是再清楚不过的事吗[2]？大家都承认，参议员和大枢密院的官员们常常犯说话啰唆冗长①、感情冲动和其他一些毛病；他们思想上的毛病不少，不过心病更多；有时会剧烈地

[2]运用反问句，有着强烈的讽刺意味。

---

①冗长：废话多、持续时间过长。

痉挛(jìng luán)，两手的神经和肌肉会痛苦地收缩，右手尤其如此；会肝火旺，肚子胀，头晕，说胡话；会长满是恶臭和脓包的淋巴性结核瘤；会口沫直飞地嗳(ǎi)出酸气扑鼻的胃气；吃起东西来胃口会像狗却又消化不良；还有许许多多其他的毛病，就不必一一列举了。这位医生于是建议：每次参议员开会，头三天得有几位大夫列席；每天辩论完毕，由他们给每位参议员诊脉；之后，经过周密成熟的考虑，讨论出各种毛病的性质和治疗的方法；然后在第四天带着药剂师，准备好相应的药品赶回参议院，在议员们就座之前，根据各人病情的需要，分别让他们服用缓和剂、轻泻剂、去垢剂、腐蚀剂、健脑剂、治标剂、通便剂、头痛剂、黄疸(jū)剂、去痰剂、清耳剂，再根据这些药是否起作用，决定下次开会时是继续服，换服，还是停服[3]。

这项计划不会对公众造成任何大的负担，依我个人愚见，在参议员参与立法的国家里，它对事情的处理将大有好处，可以带来团结，缩短辩论的时间；可以让少数缄(jiān)默②的人说话，让许多一直在说话的人闭嘴；可以遏制青年人使性子，可以叫老年人不总是自以为是；可以将愚钝的人唤醒，可以让冒失鬼谨慎。

还有，因为大家都抱怨君王的宠臣记性很差，那位医生就建议，无论谁谒见首相大臣，简单明了地报告完公事以后，辞退时应该拧一下这位大臣的鼻子，或者在他的肚子上踢一下，在他的鸡眼上踩一脚，或者捏住他的两只耳朵扯三下，或者弄根大头针在他屁股上戳一记，要不就把他的手臂拧得青一块紫一块的；这全是为了防止他记不住事情。以后每一个上朝的日子都这么来一下，直到这位大臣把公事办好，或者坚决拒绝办理为止[4]。

他还指出，每一位出席大国民议会的参议员，在发表完自己的意见并为之辩护之后，表决时必须投与自己意见完全相反的票，因为如果那样做了，结果肯定对公众有利。

如果一个国家里党派纷争激烈，他倒又提出了一条可以让彼此和解的妙计。办法是这样的：从每个党派中各挑出一百名头面人物，把头颅差不多大小的，一党一个，配对成双；接着请两位技术精良的外科手术师同时将每一对头面人物的枕骨部分锯下，锯

[3]本部分想象奇妙，充满了嘲讽意味。

[4]对君王的宠臣作了辛辣的讽刺。"拧""踢""踩""捏""扯""戳"等词，宣泄了国民对他们的不满。

②缄默：闭口不言。

时要注意脑子必须左右分匀。把锯下的枕骨互相交换一下，分别安装到反对党人的头上。看起来这项工作确实要求有一定的精细度，不过教授向我们保证，只要手术做得精巧利落，其疗效是绝对没有问题的。他这样论证说：两个半个脑袋现在放到一个脑壳里去辩论事情，很快就会达成一致意见的，这样彼此就会心平气和、有条有理地来思考问题[5]。多么希望那些自以为到世上来就是为了看看世界而同时又要支配世界的运动的人，都能这么心平气和、有条有理地考虑问题啊！至于两派领袖人物的脑袋在质量和大小上有点差异，那医生很肯定地对我们说，就他个人所知，那实在是微不足道的。

[5] 如此一来，有多少人会祈祷生来就有两个一半脑袋，免得再被锯开换脑。

我听到两位教授之间一场热烈的辩论，他们在争论：最方便有效而又不使百姓受苦的筹款的办法是什么呢？第一位说，最公正的办法是，对罪恶和愚蠢征收一定的税款，每个人应缴税额总数由其邻居组成陪审团公正合理地裁定。第二位持完全相反的意见：有人自夸在体力和智力上有才能，自己觉得了不起，那就应该征税；征多少税，根据其才能出众的程度而定，不过这完全由他自己来拿主意。最受异性宠爱的男子应交纳最高的税，税款多少，则应根据其所受宠爱的次数和性质而定；这一点上允许他们自己为自己作证。他还建议，对聪明、勇敢和礼貌应该收重税，收税方法相同；有多少聪明、勇敢和礼貌，让每个人自己说。至于荣誉、正义、智慧和学问，则完全不应该征税，因为这类素质太少见了，没有人会承认他周围的人具有这些素质，自己有也并不重视[6]。

[6] 最珍贵的品质竟非常少见，甚至拥有的人也不以其为荣，多么悲哀！

他主张妇女应根据其漂亮的程度和打扮的本领来纳税，这方面她们可享有与男子同样的特权，即怎么漂亮怎么会打扮由她们自己判断决定。但是对忠贞、节操、良好的辨别能力和温良的品性不征税，因为税费不菲，她们根本就缴不起[7]。

[7] 暗示当时妇女品行的缺失。把妇女容貌、衣着和言行金钱化，想象力很奇特。

为了使参议员一直能为君王的利益服务，他建议议员们以抽签的方式谋取职位。每个人首先得宣誓，保证不论抽中抽不中，一定投票拥护朝廷；这样，等下次有官位空缺时，没有中签的人还能轮到再抽一次。希望既在，也就没有人会抱怨朝廷不守诺言，一旦失望，也只好完全归咎③于命运，而命运的肩膀总比内阁的肩

③ 归咎：归罪。

膀要来得宽阔结实,是能担负起失败的。

另一位教授拿了一大本关于如何侦破反政府阴谋的文件给我看。他建议大政治家们要对一切可疑人物的饮食进行检查,看他们什么时间吃饭,睡觉时身子朝哪边,擦屁股用的是哪一只手;要严格检查他们的粪便,从粪便的颜色、气味、味道、浓度以及消化的良与不良,来判断他们的思想和计划,因为人没有比在拉屎时思考更严肃、周密和专心致志的了,这是他经过许多次实验才发现的:这时候他如果用来考虑怎样才是暗杀国王的最好办法,粪便就会呈绿色;但他盘算的如果只是搞一次叛乱或者焚烧京城,粪便的颜色就大不一样了。

整篇论文写得十分犀利④,其中不少观点对政治家来说是既有趣又有用,不过我觉得还不够完整。这一点我冒昧⑤地对作者说了,并且提出,要是他愿意,我可以再提供他一点补充意见。他欣然接受了我的建议;这在作家中,尤其在设计家之流的作家中,倒是不多见的。他表示很愿意听听我还有什么意见。

我告诉他,我曾在特列不尼亚王国逗留了很长一段时间。当地人管它叫兰敦。那里的人大部分是由侦探、见证人、告密者、指控者、检举人、证人、咒骂者以及他们的一些爪牙组成的。他们全都接受正副大臣们的庇护、指使和津贴。在那个王国里,阴谋通常都是那些企图抬高自己大政治家身份的人所为。他们企图使一个摇摇欲坠的政府恢复生机,企图扑灭或者转移群众的不满情绪,企图把没收来的财物填进自己的腰包,企图左右公众舆论⑥以尽量满足个人私利。他们先取得一致意见,定好应控告哪些可疑分子图谋不轨,接着采取有效手段弄到这些人的书信和文件,然后把他们囚禁起来,文件则交给一伙能巧妙地从词语、音节以及字母中找出神秘意义的能手去处理。比如说,他们会破译出"马桶"是指"枢密院","一群鹅"指"参议院","瘸腿狗"指"侵略者","呆头"指"——","瘟疫"指"常备军","秃鹰"指"大臣","痛风"指"祭司长","绞刑架"指"国务大臣","夜壶"指"贵族委员会","筛子"指"宫廷贵妇","扫帚"指"革命","捕鼠器"指"官职","无底

---

④犀利:坚固锐利,又形容语言、文辞、感觉、目光等的尖锐锋利。
⑤冒昧:不顾地位、能力、场合是否适宜(多用做谦词)。
⑥舆论:公众的言论。

洞"指"财政部","阴沟"指"朝廷","滑稽演员戴的系铃帽"指"宠臣","折断的芦苇"指"法庭","空酒桶"指"将军","流脓的疮"指"行政当局"[8]。

如果这种办法行不通,他们还有另外两种更为有效的办法,当地的学者称它们为"离合字谜法"和"颠倒字谜法"。第一种办法是,他们能解释出所有单词的第一个字母的政治含义。于是,N就是指"阴谋",B指"一个骑兵团",L指"海上舰队"。要不就采用第二种办法,通过颠倒变换可疑文件上字母排列的顺序,可以揭开对当局不满的政党最深藏着的阴谋。比方说,如果我在给朋友的一封信中说,"我们的汤姆兄弟最近得了痔(zhì)疮",在一个精于此道的人那里,同是那个句子里的那些字母,经他一分析,就会变成下面这句话:"反抗吧!阴谋已经成熟。塔。"这就是"颠倒字谜法"。

教授非常感谢我给他提出了这些意见,满口答应要在他的论文中提到我的名字以表示敬意。

我觉得这个国家没有什么东西值得我留恋,就不想再住下去了,于是动了回英国老家去的念头。

[8] 这些破译的文字具有极强的讽刺意味,"特列不尼亚王国"是否在影射英国现实社会呢?

第七章

格勒大锥小岛一游

格列佛离开拉格多——到达马尔多纳达——没有便船可坐——短途航行到达格勒大锥——受到当地行政长官的接待。

这个王国仅是这个大陆的一个部分。我有理由相信,这座大陆向东一直延伸到美洲加利福尼亚以西的无名地带,北临太平洋,离拉格多不到一百五十英里。那儿有一座良港,与位于其西北方大约北纬二十九度、东经一百四十度的拉格奈格大岛之间有频繁的贸易往来。这座拉格奈格岛东南方大约一百里格就是日本[1]。日本天皇与拉格奈格国王间订立了紧密的同盟,两岛国间因此常有船只来往。因此我就决定走这条路线回欧洲去。我雇了一名向导带路,两头骡子驮我那一点行李。我向我那位高贵的主人告别,他对我一直那么好,临别又送了我一份厚礼。

一路上我没有碰到什么值得一讲的故事或奇遇[2]。到达马尔多纳达港口时(港口的名称就是这么叫的),港内没有要去拉格奈格的船,而且看起来再过些时候也不见得会有。这座港市和朴次茅斯①差不多大。不久我就结识了一些朋友,受到了他们的热情招待。其中一位高贵的绅士对我说,既然一个月内都不会有船去拉格奈格,我要是能去西南方距此约五里格的格勒大锥小岛一游,也许会有意思。他主动提出他和另外一位朋友陪我前往,并且可以为我提供一艘轻便的三桅小帆船。

"格勒大锥"这个词,据我的理解最接近原意的译名是"巫人岛"。它的面积大概有外特岛②的三分之一,物产非常丰富。岛上

---

① 朴次茅斯:英格兰南部的军港。
② 外特岛:靠近英格兰南海岸的一个小岛,面积一百四十七平方英里。

[1] 格列佛丰富的常识和渊博的知识为他的旅行提供了便利。

[2] 表现了"我"对奇遇的渴望和一路平淡无奇的烦闷。

[3]对巫人岛的周边环境作了介绍，交代了故事发生的背景，推动了故事情节的发展。

[4]指出长官所精通的魔法的特点，为下文做铺垫。

[5]细节描写，表现了格列佛第一次见鬼魂时心惊胆战的心理状态。

[6]动作描写，表现出格列佛的惊恐不安。

的居民全是巫人，由部落首领统治，这个部落的居民全都是巫人。他们只和本部落的人通婚，同辈中年龄最长的继任岛主或长官。岛主拥有一座富丽堂皇的宫殿，还有一座面积三千英亩左右的花园，周围是二十英尺高的石头围墙。花园内又圈出几处空地，分别用以放牧、种庄稼和栽花弄草[3]。

侍候长官及其家属的是一些有几分不同寻常的仆人。长官精通魔法，有本事随意召唤任何鬼魂[4]，指使他们二十四个小时，但时间再长就不行了，而三个月内，他也无法把前面已经召过的鬼魂再次召来，除非碰到非常特殊的情况。

我们到这岛上的时候大约是上午十一点。陪我前来的一位先生去拜见了长官，请求他接见一位特地前来拜访他的陌生人。他马上就答应了这一请求，于是我们三个就一起进了宫门。宫门两旁各站着一排卫士，武装和服装都十分奇特。他们的面容我看了不知怎的只觉得心惊肉跳，当时的恐怖简直难以形容[5]。我们走过几间内殿，一路上两边也都站着同前面一样的卫士，这样一直来到大殿上。我们先深深地鞠了三个躬，他又问了几个一般性的问题，然后就让我们坐到他宝座下最低一层台阶旁的三个凳子上。他懂得巴尔尼巴比的话，尽管那和他这座岛上的话不同。他要我给他说说我旅行的一些情况。为了向我表明他并不拘礼，他手指一动就让所有随从全都退了下去。我见此大吃一惊，因为转瞬之间，他们就都消失得无影无踪，仿佛我们猛地一下从梦中惊醒，梦里的情景全都消失了一样。我一时不能恢复常态，后来还是长官叫我放心，保证我不会受到伤害；又见我那两个同伴若无其事（他们过去经常受到这种招待），我这才壮起胆子，简短地向阁下他说了一下我几次历险的经过。不过我还是有几分踌躇③(chóu chú)不安，时不时地要回过头去朝我刚才见到鬼魂卫士的地方看[6]。我有幸与长官一起进餐，一群新鬼送上肉来，并在桌边侍候。我觉得自己这时已经没有上午那么害怕了。我一直待到太阳落山，不过我低声下气地请求他原谅我不能接受他的邀请住在宫中。我和我的两个朋友当晚就住到了附近镇上的一个私人家里，那镇也就是这个小岛的首府。第二天早上，我们再去长

③踌躇：犹豫。

官那儿拜访，而他倒也很愿意我们再去。

我们就这样在这岛上住了十天，每天大部分时间同长官在一起，晚上回自己的住处。我不久看到鬼神也就习惯了，而三四次之后，我完全可以做到无动于衷。如果说还有些害怕，则好奇心远远超过了恐惧。长官叫我随意召唤我想见到的任何一个鬼魂，无论数目多少，从世界之初直到当代，所有的鬼魂他都可以召得来，并且可以命令他们回答我认为合适的一切问题[7]；条件只有一个，即我的问题必须限于他们所生活的那个时代范围。有一点对于我来说是靠得住的，那就是他们肯定会说真话，因为说谎这种才能在阴间派不上用场。

[7]长官的神奇本领显露了出来，这就增加了"我"的好奇心，驱散了"我"内心的恐惧。

我十分感激长官对我这样开恩。我们进了一间内殿，从这里可以清楚地看到花园里的情景。因为我首先想看的是宏伟壮观的场面，就希望看到阿尔贝拉战役后统率大军的亚历山大大帝。长官随即手指一动，我们站着的窗户底下即刻就出现了一个大战场。亚历山大被召进殿来。他的希腊话我听起来非常吃力，不过我自己会的也不多就是了。他以自己的名誉向我担保，说他不是被毒死的，而是饮酒过度发高烧死的[8]。

[8]"我"看到的场景和人物正是作者内心的态度、观点。

接着我又见到了正在翻越阿尔卑斯山的汉尼拔④。他告诉我，他的军营里一滴醋都没有了。

我又看到恺撒和庞贝⑤统率着各自的大军，正准备交战。我看到了在最后一次巨大胜利中的恺撒。我要求看一看罗马元老院在一间大厅里开会的情形，同时作为对照，也想看一看另一间大厅里稍后一点的某个朝代议会开会是个什么样子。结果前者看起来像是英雄和半神半人在聚会，后者却像是一伙小贩、扒手、拦路强盗和恶霸[9]。

[9]两者形成鲜明的对比，表明政治越来越丑恶。

在我的请求下，长官做了一个手势让恺撒和布鲁脱斯一起向我们走来。一见到布鲁脱斯，我不觉肃然起敬，从他脸上的每一点，我都可以很容易地看出他至高无上的品德，坚定而大无畏的

---

④汉尼拔（公元前247年—公元前182年）：古代非洲北部强国迦太基的军事家。公元前216年，他率领驻西班牙的一支精锐的迦太基部队北上越过阿尔卑斯山直抵意大利北部，给罗马造成了巨大的威胁。据李维所著历史记载，汉尼拔进军时，有大石挡道；汉尼拔下令把大石烧热，接着浸以食醋，大石就迎刃而解了。

⑤凯撒（公元前102年—公元前44年）和庞贝（公元前106年—公元前48年）：都是罗马大将，两人和克拉苏缔结了秘密同盟（所谓的"三雄政治"），瓜分了罗马政权。公元前49年，凯撒和庞贝之间发生了战争，结果庞贝失败。

胸怀,最真诚的爱国心肠以及对于人类的热爱。我非常高兴看到这两个人已经能够互相理解。恺撒还坦率地向我承认:就是他一生最伟大的功绩,也远远赶不上布鲁脱斯因结果了他的一生而获得的光荣。我很荣幸和布鲁脱斯谈了很长时间的话;他告诉我,他和他的祖先优尼乌斯、苏格拉底、依帕米浓达斯、小伽图和托马斯·莫尔爵士永远在一起,世上历朝历代都找不出第七个人够资格加入他们这个六人集团。

为了满足我要把世界各个历史时期都摆到我面前来的奢望,大量著名的人物都被召唤来了,如果一一加以叙述,读者们一定会感到沉闷无味。我看到的主要是那些推翻了暴君和篡(cuàn)位者的人和那些为被压迫、被侵害的民族争回自由的人。但是我无法表达心中获得的那种痛快,叫读者们读了也得到同样的满足。

第八章

被召见的鬼魂

格勒大锥概况（续）——古今历史订正。

我很想见一见古代那些最著名的圣贤和学者，为此我特地安排了一天时间。我请求召见荷马①和亚里士多德，让他俩率领所有评注过他们的著作的人出现在我们眼前。这些评注家实在太多了，有几百人不得不在院子和几间外殿里候着。我一眼就认出了这两位英雄，我不但能够从人群当中认出他们，而且他俩谁是谁我也分辨得十分清楚。两人中，荷马长得高大而俊美。像他这个年纪的人，走起路来身子算是挺得很直的了。他的双眼活泼而锐利，我从没见过这样的眼睛。亚里士多德腰弯得厉害，拄着一根拐杖。他外貌清瘦，头发又稀又长，嗓音低沉[1]。我很快就发现这两人根本就不认识其他的人，他们以前从来都没有见过也没有听说过这些人。有一位鬼魂，名字就不说了，悄悄地跟我讲，这些评注家在阴间总是在离两位作家最远的地方躲着，因为他们在把作家向后世介绍的时候错误百出，故而羞愧难当。我将迪迭摩斯和尤斯台修斯②介绍给荷马，并劝他对他俩好一点；不过也许不值得对他们好，因为他很快看出他们对于了解一位诗人的精神缺乏天分，而当我把司各特斯和拉摩斯③介绍给亚里士多德时，一听我的介绍，他整个儿就不耐烦了，问他们说，其余的人是不是也像他们一样都是一些笨蛋[2]。

接着我又请长官把笛卡儿和伽桑狄召来。我劝说他们把自己的思想体系解释给亚里士多德听。这位伟大的哲学家坦率地

[1] 几百人中能够明显看出两位英雄，足见二人之与众不同。

[2] 评注家们躲藏，而荷马和亚里士多德又对点评者不屑一顾，讽刺这些评注家们的不受欢迎，完全误解其研究者。

---

①荷马：公元前9世纪古希腊诗人，著名史诗《伊利亚特》和《奥德赛》的作者。
②迪迭摩斯和尤斯台修斯：都是评点荷马史诗的学者。
③司各特斯和拉摩斯：都是评注亚里士多德著作的学者。

承认在自然哲学方面他自己也犯了错误,因为他像所有的人一样,许多事情上不免臆(yì)测④。他发现,竭力宣扬伊壁鸠鲁学说的伽桑狄和笛卡儿的涡动说一样都被驳倒了。他预言,当代学者那么热衷的万有引力学说也将遭到同样的命运。他说大自然新的体系不过是新的一时的风尚,每个时代都会发生变化,就是那些自以为能用数学的原理来证明这些体系的人,也只能在短期内走红,一旦有了定论,他们就再也不会流行了[3]。

[3]从侧面批评了科学界的不思进取。

我又花了五天时间同许多其他古代的学者作了交谈。罗马早期的国王我大部分都见到了。我说动长官把伊里欧伽布鲁斯的厨师召来给我们做一桌筵席,但因材料不够,他们无法向我们显露他们的手艺。爱基西劳斯的一个农奴给我们做了一盆斯巴达式肉汤,但是我只喝了一调羹就喝不下去了。

带我来到这岛上的两位先生因为急于要办理一些私事,三天之后就得回去,我就用这三天时间见了一些近代死去的人,他们都是过去两三百年中我国和欧洲其他一些国家里最显赫⑤一时的人物。因为我一向对名门望族十分崇拜,就请求长官把一二十位国王连同他们的八九代祖宗一起召来。但是令人痛苦、出乎意料的是,我大失所望。在长长的皇族世系中,我见到的并非个个头戴皇冠;在一个家族里,我看到的是两名提琴师、三名衣冠楚楚的朝臣和一名意大利教长;在另一个家族中,我见到的则是一名理发匠、一名修道院主和两名红衣主教[4]。因为我对戴皇冠的人太尊敬了,所以这么一个微妙的话题我不便再往下谈。不过至于公爵、侯爵、伯爵、子爵之流,我就不那么在乎了。某些家族之所以成为名门望族,是由于他们具有某些特征,而我能够从他们的祖上找到这些特征的来源;我承认,这倒使我不无快意。我能看得清清楚楚,这一家的长下巴是从哪里来的;那一家为什么有两代总出恶棍,而接下去两代又尽是傻子;第三家人为什么恰恰都发疯;第四家人又偏偏全是骗子;怎会像坡里道尔·维吉尔⑥在说到某家名门时所讲的那样:"男子不强壮,女子不贞洁。"残暴、欺骗、

[4]作者把皇室成员高贵的面皮撕破,正是对皇室血统的讽刺。

---

④臆测:主观地推测。
⑤显赫:(权势、名声等)盛大。
⑥坡里道尔·维吉尔:16世纪居住在英国的一位意大利传教士,他用拉丁文写了一部英国历史,闻名于世。但是上面所引的这句话在他的著作中却找不到。

懦弱怎么会像盾牌纹章那样，渐渐成了某些家族出名的特征；是谁首先给一个高贵的家族带来了梅毒，由此代代相传使子子孙孙都生上瘰疬(luǒ lì)毒瘤。我看到皇家世系中断原来是因为出了这么些仆人、佣人、走卒、车夫、赌棍、琴师、戏子、军人和扒手，对以上种种也就不觉得有什么奇怪了。

最令我恶心的是现代历史了。我仔细检查了一下一百年来君王宫廷里所有名气最大的人物，发现世界竟是怎么给一帮娼妓一样的作家骗了！他们说懦夫立下了最伟大的战功，傻瓜提出了最聪明的意见，阿谀逢迎的人最真诚，叛国者具有古罗马人的美德，不信神的人最虔诚，鸡奸犯最贞洁，告密者说的都是真话。多少无辜的好人，由于大臣影响了腐败的法官，党派倾轧，而被杀戮、遭流放。多少恶棍升上了高位，受信任，享大权，有钱有利，作威作福。朝廷、枢密院和参议院里发生的大事和他们搞的活动，有多少可以同鸨母、妓女、皮条客和小丑的行为相媲美⑦[5]。世界上的伟大事业和革命事业的动机原来是这样的，他们取得成功也只不过靠了一些可鄙的偶然事件；我得知这样的真情，对于人类的智慧和正直是多么的鄙夷！

在这里我还发现那些装模作样要写什么轶闻⑧秘史的人原是多么的诡诈而无知。多少国王都被他们用一杯毒药送进了坟墓；君王和首相在无人在场时的谈话他们会复述；驻外使节和国务大臣的思想和密室他们都能打开；不幸的是他们永远也没有弄对过。这里我还发现了许多震惊世界的大事背后的秘密：一名妓女怎么把持着后门的楼梯，后门的楼梯怎么把持着枢密院，枢密院又怎么把持了上议院。一位将军当我的面承认，他打的一次胜仗纯粹是由于他胆小和指挥错误；一位海军大将说，因为没有正确的情报，他本打算率舰队投敌，谁知却打败了敌人。三位国王对我明言，他们在位期间从来就没有提拔过一个有功之人，除非是一时弄错，或者中了某个他们亲信的大臣的诡计；他们就是再世，也不会这么做的[6]。他们提出了有力的理由来证明：不腐化王位就保不住，因为道德灌输给人的那种积极、自信和刚强的性格，对

[5]历史学家是多么能颠倒黑白呀。我们要有一双明辨是非的眼睛，要有自己的观点，不能人云亦云。

[6]何其荒谬。

---

⑦媲美：美(好)的程度差不多；比美。
⑧轶闻：世人不大知道的传说(多指不见于正式记载的)。

办理公务永远是一种障碍。

我因为好奇,就特别问起他们,这么多人获取高官贵爵和巨大产业,用的到底是什么手段?我的提问只限于近代,不触及当代,因为我得保证做到,即使是外国人也不能得罪。当然,我这里所说的丝毫也不是针对我的祖国来的,这一点我想就不必向读者说明了吧。大量有关的人物都被召唤了来,我只稍稍一看,就发现景象真是一片狼藉(jí),以致我每每想起,都不免心情严肃。伪证、欺压、唆(suō)使、欺诈、拉皮条等等毛病还是他们提到的最可以原谅的手段,因为都还说得过去,我也就大大地原谅了他们。可是,有人承认,他们之所以伟大之所以发财是因为自己鸡奸和乱伦,有的则迫使自己的妻女去卖淫,有的是背叛祖国或者君王,有的是给人下毒药,更有人为了消灭无辜不惜滥用法律。地位高贵的人仪表堂皇,本该受到我们这些卑贱的人最崇高的敬意,然而我看到的这种种现象不免要使我减少对他们的崇敬;我这么做,希望能得到大家的原谅。

我经常从书上读到一些忠君爱国的伟大功绩,因此就想见见那些建立了功勋的人物。一打听我才知道,他们的名字都没有记载下来,少数的几个历史却又都把他们写成了最卑鄙无耻的恶棍和卖国贼,其余的我压根儿就没有听到。这些人看上去全都神情沮丧,衣着寒酸;大多数都跟我说,他们最后都穷愁潦倒而死,剩下的则上了断头台或者绞刑架。

[7]"有点不同寻常"具体体现在哪些方面?

在这些人中间,有一个人的遭遇显得有点不同寻常[7]。他的身旁站着一个十八岁上下的青年。他告诉我,他在一艘战舰上当过多年的舰长,艾克丁姆海战中,曾幸运地冲破敌军的强大防线,将三艘主力舰击沉,又俘获了一艘,致使安东尼兵败窜逃,他们大获全胜。站在他身边的那位青年是他的独子,也在这次战役中阵亡了。他接着说,他自恃(shì)有功,战争一结束就到了罗马,请求奥古斯都朝廷提拔他到另一艘更大的战舰上任职,那艘战舰的舰长阵亡了。可是朝廷对他的要求睬都不睬,竟将舰长一职给了一名连大海都未见过的青年,他是国王的一个情妇的侍从李柏丁那的儿子。回到自己原来的舰上,他就被加上了玩忽职守⑨的罪名,

---

⑨玩忽职守:不严肃、不认真地对待本职工作。

战舰则移交给了海军副将帕勃利可拉的一位亲随。从此他退居到远离罗马的一个穷乡，并在那里了结了自己的一生。我极想知道这个故事的真相，就请求长官把那次战役中任海军大将的阿格瑞帕召来。阿格瑞帕来了，他证明舰长所说全是事实。他还说了舰长许多别的好话；舰长因为生性谦逊，自己的大部分功劳不是少说就是整个儿不提。

我很奇怪在这个帝国里，奢侈之风最近才流行起来，腐化堕落竟然会发展得这么厉害，这么迅速；所以，在各种罪恶早已猖獗⑩（chāng jué）的其他国家里，出现种种与这类似的情形，我就不觉得有什么奇怪的了。在那些国家里，总司令醉心于歌功颂德和占有掠夺来的财富，而事实上最不配拥有这两者的也许就是他。

每个被召见的人，出现时的样子和他在世时完全一样。看到近百年来我们人类退化了不少，我感到伤心、丢脸。名目不同后果不一的各种花柳梅毒，完全改变了英国人的面貌，使他们变得身材矮小，精神涣散，肌肉松弛，面色灰黄，膘肉恶臭。

我居然卑贱到这种程度，提出要召唤几个古代的英国农民来见见面。这些人风俗淳朴，衣食简单，做买卖讲公平，具有真正的自由精神，勇敢，爱国，他们的这些美德在过去曾经是很有名的。我把现在的活人和过去的死人加以对比，真是不无感慨。祖宗所有的淳朴本色的美德，都被他们的子孙为了几个钱给卖光了；这些后生出卖选票，操纵选举，只有在宫廷才能学到的罪恶和腐化行为，每一样他们都掌握了[8]。

[8]这是对现实英国人和宫廷统治者的讽刺。作者在这里的观点给人一种英国今不如昔的感觉。

---

⑩猖獗：凶猛而放肆。

第九章

拉格奈格王国的经历

格列佛回到马尔多纳达——航行至拉格奈格王国——格列佛被拘禁——被押解到朝廷——他被接见的情形——国王对臣民十分宽大。

动身的日子到了,我辞别了格勒大锥的长官阁下,与我的那两位同伴一起回到了马尔多纳达。两个星期后,我登上了一艘开往拉格奈格的船。两位先生还有其他几个人非常慷慨友好,他们给我准备了食物,送我上了船。这次航行历时一个月。我们遇上了一次强风暴,只得向西航行,才趁着季风继续向前驶进了六十多里格。1709年4月21日,我们驶入了克兰梅格尼格河。这是一座港口城市,位于拉格奈格的东南角。我们在离城不到一里格的地方抛锚,发出信号要求派一名引水员来。过了不到半个小时,两名引水员上了船;他们领着我们穿过部分暗礁与岩石,经过危险的航道,最后才进入一个很大的内湾;这里,一支舰队可以在离城墙不到一链的地方安全停泊。

我们船上有几名水手,不知是故意和我作对还是一时疏忽,对两位引水员说我是个外乡人,还是个大旅行家[1]。引水员把这话转告给一名海关官员,结果我一上岸就受到了十分严格的检查。这位官员用巴尔尼巴比语同我说话;因为两地间经常有贸易往来,这个城市的人,尤其是水手和海关人员,一般都懂得巴尔尼巴比语。我简要地跟他叙述了我的一些经历,尽量把事情讲得真实可信并且前后一致。不过我觉得有必要隐瞒我的国籍,就自称是荷兰人,因为我打算到日本去,而我知道欧洲人中只有荷兰人才被准许进入这个王国。于是我就对海关官员说,我的船在巴尔尼巴比海岸触礁沉没了,我被抛在了一块礁石上,后来被接上了勒皮他,也叫飞岛(他们经常听说有这么一座飞岛),现在正准备

[1]"我"的小心谨慎反衬出了所处情形的危险,"我"不得已而为之。

去日本,也许到那里后可以再找机会回国。那官员说,在接到朝廷命令之前,得先把我拘禁起来。他说他这就给朝廷写信,希望过两个星期就能得到朝廷的答复。我被带到一处舒适的住所,门前有哨兵看守;不过住处有一个大花园,我可以在里面自由地活动。我受到了相当人道的待遇,拘禁(jìn)期间一切费用都由皇家负担[2]。也有一些人前来看我,那主要是出于好奇,因为据说我来自十分遥远的国度,那地方他们从来就没有听说过。

我雇了和我同船来的一位青年做翻译。他是拉格奈格人,但在马尔多纳达住过几年,所以精通两地语言。在他的帮助下,我得以同前来看我的那些人进行交谈,不过谈话只限于他们提问我回答。

朝廷的文件差不多就在我们预计的时间到了。那是一张传票,要求由十名骑兵把我连同我的随从带往特拉尔德拉格达布,或者叫特利尔德洛格德利布(就我记忆所及,这个字有两种读法)。我所有的随从就是那个做翻译的可怜的小伙子,还是经我劝说才答应帮我忙的。在我的哀求下,我们俩一人弄到了一头骡子骑。一位信使早我们半天出发了,他去报告国王我就要到了,请陛下规定一个日子和时辰,看看他什么时候高兴见我,好让我有幸去"舔他脚凳子跟前的尘土"。这是朝廷的规矩,不过我发现它并不仅仅是一种形式,因为我到达后两天被引见的时候,他们命令我把肚子贴在地上朝前爬,一边爬一边舔地板;但因为我是个外国人,他们倒注意事先将地板打扫得干干净净,这样尘土的味道倒还不是很讨厌[3]。不过,这是一种特殊的恩典,只有最高级的官员要求入宫时才能得到。不但如此,要是被召见的人碰巧有几个有权有势的仇敌在朝,有时地板上还故意撒上尘土。我就看到过一位大臣满嘴尘土,等他爬到御座前规定的地点时,已经一句话说不出来了。这也没有什么办法,因为那些被召见的人如果当着国王陛下的面吐痰或抹嘴,就得处以死刑[4]。另外还有一种风俗,说实话我也不能完全赞同:如果国王想到要用一种温和宽大的方法来处死一位贵族,他就下令在地板上撒上一种褐色的有毒粉末,舔到嘴里,二十四小时后肯定将人毒死。但是说句公道话,这位君王还是非常仁慈的,对臣子的性命相当看重(这一点上,我很希望欧洲的君主都能向他学习)。为了他的荣誉,我必须

[2] 这个国家人性化的待遇令人称赞。

[3] 奇异的礼仪体现了这个朝廷王权的至高无上,实际上是讽刺统治者缺乏人性,无视人权。

[4] 只有受到特殊的恩典才有机会入宫做这种低劣的行为,其中满含深刻的讽刺。

说一下：每次以这种方法将人处死后，他都下严令叫人将地板上有毒粉的地方洗刷干净，侍从们要是疏忽了，就有招惹他老生气的危险。我曾亲耳听他下令要把他的一个侍从鞭打一顿，因为有一次行刑之后，轮到那个侍从去通知人洗刷地板，他却故意不通知；由于他的失职，一位很有前途的贵族青年在一次被召见时不幸中毒身亡了，而国王那时倒并没有打算要他的命。不过这位好君王非常宽厚，饶了那个可怜的侍从，使他免除一顿鞭打，只要他保证，以后没有特别的命令，不许再犯这样的错误[5]。

[5]从对杀人者做出的处罚，可见君主的残忍。

言归正传，当我爬到离御座不到四码的地方时，我慢慢地抬起身来，跪在地上，磕了七个响头，按照前一天晚上他们教我的话说："Ickpling gloffthrobb spuutserumm blhiopmlashnalt zwin tnodbalkuffh slhiophad gurdlubh asht."这是一句颂词，当地法律规定，所有朝见国王的人都要这么说；把它翻译成英语，意思是："祝天皇陛下的寿命比太阳还要长十一个半月[6]！"国王听后回答了一句什么，我没有听懂，可还是照别人教我的话答他道："Fluft drin yalerick dwuldum prastrad mirplush."严格地说意思就是："我的舌头在我朋友的嘴里。"我说这话的意思就是请求国王准许我把翻译叫进来。于是，前面已经提到的那位青年就被领了进来，通过他从中传话，在一个多小时的时间里，我回答了国王陛下提出的许多问题。我的翻译把我说的话翻译成了拉格奈格语。

[6]这句运用对比和夸张的修辞手法的颂词展现了作者强烈的讽刺之意。

国王很喜欢和我在一起谈话，就吩咐他的"bliffmarklub"（即内侍长）在宫中给我和我的翻译分配一处住所，每天给我们提供饮食，另外还给了一大袋金子供我们日常使用。

我在这个国家待了三个月，那完全是遵从国王的旨意。他对我恩宠有加，并几次要我就任高贵的官职，可我还是觉得同妻子家人在一块儿度过余年要更安稳妥当一些。

第十章

长生不老的人

拉格奈格人受到格列佛的赞扬——关于"斯特鲁德布鲁格"的详细描写;格列佛与一些著名人士谈论这个话题。

拉格奈格人是一个讲礼貌的、慷慨大方的民族[1]。虽然他们也沾上几分东方国家的人所特有的骄傲,但他们对外乡人还是很客气的,特别是那些受到朝廷重视的外乡人。我结识了不少上流社会的人,我的翻译也一直跟在我的身边侍候,所以我们的谈话倒还挺愉快。

一天,我和许多人在一起,有一位贵族问我有没有见过他们的"斯特鲁德布鲁格",意思是"长生不老的人"。我说我没见过,就请他给我解释一下,在凡人头上安这样一个称呼到底是什么意思。他告诉我,虽然很罕见,但有时会有人家恰好就生下这么一个孩子来:他的额头上有一个红色的圆点,就长在左眉毛的正上方;这一标记表明,这孩子将永远不死。他描述道,这个圆点大约有一枚三便士的银币那么大,随着时间的推移,这个圆点会变大并且变色。孩子长到十二岁时,它就变成绿色,那样一直到二十五岁,之后又变成深蓝色。四十五岁时渐渐变成煤黑色,大小如一枚英国的先令,以后就不再变了[2]。他说这种孩子生得极少,相信全王国内男女"斯特鲁德布鲁格"不会超过一千一百个,他估计住在京城里的大约有五十个,其中有个小女孩是三年前生下来的。这类产儿并非任何一家的特产,生这样的孩子不过是凑巧罢了,就是"斯特鲁德布鲁格"自己的孩子,也和别人一样都是有生有死的。

我坦率承认,听了他这一番叙述我真是说不出来的高兴。我的巴尔尼巴比语说得很不错,而跟我说那番话的这个人恰好又懂

[1] 开篇夸赞了拉格奈格人,奠定了本章的感情基调。

[2] 对长生不死的孩子的描写引出了本章讲述的主体,也引起了人们的好奇心。

巴尔尼巴比语，于是我就情不自禁地说了一些有点夸张的话。我像发了狂一般地高声叫道："幸福的民族啊，你的每一个孩子至少都有希望长生不老！幸福的人民啊，你们拥有那么多古代美德的活典范，能有大师们随时都来把所有过去时代的智慧教给你们！但最最幸福的还是那些伟大的'斯特鲁德布鲁格'，他们生来就不用遭受人类那共同的灾难，不用时刻担心死会临头，所以心无负担，精神畅快[3]。"可是我表示惊奇，这么一些杰出的人物，我怎么在朝廷里一个都没有见到？前额上有颗黑痣是个非常明显的特点，我不可能轻易看不到的。而这样一位贤明的君王，又怎么可能不找一大帮这样智慧而能干的顾问在自己身边呢？不过也许是那些受人敬重的圣贤的品德过于整肃，不适合朝廷腐化放浪的作风[4]。根据经验我们也常常看到，年轻人总是太有主见，并且反复无常，不肯接受老年人认真严肃的指导。但是，既然国王准许我接近他，那么，我决定以后一有机会就要通过翻译就这件事坦率而详尽地向他陈述自己的意见。不论他愿不愿接受我的劝告，有一件事我是定了主意的：既然国王陛下一再要我留在这个国家任职，我就感恩戴德①接受他的恩典，只要那些"斯特鲁德布鲁格"超人愿意接纳我，我就一辈子住在这里同他们相处。

我前面已经说过，我与之谈话的那位先生会讲巴尔尼巴比语。他面带着一种微笑——这种微笑通常都是因为对无知的可怜——跟我说，只要有机会留我下来和他们在一起，他都是很高兴的，他同时要我允许他把我刚才说的话向大家解释一下。他解释过后，他们又在一起用本国话交谈了一会儿，不过我一个字也听不懂，从他们脸上我也看不出我的话到底给他们留下了什么印象。短暂的一阵沉默之后，还是这位先生对我说，他的朋友们和我的朋友（指他自己，他觉得这样说比较恰当）在听了我关于长生不老的幸福和好处的一番高论后，都非常高兴，很想具体知道，如果我命中注定②生下来就是个"斯特鲁德布鲁格"，我会打算怎样来安排我的生活[5]。

我回答说，对于这样一个丰富而令人愉快的话题，侃(kǎn)侃

[3] 格列佛的语言、神态表现了他对这种人的艳羡。

[4] 嘲讽了腐败的政府对人才的漠视。

[5] 他们对"我"的提问展现了他们希望了解不知情的人对长生不死的看法，而"我"的回答一定会让知情人士嘲笑。

---

① 感恩戴德：对别人所给的恩德表示感激。
② 命中注定：迷信的人认为人的一切遭遇都是命运预先决定的，人力无法挽回。

而谈地说上一通是不难的,特别是对于我,因为我常常都喜欢设想,要是我做了国王、将军或者大臣,我会做些什么。就这件事来说呢,我也通盘考虑过好多次了,如果我可以长生不老,我该做些什么事,我该怎样来度过我的时光。

我说,如果我命好成了"斯特鲁德布鲁格"中的一员,一旦我明白了生与死的不同从而发现自己是幸福的,第一,我就要下决心千方百计发财致富;在这个过程中,靠着勤俭节约与苦心经营,大约两百年之后,我就很有可能成为全王国最富有的人。第二,我从小就要致力于艺术和科学研究,这样到最后我将在学问上超过其他所有的人。最后,我要仔细记录下公众的每一项重要活动和事件,不偏不倚地根据自己观察所得,将历代君王和大臣的性格勾画出来。我要准确无误地记录下风俗、语言、服装、饮食和娱乐方面的种种变化。有了所有这一切学问,我将成为知识和智慧的活宝库,并无疑要成为民族的先知③[6]。

过了六十岁我就决不再结婚。待人好客,但还是要讲节俭。我要培养和教导有希望的青年,以自己的记忆、经历和观察并证以无数范例,使他们相信,公私生活中,道德还是有用处的。但是我挑选出来经常和我相伴在一起的,却必须是一帮同我一样长生不老的弟兄。我要从古代到我同时代选出这么十二个同伴。如果这些人中有谁没有产业,我会在我自己的产业附近给他准备一处方便舒适的住所。有些朋友我会永远请他们上我的餐桌同我一起进餐。至于你们这些凡人,我只能让少数几个最有价值的进来同我交往交往,不过时间一长我的心肠也就硬了,你们死了我也不怎么会惋惜,或者根本就不惋惜;对你们的后代也是一样。这就像一个人年年都在花园里种石竹和郁金香玩,前一年种的花枯萎了,他并不会感到悲伤。

这些"斯特鲁德布鲁格"和我会相互交流我们在岁月流逝的过程中观察和回忆起的一切。我们会谈论腐化怎样渐渐地悄然侵入了这个世界。我们会不断地警告并指导人类,以阻止任何一级出现腐化。这样,我们自己作为榜样,就会产生更大的影响力,从而有可能遏止人性的继续堕落;这种堕落每一个时代都在

[6] 成为首富、大学问家甚至先知,多么美好的前景啊!

---

③ 先知:犹太教、基督教指受上帝启示而传达上帝意旨或预言未来的人。

悲叹。

除此之外,我还能看到小邦、帝国发生种种革命;上流、下层社会发生种种变化;古城变废墟;无名村庄变成君王的帝都;著名河流缩成浅水小溪;海洋的一边变成旱地,另一边被海水吞没;许多至今还不为人知的国家被发现;野蛮民族侵入文明国家,最野蛮的人渐渐文明起来。看到这一切我该有多高兴呢!那时我还能看到已经发现了黄经、永恒运动和万应灵药,还有许许多多其他尽善尽美的伟大发明。

在天文学上,我们将会有多么神奇的发现!我们活着就可以看到自己的预言变成事实;我们可以观察到彗星的运行和再现,以及日月星辰的种种运行变化。

长生不老的自然欲望和尘世的幸福又使我在其他许多方面滔滔不绝地说了一大堆。我说完之后,那位先生又像前面那样把我谈的要点翻译给了其他的人听。接着他们就用本国话说了好一阵子,并不时地嘲笑我。最后,刚才做我翻译的那位先生说,大家都要求他改正我几个错误;我所以会犯这些错误,也是由于人性中那共有的愚蠢,这样倒也可以不叫我负什么责任。他说,"斯特鲁德布鲁格"这一人种是他们国家所特有的,巴尔尼巴比和日本都没有,他曾有幸受国王派遣在这两个国家做过大使,发现当地人都很难相信会有这样的事。以前他初向我提起这事的时候,我也是惊讶不已,这就表明我当时也是觉得这事十分新奇,难以置信[7]。他在上面提到的那两个王国居留期间曾和人广泛交谈,发现长寿是人类普遍的愿望。无论什么人,一只脚都已进了坟墓,却肯定还要死命保住另一只脚。年岁极高的人依然希望还能再多活一天,而把死亡看做是最大的痛苦;天性随时都在促使他躲避死亡。只有在这拉格奈格岛上,生的欲望才不那么迫切,因为他们的眼前时时有"斯特鲁德布鲁格"作为警诫(jiè)。

他说,我构想的那种生活方式是不合理的,不妥当的,因为那必须以永远的青春、健康和精力充沛为先决条件;作为理想,怎么胡想都可以,可谁会这样去痴心妄想④呢?所以问题不在于一个人愿不愿意永葆(bǎo)青春,永远健康幸福,而在于他在老年所带

[7]"我"联系自身的情感体验表现对长生不死的人的看法。

---

④痴心妄想:一心想着不可能实现的事。也指愚蠢荒唐的想法。

来的种种常见的不利条件下,如何来安排他那永恒的生命。虽然很少有人愿意在这么坏的情形下长生不老,可是在前面提到的巴尔尼巴比和日本这两个王国里,他发现每一个人都希望把死亡朝后再推迟一点,来得越迟越好;他也几乎没听到有什么人心甘情愿地死掉,除非他遭受了极度的痛苦和折磨。他请我告诉他,在我旅行过的那些国家以及我本国,我是否也发现了这种相同的、普遍存在的心理[8]。

　　这一通开场白之后,他给我详细叙述了他们那儿的"斯特鲁德布鲁格"的情况。他说,大约三十岁之前,他们一般和凡人没有什么两样,之后就一点点变得忧郁和沮丧,并逐渐加深,一直到八十岁。这是他听他们亲口承认的,要不然,一个时代这种人都降生不到两三个,人数这么少,无法进行普遍的观察。当他们活到八十岁时(在这个国家,八十岁就被认为是寿命的极限了),不但其他老人所有的毛病和荒唐行为他们都具备,而且还因为这些人有永远不死这么一个可怕的前途,他们就又有了许多别的毛病和荒唐。他们不仅固执、暴躁、贪婪、忧郁、愚蠢、爱唠叨,而且什么友谊和自然情爱也谈不上了,顶多只是对儿孙还有点感情[9]。嫉妒和妄想是他们主要的情感。但引起他们嫉妒的事情,主要是年轻人的道德败坏和老年人的死亡。想想年轻人,他们发现一切的欢乐自己都无法享受了;而每当看到一支送葬的队伍,他们就伤心、羡慕,别人进入一个港湾去安息了,自己却永远没有指望。他们除了自己在青年及中年时代学到和观察到的东西外,别的什么也记不起来了,而就是那一点点东西也很不完整;所以任何事实,要想知道真相或细节,安全一点还是相信一般传统的说法,他们最好的记忆也是靠不住的。他们中最不悲惨的似乎倒是那些年老昏聩、完全丧失了记忆的人;这些人因为不像别人那样有许多恶劣品质,倒还比较地能得到大家的怜悯和帮助。

　　如果一个"斯特鲁德布鲁格"恰好跟他的同类结婚,按照王国的恩典,夫妇二人中较年轻的一人一到八十岁,婚姻就自然解除。法律认为这种优惠待遇是很合理的,因为那些无辜受惩罚要在世上永远活下去的人,不应再受妻累而使自己加倍痛苦。

　　他们一满八十岁,在法律上就被认为已经死亡,后嗣(sì)立刻就可以继承其产业,只留极可怜的一点钱供他们维持生活,贫穷

[8] 那位先生分析人们的普遍心理是希望长生不老,也说明了其前提条件,为下文阐述人们为什么不愿长生不老作铺垫。

[9] 作者对"斯特鲁德布鲁格"八十岁以后的变化作的详细描述让人触目惊心。

[10] 对八十岁以上的人的待遇是残酷而毫无人性可言的，读来令人深感忧心和不公。

的则由公众来负担。过了八十岁，大家认为他们不能再担任任何工作，他们既不能叫人信任，也不能为公众谋福利[10]。他们不能购买和租赁土地，也不准他们为任何民事或刑事案件作证，甚至都不准他们参加地界的勘定。

九十岁以上，牙齿、头发全脱落。活到这把年纪已不能辨味，有什么吃什么，有什么喝什么，没有食欲，不谈胃口。患的老毛病既不加重也不减轻，一直就这么拖下去。谈话时连一般事物的名称、人们的姓名都忘掉了，即使是自己的至亲好友也记不起来。由于这同样的原因，读书自娱也永远不可能了，因为记忆力太差，一个句子看了后面忘了前面，这一缺陷把本来还有可能享受的唯一的乐趣也给剥夺掉了。

这个国家的语言总在变动之中，所以一个时代的"斯特鲁德布鲁格"听不懂另一个时代中他们同类的话，两百年一过，他们也不能同周围的凡人们交谈，顶多不过说几个一般的词儿。因此，他们生活在自己的祖国却倒像外国人一样感到很不方便。

这就是我记忆中关于"斯特鲁德布鲁格"的一番叙述。后来我见到了五六个不同时代的"斯特鲁德布鲁格"，最年轻的还不到两百岁，他们都是由我的几个朋友在不同的时间里领到我这里来的。可是，虽然他们听说我是位大旅行家，去过世界上很多地方，却一点也不感到好奇，不提出个把问题来问我。他们只希望我能给他们一个"斯兰姆斯库达斯克"，就是一件纪念品。这其实是一种变相的乞讨，为的是躲避严禁他们这样做的法律，因为他们得到的津贴虽然很少，但是他们却是由众人供养着的。

人们都鄙视、仇恨他们。生下一个这样的人来，大家都认为是不祥之兆。他们出生的情况记载得十分详细，只要查一查登记簿就可以知道他们的年龄[11]。不过登记簿上记载的还不到一千年，由于年代久远或者社会动乱，一千年前的记载早都被毁掉了。但是，通常计算他们年龄的方法，是问一问他们脑子里记得哪些国王或者大人物，然后再去查历史，因为他们记得的最后一位君王，毫无疑问总要到他们八十岁之后才开始登基。

[11] 在这个国家人们会因为长生不老而受到不公平的待遇，遭人鄙夷，他们的凄凉处境不言自明。

他们是我生平所见到的最受屈辱的人，而女人比男人还要来得可怕。她们除了具有极度衰老的人所有的一般缺陷外，还有别的一些可怕的地方；这种可怕的程度是与她们的年岁成正比的，实在令人无法形容。我在五六个人当中很快就能辨出谁年龄最大,虽然她们的年龄相差还不到一两百年。

　　读者不难相信,我的所见所闻已经使我降低了对长生不老的热切欲望。我为自己原先那些美妙的幻想感到深深地羞愧,心想,与其这样活着还不如死掉,无论哪一位暴君发明什么可怕的死法,我都乐于接受。我和我的朋友们对这件事做的一切议论,国王都听说了,他洋洋得意地挖苦我,说希望我能把一对"斯特鲁德布鲁格"送回自己的国家,使我国人民不至于再怕死。不过这似乎是这个王国的基本法律所禁止的,否则我还真乐意费些力气花些钱把他们运回去。

　　我不得不同意,这个王国制订关于"斯特鲁德布鲁格"的法律具有最强有力的理由,任何别的国家处在这种情况下,都有必要执行那些法律。要不然,因为贪婪是老年的必然结果,那些长生不老的人最终就会成为整个国家的财产的业主,独霸全民的权力,但是因为他们缺乏经营管理的能力,最终必然导致整个社会的毁灭[12]。

[12] 通过"我"触目惊心的经历肯定了这个国家剥夺长生不死之人财产的合理性。

第十一章

经日本回国

格列佛离开拉格奈格,坐船前往日本——又从那儿坐一艘荷兰船到阿姆斯特丹,再从阿姆斯特丹回到英国。

关于"斯特鲁德布鲁格"的这一段叙述,我想一定会使读者感到很有意思,因为这似乎多少有点与众不同,至少在我读过的游记中,还没有碰到过这一类的叙述。如果我记错了,我就请大家原谅,因为旅行家们在描述同一个国家的情况时,常常免不了在相同的一些细节上长篇大论①,他们不应该承受借用或抄袭前人著作的指责[1]。

这个王国与日本帝国之间确实一直有着贸易往来,所以很有可能日本的作家已经对"斯特鲁德布鲁格"作过描述;不过我在日本停留的时间很短,而且一点也不懂这个国家的语言,因此没有办法去进行调查。我倒是希望荷兰人,经我这么一提,能产生好奇心,同时也有足够的能力来弥补我的不足。

国王陛下多次要我接受他朝廷的官职,可我决意要回自己的祖国,他也就准许我离开了[2]。并且他还亲笔为我给日本天皇写了一封介绍信。他又送了我四百四十四块大的金子(这个民族喜欢偶数),还有一枚红色钻石,我回英国后卖了一千一百英镑[3]。

1709年5月6日,我郑重地向国王和所有朋友告别。这位君王仁义之至,特意派了一支卫队把我送到了这座岛西南部的皇家港口格兰古恩斯达尔德。过了六天,我搭乘一艘可以把我带到日本的船。路上我们航行了十五天。我们在位于日本东南部的一个叫滨关的港口小镇上了岸。那镇在港口的西端,那儿又有一条

[1]作者实际上是在指责一些作家在不重要的细节上浪费笔墨。

[2]离开的举动表明了格列佛的思乡之情。

[3]再次说明了国王的慷慨大方。

---

①长篇大论:滔滔不绝的言论或篇幅冗长的文章。

狭窄的海峡,往北通向一个长长的海湾,京城江户就坐落在这海湾的西北岸。一上岸我就将拉格奈格国王给天皇陛下的信拿给海关官员看。他们对上面的御玺非常熟悉。御玺有我的手掌那么大,印记是一个国王从地上扶起一个瘸腿的乞丐。镇上的地方官听说我有这么一封信,就待我以大臣之礼。他们为我备好车马和仆从,免费送我上了江户。到那儿后我就被召见了。我呈上信,拆信的仪式十分隆重,一名翻译将信的内容解释给天皇听。随后,翻译转达天皇的命令,通知我说,我得把我的要求说出来,无论是什么要求,看在他拉格奈格王兄的面上,都可以照准。这位翻译是专门同荷兰人打交道的,他从我的面相立即就猜出我是个欧洲人,于是又用纯熟的低地荷兰语把天皇陛下的命令重复了一遍。我按照原先拿定的主意回答说,我是一名荷兰的商人,在一个遥远的国家航海时翻了船,之后从那里先海路后陆路一直到了拉格奈格,再后来就坐船来到了日本。我知道我的同胞常在这里经商,就希望有机会能随他们中的一些人同回欧洲去。说完我就极为低声下气地请求天皇开恩,希望他能下令把我安全地送到长崎。我还提出了另一个请求,能否看在我的恩主拉格奈格国王的面上,免我履行踩踏十字架这一仪式;我的同胞到这儿来都得履行这样的仪式,可我是因为遭遇了不幸才到他的王国来的,丝毫没有做生意的意思[4]。当翻译把我的后一个请求说给天皇听之后,他显得有几分吃惊,说他相信我在我的同胞中还是第一个不愿履行这种仪式的人,因而开始怀疑我不是真正的荷兰人;他疑心我一定是个基督徒。尽管如此,由于我提的那些理由,而更主要是看在拉格奈格国王的面上,他就特别开恩迁就②了我这与众不同的脾气。不过事情还得安排得巧妙,要吩咐他的官吏像是

时忘了那样把我放过去,因为要是我的同胞荷兰人发现了其中的秘密,他们一定会在途中将我的喉管割断。我通过翻译感谢天皇对我格外开恩。那时正好有一支军队要开到长崎去,天皇就命令指挥官安全护送我前往,关于十字架的事还特别作了关照。

1709年6月9日,我经长途跋涉③到了长崎。不久,我就结识

[4]荷兰商人在日本也不受欢迎。而且还踩踏十字架,可见荷兰与英国矛盾之深。

---

②迁就:将就别人。
③长途跋涉:指远距离的翻山渡水。形容路途遥远,行路辛苦。

了一些荷兰的水手，他们都是阿姆斯特丹的载重达四百五十吨的"阿姆波伊纳号"大商船上的。我在荷兰生活过很长时间，那是在莱顿求学，所以我的荷兰话说得很好。水手们不久就知道我是刚从哪儿来的了。他们十分好奇地询问我的航海及生活经历。我尽可能地把故事编得简短而可信，却把绝大部分真相都隐瞒了下来。我在荷兰认识不少人，可以捏造我父母的名字，假说他们是盖尔德兰省出身贫寒的百姓。我本来准备付给船长（一个名叫西奥朵拉斯·凡格鲁尔特的人）我到荷兰应付的船费，可是当他听说我是名外科医生后，就高兴地只收一半费用，条件是我在本行职业方面为他服务。开船前，有几名船员一再问我有没有履行以上提到的那种仪式。我避而不答，只告诉他们说，我满足了天皇和朝廷的每一点具体要求。尽管这样，还是有一个叩头虫一样的歹毒的流氓跑到一位官员前，指着我对他说，我还没有踩过十字架。可是那官员事先已经接到放我过去的命令，就用一根竹子在这流氓的两个肩膀上打了二十下；从此以后就再也没有人拿这样的问题来烦我了。

　　航行途中没有发生值得一提的事情。我们一路顺风驶到好望角，为了取淡水，我们在那儿停留了一会儿。4月6日，我们安全抵达阿姆斯特丹，在路上，有三名水手病死了，还有一名在离几内亚海岸不远的地方从前桅上失足掉进了海里。不久以后，我搭乘阿姆斯特丹的一艘小船启程回英国去了。

　　1710年4月10日，我们到了唐兹。第二天早晨我上了岸，在离开了整整五年零六个月之后，终于又见到了祖国[5]。我马上动身到瑞德里夫去，当天下午两点就到了家，看到了妻子儿女，他们的身体都很健康。

[5] 总结这次游历的时间，交代国家的日期，为下一次冒险作好铺垫。

第四卷 慧骃国游记

初见耶胡与慧骃

格列佛出外航海,当了船长——他的部下图谋不轨,把他长期禁闭在舱里,后又弃他于一块无名陆地——他进入这个国家——关于一种奇怪动物"耶胡"的描写——格列佛遇见两只"慧骃"。

我和妻子儿女在一起快乐地生活了五个月。要是我当时懂得这样才算是我的好日子就好了。我离开我那怀了孕的、可怜的妻子,接受了一份待遇优厚的邀请,到载重三百五十吨的"冒险号"大商船上当了船长。我这么做是因为我熟悉航海术。另外,我对在海上做外科医生这样的工作已经感到厌倦了,于是我就招了一位技术熟练的年轻医生罗伯特·漂尔佛伊到船上来担任外科大夫[1]。1710年8月7日,我们从朴次茅斯扬帆出发;14日,在田纳瑞夫岛①遇到了布里斯托尔的坡可克船长,他那时正要到坎披契湾②去采伐洋苏木。16日,一场大风暴把我们吹散了。这次航海结束后我才听说他的船沉没了,除一名船舱的服务员脱险之外,无一人幸免。这人很诚实,是位优秀的海员,不过性格有点固执,因此他和另外的一些水手一样毁了自己。如果当时他听了我的话,也许这时候也同我一样平平安安地和自己的家人在一起过日子。

我船上有几名水手患热病死了,所以我不得不在巴巴多斯和背风群岛招募(mù)新水手;雇我的商人曾经指示我在这两个地方作短暂停留。可我不久就懊悔不已,因为我事后发现,这些新水手中大部分人都做过海盗[2]。我船上一共有五十名水手,雇主的

[1] 历经数次航海,格列佛终于当上了船长。

[2] 用转折句承上启下,并制造悬念。

---

① 田纳瑞夫岛:距非洲西部北海岸六十英里的坎乃瑞群岛中最大的一座岛。
② 坎披契湾:北美洲东南岸的墨西哥湾的西南部。

吩咐是，要我到南洋地区同印度人做生意，并尽可能地发现一些新的生意渠道。我招募来的这帮恶棍把我船上的其余水手全部拖下了水，他们一起策划了一个阴谋，要夺下这船，并且把我囚禁起来[3]。一天早上，他们动手了，冲进船舱就把我的手脚捆了起来，并威胁说，动一动，就把我扔到海里去。我对他们说，我是他们的俘虏了，愿意听话。他们就强迫我发誓表示就范，然后给我松绑，只用一根链子将我的一条腿拴在床跟前。他们在我的门口设了一个哨，让他枪弹上膛，只要我企图脱身，就开枪把我打死。他们把吃的和喝的给我送到下面的舱里来，自己开始指挥这船上的一切。这些人的计划是去当海盗，抢劫西班牙人，不过他们还得等纠集到更多的人时再干。他们决定先把船上的货物卖掉，然后去马达加斯加招募新手，因为我被囚禁起来之后，他们中已经死了几个。他们航行了好几个星期，同印度人做了一些生意，可是我一直被严严实实地禁闭在船舱里，就不知道他们走的是哪条航线了。他们一再威胁说要把我弄死，我也就认为自己只有死路一条了。

1711年5月9日，一个名叫詹姆斯·威尔契的人来到了我下面的船舱里，说是他奉船长之命来放我上岸。我向他哀告，却毫无结果；他也不肯告诉我他们的新船长是谁。他们让我把最好的一身衣服穿上，那其实是一身新衣服；又让我带了一包内衣，可是除腰刀之外不准我带任何武器。就这样，他们逼我上了一艘长舢板。不过他们还算讲点文明，没有搜查我的口袋；那口袋里放着我所有的钱和其他一些日常用品。他们划了大约有一里格，随后就把我丢到了一片浅滩上[4]。我求他们告诉我这是什么国家，他们却一起发誓，说他们和我一样不知道这是什么地方，只说这是船长（他们这么称呼他）的主意，船上的货卖光，一见有陆地，就把我赶下船去。他们立刻将船划了开去，倒还劝我赶紧走开，要不潮水涌来就要把我吞没。就这样，他们和我告了别。

我在这荒凉的境地朝前走着，一会儿倒也走上了坚实的土地。我在一处堤上坐下来歇歇气，考虑我最好该怎么办。稍稍缓过劲来之后，我就进入了这个国家，决定一碰上什么野人就投降，用些手镯、玻璃戒指以及别的玩具向他们讨买一条性命；这些玩意儿当海员的在那样的航海途中总要带着，而我倒也带了几件在

[3] 叙述格列佛在航海过程中被手下囚禁，为后面写其到慧骃国的奇遇设伏。

[4] 格列佛被放逐到一个陌生的岛上，新的冒险开始了。

身上。这儿的土地被一长排一长排的树木相隔着;树并非人工种植,天然地长在那儿,没有什么规则。到处是野草,还有几块燕麦田。我十分小心地走着,生怕受到突然袭击,或者突然有一支箭从身后或两边飞来将我射死。我走上了一条由人践踏出来的路,看见上面有不少人的脚印,还有一些是牛蹄印,不过多数是马蹄印。最后我在一块地里看到了几只动物,还有一两只同类的在树上坐着。它们的形状非常奇特、丑陋,让我感觉到几分不安,所以我就在一处灌木丛后面躺下来把它们看个仔细。其中有几只往前一直走到了我躺着的地方,这使我有机会把它们的样子看得清清楚楚。它们的头部和胸脯都覆盖着一层厚厚的毛发,有些蜷曲,有些挺直。它们长着山羊一样的胡子,脊背上和腿脚的前面部分都长着长长的一道毛,不过身上其他地方就光光的了,所以我倒能看到它们那浅褐色的皮肤。它们没有尾巴,臀部除了肛门周围以外也都没有毛,我想那是大自然因为它们要坐在地上,才让它们在那儿长些毛以保护肛门的吧。这种坐姿它们常常采用,有时也躺下,还经常性地用后腿站立。它们爬起高树来像松鼠一样敏捷,因为它们的前后脚都长着尖利如钩的长爪。它们时常蹦蹦跳跳,窜来窜去,行动极其灵活。母的没有公的那么大,头上长着长而直的毛发,除了肛门和阴部的周围,身上其他地方就都只有一层茸毛。乳房吊在两条前腿的中间,走路时几乎常常要碰到地面。公兽和母兽的毛发都有褐、红、黑、黄等几种不同的颜色[5]。总之,在我历次的旅行中,我还从未见到过这么让我不舒服的动物,也从来没有一种动物天然地就叫我感到这般厌恶。我想我已经看够了,心中充满了轻蔑和厌恶,就站起身来走到了原先那条人行道上,希望顺这路走去最终能找到一间印第安人的小屋。我还没走多远,就碰上了一只这样的动物实实地挡在路上,并且直冲着我走来。那丑八怪见到我,就做出种种鬼脸,两眼死盯着我,就像看一件它从未见过的东西[6]。接着它走过来靠我更近了,不知是出于好奇还是想伤害我,一下抬起了前爪。我拔出腰刀,用刀背猛击了它一下;我不敢用锋刃的一面砍它,怕当地居民要是知道我砍死或砍伤了他们的牲口会被激怒。那畜生吃了这一记就往后退去,一面狂吼起来;这一下马上就有至少四十头这样的怪兽从邻近的地里跑过来将我团团围住,它们又是嗥又是

[5] 详述外貌之丑陋,足见格列佛对这种动物厌恶至极。

[6] 格列佛受到了野兽的挑衅,气氛变得紧张起来。

扮鬼脸。我跑到一棵树干底下，背靠着树，一面挥舞着腰刀不让它们靠近我身。有几只该死的畜生抓住了我身后的树枝蹿到了树上。从那儿开始往我的头上拉屎。我把身子紧贴在树干上，总算躲了过去，但差点儿被从四周落下来的粪便的臭气闷死。

　　正当我这么痛苦不堪的时候，我看到这些畜生忽然全都飞快地跑开了，于是我就斗了胆离开那树，继续上路，一面心里在想，会是什么东西把它们吓成这个样子呢[7]？可是我往左边一看，却看到了地里有一匹马在慢悠悠地走着；原来虐待我的那些畜生比我先看到了它，所以全都跑了。这马走近我身边时先是小小地一惊，可很快就镇定了下来，它对着我的脸一个劲地看，显然非常惊奇。它看看我的手，又看看我的脚，围着我走了几圈。我本想继续赶路，它却硬挡在那儿，不过样子倒很温和，丝毫没有要硬来的意思。我们站在那儿互相盯着看了半天，最后我竟壮起胆子，摆出职业骑师驯野马时的架势，吹着口哨，伸手要去抚摸它的脖子。可是这只动物对我的这番好意似乎不屑一顾③。它摇摇脑袋皱皱眉，轻轻地抬起右前蹄把我的手推开了。接着它又发出了三四声嘶叫，可每次音调全不一样，我不由得感觉到它那是用自己的什么语言在跟我说话。

　　正当我和它这么相持不下的时候，又有一匹马过来了。它很正规地走到第一匹马的跟前，互相轻轻地碰了碰右前蹄，然后轮流嘶叫了几声，声音各不相同，简直像是在说话。它们走开去几步，像是要一起商量什么事；又肩并肩地来回走着，仿佛人在考虑什么重大事件，可是眼睛又不时地转过来朝我这边看，好像要监视我，怕我会逃跑似的[8]。看到没有理性的畜生这种行为举止，我非常惊讶，不由得自己在那儿推断，马都这么有灵性，要是这个国家的居民具有了相应的清醒的头脑，他们一定是世上最聪明的人了。这一想法给了我不少安慰，我因此决定继续往前走，直到我找着房屋或村庄，或者碰到个把当地的居民。那两匹马愿意谈就随它们在那儿谈吧。可是第一匹马（那是匹深灰色斑纹马）见我要悄悄地溜，就在我身后长嘶起来。那声音极富意义，我都觉得我明白了它是什么意思。我于是转过身走到它跟前，看看它还

---

[7] 给读者设置了一个新的悬念，吸引人迫不及待地读下去。

[8] 运用拟人手法，从两匹马的表情和动作不难看出，它们非同寻常。

③不屑一顾：认为不值得一看。形容极端轻视。

有什么指示,一边却尽量掩饰自己内心的恐惧,因为我已经开始感到有几分痛苦,不知道这场险事到底会怎样收场。读者也不难相信,我是不大喜欢我当时的处境的。

两匹马走到我跟前,非常认真地端详我的脸和手。那匹灰色马用右前蹄把我的礼帽摸了一圈,弄得不成样子,我只得脱下来整理一下后重新再戴上去。它和它的伙伴(一匹栗色马)见此似乎非常惊讶。栗色马摸了摸我的上衣襟,发现那是松松地在我身上挂着时,它俩就露出了更加惊奇的神色。它摸摸我的右手,手的颜色和那柔滑的样子似乎使它十分羡慕。可是它又将我的手使劲地在它的蹄子与蹄骹(qiāo)中间猛夹,弄得我不得不大叫起来;这么一来,它们倒又尽量温存地抚弄我。它们看了我的鞋和袜感到十分困惑,不时地去摸一摸,又互相嘶叫一阵,做出种种姿势,倒像是一位想要解决什么新的难题的哲学家[9]。

总之,这两只动物的举止很有条理,很有理性,观察敏锐而判断正确,所以我到最后作出了这样的判断:它们一定是什么魔术师,用了某种法术把自己变成现在这个样子,见路上来了个陌生人,就拿定主意同他来寻开心。要么或者真的是吃惊了,见到一个人,无论服装、外形与面貌也许都和生活在这么遥远的一个地方的人完全不同。我觉得这么推断很有道理,就大着胆子对它们说了以下的话:"先生们,如果你们是会变戏法的人,我想你们一定是的,你们肯定什么语言都能懂,所以我要冒昧地告诉两位阁下,我是一名可怜的、不幸的英国人,遭遇不幸漂到你们这海岸上来了,我请求你们中哪一位允许我骑到背上,就像是骑真的马一样,把我驮到某个人家或者村庄,那样我就有救了。为了报答你们的恩德,我把这把刀和手镯当礼物送给你们(说话间我就把它们从口袋里取了出来)。"我说话时,这两只动物一声不响地站在那儿,似乎在极用心地听我说。我说完之后,它们互相嘶叫了好一阵子,仿佛是在进行什么严肃的谈话。我清楚地感觉到它们的语言很能表达感情,那词儿不用费多大的劲就可以用字母拼写下来,比拼写中国话还要容易。

我不时地可以分辨出有一个词是"耶胡",它们都把这个词儿反复地说了几遍,虽然我猜不出那是什么意思,可当这两匹马忙着在那里交谈的时候,我就试着在嘴里练习起这个词来[10]。它们

[9]把两匹马比喻成埋头沉思的哲学家,使得马的形象立体生动起来,可见作者赋予了它们理性色彩。

[10]格列佛再次展现了他超强的语言学习能力。

的交谈一停止,我就壮了胆子高声地叫了一声"耶胡",同时还尽量地模仿那种马嘶叫的声音。它俩一听,显然都十分吃惊,那灰色马还又把这个词儿重复了两遍,意思好像是要给我正正音。我就尽力跟着它学了几遍,虽然还远谈不上尽善尽美,但发现每一次都有明显的进步。接着那栗色马又试着教我第二个词儿,可是比第一个难发多了;按照英语的拼写法,它可以拼做"Houyhnhnm"(慧骃)。这个词我发得不如前一个成功,可又试了两三次之后,也好多了;见我有这样的才能,它们都显得非常惊讶。

又谈了一些话之后(我当时推想可能与我有关),两位朋友就分手了,同先前一样,他们又行了互相碰碰蹄子的礼节。灰色马示意让我走在它的前头,我想我在找到更好的向导之前还是依了它好。我一放慢脚步,它就会发出"混、混"的声音。我猜到它的意思,就尽量设法让它明白,我累了,再快就走不动了。于是它就停下来站一会儿,让我休息一下。

第二章

初入慧骃国

格列佛由一只"慧骃"领到家中——关于房屋的描写——格列佛受到接待——"慧骃"的食物——格列佛因吃不到肉而感到痛苦,但最终找到了解决的办法——他在这个国家吃饭的方式。

大约走了三英里路之后,我们来到了一座长长的房子前面。这座房子是先用木材插在地上,再用枝条编织建成的,房顶很低,上面用草盖着。这时我开始感到稍稍安心一些,就把几件玩具拿了出来(旅行家们通常带一些这样的玩意儿,把它们当礼物送给美洲等地的印第安野人),希望这家人家会因此友好地接待我[1]。那马对我做了一个姿势要我先进去。这是很大的一间房子,光光的泥土地面,房屋的一边是整整一长排秣(mò)草架和食槽。房间里有三匹小马和两匹母马,都不在吃料,有几匹倒是屁股着地坐在那儿,这叫我很惊奇;可让我更加惊奇的是,剩下的那几匹都在做家务活。它们看上去也只是普普通通的牲口,这也证实了我以前的那个意见:一个能把野兽教化成这样的民族,其智慧一定超过世界上的其他民族[2]。灰色马随后就跟了进去,这样,才使我没有受到虐待①,否则,那些马也许会让我吃些苦头。它以一种威严的姿态对它们嘶叫几声,它们则报以回答。

除了这间房间以外,这座长房子的尽头还有三个房间,通过相向的三扇门,把它们连在一起,就像一条街道。我们穿过第二个房间向第三个房间走去。这时灰色马先走了进去,示意我在外面等候。我就在第二个房间里等着,一边将送这家主人和主妇的礼物准备好[3];它们是两把小刀,三只假珍珠手镯,一面小镜子和

---

① 虐待:用狠毒残忍的手段对待人。

[1] 看到房子,便期待看到住在这儿的人,这种心理符合当时的情境。

[2] 格列佛虽然觉得这些马不一般,但还是相信有人的存在。

[3] 为主人家备好礼物,体现出格列佛礼数周到。

一串珠子项链。那马嘶了三四声，我希望能听到人声回答；可是除了同样是马的嘶叫之外，我什么也没有听到，只是有一两声叫得比灰色马叫得更尖利一些。我心里想，这房子一定属于他们中的什么大人物，因为我在得到召见之前似乎要经过许多礼节。可是，一位贵人一切都得由马来侍候却是我弄不明白的。我怕自己被这种种遭遇和不幸弄得精神失常了[4]，于是就振作起精神，把我一个人所在的这个房间四面看了一下；房里的摆设还是同第一个房间一样，只是更雅致一些罢了。我擦了好几次眼睛，但看到的还是那些东西。我拧拧胳膊捏捏腰让自己清醒过来，想，这不是在梦里吧？然后我坚决地得出了这样的结论：出现的这一切肯定只是妖术和魔法。不过我来不及再往下细想了，那灰色马已经来到门口，它做了一个姿势让我跟它走进第三个房间。一进去，我就看到一匹非常漂亮的母马，它正和一匹小公马和一匹小母马屁股着地坐在相当考究、绝对整洁的草席上。

　　我进房间后不久，那母马就从草席上站了起来。它走近我跟前，仔仔细细地把我的手和脸打量了一番之后，竟露出了极为鄙夷的神色[5]。接着它就转过身去向着那匹灰色马了。我听到它们一再地说起"耶胡"这个词儿，虽然那是我学会说的第一个词，可它的意思我那时还不明白。不过没过多久我就弄清楚了，这使我永远感到一种耻辱[6]。灰色马用它的头朝我点了点，又像刚才在路上时那样"混、混"了几下，我明白那是叫我跟它走。它带我出了房间，来到一个像院子一样的地方，那儿离马住的房子不远还有一座房子。我们一走进去，我就看见三只我上岸后最先看到的那种叫人厌恶的畜生。它们正在那里吃树根和兽肉，我后来才发现那是驴肉和狗肉，有时也吃病死或偶然致死的母牛肉。它们的脖子上都拴着结实的枝条，另一头拴在一根横木上。它们用两只前爪抱住食物，再用牙齿撕下来吃。

　　马主人吩咐它的一名仆人（一匹栗色小马）将最大的一头解下来牵到院子里。我和那野兽被紧挨着排到一起后，主仆二马就开始认认真真地比较起我们的面貌来，随后即一遍又一遍地说"耶胡""耶胡"。当我看到这只可恶的畜生竟完完全全是个人的样子时，我的恐惧和惊讶简直无法形容[7]。它的脸真是又扁又宽，塌鼻子，厚嘴唇，大嘴巴，但这些差别在所有野蛮民族的人身

[4]"我"的猜想与疑惑在一步步加深，这位"贵人"是谁？

[5]母马的打量和轻蔑的神色使"我"更摸不着头脑，读者也更加疑惑了。

[6]作者擅长设置悬念。

[7]前面花如此笔墨描写的丑陋形象竟然是人的样子，令人不寒而栗。

上都是很平常的，因为野蛮人总让他们的小孩子趴在地上，或者背在背上，让孩子的脸贴着母亲的肩膀擦来擦去，面部轮廓就走了样。"耶胡"的前爪除了指甲长，手掌粗糙，颜色棕黄，手背长毛之外，和我的手没有什么两样。我们的脚也有同样的相似之处，差别也和手的一样[8]；这我心里非常清楚，然而马不知道，因为我有鞋和袜穿在脚上。身上其他各处也都相同，只是它多毛，颜色也不一样，这一点我刚才已经说过了。

这两匹马感到极其困惑的问题，大概是看到我身体的其他部分和"耶胡"的大不相同，这得归功于我的衣服；对于衣服它们是毫无概念的。那匹栗色小马给了我一段树根，它把它夹在蹄子和蹄骹之间（它们拿东西的方法我以后有合适的机会再来细说）。我用手接了过来，闻了闻，就又十分礼貌地还给了它。它又从"耶胡"的窝里拿来一块驴肉，可是气味极其熏人，我恶心得只好把头歪向一边，它于是就把这驴肉扔给了"耶胡"，结果一下就给它们狼吞虎咽②地吞吃了。之后它又给了我一小捆干草和一马球节③燕麦，可我都是摇摇头，表示这两样都不是我吃的东西。说真的，我现在倒真担心起来了，要是我遇不上什么同类的人，我绝对要饿死了。至于那些龌龊④(wò chuò)的"耶胡"，虽然那时没有人比我更热爱人类了，我也无论如何不能承认它们就是我的同类，我还从未见到过这么可憎厌的生物，我住在这个国家的那段时间里，也是越接近它们就越觉得它们可恨[9]。这一点，那马主人从我的举止上也已经看出来了，于是它就吩咐把"耶胡"带回窝里去。接着它就将前蹄放到嘴上，动作看上去非常从容自然，却令我大为惊讶。它又做了别的一些姿势，意思是问我要吃什么。可是我无法作出让它明白我意思的回答，而即使它明白了，我也看不出能想到什么办法为自己弄到食物。正当我们处在这种境况下时，我看到旁边走过一条母牛，我因此就指了指它，表示想上前去喝母牛的奶。这一下倒是起了作用。它把我领回家来，吩咐一匹做仆人的母马打开一间房间，里面整整齐齐、干干净净存放着大量陶盆和木盆装着的牛奶[10]。母马给了我满满一大碗，我十分

[8]"我"与"耶胡"的长相出奇相同，这可恶的畜生难怪会使"我"恐惧得无法形容。

[9]格列佛无时无刻不在表达对"耶胡"的厌恶之情。

[10]这些马不仅储藏牛奶，还将陶盆、木盆之类摆放得整齐而干净，不禁令人佩服它们的条理性和规律性。

---

②狼吞虎咽：形容吃东西又猛又急的样子。
③球节：腿后部蹄子以上生距毛的突起部分。
④龌龊：品行卑劣。

痛快地喝了下去，顿时就觉得精神大振。

大约中午时分，我看到四只"耶胡"拉着像雪橇一样的一种车子朝房子这边走来。车上是一匹老马，看上去像是有些身份的；它下车时后蹄先着地，因为它的左前蹄不小心受了伤。老马是来我的马主人家里赴宴的，马主人十分客气地接待了它。它们在最好的一间屋里用餐，第二道菜是牛奶熬燕麦，老马吃热的，其余的马都吃冷的。它们的食槽在房间的中央摆成一个圆圈，分隔成若干格，它们就围着食槽在草堆上坐成一圈。食槽圈的中间是一个大草料架，上有许多尖角，分别对准食槽的每一个格子，这样每一匹公马和母马都能规规矩矩、秩序井然地吃自己那一份干草和牛奶燕麦糊。小马驹似乎行动很讲规矩，马主人夫妇对它们客人的态度则极为殷勤[11]。灰色马让我在它的身边站着，它就和它的朋友谈了许多关于我的话，因为我发现客人不时地朝我看，而且又一再地说到"耶胡"这个词儿。

我那时恰好戴着一副手套，那匹灰色马主人见了非常不解；它看我把我的前蹄子弄成这样，不觉露出种种惊奇的神色。它用蹄子在我的手套上碰了三四碰，意思好像是要我把我的前蹄子恢复原样。我立即照办将手套脱下来放进了口袋。

这一举动引起了它们更多的谈论。我看出大家对我这么做都感到很满意，不久我也看出这一举动产生了很好的影响。它们让我说出我明白的那几个词。它们在吃饭时，马主人又把燕麦、牛奶、火、水等东西的名称教给了我；由于我从小就有很好的学习语言的本领，所以跟着它很容易就念了出来。

饭吃完以后，马主人把我拉到一边，又做姿势又说话让我明白，我没有东西吃它很担心。燕麦在它们的话里叫"赫伦"，我把这个词儿念了三四遍，因为虽然我起先拒绝吃这东西，可是再一想，我觉得我可以设法把它做成一种面包，到时和牛奶一起吃下去，或者就可以让我活命了，以后再设法逃往别的国家，一直等找到我的同类[12]。马主人立即吩咐一匹白母马仆人用一种木盘子给我送来了大量燕麦。我就尽量拿它们放在火上烤，接着把麦壳搓下来，再设法吹去麦皮。我把它们放在两块石头中间磨碎，接着加上水，做成了一种糊或者饼一样的东西，再拿到火上烤熟，和着牛奶趁热吃了下去。这东西其实在欧洲许多地方也是一种相

[11] 不管公马、母马还是小马驹，它们都能规规矩矩地吃饭且态度殷勤，这个国家礼仪高尚，待人友好。

[12] 此时格列佛还一心想逃往别的国家。

当普通的食品,可是我刚开始吃时觉得非常没有味道,时间一长也就过得去了。我这一生常常要落到吃粗饭的地步,可人的天性是很容易满足的,这也不是我第一次从经验中得到证明。另外我还不得不说一下,我在这座岛上居留期间,连一个小时的病都没有生过。当然我有时也设法用"耶胡"的毛发编织罗网来捉一只兔子或鸟儿什么的;也常常去采集一些卫生的野菜,煮熟了和着面包一起吃,或者就当生菜吃;间或我也做点奶油当稀罕物,而且把做奶油剩下来的乳清也都喝了。开头我吃不到盐简直不知该怎么办,可是习惯成自然,不久以后,没有它也无所谓了。我相信,我们老是要吃盐其实是一种奢侈的结果,因为把盐放到饮料中起初是用来刺激胃口的,所以除了在长途的航海中,或者在远离大市场的地方贮存肉食需要用盐以外,食盐是没有必要的。我们发现,除了人,没有什么动物喜欢吃盐。至于我自己,离开这个国家之后,过了很久,我才吃得下有咸味的食物。

关于我的饮食问题已经说得够多的了。这个题目,其他的旅行家在他们的书中也都大谈特谈,好像读者个个都很关心我们这些人吃得是好是坏。不过这件事还是有必要提一下的,否则说我在这样一个国家和这样一群居民一起生活了三年,世人哪会相信!

到了傍晚,马主人吩咐给我预备一个住处。住处离马住的房子有六码远,跟"耶胡"的窝是分开的[13]。我弄了一些干草,把自己的衣服盖在身上,睡得倒也很香。不久以后我就住得更好了,我还要在后面详细叙述我的生活方式,读者到时会知道的。

[13] 马主人给"我"安排的住处充分展现了它确实没有把"我"和"耶胡"看成同类,它们的理性思维可见一斑。

第三章

与慧骃交谈

格列佛得到"慧骃"主人的帮助和教导,认真学习它们的语言——关于这种语言的介绍——几位"慧骃"贵族出于好奇前来看望格列佛——他向主人简单报告他的航海经过。

我那时最主要的想法就是努力学习它们的语言。我的主人(我以后就一直这么叫它)和它的子女们以及家中的每一名仆人都愿意教我。一头畜生竟能处处表现出理性,它们觉得这真是一种奇迹[1]。我用手指着每样东西问它们的名称,我一个人的时候就把这些名称记到自己的日记本里,发音不好,我就请家里的马把它多念几遍帮我纠正过来[2]。这方面,有位当仆人的栗色小马愿意随时帮助我。

它们说话主要是用鼻音和喉音,就我所知道的欧洲语言来看,它们的语言和高地荷兰语或者德语最接近,不过要更优雅一些,含义也非常丰富。查尔斯五世就发表过类似的见解:他要是同他的马说话,就用高地荷兰语。

我的主人非常好奇,也着急得很,空闲的时候就花上好几个小时来教我。它坚信(这是它后来告诉我的)我是一只"耶胡",但是我干净、有礼貌,又能接受教导,这样一些与"耶胡"那样的动物完全相反的品质令它大为惊奇。最叫它困惑的就是我的衣服了;有时它自己在那儿想,这些东西会不会是我身体的一部分呢?因为我总是在它们全家都睡了以后才脱衣服,早晨它们还没有醒我就又穿上了。我的主人很想知道我是从哪儿来的;我的一举一动看来都很有理性,这又是怎样获得的。它还极想听到我亲口对它讲我的故事;我学它们的语言,现在能把单词和句子说得很熟练了,所以它希望我不久就能亲口把我的经历告诉它。为了帮助记

[1] 这是慧骃心中对"我"的评价,同时,这也是"我"对具有理性思维的慧骃的看法。

[2] "我"每到一个国家,都会认真学习当地语言并与居民交流,多么聪明好学啊!

忆,我把学过的所有单词全都用英文字母拼好,连同译文一起写了下来。一段时间之后,这最后一件事,我当着我主人的面也敢做了。不过我费了不少劲向它解释我那是在干什么,因为这些马民根本就不知道书或者文学是怎么回事。

  大约十个星期之后,它提的大部分问题我都能听懂了,而三个月一过,我已经能够勉强地回答它的问题[3]。它极想知道我来自这个国家的哪一个地区,怎样学到了模仿理性动物的本领,因为"耶胡"(仅仅从可以看得到的头、手和脸来看,它认为我完全像一只"耶胡")虽看似有几分机灵,却最爱捣鬼,据说是一切兽类中最不可调教的畜生。我回答说,我来自一个遥远的地方,和许多同类坐着用树干做成的中凹的一个巨大容器,漂洋过海到了这里。我的同伴强迫我在这里的海岸登陆,丢下我让我自己设法活命。我费了相当的口舌,又借助于不少手势,才使它明白了我的意思。它回答说,我肯定是弄错了,要不就是我说的事并非它本来的那个样子(它们的语言中没有任何表示说谎或者虚假的词儿[4])。它知道海那边还有什么国家是不可能的,一群畜生也不可能随心所欲①地在水面上移动一个木头容器。它肯定,现在活着的"慧骃"中还没有哪一个能制造出这么一个容器,也不放心让"耶胡"设法做这样的事[5]。

  "慧骃"这个词在它们的语言中意思是"马",就它的词源而言,是指"大自然之尽善尽美者"。我对我的主人说,我不知道该怎样表达自己的意思,不过一定尽快努力争取进步,希望短时间内就能告诉它种种稀奇古怪的事。它非常高兴,就指示它自己的母马、小马以及家中的仆人利用所有的机会来教我,而它自己每天也要花上两三个钟头。住在附近的几位男女马贵族听说我们家来了一头神奇的"耶胡",能像"慧骃"那样说话,言谈举止似乎还显露出几分理性,就经常性地上我们家来访问。这些马贵族很高兴同我谈话。它们向我提了许多问题,我则尽我所能给予回答。所有这一切便利条件倒使我获得了很大的进步,从我到这地方后算起,五个月之后,它们无论说什么我都能听懂了,也能够相当不错地表达我自己的意思[6]。

[3] 格列佛学习语言的速度令人惊叹。

[4] 这里不存在虚假和说谎,因而在语言里没有体现。

[5] "慧骃"与外界缺乏交流,并不知道外面的世界。

[6] 作者在这里再一次肯定了语言在沟通上的重要作用。

---

①随心所欲:随着自己的意思,想要干什么就干什么。

为了想看看我并且想同我交谈交谈而来拜访我主人的"慧骃"，都不大相信我真是一只"耶胡"，因为我的身上盖着一层东西，和我的"耶胡"同类不一样。它们感到非常惊讶，怎么看到我身上除了头、脸、手之外，没有那通常的毛发和皮肤。然而，大约两个星期前发生的一桩意外事却使我向主人透露了我的秘密[7]。

[7] 提引了下文即将插叙的意外事件。

我已经跟读者说过，每天晚上等全家都入睡之后，我是习惯要把衣服脱下来盖到身上的。有一天大清早，我的主人派它的贴身仆人栗色小马来喊我过去。它进来时我睡得正酣，衣服掉到一边去了，衬衫都在腰部以上。它发出的声音把我吵醒，我见它把主人吩咐的话说得有点颠三倒四，说完就跑回主人那里，惊慌失措地把它看到的情况胡乱报告了一通。这我立刻就知道了，因为我一穿好衣服就去拜见主人，这时它就问，它的仆人所报告的情况到底是怎么回事？为什么我睡觉时的样子和别的时候不同？它的贴身仆人告诉它，我身上有的地方是白色的，有的地方是黄色的，至少不是那么白，还有的地方则是棕色的。

为了尽可能显示我与那该死的"耶胡"不是一个族类，我至此一直严守着我穿着衣服这一秘密，可是现在却再也守不住了[8]。另外，考虑到我的衣服和鞋子已越来越糟，很快就要穿破，我得想什么法子用"耶胡"或者别的兽类的皮另做一套替上，那样一来，整个秘密就要被它们知道了。因此我就对主人说，在我来的那个国家，我的那些同类总是用加工过的某种动物的毛皮来遮蔽身体，那一方面是为了体面，另一方面也是为了防御炎热和寒冷的恶劣气候；这一点，要是它愿意看，我自身就立即可以证明。不过要请它原谅，有些地方不能暴露，因为大自然教我们要把那些地方遮掩起来。它说我讲的话真是稀奇，特别是最后那一句，因为它不明白，大自然既已赋予我们的东西，为什么又要教我们藏起来？它说，不论它自己还是它家人，对自己身上的任何部分都不觉得有什么羞耻；不过，我愿意怎样就怎样吧。它这么一说，我就先解开上衣把它脱了下来，接着我又同样把背心脱掉，再把鞋、袜和裤子都扯了下来。我把衬衣放下来盖到腰部，再拉起下摆拦腰打一个结，盖住赤裸裸的肉体。

[8] "我"称"耶胡"为"该死的"，不愿被称作它们的同类而隐藏了秘密，由此可见"我"对它们的排斥和憎恶。

我的主人十分惊奇地观看了我的整个脱衣表演。它用蹄骸把我的衣服一件件拿起来仔细观察，随后十分轻柔地抚摸我的身体,又前前后后打量了我好几遍,完了它说,显然我是一只地地道道的"耶胡",不过我和其他的同类比还是有很大的不同的,我的皮肤柔软、洁白、光滑,身上有些地方没有毛,我的前后爪都短,形状也不同,而且我还总爱用两只后脚走路[9]。它表示不想再看了,就准许我把衣服重新穿上,因为我已经冻得发抖了。

[9]通过慧骃之口证实了"我"确实与"耶胡"有着本质的不同。

它时时把我叫做"耶胡",我只好向它表示我感到很不安;对这种可恶的动物,我有的只是彻底的痛恨和鄙夷。我求它不要再用这个词儿叫我了,也请它吩咐家人和得到它允许前来看我的朋友都不要这样叫。我还请求它为我保密,至少是只要现在的这身衣服还可以穿,除了它自己,就别再让别人知道我身上有这一层伪装了;至于说它的贴身仆人栗色小马看到了真相,它可以命令它瞒着不说。

所有这些我的主人都十分宽宏大量②地答应下来了,这样秘密就一直守到我的衣服再也不能穿的时候。我不得不想些办法来添置衣服,这件事我后面还要提到。与此同时,它还要我继续努力学习它们的语言,因为它最感到惊奇的还是我那说话和推理的能力,而对我身体的样子,则不论有没有穿着衣服,它都不像对前者那样感到惊奇。它又说,我曾答应过给它讲一些稀奇古怪的事,它都有点等不及了。

从这时候起,它就加倍努力来教我学习。它带我见每一位客人,并让它们以礼待我,因为它私下里对它们说,那样会使我高兴,我也就会变得更加好玩了。

每天我在侍候它的时候,除了它不惮(dàn)烦地教我之外,它总还要问几个关于我的问题,我就尽我所能回答它。它用这样一些方法已经大致了解了一些情况,不过还很不全面。至于我怎么一步步提高到能同它作更加正规的交谈,说起来就未免冗长乏味了,不过我第一次比较详细而有次序地叙述我身世的谈话,内容大致是这样的:

我早已试图要告诉它,我跟我的大约五十个同类来自一个十分遥远的国家,我们乘坐一只比它阁下的房子还要大的木制的中凹容器在海上旅行。我用最好的措辞把我们的船描述给它听,又

---

②宽宏大量:形容度量大,能容人。

[10]作者用白描的写作手法道出了"我"是如何来到这里的,"我"的聪明和智慧也显露出来。

借助于手帕,向它解释风怎样把船吹向前去[10]。一次我们发生争吵后,我就被抛到了这里的海岸上。我往前走着,不知道身在何处,后来为那些可恶的"耶胡"所困,还是它把我救了出来。它问我船是谁造的?我们国里的"慧骃"怎么能把船交给一群畜生去管理?我回答说,我不敢再往下说了,除非它保证听后不生气,那样我才能把答应要跟它说的奇事告诉它。它答应不生气,我这才继续往下说,告诉它船就是由像我这样的人造的;在我旅行过的所有国家里,在我的祖国也是一样,我这样的人类是唯一的统治者,也是唯一的有理性的动物。我到这里以后,看到"慧骃"的一举一动像是有理性的动物,就感到非常吃惊,这就仿佛它或者它的朋友在一只它愿意叫作"耶胡"的动物身上发现有几分理性时也感到吃惊一样。我承认的身体和"耶胡"是一模一样,可我无法明白为什么它们的本性竟这般堕落、凶残。我又说,如果我运气好还能回到祖国去,对人说起在这儿旅行的情况(我是决定要说的),大家都要认为我说的事属于"子虚乌有③",是我自己在脑子里凭空捏造出来的。我虽然对它和它的家人、朋友都非常尊敬,同时它也曾答应不生我的气,可我还是要说,我们的同胞一定不会相信,"慧骃"竟能做一个国家的主宰,而"耶胡"却是畜生。

---

③子虚乌有:指假设的、不存在的、不真实的事情。

第四章

对自己身世的叙述

"慧骃"的真假观——主人不同意格列佛的说法——格列佛更为详尽地叙述自己的身世和旅途经历。

我的主人听了我的话后,脸上露出了十分不安的神色,因为在这个国家里,没有人知道"怀疑"或者"不相信"是怎么回事,遇到这样的情形,居民们都不知道怎么办才好[1]。我记得,我和我的主人经常谈论世界上其他地方的人性,每当我说到"说谎"或者"说瞎话",它听懂我的意思就有很大困难,尽管它在别的方面有极强的判断力。它是这样论证的:言语的作用是使我们能彼此了解,还有就是使我们对事实的真相获得了解;如果一个人把没有的事说成有,言语的那些作用就被破坏了,因为我不能说是了解了对方,也远不能说了解了事实的真相,他搞得我把白的当成黑,长的认作短,简直比无知还要糟糕。这就是它对于"说谎"这种本领的全部看法,而我们人类对此早已了解得一清二楚了[2]。

言归正传。当我谈到在我国"耶胡"是唯一的统治者时,我的主人说那是完全出乎它意料之外的。它想知道,我们那儿有没有"慧骃",它们又做些什么工作。我告诉它我们那儿有很多;夏天它们在田野里吃草,冬天就养在家吃干草和燕麦;做仆人的"耶胡"替它们擦身子、梳鬃毛、剔蹄垢、喂食料,还给它们铺床。"我完全明白你的意思,"我的主人说,"很显然,从你所说的一切来看,不论'耶胡'怎么样自以为有理性,'慧骃'还是你们的主人。我非常希望我们的'耶胡'也能像你们那样驯良[3]。"我请求它原谅我不再说下去了,因为我非常肯定,它期待我说下去的话一定叫人极不愉快。可是它坚持要我跟它说,不论好坏它都想听听。我就对它说:遵命[4]。我承认,我们那儿的"慧骃"(我们管它叫"马")是所有动物中最奔放、最英俊的一种,在力量与速

[1] 这个国家没有"怀疑""不相信"这类词语,它们的无所适从可以理解。

[2] 了解却依然说谎,真是对人类社会赤裸裸的讽刺。

[3] 慧骃坚持认为无论在哪里它们都是主人。
[4] 慧骃的坚持说明了它探求真相时的理智与冷静。

度方面超过其他一切动物;假如它们属于贵族,就被用于旅行、比赛或者拉车;它们会受到十分友好和周到的照料,一直到病倒或者跌折了脚,才会被卖掉去从事各种各样的苦力,一直到死;死后皮被剥掉按价出售,尸体则丢给狗和猛禽吞食。可是普通的马就没有这样的好福气了,它们由农夫、搬运工和其他一些下等人豢(huàn)养,被迫出苦力,吃的却不如别的马。我把我们骑马的方法,缰绳、马鞍、踢马刺、马鞭、马具和轮车的形状及用处尽可能地描述了一番。我还说,我们在它们的脚底安上叫作"蹄铁"的一种硬铁板,因为我们经常在石子路上旅行,这样它们的蹄子就不会被磨破。

我的主人听完我的描述大为愤慨,它感到奇怪我们怎么敢骑到"慧骃"的背上,因为它十分肯定,它家中最孱(chán)弱①的仆人也能把最强壮的"耶胡"掀翻在地,或者躺下来在地上打个滚也能把那畜生压死。我回答说,我们的马从三四岁起就接受训练,让它去做我们要它做的事情。如果有的马顽劣不驯,就用它去拉车。马小的时候玩任何花招,都要狠狠地挨揍。一般用来骑坐或拉车的公马,通常在两岁左右就被阉(yān)割了,这样挫其锐气,使它们的性情变得柔顺而温良[5]。它们还确实能分得清什么是赏,什么是罚。可是阁下应考虑到,它们所具有的理性一点也不比这个国家的"耶胡"来得多。

我费尽口舌啰啰唆唆说了老半天才使我那主人听明白了我的话。它们的语言词汇不够丰富,因为它们的需要和情欲比我们的要少。可是我简直无法形容它对我们野蛮对待"慧骃"种族有多痛恨,特别是在我说明阉马的方法和作用,是使它们不能繁殖后代,使它们更加顺从以后,它更是深恶痛绝②。它说,要是有可能有这么一个国家,其中只有"耶胡"才具有理性,毫无疑问它们应该成为统治者,因为理性最终总是战胜蛮力。但是就我们身体的体格来看,特别是我的体格,它认为同样大小的动物再没有比我们这种构造更糟糕的了,日常生活中根本就无法应用理性。它因此又想知道,和我们在一起的那些"耶胡"是像我呢,还是像它

[5]人类在驯养动物方面方法多而残忍。

①孱弱:瘦小虚弱。
②深恶痛绝:指对某人或某事物极端厌恶痛恨。

们那个国家的"耶胡"。我告诉它,我和我的大多数同龄人长得一样健全,而年纪小一点的人和女人长得还要柔嫩得多,女人的皮肤一般都像牛奶一样洁白。它说我倒是确实和别的"耶胡"不一样,身上比它们干净得多,样子也不那么难看;可是,从是否真正占优势这一点来看,我与别的"耶胡"之间的这些差别,使我反倒还不如它们:我的前后脚上的指甲就没有什么用场;至于我那前脚,它简直就不能管它们叫前脚,因为它从来就没有见我用前脚走过路,太柔嫩了,经不起在地上走;走路时前脚通常也不戴套子,有时候戴的那个形状也不同,也不如后脚那套子结实;我走起路来一点也不可能稳当,因为两只后脚中只要有一只滑一下,我就必然跌倒在地[6]。它接着又开始对我身上其他地方挑毛病:面部太扁,鼻子太高,两只眼睛直朝前,不转动一下头,两旁的东西就都看不到。它又说我如果不把其中的一只前脚举到嘴边就吃不到食物,为了满足这一需要,大自然倒还给我安上了那些关节。可它又不明白我后脚上也那么分几个口子又派什么用场;我的后脚太柔嫩,不穿上用别的兽皮做成的套子就经不起在又硬又尖的石子上走路。我的整个身上也缺少一种抗热御寒的防护物,每天都得把那一身衣服来穿上脱下,真是不胜其烦。最后它说,这个国家的每一只动物生性就讨厌"耶胡",比它们弱的躲着它们,比它们强的就把它们从身边赶开[7]。因此,就算我们具有理性的天赋,它也看不出怎样才能去除所有动物对我们怀有的那种天然的厌恶,这样我们又怎能驯服它们,使它们为我们效劳呢?不过它说,这件事它不再和我辩论下去了,因为它更想知道我个人的故事,我出生的那个国家的情况,以及我来这里之前的一些生活经历。

我向它保证说,我是多么愿意把方方面面的情况都告诉它让它满意,不过我又很怀疑,不知道有些事情能否解释清楚,因为我要说的那些事我在它们国内还没见到有相同的,主人阁下可能一点概念都没有。即使如此,我还是会尽力,会设法通过种种近似的事和物来表达自己的意思,如果一时找不到恰当的字眼,还乞请它予以帮助。它听了欣然应允。

我说我出生在一个名叫英格兰的岛上,那岛离这个国家很远,就是主人最强壮的仆人也要走上一年才能走到。我的父母都是忠厚人,他们培养我做一名外科医生,这种职业就是给人治疗身上的各种创伤,那有可能是由意外造成的创伤,也有可能是由

[6]慧骃只习惯它们国家的物种,"我"的这些特点在它看来是劣势而不是优点。

[7]这何尝不是动物对人类的看法。

暴力带来的创伤。我的国家由一个女人统治着,我们管她叫"女王"。我离开祖国是为了发财,这样回去后就可以靠挣来的钱养活自己和家人。在我最近的一次航海中,我是那船上的船长,手下大约有五十个"耶胡",其中不少人在航海途中死了,我因此不得不从沿途各国招募新人来补充缺额。我们的船有两次险些儿沉没,第一次是遇上了大风暴,第二次是触了礁。说到这里,我的主人插了一句,它问我,既然我蒙受了那么多损失,又遭遇了种种危险,我怎么还能说服来自不同国家的陌生人跟我一道出来冒险呢?我说他们都是一些亡命之徒③,由于贫穷所迫或是犯了什么罪,才不得不远走他乡,他们中间有的因为吃官司弄得倾家荡产;有的则因为吃喝嫖赌把财产都挥霍光了;有的背叛祖国;还有不少人是因为犯了凶杀、偷窃、放毒、抢劫、假证、伪造、私铸假币、强奸、鸡奸、变节、投敌等罪行才被迫出走的。他们大多数是越狱的逃犯,没有一个敢回到祖国去,他们害怕回去受绞刑或者被关在牢里饿死,所以只好到外地求生[8]。

[8] 这些船员的来历了也解释了格列佛为什么会遭遗弃。

[9] "我"与慧骃交流的困难都是因为这些丑陋的罪行,更加反衬了慧骃国的和平与安宁。

在这次谈话中,我的话被主人打断多次。我费了不少口舌想方设法向它说明那几种罪行的性质,我船上的大部分水手就是因为犯了那些罪才不得不逃离祖国的[9]。我们在一起谈了好多天才把这件事谈完,它也终于明白了我的意思。它原来完全不明白干那些恶劣的事有什么用处,又有什么必要。为了让它搞清楚,我就尽力把争权夺利以及淫欲、放纵、怨恨、嫉妒等的可怕后果解释给它听。在解释和描述所有这一切时,我都只能凭借举例和假设的方法。它听我说完之后,不由得瞪起眼睛,表现出惊奇和愤慨,就像一个人看到或听到见所未见、闻所未闻的事时感到震惊一样。权力、政府、战争、法律、刑罚以及许许多多其他的东西在它们的语言中根本就找不到可以表达的词汇。在这种情况下,要使我的主人弄明白我所说的意思,实在是太困难了。但是,它的理解力非常出色,又经过它的思考,再加上我们的交谈,它的理解力大有提高,因此终于对我们那部分世界里人类所能做出的一切,有了充分的了解。它同时又希望我能把我们叫作欧洲的那块土地,特别是我自己国家的情形,详细地说明一下。

---

③ 亡命之徒:指逃亡的人。也指冒险犯法,不顾性命的人。

第五章

欧洲的法律和战争

格列佛奉命向主人报告关于英国的情况——欧洲君主之间发生战争的原因——格列佛开始解释英国宪法。

读者请注意,以下是我同我的主人多次谈话的摘录,它记录了两年多的时间里我们几次交谈的最重要的内容[1]。我学习"慧骃"语有了更进一步的提高,主人阁下就常要我更详细地谈一谈让它听个满意。我尽了最大努力把整个欧洲的情况都对它说了;我谈到了贸易和制造业,艺术和科学;它提的每一个问题我都认真作了回答,因为这些问题涉及许多学科,是丰富的谈话资料,一时都说不完。在这里,我想把我们之间就我自己的国家所谈的要点记录下来,我将尽量有系统地加以叙述,但不受时间先后或其他情况的限制,同时我还将严格遵照事实。我担心自己不能很好地表达我主人的论点和看法,因为我能力不够,而又不得不把它的话译成我们这粗野的英语[2]。

我奉主人阁下的命令,给他讲述了奥伦治亲王领导的革命和对法国所进行的长期战争;那次战争是由亲王发动的,之后由他的继承者当今女王①重新开启战端,基督教世界的列强都参战了,战争至今仍在进行之中。我根据它的要求算了一下,在战争过程中,大约有一百万只"耶胡"被杀,一百多座城市被攻陷,三百多艘战舰被焚毁或击沉[3]。

它问我,一个国家和另一个国家交战通常是由于什么原因或者动机。我回答说,那可不胜枚举,不过我只能把几个主要的提

[1] 此句总领全文,直奔主题。

[2] "粗野"一词显示了格列佛的心理变化。

[3] 数字形象表现出战争的残酷。

---

① 女王:指1702—1714年在位的英国安女王(1665—1714)。1702—1714年,英国联合奥地利、荷兰、葡萄牙、丹麦对法国和西班牙作战,这场战争历史上称为西班牙王位继承战争。

一提。有时是因为君王们野心勃勃②,总认为受他们统治的土地和人民不够多;有时是因为大臣们腐化堕落,唆使自己的主子进行战争,以此可以压制或者转移老百姓对他们腐败的行政管理的强烈不满。意见不合也曾使千百万人丧生;比如说,究竟圣餐中的面包是肉呢,还是肉就是面包?某种浆果(葡萄)汁是血还是酒③?吹口哨是坏事还是好事④?那棍子(十字架)是吻它一下好呢,还是最好把它扔进火里?什么颜色的上衣最好?是黑的?白的?还是红的?灰的?是长一点呢还是短一点?瘦一点呢还是肥一点?是脏一点好呢还是干净一点好⑤?诸如此类的争论还有许多许多。也没有什么战争像由意见不合引起的战争来得那么凶残、血腥而持久,尤其是当他们在无关紧要的事情上意见不合时,引起的战争就更是如此了[4]。

[4] 有的战争是统治者为了自己的利益而发动的,有的则是因为一些无关紧要的小事而挑起的,显得无比荒唐。

有时两位君王为谁该夺取另一位君王的领土而发生争吵,但事实上他俩谁也无权占领那块领土。有时一位君王跟另一位君王争吵,是怕那一位君王要来跟他争吵。有时发动战争是因为敌方太强大了,有时则又因为敌方太软弱。有时候是因为我们的邻国没有的东西我们有,或者我们没有的东西他们有,结果双方打起来,直到他们抢了我们的东西,或者把他们的东西给了我们,仗才会结束。如果一个国家的人民为饥荒、瘟疫所害,或者国内党派纷争,局势紊乱,这时发动战争侵略这个国家就有了十分正当的理由。如果我们最紧密的盟国有一座我们唾手可得的城市,或者有一块领土我们夺过来就可以使我们的疆土圆满完整,那我们就很有理由同他们干一仗。如果一个国家的人民又贫穷又无知,那么君王把军队一开进这个国家,就可以合理合法地将一半的人都处死,剩下的叫他们做奴隶,这么做是为了让他们开化,放弃那野蛮的生活方式。一位君王为了抵御别国的侵略,请求另一位君王的援助,那位援助者把侵略者赶走之后,竟自己抢占下这领土,而把他前来援助的那位君王或杀,或监禁,或流放;这样的事时有发生,真不失为体面光彩的君王之道。血缘或者婚姻关系也常常

---

②野心勃勃:形容野心非常大。
③指基督教关于化体(圣餐面包和酒变成耶稣的肉和血)的辩论。
④指关于教堂礼拜时是否奏乐的辩论。
⑤指关于十字架和教士衣着的辩论。

是君王之间发生战争的原因，关系越亲，就越容易引起争吵。穷国挨饿，富国骄横，骄横与饥饿则永不能相容。由于这种种原因，士兵这一职业在所有职业中最最受人尊敬，因为士兵也就是一只受人雇用的"耶胡"，尽管它的同类从来都没有冒犯过它，它却可以将它们无情屠杀，并且杀得越多越好。

在欧洲还有一类穷得像叫花子一样的君王，自己无力发动战争，却把军队出租给富有的国家，出租一个士兵每天收取多少租金，这其中四分之三的收入就归君王自己，而他们主要也就靠这部分收入来维持其开支；德国和北欧许多国家的君王就属于这一类[5]。

我的主人说："有关战争这个问题你告诉我的一切，倒真是极妙地揭示了你们自以为有的那个理性所产生的后果；不过所幸的是，你们的羞耻心倒还大于你们的危险性，这一本质就使你们根本不可能更多地为非作恶。你们的嘴平平地长在脸上，除非彼此同意，相互之间很难咬得起来。再说你们的前后爪，又短又嫩，我们的一只'耶胡'就可以将你们一起赶跑。这样，我再重新计算一下在战争中伤亡的人数，我只能认为你所说的事实属乌有[6]。"

我不禁摇头笑了笑，笑它没有见识。我对战争这一行并不陌生，就把什么加农炮、重炮、滑膛枪、卡宾枪、手枪、子弹、火药、剑、刺刀、战役、围攻、撤退、进攻、挖地道、反地道、轰炸、海战等等描述给它听。我还讲到载有千名士兵的许多战舰被击沉，双方各有两万人丧生；还有那临死时的呻吟，飞在半空中的肢体，硝烟，嘈杂，混乱，马蹄下人被践踏至死；逃跑，追击，胜利；尸横遍野，等着狗、狼和其他猛兽来吞食，掠夺，抢劫，强奸，烧杀。还有，为了说明我亲爱的同胞的勇敢，我还告诉它我曾亲眼看到在某次围城战役中他们一次就炸死了一百个敌人，还看过他们在一艘船上也炸死了一百个敌人；看到被炸得粉碎的尸体从云端里往下掉，在一旁观看的人大为快意。

我正准备更为详细地往下讲，我的主人却突然命令我打住。它说，任何了解"耶胡"本性的"慧骃"都不难相信，如此万恶的畜生，要是其体力和狡诈赶得上其凶残的性情，那么，我说到的每一件事它都是可能做出来的。但是，因为我的谈话更增加它对整个"耶胡"一族的憎厌，它倒觉得自己心绪不安起来，这种情况是它

[5] 贫富差距大，战争的本质是屠杀，整个欧洲都陷入了一种病态。

[6] 慧骃的见识导致它对超出自己认知范围的事情的接受能力有限。

以前从来都不曾碰到过的。它想自己的耳朵听惯了这种可恶的词儿,会不会也就逐步接受了它们,而不再像原先那样对"耶胡"生厌了。它说虽然它憎恨这个国家的"耶胡",痛责其可恶的本性,然而其憎厌也不过像对一只残暴的"格拿耶"(一种猛禽)或一块割伤了它蹄子的尖石头一样罢了。可是,既然一只自以为有理性的动物能做出如此罪大恶极⑥的事来,它就怕理性堕落到后来比残暴本身还要来得糟糕。因此它似乎很肯定地认为,我们所拥有的并不是理性,而只是某种适合于助长我们天生罪恶的品性而已,仿佛一条被搅动的溪水,丑陋的影像映照出来不仅比原物大,还更加丑陋[7]。

[7]深刻的比喻将人性的堕落表现得淋漓尽致。

它又说,关于战争这个题目,它在这次以及前几次谈话中已经听得太多了,现在有一点它还弄不太明白。我曾告诉过它,我们的水手中有些人是因为被法律弄得倾家荡产才离开祖国的,而我也曾向它解释过法律一词的意思,所以它就搞不懂本来旨在保护每个人的法律,怎么竟会将人家毁掉?因此它就希望知道得更详细一点,我所谓的法律到底是什么意思?一经他们的手,任何人的财产不是得到保护,却反而丢失,那到底是些什么人?它又说它看不出名叫"法律"的这个东西有什么必要,因为一切理想和目标都可以听从自然与理性的支配而得以实现;既然我们自命为理性动物,那么自然与理性就足以指示我们什么该干,什么不该干[8]。

[8]法律不是为了保护人的权益而存在的,这样的法律还有什么意义呢?

我对主人阁下说,法律这门科学我几乎没有什么研究,仅有的一点法律知识还是因为有几次自己的权利受了侵害而去聘请律师得来的,结果请了他们也还是没有用。再有就是和用了与我同样的方法的人交谈也获得了些许法律的知识;那些人丢了财产后,感到失望而屈辱,就离开了自己的祖国。尽管如此,我还是要尽我的能力将我知道的全都告诉它。

我说,干律师这一行的那些人,数量大得几乎同毛毛虫相等;他们的程度、等级、名目各有不同。因为他们的人数太多,所以干这一行如果想公正合理地赢利赚钱,那好处就太少,根本不足以维持大批大批的后继者体面而阔绰的生活。结果呢,他们发现有

---

⑥罪大恶极:罪恶大到了极点。

必要靠刁滑和奸诈才能获取正当和诚实的手段所得不到的东西。为了更好地实现这一目标，我们那里就有那么一帮人，从年轻时起就接受培养，学习怎样通过搬弄文字将白说成黑、黑说成白这么一种本领；他们怎么说全看你给他们多少钱而定。这帮人狂妄自大，厚颜无耻，却还赢得群众的信任，群众还都依附他们，这样他们也就以某种方式使群众变成了他们的奴隶；干律师这一行的最大一部分收入也就到了他们的手中。这些律师是由所谓能明辨是非的讼(sòng)棍担任的（实际是一些混淆是非的人，或者说得更确切一点，是公理的破坏者）。我和我的一些朋友就是运气不好曾不幸落到干那一行的一类人手中[9]。我希望主人阁下能理解，我下面要描述的事和我已经诉说的那些倾家荡产的事，都只和这一部分人有关。因为这些人的手段，我们蒙受了种种不幸，我最好是举个例子来向主人说明这些人是怎么一步步做的，那样它就更容易明白那些手段是怎么回事了。

比方说，我的邻居看中了我的一头母牛，他就会聘请这么一位律师来证明，牛是他的，该由他把牛从我这儿牵走。由于任何人都不准为自己辩护，那是违反法律的所有规定的，所以我就必须聘请另一位律师来替自己的权利辩护。好，就这桩案子来说，我作为母牛的真正的主人，却有两大不利之处。第一，我的律师几乎从摇篮时代起就一直是为虚假辩护的，现在要他来为正义辩护，他就很不适应；由于违反他的常规，即使他不对我怀有恶意，辩护起来也一定是极不熟练的。第二个不利之处是，我的律师还得谨慎从事，因为那么多人都得靠干执法这一行活着，速判速决，律师的生意就要减损，这样即使他不招来法官们的不开心，也肯定会引起同行弟兄的敌意和仇恨。这种情况下，要保住我那头母牛，我只有两种办法。第一是出双倍的钱将我对手的律师买通，因为他所受的训练就是那样，我完全有理由指望他受金钱诱惑背叛他本来的当事人而倒向我一边。第二种办法是让我的律师不要硬坚持说公理在我这边，要说得好像那母牛就属于我的对手似的。这种办法要是用得巧妙，我最终就会赢得有利于我的裁决，这是通过对种种事件的仔细观察而发现的；在这些律师的筹划安排下，错的一方更有机会获胜，特别是当那指派来裁决财产纠纷以及审判罪犯的人，是经前面提到的那一宗派中的大宠臣或朝廷

[9] 法律不公平、不公正；律师破坏公理、混淆是非，真是黑白颠倒。

贵妇推荐的,从这一职业中挑选出来的最有学问、最聪明的律师时(我和我朋友的案子就碰到了这种情况)。错的一方就更有机会获胜了。这帮人因为一辈子都对公正和公道持有强烈的偏见,所以极需搞偏袒、两面派和压制的手段;另外,由于年老体弱脾气坏,到头来变得又懒又随便,几乎完全无力胜任与他这一职业的责任要求相符合的任何工作。如此教养、如此素质的人所作出的裁决,我们完全可以想到是有利于错误的一方;这也并不奇怪,那些能把高谈阔论、吵吵嚷嚷就当是论理说道的人(只要说得慷慨激昂,洋洋洒洒),可以推断出谁在那儿使劲地辩护,谁就是论争的胜方。

这些人还有这样一条准则:无论他们以前做过什么事,再做的话都可以算是合法的。因此,他们特别注意将以前所作的每一次裁决都记录在案,即使是那些由于他们无知或腐化而作出的与普通公理原则相悖的裁决也统统记录下来。这些他们名之曰"判例",拿出来当权威的典据,凭借这些东西企图使他们最最偏私的意见公正合理化,而他们这么做运气还偏偏就极好,所作出的裁决难得不是称心如意的。

在辩护时,他们故意不论案件的是非曲直,而是大着嗓门,言辞激烈,喋喋不休⑦大谈特谈与案件毫不相干的其他所有情况。比如就拿前面提到的那个案子来说吧,他们根本不想知道我的对手有什么理由或权力要占有我那头母牛,却只是问那母牛是红色还是黑色,牛角是长还是短,我放牧的那块地是圆还是方,是在家挤奶还是在户外挤奶,那牛容易得什么病,等等等等。问完之后,他们就去翻以前的判例,这案子则一拖再拖,十年,二十年,三十年之后弄出一个结论来。

还有一点值得注意,这帮人有只属于他们自己的行话和术语,外人是无法搞懂的,他们所有的法律条文就都用这样的术语撰(zhuàn)写,他们还特别注意对其进行增订。依靠这些东西,他们把真和假、对和错的实质差不多全都搞混了。所以他们也许要花上三十年的时间来裁决,经六代祖传留到我手上的一块地,到底是真的属于我呢,还是属于三百英里外的一名外乡人[10]。

[10]对于英国法律的极端荒谬进行了讽刺,引人思考。

⑦喋喋不休:唠唠叨叨,说个没完没了。

他们审判叛国罪犯的方法倒要简单得多,这倒是很值得称道的。那些掌权的人十分清楚应该怎样挑选合适的工具来实现自己的目的,如果他们谨慎推荐出一名合适的人选,那么只要此人对主子的意图能心领神会,他所接受的教育和办事的方法可以使他轻而易举就决定,是给罪犯判刑,还是判决无罪释放,同时却还可以说他是严格遵守了所有规定的法律形式。

　　说到这里,我的主人插嘴说,照我描述的情形来看,像这些律师这样的人,都具有巨大才能,你们却不鼓励他们去教导别人,传授智慧和知识,真是可惜了。听了它这话,我回答说,律师们所有的心思和时间都用在处理和研究本职工作上了,对其他任何事都无法关心,所以除了他们自己的本行,在别的任何方面他们大多又无知又愚蠢;和他们谈一谈,就知道很难找得出别的行业中有什么人像他们这么可鄙的。大家也都认为他们是一切知识和学问的公开的敌人,无论跟他们谈哪一门学问,他们都会像在本行业务中表现的那样,违反人类的普遍理性。

第六章

对英国的叙述

再谈安女王统治下的英国——欧洲宫廷中一位首相大臣的性格。

我的主人还是完全不能理解,为什么这一帮律师仅仅为了迫害自己的同类就要这么不厌其烦地搞来搞去,没有安宁;还要去组织那么一个不义的集团,他们的目的究竟是什么呢?它也搞不明白为什么别人要雇用他们去做这种事。于是我又只好费尽口舌向它说明钱的用处,解释钱是由哪些材料制成的,各种不同金属的价值如何。我告诉它,当一只"耶胡"拥有大量这样的贵重物质时,它想买什么都可以,比如最好的衣服,最华丽的房屋,大片的土地,最昂贵的肉食和酒类,还可以挑选到最漂亮的女人。所以,既然金钱有这么多的用处,我们的"耶胡"就认为,不论是用钱还是存钱,钱总是越多越好,永远也不会有满足的时候,因为它们发现自己天性就是这样,不是挥霍浪费就是贪得无厌[1]。富人享受着穷人的劳动成果,而穷人和富人在数量上的比例是一千比一。因此我们大多数人民被迫过着悲惨的日子,为了一点点酬劳每天都得辛苦劳作,为的是能让少数人过富裕的生活[2]。类似这样的事情我讲了很多,可主人阁下还要往下问,因为它是这样推想的:地球上出产的东西,所有动物都有权享受一份,尤其是主宰其他动物的更有享受的权利[3]。因此它要我告诉它,那些昂贵的肉食到底是些什么肉?我们为什么偏偏就吃不到?于是我就把能想得到的各种肉类一一列举出来,而且还列举了各种不同的烹调方法;如果不是派船只航海到世界各地去采办酒类、调料以及其他许多种食品,那一切是办不到的。我告诉它,给我们的一只境况较好的母"耶胡"弄一顿早餐或者搞一只盛早餐的杯子,至少得绕地球转三圈才办得到。它说,一个国家如果不能给自己的居

[1] 点睛之笔,这些罪恶都出自人贪婪的本性。

[2] 批判了资本原始积累的过程。

[3] 慧骃的世间无物皆平等的想法寄托了作者的美好愿望。

民提供充足的食物,那肯定是个悲惨的国家。可是它感到奇怪的主要还是,在像我描述的这么大片的土地上怎么竟然完全没有淡水,人们必须到海外去弄饮料?我回答说,英国(那是我亲爱的出生地)生产的粮食据估算是其居民消费需求的三倍;从谷物和某种树木的果实中提取或榨取的液体可制成极好的饮料,它们和每一样别的日常食用品一样,也都是居民消费需求的三倍。但是,为了满足男人的奢侈无度和女人的虚荣,我们都把绝大部分的必需品送到国外去,而由此换回疾病、愚蠢、罪恶的材料供自己消费。于是我们大多数人民就无以为生,只好靠讨饭、抢劫、偷窃、欺骗、拉皮条、作伪证、谄媚、教唆、伪造、赌博、说谎、奉承、威吓、搞选举、滥作文、星象占卜、放毒、卖淫、佞谈、诽谤、想入非非以及种种类似的事来糊口过日子[4]。这其中的每一个名词我都费了不少劲来解释,才使它搞懂了它们的意思。

我又说,我们从国外进口酒类倒并不是因为我们缺少淡水或其他饮料,而是因为酒是一种喝了可以使人糊涂因而让人开心的液体;它可以排遣我们所有的愁绪,在脑海中唤起狂野奔放的想象,增加希望,驱除恐惧,使每一点理智一时都失去效用,四肢不能运动,直到我们沉沉睡去。可是我们必须承认,一觉醒来总是病病恹恹,精神萎靡①,而总喝这种液体只会给我们带来种种疾病,使我们的生命痛苦而短暂[5]。

可是除了所有这一切之外,我们的大多数人民还得靠向富人提供日常必需品或者相互之间提供这些东西来维持自己的生活。比如我在家的时候,身上穿得像模像样,那一身衣服就是一百名工匠的手艺;我的房子和房子里的家具也同样需要这么多人来制造,而把我的妻子打扮一下,则需要五百名工匠的劳动[6]。

接下来我又跟它谈到另一类人,他们是靠侍候病人来维持生活的,我前面也曾有几次跟主人说过,我船上有许多水手就是因生病而死。可是我真是费了极大的力气好不容易才使它明白了我的意思。一个"慧骃"在临死前几天会慢慢变得衰弱无力、行动迟笨,或者遇上什么意外会弄伤一条腿,这它都是很容易就能理解的。可是,大自然将万事万物都创造得尽善尽美,竟会让我们

[4]罗列种种罪行,强烈地表达出作者对当时英国社会道德败坏、生活困苦的悲愤之情。

[5]对酒的需求也反映出人们对现实失望、逃避的状态。

[6]此处说明单单是富人的衣食住行,就需要若干穷人来服务,更别说其他方面的需要了,讽刺了贫富差距。

---

①萎靡:精神不振作;意志消沉。

的身体遭受痛苦？它认为这是不可能的，所以它就想知道，如此不可解释的灾难，原因到底何在？我就对它说，我们吃的东西不下千种，吃下去却互不相容；还有，我们肚子不饿却还要吃，嘴巴不渴却只管喝；通宵达旦坐在那儿喝烈性酒，东西却不吃一点，喝得人慵懒松散，身体发烧，不是消化太快就是无法消化。卖淫的女"耶胡"身上得了一种病，谁要是投进她们的怀抱就得烂骨头，而这种病和许多别的病一样，都是由父亲传给儿子的，所以许多人生到这个世上来，身上就已经带有种种复杂的疾病了。要是把人身上的所有疾病一一说给它听，一时真还说不完，因为这些病不下五六百种，遍布人的四肢和每一个关节——总之，体外体内每个部分都各有毛病[7]。为了治疗这些疾病，我们中间就培养了一类专以治病为业的人，不过有的也只是冒充能治病而已。因为我在这一行上有点本事，为了感谢主人对我的恩德，我愿意把那些人行医的秘密和方法全都说给它听。

[7] 疾病乃是源于贪婪，源于放纵无度的生活方式。

　　他们的基本原理是：一切疾病皆由饮食无度而起。因此，他们就得出了这样的结论：有必要对身体内部来一次大清除，这既可以通过自然排泄的渠道，也可以从上面的嘴里吐出来。他们的下一步就是，用药草、矿物质、树脂、油、贝壳、盐、果汁、海藻、粪便、树皮、蛇、癞蛤蟆、青蛙、蜘蛛、死人的肉和骨头、鸟、兽、鱼等想尽办法做成一种气味和味道都最最让人难受、恶心和反感的混合物，一吃进胃里就叫你恶心得往外吐；这种混合物他们管它叫催吐剂。或者是用同样的这些药再加进别的几样有毒的东西制成一种同样叫人翻胃的药，命我们从上面的孔（嘴）或者下面的孔（肛门）灌进去（从哪个孔灌要看医生当时的意向如何）。这种药将肚子一松弛，就把里面的东西统统泻了出来；他们管这种药叫泻药或者灌肠剂。据这些医生说，造物主本来是安排我们用长在前面的上孔（嘴）吃喝，用长在后面的下孔（肛门）排泄，而一切疾病的发生，在这帮聪明的医生看来，都是因为造物主的安排一时全给强行打乱了，所以为了恢复正常秩序，就必须用一种完全相反的方法来治疗身体的疾病，即把上下孔对调使用，将固体和液体硬从肛门灌进去，从嘴里排泄出来[8]。

[8] 对催吐剂等药的描述满含讽刺，言语犀利。

　　但是，除了这些真正的疾病之外，我们还会生许多仅仅是空想的病，对此医生们则发明了空想的治疗方法；这些病各有其不同的名称,而每一种对症药也各有其名。我们的女"耶胡"们就老是会染上这些空想病[9]。

这帮人有一个极其了不起的本事,那就是预测病症的后果,这方面他们难得会弄错。真正的疾病到了严重恶化的地步,通常死亡就在眼前了,无法再好,那他们的预言就总是有把握的。所以,要是他们已经宣判了病人的死刑,而病人却出乎意料地渐有好转的迹象,他们也不会就这样任人去骂他们是假的预言家;他们知道如何及时地给病人用上一剂药就可以向世人证明,他们还是有先见之明的。

对于对自己的配偶已感到厌倦的丈夫或妻子,对于长子、大臣,而往往是对于君王,他们也都有特别的用处。

我前面已经跟我的主人谈过政府的一般性质,尤其是我们那优越的宪法,那真是值得全世界惊叹和羡慕的。这里我又偶然提到了大臣这个词,它就要我接着跟它说说,我所称的"大臣"到底是怎样一种"耶胡"。

我对它说,我要描述的这位首相大臣是这样一个人:他整个儿是无喜也无悲,无爱也无恨,不同情不动怒;至少你可以说,他除了对财富、权力和爵位有强烈的欲望外,别的一概不动感情。他说的话当什么用都可以,就是不表明他的心。他每说一句实话,却总要想你会把它当成谎言,而每次说谎又都以为你会信以为真。那些被他在背后说得一塌糊涂的人肯定是他最喜欢的人,而每当他向别人或当你的面夸奖你时,从那天起你也就算完了。最糟糕的标志是你得到了他的一个许诺,如果他是发着誓向你许的愿,那就尤其糟糕[10];他这么做,每一个聪明人都会自行引退,一切希望全都放弃。

一个人爬上首相大臣的位置可以通过三种办法。第一,要知道怎么样以比较慎重的方式出卖自己的妻女或姐妹;第二,背叛或者暗害前任首相大臣;第三,在公开集会上慷慨激昂地抨击朝廷的种种腐败。但是英明的君王一定愿意挑选惯于采用第三种办法的人,因为事实证明,那些慷慨激昂的人总是最能曲意逢迎②其主子的旨意和爱好。这些大臣一旦控制了所有的要职,就会对

[9]讽刺了英国女贵族的空虚、无聊。

[10]利欲熏心,权迷心窍的情况下,他们已经丧失人性,口蜜腹剑,伪君子相十足。

---

②曲意逢迎:想方设法奉承讨好别人。

元老院或者大枢密院中的大多数人进行贿赂,以此来保全自己的势力。最后,他们还借一种"免罚法"(我向它说明了这条法令的性质)以保证自己事后不受清算,满载着从国民身上贪污来的赃物,从公职上悄然引退下来。

首相官邸是他培养同伙的温床。他的随从、仆人和看门人通过效仿其主子,也都在各自的区域内做起大官来。他们向主人学习蛮横、说谎和贿赂这三种主要本领而能青胜于蓝,于是他们也就有了自己的小朝廷,受到贵族的奉承。有时他们还靠机巧和无耻,一步步往上爬,终于做上了他们老爷的继承人。

首相大臣往往受制于色衰的荡妇或者自己的亲信仆人,一切趋炎附势③、企求恩宠的人都得通过他们这个渠道,所以说到底,讲他们是王国的统治者,倒是蛮恰当的[11]。

有一天,我的主人在交谈中听我提到我国的贵族,它倒是说了我一句好话,不过我是不敢当。它说,它敢肯定我是出身于贵族家庭,因为我模样好、肤色白,身上干净,这几方面都远远超过它们国内所有的"耶胡";虽然我没有它们那样身强力壮、动作敏捷,可那是因为我的生活方式与那些畜生不一样。除此之外,我不但具有说话的能力,而且还有几分理性,以致它所有的相识都认为我是一个奇才。

它叫我注意,"慧骃"中的白马、栗色马和铁青马样子长得跟火红马、深灰色斑纹马和黑马并不完全一样,这是天生的,也不可能变好,所以它们永远处在仆人的地位[12]。它们从来也没想到要出人头地,超过同类。那样的话,在这个国家中就要被认为是一件可怕而反常的事。

我的主人对我有这样的好感,我向它表示万分的感激;但是同时我也告诉它,我其实出身低微,父母都是普普通通的老实人,只能供我接受一点勉强还说得过去的教育。我说我们那里的贵族和它想象的完全不同;我们的年轻贵族在很小的时候就过着游手好闲、奢侈挥霍的生活;到了成年,他们就在淫荡的女人中鬼混,消耗精力,并染上可怕的疾病;等到自己的财产所剩无几时,

[11]这段对英国首相的批判与揭露酣畅淋漓,作者的讽刺艺术在此得到了高度体现。

[12]慧骃国也有阶级分化,相信宿命论。

③趋炎附势:奉承和依附有权有势的人。

就娶一个出身卑贱、脾气乖戾①(lì)而且身体还不好的女人做太太,那只是因为她有几个钱,其实他对这女人是既恨又瞧不起。他们结合后生下来的孩子通常不是患瘰疬病、佝偻病,就是残废。做妻子的如果不注意在邻居或佣人中给她的孩子找一个身体强健的父亲以改良品种传宗接代,那么这一家人传不到三代就要断子绝孙。身体虚弱多病,面貌瘦削苍白,是一个贵族常见的标志。健康强壮的外表在一位贵族看来反倒是一种奇耻大辱,因为世人会认为他真正的父亲一定是个马夫或者车夫。他的头脑也和他的身体一样大有缺陷,那是古怪、迟钝、无知、任性、荒淫和傲慢的合成品。

不得到这一帮贵族的同意,任何法令都不能颁布,既不能废除,也不能修改。这些贵族还对我们的财产拥有决定权,却又从不征求我们的意见[13]。

[13]英国贵族们生活由骄奢淫逸到将家产挥霍一空。贵族们又以体弱多病为荣,这样变态的统治阶级预示着政治的荒唐。

---

①乖戾:悖谬;不合情理。

第七章

慧骃的看法

格列佛对祖国的热爱——主人根据格列佛的叙述对英国的宪法和行政发表看法,并提出类似的事例加以比较——主人对人性的看法。

读者也许要感到奇怪,我怎么能在这一族凡庸的生物面前如此随便地批评自己的同类呢?它们可是认为我和它们的"耶胡"没有区别,早就要对人类作出最坏的评价了呀。但是我必须坦率地承认,这些杰出的四足动物有许多美德,与人类的腐化堕落形成了对比;至此它们已打开了我的眼界,也扩大了我的认识范围,使我用一种不同的眼光来看待人类的行为和感情,同时也让我觉得没有必要也不值得去保护同类的尊严;再说了,在一位像我的主人那样判断敏锐的"慧骃"面前,我也没办法保住我们的尊严[1]:它每天都让我在自己身上发现上千种错误,这些错误都是我以前没有觉察到的,而在我们看来它们甚至根本就算不上是人类的什么缺点。我倒是从它这个榜样身上学会了憎恨一切的虚假和伪装;真理在我心中是那么可爱,我决心为了真理而牺牲一切。

让我坦率地告诉读者吧,我这么大胆地揭露那些事,还有一个更强有力的动机。我在这个国家虽然生活还不到一年,却已经对它的居民非常热爱和尊敬了,我拿定主意永不再回到人类中去,决心和这些可敬的"慧骃"在一起度过我的余生,对它们的每一种美德进行认真的思考并付诸实践[2]。在那儿,我没有坏榜样,也没有罪恶的诱惑。但是命运永远是我的敌人,它不会让我有那么好的福气。不过我现在回想起来多少还得到点安慰,因为在那样一位严厉的拷问者面前谈到我的同胞时,我竟还敢于尽量地少说他们的缺点,只要情况允许,每件事情上我都是尽可能地说好话。真的,活在世上的人哪个不对自己的家乡有几分偏

---

[1] 作者直言不讳地将人类与"慧骃"作对比,在批判我们的某些行为不及慧骃的同时,期待人类的反思。

[2] 格列佛在"慧骃"国待了一年便不想再返回人类社会,让人深思。与其刚开始的想法逃往别国相呼应。

心呢[3]？

　　在我有幸侍奉主人的大部分时间里，我们进行了好几次交谈，谈话的主要内容前面已经说过了。可是，为了简洁之故，我省掉的实际比记在这里的要多得多。

　　在我回答了它所有的问题之后，它的好奇心似乎已完全得到了满足，于是一天大清早它就把我叫了去，吩咐我在离它不太远的地方坐下（这样的恩典它以前从来还没有给过我）。它说它一直在十分认真地考虑我说的关于我自己和我祖国的一切事情。它说，它认为我们是偶然得到了一丁点儿理性的一种动物，至于我们怎么偶然得到了那点理性，它就想不出来了。对那点理性我们不作别的用处，却借它来使我们堕落的天性更加堕落，并且连大自然没有赋予我们的坏习性，我们也靠了它学到了。我们将大自然赋予我们的有限的几种本领弃之不用，原有的欲望倒一直在十分顺利地不断增多，而且似乎还在枉费毕生的精力通过自己的种种发明企图来满足这些欲望[4]。至于说我，很显然，力气和行动的敏捷上都不如一只普通的"耶胡"。两只后脚走起路来就很不稳当，还想出办法使自己的爪子既无用处又不能防卫，下巴上那本是用来防御太阳和恶劣气候的毛发也给拔掉了。最后还有，我既不能快速地奔跑，又不能爬树，和我在这个国家的"耶胡"弟兄们（它这么称呼它们）就是不一样。

　　我们之所以有行政和司法机构，很显然是因为我们在理性从而也在道德上有严重的缺陷。约束一只理性的动物仅仅靠理性就够了，所以即使我为自己的同胞说了一番好话，我们还是没有资格自以为就有了理性。它分明已察觉到，我偏袒自己的同胞，为此许多具体的事情我都对它瞒了下来，还常常说一些子虚乌有之事[5]。

　　它对自己的这一看法更加确信无疑了，因为它认为我身体上各个特征都与"耶胡"的相一致，真正不及它们的地方是我力气小、速度慢、动作笨、爪子短，还有一些缺点那就跟大自然没有关系了。所以从我向它叙述的关于我们的生活、风俗和行为来看，它发现我们的性情也跟"耶胡"的相近似。它说，大家都知道"耶胡"互相之间的仇恨要胜过它们对别的任何动物的仇恨；一般认为这是因为它们的样子太可恨，而这种可恨的样子"耶胡"们都只

[3] "我"虽然欣赏并赞扬这里的每一件事，但对"我"的同胞，"我"还是怀有不舍和爱怜之情。

[4] 借慧骃之口表现出作者对人类的自我反省。

[5] "慧骃"不愧是具有理性的动物，它看出了"我"的偏心，与上文表明自己有偏心形成对应。

[6] 只看别人缺点，却无视自己身上的毛病。

能在同类身上看到，却不见自身其实也同样可恨[6]。它因此开始认为我们发明衣服把身体遮盖起来倒不失为一种聪明的办法，靠这一办法，彼此之间的许多缺陷我们就看不到，要不然我们真还难以忍受。可是它现在发现，它以前是弄错了，它们国内这些畜生之间的种种不和，原因和我们的都一样，正如我所描述的那样。它说，如果把够五十只"耶胡"吃的食物扔到五只"耶胡"中间，它们就不会安安静静地吃；每只"耶胡"都迫不及待地要想独占全部，这样它们就会扭打起来[7]。所以，它们在室外吃东西的时候，通常还得派一名仆人站在一旁监视；关在屋里的那些则必须用绳子拴住，彼此隔开。如果有一头母牛因年老或者意外事故死了，"慧骃"还没来得及把它弄给自己的"耶胡"吃，附近的"耶胡"倒成群结队地前来抢夺了，这样就会像我描述的那样引来一场战争，双方被爪子抓得一塌糊涂，不过因为它们没有我们发明的那种方便的杀人武器，倒是很难得会互相残杀。有时候，附近几处的"耶胡"没有任何明显的原因也会这样大打一场；一个地区的"耶胡"瞅准一切机会，趁另一个地区的"耶胡"还没有准备好，就向对方发起突然袭击。要是它们发现偷袭计划失败，就跑回家去，敌人没有了，就进行一场我所说的那种内战。

[7] 通过举例暗示"耶胡"的贪婪和人类的贪婪并无二样。

在它的国家有些地方的田野里，有几种颜色不同的、闪闪发光的石头，"耶胡"们极其喜爱；有时这些石头的一部分就在土里埋着，它们就会整天整天地用爪子去把石头挖出来，然后运回去一堆堆地藏在自己的窝里，可是一面藏一面还要十分小心地四下里张望，生怕伙伴们会发现它们的宝贝[8]。我的主人说，它始终都不明白它们怎么会有这么一种违反天性的欲望，这些石头对"耶胡"又有什么用处。但是它现在相信，这也许是由于我所说的人类的那种贪婪的习性。它说它曾经做过一次试验，曾悄悄地将它的一只"耶胡"埋藏在某处的一堆这样的石头搬走。那利欲熏心①的畜生见它的宝贝丢了，就放声哀号起来，弄得所有的"耶胡"都跑到这地方来。它在那里惨叫着，对别的"耶胡"又是撕又是咬，这之后便日见消瘦，不吃不睡也不干活。这时主人就命一个仆人私下里将这些石头运回原来的坑里并照原样埋好。它的这

[8] "耶胡"藏石头、生怕被别人发现的行为和人类一样，影射了人类的贪婪。

---

① 利欲熏心：贪财图利的欲望迷住了心窍。

只"耶胡"发现后,精神立刻就恢复了,脾气也变好了,只是越发小心地将石头埋到了另一个更安全的地方。从此以后,这畜生一直十分听话。

我的主人还告诉我,我自己也看出来了,在像这种闪闪发光的石头很多很多的田地里,由于邻近的"耶胡"不断来入侵,往往会发生最激烈、最频繁的战争。

它说,两只"耶胡"在地里发现了这样的一块石头,正在为此相争不下的时候,第三者占了便宜将石头拿走了,这样的事也是常有的。我的主人偏要认为这跟我们在法庭上打官司有点相似,我则觉得为了我们的名声最好还是不让它知道真相的好,因为它提到的那种裁决的方法比起我们的许多法律来要公平得多;在它们那里,原告和被告除丢了它们争夺的那块石头外,并没有别的损失,可在我们公平的法庭上,不把原告和被告整得一无所有,法庭是决不会结案的[9]。

我的主人继续往下讲。它说,"耶胡"最叫人厌恶的是它们那好坏都不分的食欲,无论碰到什么,草也好,根也好,浆果也好,腐烂的兽肉也好,或者乱七八糟全都混在一起的东西也好,它们统统吞吃下去。它们还有一种怪脾气,家里给它们准备得好好的食物放着不吃,却喜欢到老远的地方去偷或者抢。弄来的东西如果一时吃不完,它们还是吃,直吃到肚子要炸。这之后大自然会指引它们去吃一种草根,吃下去肚子就会拉得干干净净。

还有一种草根,汁很多,可是比较稀罕,不容易找到;"耶胡"们找起这种草根来劲头很大,一找到就兴味盎(àng)然②地吮吸一阵。这种草根在它们身上产生的作用就像我们喝了酒一样。它们一会儿搂搂抱抱,一会儿又厮打起来;它们号叫,狞笑,喋喋不休,发晕,打滚,最后在烂泥地里酣然睡去[10]。

我在这个国家里也确实发现只有"耶胡"这种动物才会生病,不过它们生的病比我们的马生的病还是要少得多,而且得病也不是受了什么虐待,而是这种下贱畜生又脏又贪嘴所致。所有这些病在它们的语言中也只有一个总的名称,那是从这畜生的名字上借来的,叫做"赫尼·耶胡",也就是"耶胡病"。治疗这种病的方

[9] 法庭的黑暗更胜于野兽的争夺,讽刺了英国的法律。

[10] 人喝酒,"耶胡"吃类似的草根,表现真是如出一辙。

---

② 盎然:形容气氛、趣味等浓厚的样子。

法,就是将"耶胡"自己的屎和尿混到一起,再强行从它的喉咙里灌下去。据我所知,这种疗法常常极为灵验;为了公众的利益,在此我愿免费向同胞们推荐,治疗因饮食过度而引起的一切疾病,这确是一种值得推崇的特效疗法[11]。

[11] 这种得病后的治疗方法又与前面格列佛所说的催吐剂极为相像。

至于学术、政治、艺术、工艺等方面,我的主人承认,它看不出它们国家的"耶胡"和我们之间有什么相似之处,因为它只想看看我们在本性上有什么共同点。它也确曾听一些好奇的"慧骃"说过,在大多数"耶胡"群中有一类是居于统治地位的(就像我们这儿的公园里,一群鹿当中总有一头是领头的或者为首的)。这种"耶胡"总是长得比别的"耶胡"更难看,性情也更刁滑。这领头的一般总要找一只尽可能像它自身一样的"耶胡"做宠儿,它的差使就是给主人舔脚舔屁股,还有就是把母"耶胡"赶到主人窝里去,为此主人常常会赏它一块驴肉吃。大家都恨这个宠儿,所以为了保护自己,它总是一步不离地跟着它的主人[12]。在找到比它还要恶劣的"耶胡"之前,它一般是不会被解职的;可是它一被蹬开,继任它的"耶胡"就会率领这一地区的男女老幼"耶胡"们一齐赶来,对着它从头到脚撒尿拉屎。不过这种现象与我们这里的朝廷、宠臣和大臣到底有几分相像,我的主人说只有我最能说得准了。

[12] "耶胡"中的统治者都与人类社会的国王、宠臣一样有着丑恶的嘴脸,至此,只能相信"耶胡"其实就是人类自己。

对它这种恶毒的影射我都不敢反驳。它把人类贬损得还不如一头普通的猎犬聪明;猎犬倒还有相当好的判断力,能够在一群狗当中分辨出哪一只最有本领并跟随它狂吠,从来都不出错[13]。

[13] 面对慧骃的嘲讽与贬损,"我"没有反驳,"我"默认了它的理解,由此可见"我"对当时英国政体的不满与讽刺。

我的主人说,"耶胡"还有几种特性很突出,在我谈人类的特性时它倒没有听我提起过,就是提起,至多也只是一带而过。它说,那些动物也和别的畜生一样,有供它们共用的母"耶胡",但是下面这一点上它们跟别的畜生不一样,就是,母"耶胡"怀了孕还照样让公"耶胡"和它交媾(gòu);另外,公"耶胡"和母"耶胡"也会像公"耶胡"跟公"耶胡"那样激烈地吵嘴、打架。这两件事都达到了极其无耻残暴的地步,任何别的有感情的动物都永远也赶不上。

"耶胡"身上还有一点令它觉得不解:它们怎么竟然偏爱肮脏污秽?其他所有的动物似乎都有爱好清洁的天性。至于前面那两项责难,我还是愿意不作回答搪塞③(táng sè)过去了事,因为

③搪塞:敷衍,不负责。

我没一句话可以说出来为自己的同类辩护；否则，按我的愿望是肯定要为他们辩护一番的。但是最后那一条，它指责我们有不爱清洁的怪毛病，如果这个国家有猪（可惜它们没有），我本来满可以为我们人类辩解一下的；猪这种四足动物虽然可能比"耶胡"要来得温顺，可是说句公道话，在下以为它没有资格说自己也比"耶胡"更干净；要是主人亲眼看到猪那脏兮兮的吃相，看到猪在烂泥中打滚、睡觉的习惯，它自己也一定会承认我说的话是对的[14]。

[14]用猪来作对比，突显了人类眼中只拿弱势群体比较的特点，讽刺意味浓厚。

我的主人还提到了另外一个特性，那是它的仆人在几只"耶胡"身上发现的，在它看来却完全不能理解。它说，"耶胡"有时不知怎么会想到要躲进一个角落里去，在那里躺下来，又是号叫又是呻吟，谁走近它都把人家一脚踢开，虽然年轻体胖，却可以不吃不喝，仆人们也想不出它可能哪里会不舒服。后来它们发现，唯一可以治疗它的办法是让它去干重活，重活一干，肯定恢复正常。因为我偏向自己的同类，所以听了这话我只好默不作声；可是这倒分明使我找着了忧郁症的真正病根，也只有懒惰、奢侈的人以及有钱人才会生这样的病，如果强迫他们接受这同样的方法治疗，我可以保证一定能把他们的病治好[15]。

[15]所谓忧郁症，乃是闲出的病，作者讽刺了贵族的忧郁其实是无病呻吟。

主人阁下还说，一只母"耶胡"常常会站在一个土堆或者一丛灌木的后面，两眼紧盯着过往的年轻公"耶胡"，躲躲藏藏地，做出种种怪样和鬼脸，据说这时候它的身上会发出一种极其难闻的气味。要是有一只公"耶胡"在这个时候走上前来，它就会慢慢地往后退，一边退，一边不住地回头看，装出一副很害怕的样子，接着就跑进一个可以方便行事的地方；它知道，那公"耶胡"一定会尾随它过来的。

有时它们中间来了一只陌生的母"耶胡"，三四只母"耶胡"就会团团围着它一边打量一边议论，一会儿冷笑，一会儿将它浑身上下闻个遍，然后就会装腔作势④地走开了，似乎表示它们非常瞧不起它。

这些都是我主人自己的观察所得，也有可能是别人告诉它

---

④装腔作势：拿腔拿调，故意做作想引人注意或吓唬人。

的;当然这些话也许可以再说得文雅一点。不过我想起来倒不免有几分惊讶,同时也很悲哀:淫荡、风骚、苛刻和造谣的萌芽在女性的本能中竟都可以找到。

我时刻都等待着我的主人来指责男女"耶胡"身上这些违反自然的欲望,虽然那在我们中间是十分普遍的。可是大自然似乎还不是一位手段非常高明的教师;这些较为文雅的享乐,在我们这一边的地球上,却完全是艺术和理性的产物[16]。

[16]这些行为我们听来是多么丑陋和恶心,但在以此为荣的人类看来,却是一种艺术和理性。这又多么具有讽刺意义啊。

第八章

慧骃国概述

格列佛关于"耶胡"的几种情况的叙述——"慧骃"的伟大品德——青年"慧骃"的教育和运动——它们的全国代表大会。

我想我对人性的了解比我的主人要清楚得多,所以我觉得它所说的关于"耶胡"的性格很适合用在我和我的同胞身上,同时我还相信,根据我自己的观察,我还可以有进一步的发现[1]。于是我就常常请求它准许我到附近的"耶胡"群中去。对我的请求,它每次都很痛快地答应了,因为它知道,我非常痛恨那些畜生,不会被它们引诱坏的。它还派它的一名仆人给我做警卫,那是一匹强壮的栗色小马,非常诚实,脾气又好,没有它的保护,我还真不敢去冒这样的险。因为我已经告诉过读者,刚到这地方时我曾经吃过这帮可恶的畜生不少苦头,后来又有三四回我也差点落入它们的魔掌,那是我到远处散步,身上恰巧没有带腰刀。我有理由相信,它们多少能想到我是它们的同类,因为我跟我的警卫在一起的时候,常常会当它们的面卷起袖子,裸露出胳膊和胸脯以壮声势。这种时候它们就会大着胆子走上前来,像猴子一样模仿我的动作,不过总是露出极其仇视的神色;我倒像一只被人驯服的寒鸦,戴着帽子穿着长筒袜跑到野生的鸟群中去时,总是要受到迫害[2]。

它们从小动作就极其敏捷。不过有一次我倒是捉住了一只三岁的小公"耶胡",我做出各种温存的动作和表情想让它平静下来,可是那小东西又是哭又是抓,还拼命咬我,我只得将它放走了。这时就有一大群老"耶胡"闻声赶来将我们围住,不过它们见小家伙已经很安全(因为它已跑开),我那栗色小马又在我身边,所以就没敢走到我们跟前。我发现那小畜生的肉有一股恶臭味,

[1]"我"想找到更多证据,证明自己与"耶胡"并非同类。

[2]因为与众不同,就会遭受攻击。作者的比喻生动、贴切。

既有点像黄鼠狼的味儿,又有点像狐狸的味儿,不过还要难闻得多。我还忘了一件事(如果我把这件事完全略去,读者也许还是会原谅我的),我把那只可恶的畜生抓在手里的时候,它忽然拉起一种黄颜色的稀屎来,把我全身衣服都弄脏了,幸亏旁边就有一条小河,我跑到里面洗了个干净,一直到身上的臭气全消之后,才敢去见我的主人。

据我所见到的情况来看,"耶胡"也许是所有动物中最不可教的,它们除了会拖拉和扛抬东西外,绝没有别的本领。可是我倒认为,这一缺陷主要还是因为它们性情乖张、倔强造成的。它们狡猾、恶毒、奸诈、报复心强;它们身强体壮,可是性情懦弱,结果变得蛮横无理、下贱卑鄙、残忍歹毒[3]。据说红毛的公母"耶胡"比别的"耶胡"更要来得淫荡而恶毒,在体力和动作的灵活方面也远胜于它们的同类。

"慧骃"把随时要使唤的"耶胡"养在离它们房子不远的茅屋里,其余的则全赶到外面的田里去。它们就在那里刨树根,吃野草,四处寻找动物的死尸,有时还去捉黄鼠狼和"鲁黑木斯"(一种野鼠),一捉到就狼吞虎咽地吃个精光。大自然还教会了它们用爪子在土坡边挖一些深深的洞穴,它们就在这样的洞穴里睡觉。母"耶胡"的窝要大一些,还可以容得下两三只小崽。

它们像青蛙一样从小就会游泳,还能在水底呆很长时间,在那里它们常常会捉到鱼,母"耶胡"捉到鱼之后就拿回家去喂小崽[4]。说到这里,我还要讲一件奇遇,希望读者能够原谅。

一天,我跟我的警卫栗色小马出游在外,天气异常热,我请求它让我在附近的一条河里洗个澡。它同意后,我立刻就赤条条脱得精光,然后慢慢走进了河里。这时正巧有一只母"耶胡"站在一个土堆的后面,它看到这整个过程后,一下子欲火中烧(我和小马都是这样猜想的),就全速跑过来,在离我洗澡处不到五码的地方跳进了水里。我的一生中还从来没有这么恐惧过。小马那时正在远处吃草,想不到会出什么事。它以一种极其令人作呕的动作将我搂进怀里,我就拼着命大声叫喊;小马闻声奔来,它才松手,可还是恋恋不舍。它跳到了对面的岸上,我穿衣服的时候,还一直站在那里死盯着我直叫。

我的主人及其家人都把这件事引为笑谈,我自己却感到非常

[3]"我"又一次得出了"耶胡"不可调教的结论,它们的卑劣行为确实令人唾弃。

[4]虽然"耶胡"品性顽劣,令人不耻,但它们悉心照顾幼崽的行为还能令人感觉到母亲对孩子的爱。

耻辱。既然母"耶胡"把我当成自己的同类，自然就对我产生了爱慕之情，我可再也不能否认我浑身上下无处不像一只真正的"耶胡"了。那畜生的毛发也不是红的（这就不能说它的欲望有点不正常），而是像黑刺李一般黑，面貌也并不像其他"耶胡"那样叫人厌恶；我想它的年龄不会超过十一岁。

我在这个国家已经生活了三年，我想读者们一定希望我像别的旅行家那样能把当地居民的风俗习惯跟他们说一说；实际上这也是我主要想努力了解的东西[5]。

因为这些高贵的"慧骃"生来就具有种种美德，根本不知道理性动物身上有罪恶是怎么一回事，所以它们的伟大准则就是培养理性，一切都受理性支配。理性在它们那儿也不是一个会引起争论的问题，不像我们，一个问题你花言巧语从正面谈可以，从反面谈也可以；它们的理性因为不受感情和利益的歪曲和蒙蔽①，所以该怎样必然立即就让你信服。我记得我好不容易才使我的主人明白"意见"这个词的意义，也好不容易才使它搞懂为什么一个问题会引起争议：因为理性教导我们，只有我们确认的事情我们才会肯定或者否定，不知道的事，肯定或者否定都做不到。所以争议、吵闹、争执、肯定虚假、无把握的命题等都是"慧骃"闻所未闻的罪恶。同样，当我把我们自然哲学的几种体系解释给它听的时候，它总要笑起来，它笑一个冒充有理性的动物竟然也会重视别人的设想，那些东西就是了解得很确切，也没有什么用处[6]。这方面它完全赞同柏拉图表述的苏格拉底的思想；我提到苏格拉底的思想是因为我对这位哲学之王怀有最崇高的敬意。从那以后我也常常想，这么一种学说不知要摧毁欧洲图书馆里的多少图书，学术界不知又有多少成名之路会因此被堵死。

友谊和仁慈是"慧骃"的两种主要美德，这两种美德却不限于个别的"慧骃"，而是遍及全"慧骃"类[7]。从最遥远的地方来的生客和最亲近的邻居受到的款待是一样的，无论它走到哪里，都像到了自己的家一样。它们非常讲礼貌，可是完全不拘泥②于形式。它们不溺爱小马，教育子女全以理性为准绳。我就曾经看到，我

---

①蒙蔽：欺骗隐瞒。
②拘泥：固执己见而不知变通。

[5]过渡句，由对"耶胡"的描写过渡到对慧骃国风俗的介绍上。

[6]由"慧骃"的嘲笑侧面讽刺了身为理性动物的人类的愚昧和荒唐。

[7]友谊和仁慈，这种在当时的人类身上非常稀有的美德却遍及全慧骃类，多么令人神往。

的主人爱抚邻居家的孩子跟爱抚它自己的孩子没有两样。它们遵循大自然的教导热爱自己所有的同类；有些人德行更高一点，可也只能凭理性把人分为不同的等级[8]。

母"慧骃"生下一对子女后就不再跟自己的配偶同居了，除非出什么意外其中的一个孩子夭折，不过这样的事很少发生，只有在那样的情况下它们才再次同居；要么就是别的"慧骃"遭遇了这种不幸而它的妻子又过了生育的年龄，这种时候其他某一对夫妇就会将自己的一个孩子送给它，然后它们再同居，一直到母的怀孕为止。采取这一措施是必要的，它可以防止国家人口过剩。但是培养做仆人的下等"慧骃"可不受这种严格的限制，它们每对夫妇可以生三对子女，这些子女日后也到贵族人家当仆人。

在婚姻方面，它们非常注意对毛色的选择，这样做是为了避免造成血统混乱。男方主要是看它的力气，女方则看它是不是漂亮；这倒并不是为了爱情，而是为了防止种族退化。如果偶有女方力气过人，就找一个漂亮的伴侣配给它。它们对求婚、谈情说爱、送礼、寡妇得丈夫遗产、财产赠送等概念一无所知，它们的语言中也没有可用来表达这些概念的术语。年轻夫妇的结识和结合全由它们的父母和朋友来决定；它们每天都看到这样的事，并认为那是理性动物必要的一种行为。婚姻受到破坏或者不忠不贞的事却从来都没有听说过，夫妇俩像对待它们碰到的所有同类一样，相互友爱、相互关心着度过一辈子，没有嫉妒，没有溺爱，不吵架，舒心满意[9]。

它们教育男女青年的方法令人敬佩，非常值得我们效仿。孩子们在十八岁以前，除了某几天之外，一粒燕麦也不给吃，牛奶也很难喝得到。夏天，它们早晚各在户外吃两个钟头的青草，父母同样在一旁监督。不过仆人吃草的时间还不到它们的一半；仆人们将大部分青草带回家去，不干活最空当的时候就抽出身来吃[10]。

节制、勤劳、运动和清洁是青年男女都必须学习的功课。我的主人认为我们除家务管理方面的一些功课外，对女子的教育和对男子的教育不一样，实在太荒唐了。它说得很对，这样我们的人就有一半什么事也不能做，只会把孩子一个个生到这个世上来。将我们的子女交给这么一些无用的动物去照看，就更足以证明我们的残忍。

[8] 介绍了"慧骃"中的友谊和仁慈，从多方面入手，反讽了人类教育、待客、处世方式的不当。

[9] 作者借此寄托了自己关于婚姻的美好愿望。

[10] 慧骃国的阶级性依然存在，这也是作者所处时代的局限性。

但是"慧骃"却要训练它们的孩子在陡峭的山坡上跑上跑下，或者在坚硬的石子地上奔来奔去，以此来锻炼孩子们的体力、速度和胆量；当它们跑得浑身出汗时，就命令它们一头扎进池塘或者河中。一个地区的青年每年四次聚到一起，表演它们在跑、跳以及其他体力和技巧方面的本领，大家以一曲赞歌来歌颂男女优胜者[11]。在这样的节日里，仆人们就会赶着一群"耶胡"驮运干草、燕麦和牛奶到表演场地去给"慧骃"们享用；东西送到，那些畜生立即就被赶了回来，免得它们在会场上吵吵闹闹。

每隔四年，在春分时节，要举行全国代表大会，开会地点在一片平原上，那里距离我们家大约有二十英里，会议要连续开五六天。在会上，它们要了解各地区的情况，它们的干草、燕麦、母牛、"耶胡"是富足有余还是短缺不足。要是哪一个地区缺少什么（这种情形很少），大家就会一致同意全体捐助，马上就供应那个地方所缺少的物资[12]。在会上孩子们的调整问题也可以得到解决。比方说，一个"慧骃"有两个男孩子，就可以和有两个女孩子的"慧骃"交换一个；如果有孩子出事故不幸身亡，而母亲又已过了生育的年龄，大家就来决定哪家再生一个来补偿这一缺损。

[11] 将慧骃国教育子女的方式与人类作比较，为我们敲响警钟。

[12] "慧骃"们慷慨无私的帮助使彼此之间的关爱更真实，也更感人。

第九章

大辩论

"慧骃"全国代表大会进行大辩论,辩论结果是如何决定的——"慧骃"的学术——它们的建筑——它们的葬礼——它们的语言缺陷。

在我离开这个国家之前,大约是离开前三个月的时候,它们就召开过一次这样的全国代表大会,我的主人作为我们这个地区的代表前去参加了大会。在这次会议上,它们对一个老问题进行辩论,实际上那也是这个国家自古以来唯一辩论的一个问题。我的主人回来后把辩论的详情告诉了我。

辩论的问题是:要不要把"耶胡"从地面上消灭干净。一位主张消灭的代表提出了几个很有力并且很有分量的论点。它认为,"耶胡"是大自然造就的最肮脏、最有害、最丑陋的动物,它们最倔强(jiàng)、最不可驯、最恶毒、最爱捣鬼。如果不严加看管,它们就会偷吃"慧骃"的母牛的奶,把它们的猫弄死吞吃掉,践踏它们的燕麦和青草,还会干出许许多多别的放肆无耻的事来。一个流行的传说引起了它的注意:"耶胡"在这个国家并不是一向就有的,而是多少年前忽然就有这样的一对在一座山上出现了;至于它们是由太阳晒着烂泥生出来的,还是海里的淤泥和渣滓①(zhāzǐ)变的,谁都不知道。后来这一对"耶胡"开始繁殖,它们的子孙后代越来越多,很快就遍布全国,成为祸患。"慧骃"为了除此一害,曾举行过一次大狩猎,终于将整个"耶胡"群包围了起来;它们将大的"耶胡"杀死,每家留下两只小的养在窝里,驯养它们拖拉或者背东西;能把性情这样野蛮的动物驯服到这地步,也算是难得了。这一传说看来很有道理。那动物不可能是"依林赫尼

---

①渣滓:精选提炼后的残渣。

阿姆锡"（意思是当地的土著），因为"慧骃"和所有的动物都对它们十分痛恨；虽说它们生性恶毒，完全应当受到痛恨，但如果它们是土生土长的动物，大家也绝不会恨它们到这样的地步，否则老早就把它们给消灭了。当地居民还忽发奇想，想用"耶胡"来为自己服务，结果十分轻率地忽略了对驴这一种族的培养。驴这种动物文雅、温顺、规矩，容易养，也没有任何难闻的气味，虽然身体不如"耶胡"那么灵活，但干活的力气还是绰绰有余的。假如说它们的叫声不大好听，可比起"耶胡"那可怕的号叫来，总还是要讨喜得多[1]。

  另外几个代表也发表了相同的意见。这时我的主人就向大会提出一个权宜之计，实际上它是受了我的启示才想到这个办法的。它同意前面发言的那位高贵的代表所说的，说是有这么一个传说，并且肯定那两只据说是它们那儿最早看到的"耶胡"是由海上漂到这儿来的；它们被同伴遗弃，来到这陆上，后来躲进山里，逐渐退化，年深日久就变得远比它们在祖国的同类要野蛮[2]。它之所以提出这样的看法，是因为它现在就有那么一只神奇的"耶胡"（它指的就是我自己），这是大多数代表都听说过的，不少代表也都亲眼见过。它接着向大家叙述最初它怎样发现了我；我的全身都用别的动物的毛皮制成的东西遮盖着；我还有自己的语言，也完全学会了它们的话；我也曾告诉过它我来到这里的种种奇遇；它看到我身上没有遮盖物的时候，每个地方都完完全全像一只"耶胡"，只是皮肤较白，没有那么多毛，爪子也短些。它又说，我曾经想努力说服它，使它相信在我的祖国和别的一些国家里，"耶胡"是处在统治地位的理性动物，"慧骃"却受到奴役。它说它发现我身上有"耶胡"的全部特性，不过稍有几分理性而略为文明罢了，然而从某种程度上说却远不如"慧骃"，就像它们国家的"耶胡"远不如我一样。它说我还曾提到过我们的一种习惯做法，为了使"慧骃"变得温顺，它们小的时候我们就把它们给阉割了，那手术既简单又安全。它说，向畜生学习智慧也不是什么没有脸面的事；蚂蚁不是教我们勤劳，燕子不是教我们筑窝吗（我把"利航赫"这个词译成燕子，其实它比燕子大多了）？所以那发明不妨用到这里的小"耶胡"身上，这样不但可以使它们变得较为驯良可用，而且用不着杀生，一代之后就可以将所有"耶胡"全都灭绝[3]。同时还应该

[1] 这种认为"要讨喜得多"的看法，是对人性的戏谑与讽刺。

[2] 被同伴遗弃，这经历和格列佛何其相似。

[3] 这种逐步减少"耶胡"数量的做法，具有强烈的讽刺意味。

鼓励"慧骃"养驴;从各方面来讲,驴比别的兽类更有价值,此外它们还有这么一个优点:驴子养到五岁就可以用了,别的兽类却一直要养到十二岁。

这就是我的主人当时认为可以告诉我的关于全国代表大会的一切情况。可是它却隐瞒了关系到我个人的一件事,这事的不幸后果我不久以后就感受到了,我生命中随之而来的所有不幸由此而始;这事儿到下面适当的地方读者会知道的[4]。

[4] 作者卖了个关子,吸引读者不断探究。

"慧骃"没有自己的文字,所以它们的知识全都是口耳相传的。因为这个民族团结一致,天赋、各种美德,完全受理性支配,跟别的国家又没有任何往来,所以几乎没有什么重大事件发生,关于历史的那部分,不用烦脑子去苦记就可以很容易地保留下来。我前面已经说到过,它们不会生病,所以也用不着医生。可它们倒是有用药草配制的良药,用来治疗蹄骸或蹄楔上偶尔因尖利的石头造成的碰伤或者割伤,也可以用来治疗身体其他各部的损伤。

它们根据日月的周转运行来计算一年的时间,但不再细分为星期。它们对这两个发光体的运行情况十分熟悉,也明白日食和月食的道理。这些就是它们在天文学方面的最高发展。

在诗歌方面,必须承认它们超过了其他所有有生命的动物。它们的诗歌比喻贴切,描写细致而恰到好处,实在不是我们所能学得来的。它们的韵文富于比喻和描写,内容一般不是写友谊和仁慈的崇高观念,就是歌颂赛跑和其他体力运动中的优胜者[5]。它们的建筑虽然十分简陋,却还是很方便,设计巧妙,可以抵御寒暑的侵袭。它们有一种树,长到四十岁树根就松动了,风暴一刮就倒。这种树长得很直,"慧骃"就用尖利的石头把它们削成木桩(它们不知道用铁器),每隔十英寸左右就插一根到地上,然后在木桩与木桩之间编上燕麦秸,有时也用枝条。屋顶和门也用同样的方法做成。

[5] 细致的介绍,是对它们的文学的赞赏。

"慧骃"利用前足的蹄骸和蹄子中间那一部分凹的地方拿东西,就像我们用手拿东西一样,起初我真是想不到它们的蹄子会这样灵巧。我曾经见过家里的一匹白色母马用那个关节穿针(针线是我特意借给它用的)。它们挤牛奶,收割燕麦,所做的一切需要用手的劳动,都是用这种方法进行的。它们有一种坚硬的燧石②,把它跟别的燧石摩擦,就能磨成可以代替楔子、斧子、锤子等的工具。它们同样也用这种燧石制成的工具切干草,收燕麦;燕麦是天然从地里长出来的,"耶胡"把燕麦一捆捆运到家里,接着

---

② 燧石:一种矿石,黄褐色或黑色,质地坚硬。古代用来取火,现代工业中用作研磨材料等。

由仆人们在茅屋里把它们踩碎,踩出的麦粒收进仓里。它们也制造粗糙的陶器和木器,陶器是放在阳光下烘晒而成的。

如果它们能避免意外伤亡,就只会终老而死,死后尽可能埋葬在最偏僻的地方。它们走了,亲友们既不表示高兴也不表示悲伤。临死的"慧骃"也丝毫不会因为自己要告别这个世界而感到遗憾,它只是像刚访问过一位邻居,现在要回家了。我记得我的主人有一次曾约了它的一位朋友及其家人到家里来商量什么重要事情。到了约定的日子,女客人带着它的两个孩子很晚才赶到。为此它致了两次歉,首先是代丈夫致歉,说是碰巧它今天早上"西奴恩赫"了。这个词在它们的语言中表现力极丰富,可是译成英语很难,它的意思是:"回到它的第一个母亲那儿去了。"接着它又为自己没能早点来致歉,因为它丈夫早上死的时候已经很晚了,它和仆人们商量了好半天应如何去找一个方便的地方来安葬它丈夫的遗体。我发现它在我们家的时候,和别的人一样愉快。大约三个月之后,它也死了[6]。

[6] 用具体事例说明慧骃面对死亡时的平静,与人类怕死形成鲜明对比。

它们一般都活到七十或者七十五岁,很少有活到八十岁的。它们临终前几个星期,感到自己渐渐地衰弱下去,可是并不觉得痛苦。这段时间里朋友们常常来看望,因为它们已经不能像平时那样安闲舒适地外出了。不过在它们死前十天左右(它们很少算错),它们会坐在方便舒适的橇里由"耶胡"拉着去回访那些住在附近的最亲近的朋友。它们不仅在这时候使用这种橇,上了年纪,出远门,或者出意外跌折了腿都要用它。临死的"慧骃"回拜它的朋友的时候,都要向它们郑重告别,仿佛它要去这个国家某个遥远的地方,并打算在那儿安度自己的余年。

我不知道这是否值得一提:"慧骃"在它们的语言中没有可以表达罪恶这个意思的词汇,仅有几个这样的词还是从"耶胡"的丑陋形象和恶劣品性那儿借来的。因此,当它们要表达仆人愚蠢、小孩子懒惰、石头割伤了脚、恶劣天气持续不断等意思的时候,总要在每一个上面加上"耶胡"一词;例如,"赫恩姆·耶胡""呼纳霍尔姆·耶胡""银尔赫姆恩德威赫尔玛·耶胡"。一座设计得不好的房子就叫作"银霍尔姆赫恩姆罗赫尔恩乌·耶胡"[7]。

[7] 因耶胡才有的语言讽刺这些劣根性是人类所独有的。

我非常愿意继续叙述这个优秀民族的种种习俗和美德,因此我打算不久以后就出版一本书专门来谈那个问题,我请读者到时去参考那一本书。这里我要继续往下来说我自己的悲惨遭遇。

第十章

被迫离开

格列佛的日常生活安排,他跟"慧骃"在一起的幸福生活——因为他经常跟它们交谈,他在道德方面有很大的进步——他们的谈话——格列佛接到主人通知必须离开这个国家——他十分伤心,昏倒在地,可还是顺从了——他在一位仆人的帮助下设法制成了一艘小船,冒险出航。

我把自己的日常生活安排得称心如意[1]。我的主人吩咐,在离它家大约六码的地方,给我盖了一间房。式样和它们的相同。我在四壁和地面涂了一层黏土,然后铺上我自己设计编制的蒲席。我把那儿的野生麻打松做成一种被套一样的东西,里边填进各种鸟的羽毛;那些鸟都是我用"耶胡"毛制作的网捕到的,鸟肉也都是美味的食品。我用小刀做了两把椅子,一些粗重的活是栗色小马帮我干的。我的衣服已经穿烂了,我就用兔子皮和跟兔子一样大小的一种美丽动物的皮另做了几件;这种美丽的动物叫"奴赫诺赫",它的皮上长了一层细软的茸毛。我还用这两种皮做了几双很不错的长筒袜。我用从树上砍下来的木片做鞋底,上到帮皮上,鞋帮穿烂了就再用晒干的"耶胡"皮做鞋帮。我常常从树洞里找到一些蜂蜜,掺上水喝,或者涂在面包上吃[2]。我们有两句格言,说"人的需要是很容易满足的""需要是发明之母";没有人比我更能够证明这两句话说的都是真理[3]。我身体非常健康,心态平和。没有朋友会来算计我、背叛我,也没有公开或者暗藏的敌人来伤害我。我不必用贿赂、谄(chǎn)媚①、淫淫等手段来讨好任何大人物和他们的奴才。我也用不着担心受骗受害。这儿

[1] 开篇"称心如意"一词交代了"我"在这里生活得幸福、快乐。

[2] 自己动手解决各种生活问题,展现了格列佛的心灵手巧。

[3] 通过引用两句格言,证实了"我"对自己目前生活状况的满足。

---

①谄媚:卑贱地奉承,讨好别人。

没有医生来残害我的身体,没有律师来败掉我的财产,没有告密者在旁监视我的一言一行,没有人会受人雇用捏造罪名对我胡乱指控。这儿没有人冷嘲热讽、苛责非难、背地里说坏话,也没有扒手、拦路强盗、入室窃贼、讼棍、鸨母、小丑、赌徒、政客、才子、脾气乖戾的人、说话冗长乏味的人、辩驳家、强奸犯、杀人犯、强盗、古董收藏家;没有政党和小集团的头头脑脑以及他们的扈(hù)从;没有人用坏榜样来引诱、鼓励人犯罪;没有地牢、斧钺、绞架、笞(chì)刑柱或颈手枷;没有骗人的店家和工匠;没有骄傲、虚荣、装腔作势;没有花花公子、恶霸、醉汉、游荡的娼妓、梅毒病人;没有夸夸其谈、淫荡而奢侈的阔太太;没有愚蠢却又自傲的学究;没有蛮缠不休、盛气凌人、爱吵好闹、吵吵嚷嚷、大喊大叫、脑袋空空、自以为是、赌咒发誓的伙伴;没有为非作歹却平步青云②的流氓,也没有因为其德行而反被削为庶民的贵族;没有大人老爷、琴师、法官和舞蹈能手[4]。

> [4]连用十几个"没有"表明这里的纯净以及对社会阴暗面的痛恨。

我有幸能见到来拜访我主人或者同它一起进餐的一些"慧骃",这种时候它总是十分仁慈地准我在房里侍候,听它们谈话。它和它的客人常常会屈尊问我一些问题并且听我回答。我有时也很荣幸能陪主人出去拜访朋友。除了要回答问题,我从来都不敢擅自开口,而就是回答问题的时候,我内心也感到遗憾,因为这使我丧失了不少改进我自己的时间。我非常喜欢做这么一个谦卑的听众,听它们在那儿交谈。交谈没有废话,言简意赅③;最讲礼貌,却丝毫不拘于形式;没有人说话不是自己说得高兴,同时又使听的人听着开心;没有人会打断别人的话头,会冗长乏味地说个不停,会争得面红耳赤,会话不投机。它们有一个看法:大家碰在一起的时候,短暂地沉默一会儿,确实对谈话大有好处。这一点我倒发现是真的,因为在那不说话的短时间的沉默里,新的见解会在它们的脑子里油然而生,谈话也就越发生动。它们谈论的题目通常是友谊和仁慈,秩序和节俭;有时也谈到自然界的各种可见的活动,或者谈古代的传统;它们谈道德的范围、界限;谈理性的正确规律,或者下届全国代表大会要作出的一些决定;还常常

---

②平步青云:指人一下子升到很高的地位上去。
③言简意赅:话不多,但意思都有了。形容说话写文章简明扼要。

谈诗歌的各种妙处。我还可以补充一点，这倒不是我虚荣，我在场还往往给它们提供充分的谈话资料，因为我的主人可以借此机会向它的朋友介绍我和我的祖国的历史。它们都很喜欢谈这个话题，可是对于人类不是很有利，我因此也就不想在此把它们的话复述了。只有一点我想请大家允许我说一下，我的主人似乎对"耶胡"的本性了解得比我要深刻得多，这是非常令我钦佩的。它把我们的罪恶和蠢事全都抖了出来，其中有许多我却是从来都没有向它提起过，它只是从它们国家的"耶胡"来推想：这种品性的"耶胡"要是再有几分理性，可能会干出什么样的事来呢？它的结论颇为肯定：这样的动物该是多么的卑鄙而可怜啊[5]！

[5]有理性的"耶胡"不就是人类吗？人类的卑鄙、可怜可想而知。

我坦率地承认，我所有的那一点点有价值的知识，全都是我受主人的教诲以及我听它跟它的朋友们谈话而得来的；我听它们谈话比听欧洲最伟大、最聪明的人在集会上发表演讲还要感到自豪。我钦佩这个国家的居民身强力壮、体态俊美、行动迅捷；这么可爱的马儿，有着灿若群星的种种美德，使我对它们产生了最崇高的敬意[6]。说实在的，起初我也不明白为什么"耶胡"和所有别的动物会天然地就对它们那么敬畏，可是我后来也一点点对它们产生敬畏了，而且比我想象的还要快得多。除了敬畏，我还对它们充满了敬爱和感激，因为它们对我另眼相看，认为我不同于我的同类。

[6]"我"的钦佩之情自然流露，毫无保留地抒发出来，"我"对这个国家的热爱也展露其中。

当我想起我的家人、朋友、同胞或者整个人类的时候，我认为不论从形体还是从性情上看，他们还确实是"耶胡"，只是略微开化，具有说话的能力罢了。可是他们只利用理性来增长罪恶，而他们在这个国家的"耶胡"兄弟们倒只有天生的一些罪恶。有时我碰巧在湖中或者喷泉旁看到自己的影子，恐惧、讨厌得只能把脸别过一边去，觉得自己的样子丑不忍睹，还不如一只普通的"耶胡"来得好看。因为我时常跟"慧骃"交谈，望着它们也觉得高兴，渐渐地就开始模仿它们的步态和姿势，现在都已经成了习惯了。朋友们常常毫不客气地对我说，我走起路来像一匹马，我倒认为这是对我的极大的恭维[7]。我也不能不承认，我说起话来往往会模仿"慧骃"的声音和腔调，就是听到别人因此而嘲笑我，也丝毫不觉得丢面子。

[7]"我"向往美好、和睦的"慧骃"的生活，它们的美好品德和习惯都值得"我"去模仿，并以此为荣。

我正享受着这种种快乐，想自己就此安居度日，忽然一天早晨，比平时还更早一些,我的主人把我叫了过去。我看到它面有难色,不知道怎么开口对我说它要说的话。短短的一阵沉默过后,它说,听了它的话不知我会有什么感想;上次全国代表大会上谈起"耶胡"一事时,代表们都对它家里养着一只"耶胡"(指我)很反感,而且养"耶胡"不像养"耶胡",倒像对待"慧骃"一样。大家都知道它经常同我交谈,好像它与我在一起能得到什么好处或者乐趣似的。这样的做法是违反理性和自然的,也是它们那里听都没有听说过的。大会因此郑重规劝它,要么像对我的同类一样使用我,要么命令我还是游回我原来的那个地方去。凡是曾经在主人家或者它们自己家见到过我的"慧骃"都完全反对第一种办法;它们认为,我除了那些动物天生的邪恶品性外,还有几分理性,这就要担心,我可能会引诱"耶胡"们跑到这个国家的森林或者山区,到了夜里再带着它们成群结队地来残害"慧骃"的家畜,因为我们不爱劳动,生性贪婪。

我的主人又说,附近的"慧骃"每天都来催促它遵照执行代表大会的劝告,它也不能再往下拖了。它怀疑我要游到另一个国家去是不可能的,所以希望我能想办法做一种像我曾经向它描述过的、可以载着我在海上走的车子;做的过程中,它自己的仆人和邻居家的仆人都可以帮我的忙。它最后说,就它自己来讲,是很愿意留我下来一辈子给它做事的,因为虽然我本性低贱,却也在尽自己最大的能力努力效仿"慧骃",并因此改掉了自己身上的一些坏习惯和坏脾气[8]。

这里我得向读者说明一下,这个国家的全国代表大会的法令,用它们的词儿表达出来叫作"赫恩赫娄阿乌恩",我所能想到的最近似的译法是"郑重劝告",因为它们不知道怎样强迫理性动物去做什么事,它们只能劝解或者郑重劝告它,没有谁能违反理性,否则就放弃了做理性动物的权利。

听了我主人的话,我一下子悲伤绝望透顶,痛苦得无法自支,就昏倒在了它的脚下[9]。我醒过来之后它对我说,它刚才都断定我已经死了,因为这里的"慧骃"不可能天生那么没有用。我以微弱的声音回答说,真要是死了倒是莫大的幸福。我说虽然我不能怪代表大会提出那样的劝诫,也不能怪它的朋友们来催促它,然而从我无力而又错误的判断来看,我想它们对我稍许宽容一点,

[8]"慧骃"主人眼中的"我"是在变化的,它不把"我"与"耶胡"当作同类,但它也不能违反理性动物的做法。

[9]痛苦至昏倒,格列佛所受的打击可见一斑。

也还是符合理性的吧。我游泳一里格都游不到,而离它们这儿最近的陆地可能也要在一百多里格以外的地方。做一只可以把我载走的小小的容器,所需要的许多材料这个国家根本就没有。我断定这事是做不成的,因而觉得自己已经只有死路一条了;尽管如此,为了顺从主人的意见,也为了感激它,我还是想来试一试。我还说,我肯定是不得善终了,可那还是我最小的不幸,因为我万一碰上什么奇遇而成功逃命,就又要跟"耶胡"在一起过日子,没有榜样的指引,没有表率使得我永远沿着道德之路前进,想到这些,我心情怎么能够不差呢?我也非常清楚,英明的"慧骃"作出的一切决定都是有实实在在的理由的,不会被我这么一只可怜的"耶胡"提出的什么论据动摇。于是,我先是向它表示感谢,感谢它主动提出让它的仆人来帮忙造船,同时也请求它给我以充分的时间来做这么一件艰巨的工作。然后我就对它说,我一定尽力保住自己这一条贱命,万一还能回到英国去,或者还有希望对自己的同类有所用处,我可以歌颂赞美著名的"慧骃",建议全人类都来学习它们的美德。

我的主人很谦和地答了我几句。它答应我两个月的时间让我把船造好,同时吩咐那匹栗色小马也就是我的伙计(现在我们相隔这么远,我可以冒昧地这样称呼它)听我的指挥,因为我对主人说过,有它帮忙也就够了,我知道它对我是很亲切的[10]。

[10]"慧骃"主人对"我"离开期限的宽限和安排体现了它的宽容与同情。

我要做的第一件事就是由它陪着到当初反叛我的那些水手逼我上岸的那一带海岸去。我爬上一处高地,向四面的海上望去。我仿佛看到东北方向有一座小岛,就拿出袖珍望远镜,结果清清楚楚辨认出大约五里格以外(我估算)还真是一座小岛。可是在栗色小马看来那只是一片蓝色的云,因为它不知道除了它自己的国家外还有别的国家存在,所以也就不能像我们这些人一样可以熟练地辨认出大海远处的东西,我们却是熟谙(ān)此道的。

我发现了这座岛之后,就先不再考虑别的了。我决定,如果可能的话,那就是我的第一个流放地,结果会怎样就听天由命吧。

回到家里,我和栗色小马商量了一下之后,就一起来到不很远的一处灌木林里,我用小刀,它用一块尖利的燧石(按它们的方法很巧妙地绑在一根木柄上),我们砍了几根大约有手杖粗细的橡树枝,有的还要更大一些。不过我不想烦读者来听我详细描述我是怎么来做那些事的,简而言之,六个星期之后,在栗色小马的帮忙下(最吃苦的那部分活都是它干的),我成功制造了一只印第安式的小船,不过比那种船要大得多。我用自己搓的麻线将一张张"耶胡"皮仔细缝到一处把船包起来。我的帆也是用"耶胡"皮做成的,不过我找的是最小的"耶胡",老一点的"耶胡"皮太粗太厚。我还为自己准备了四把桨。我在船上存放了一些煮熟的兔肉和禽肉,还带了两只容器,一只盛着牛奶,一只装着水。

我在我主人家附近的一个大池塘里试航了一下我的小船,把有毛病的地方改造了一番,再用"耶胡"的油脂将每一处缝隙堵死。最后,我见小船已经结结实实,可以装载我和我的货物了。当我尽力将一切准备完毕之后,我就让"耶胡"把小船放到一辆车上,在栗色小马和另一名仆人的引导下,由"耶胡"慢慢地拖到了海边。

一切都准备妥当,行期已到,我向我的主人、主妇和它们全家告别。我的眼里涌出泪水,心情十分沉痛。可是主人出于好奇,或者也有一部分是出于对我的关心(我这么说也许不是自负吧),决定把我送到船上,还叫了它邻近的几位朋友随它一道前往。等潮水上来时,我已经等了一个多钟头,恰巧这时风吹向我打算航行过去的那座小岛,我就再次向我的主人告别。可是正当我要伏下身去吻它的蹄子的时候,它却赏脸将蹄子轻轻地举到了我的嘴边。我并不是不知道我因为提到刚才这件事曾受到不少责难;诽谤④的人都认为,那么卓越的一个"慧骃"是不大可能把这样大的荣耀赐给我这样的下等动物的。我也没有忘记,有些旅行家很喜欢吹嘘自己曾受到什么特殊的恩典。但是,如果这些责难我的人对"慧骃"那高贵、有礼的性格有更多更深的了解,他们马上就会改变自己的看法了[11]。

我又向陪我的主人前来的其他"慧骃"致敬,然后上船,推船离开了岸边。

[11] 就算受到诽谤和指责,"我"仍旧在为"慧骃"们辩解,它们的美好品德一直感染着"我",使"我"不能忘怀。

---

④诽谤:说人坏话,诋毁和破坏他人名誉。

第十一章

回到英国

格列佛的危险航程——他到达新荷兰,打算在那儿定居——被一当地人用箭射伤——被葡萄牙人所捉,强行带到他们的船上——船长对他的热情招待——格列佛回到英国。

1714年(也许是1715年)2月15日上午9点,我开始了这一次险恶的航行。海上刮的是顺风,可是开始我只是用桨在那里划,后来考虑到这样划下去人很快会疲劳,而风向也可能会改变,我就大胆地扯起了小帆。就这样,在海潮的帮助下,我以每小时一里格半的速度行驶着(这是我尽可能的估计)。我的主人和它的朋友一直站在岸上,直到看不见我时才离开[1]。我还不时听到那匹栗色小马在喊(它一直是爱我的):"赫奴伊·伊拉·奴哈·玛加赫·耶胡!"("多保重,温顺的耶胡!")

[1] 格列佛与慧骃情谊深厚。

我的打算是,尽一切可能,找那么一座无人居住的小岛,依靠自己的劳动,为自己提供一切生活的必需品,我想那比在欧洲最文雅的宫廷里做首相大臣还要幸福。一想到要回到那个社会中去受"耶胡"们的统治,我就非常恐惧。因为如果能像我希望的那样过上隐居的生活,我至少可以享受思想上的自由,可以愉快地思考那些无与伦比的"慧骃"的种种美德,不可能再堕入我同类的罪恶和腐化中去[2]。

[2] 格列佛对人类社会已无向往,宁愿独自生活在荒岛,也为下文他难以适应人类社会埋下伏笔。

读者也许还记得,我前面曾提到过我的那些水手如何谋反,把我囚禁在船舱里,一连几个星期我都不知道走的是什么航线,后来他们又把我押上长舢板将我丢到岸上;不知是真是假,水手们还赌咒发誓地说他们也不知道我们到了世界的哪个部分。不过根据我偷听到的他们的一些话,我猜想他们是在往东南方向行驶,打算航行到马达加斯加去。所以我确信,我们当时是在好望角以东大约十度的地方,也就是在南纬四十五度左右一带。虽然这仅仅是一种推测,可我还是决定向东行驶,希望能到达新荷兰的西南岸,也许在新荷兰的西面可以找到我所期望的某个无人小岛[3]。这时风向正西,到晚上六点钟,我估算我至少已向东行驶了十八里格。这时我看到约半里格外有一座小岛,不一会儿工夫我就到了那里。这岛只是一整块岩石,仅有一个由暴风雨侵袭、冲刷而成的小港湾。我把小船停在这里,爬上一处岩石,从那里我清清楚楚看到东面由南向北延伸着一片陆地。我在小船里躺了一整夜,第二天一早继续上路。七个小时之后,我到达了新荷兰的西南角。这就证实了我长期以来一贯的一个看法:地图和海图把这个国家的位置标错了,图上的方位至少比该国的实际位置东移了三度。我想我许多年前就跟我的好友赫尔曼·莫尔先生谈过,并且还向他说了我的理由,可是他还是选择了别的作家的意见。

我在登陆的那个地方没有看到什么居民,可是由于没有武器,不敢深入内地。我在海滩上找到了一些蚌蛤,因为怕被当地人发现,不敢生火,就生吃了下去。为了节省自己的食品,我一连三天就都吃些牡蛎和海蛳。非常幸运,我还找到了一溪极好的淡水,使我大为宽慰。

到了第四天,我壮着胆子往境内走远了一点,就发现在离我不到五百码的一个高地上有二三十个当地的土人。他们都赤条条一丝不挂,男人、女人和小孩全都围着一堆火,因为我看到有烟。其中一人发现了我,就马上告诉了其余的人。五个人向我走了过来,留下女人和小孩还围在火堆边。我拼命向海边跑去,跳上船,划了开去。这些野人见我逃跑,就在我后面追;我还没有划出去多远,他们就放了一支箭,深深地射伤了我的左膝盖(我要带着这个伤疤进坟墓了)[4]。我怕那箭可能有毒,把船划出他们射程以外后(那天风平浪静),就赶紧设法用嘴吮吸伤口,并尽量把它包扎好。

这时我不知道怎么办好了,我不敢回到我原先登陆的那地方去。没有办法,只得向北划。风虽然很小,可是从西北方朝我迎面吹来。我正在四下里寻找一个安全的登陆地点,忽然发现正北以东有一艘帆船,并且越来越清楚。我有点犹豫了,要不要等一等他们呢?可是我对"耶胡"一族的憎厌终于还是占了上风,就掉

[3]"我"不是期望看到有人类的岛屿,而是无人类生活足迹的小岛,让人感受到了莫大的讽刺。

[4]土人对"我"的攻击与慧骃发现"我"时的友好形成鲜明对比。

转船头，又是张帆又是划桨向南驶去，重新回到了早上从那儿出发的那个港湾，因为我宁可把自己的命舍给那些野蛮人，也不愿意和欧洲的"耶胡"们在一起生活[5]。我把小船紧靠在海岸边，自己则躲到那条小溪旁的一块石头后面；我前面已经说过，那小溪的水是极好的。

那船驶到离小溪已不到半里格了，它放下一条长舢板带着容器前来取淡水（这地方的水看来很出名）。不过我是到这长舢板快近海滩的时候才发现它的，再另找一个藏身的地方已经来不及了。水手们一上岸就看到了我的小船，他们仔仔细细搜查过后，很容易就猜想到船主人不可能走远。四个全副武装的水手将每一处岩缝和可以藏身的洞穴都搜遍了，终于在那块石头后面发现我脸朝下在那儿趴着。他们盯着我那怪异而粗乱的衣服出奇地看了一会儿；我穿着皮外衣、木底鞋、毛皮袜，可是他们断定我并不是当地的土人，因为当地人都是赤身露体不穿衣服的。其中的一个水手说着葡萄牙语叫我起来，并问我是什么人。葡萄牙语我是很通的，所以我就站起来，说我是一只可怜的"耶胡"，被"慧骃"放逐了，希望他们能把我放过去。他们听到我用他们的母语回话非常惊奇，从我的面貌看，肯定是个欧洲人，可他们不明白我说的"耶胡"和"慧骃"到底是什么意思。同时，我说起话来怪腔怪调，就像马嘶一样，他们听了不禁大笑起来[6]。我既害怕又厌恶，一直在那儿发抖。我再次请他们放我走，一面就慢慢地开始向我的小船走去。可他们把我抓住了，问我是哪一国人，从哪儿来，还问了许多别的问题。我告诉他们我出生在英国，大约五年前就出来了，那时他们国家和我的祖国是和平相处的。我对他们没有敌意，所以希望他们也不要把我当敌人看待。我只是一只可怜的"耶胡"，想寻找一处荒无人烟的地方度过自己不幸的残年[7]。

当他们开始说话的时候，我觉得我从来都没有听过或者见到过这么不自然的事情，因为在我看来这就像英国的一条狗、一头母牛或者"慧骃"国的"耶胡"会说话那样荒谬①可笑。那些诚实的葡萄牙人对我的奇异装束和说话时的怪腔怪调同样也感到很吃惊，不过腔调虽怪，他们听得还是很明白的。他们以十分仁慈友

[5] 宁死也不愿回归文明社会，格列佛对"耶胡"的排斥可见一斑。

[6] 虽然"我"的面貌、穿着、话语都证明"我"是个正常人类，但"我"的怪腔怪调使他们大笑。

[7] 就算被人类发现，"我"还是宁愿去偏僻的地方独自生存，这种执着让人不禁为"我"以后的生活捏了一把汗。

---

①荒谬：荒唐，错得离谱。

好的态度同我说话,说他们船长肯定会愿意把我免费带到里斯本的,从那儿我就可以回自己的祖国去了。他们又说,两名水手将先回大船去,把他们发现的情况报告船长,再请他下命令;同时他们还要把我强行绑起来,除非我郑重发誓决不逃跑。我想我最好还是依了他们的要求吧。他们都十分好奇,想听听我的故事,可我几乎没能满足他们的愿望,于是他们全都猜想,以为是我的不幸遭遇损害了我的理性。两小时之后,装载淡水回去的小船带着船长的命令又回来了,命令说要把我带到大船上去。我双膝跪地,求他们放我自由,可一切全是白搭;水手们用绳索将我绑好,扔进了舢板,我被带到了大船上,接着就被拥进了船长室[8]。

船长的名字叫彼得罗·德·孟德斯,为人十分殷勤、大方。他请我介绍一下自己的情况,又问我想吃点什么,喝点什么。他说我将受到同他一样的待遇,还说了许许多多别的客气话,叫我好生奇怪:一只"耶胡"怎么会这样有礼貌的呢?尽管如此,我还是一言不发,闷闷不乐。闻到他和他的水手身上的那股气味,我都快要昏过去了。最后我要求从我自己的小船上拿些东西来吃,可他却吩咐人给我弄来了一只鸡和一些美酒,接着又下令把我带到一间十分干净的舱房去睡觉。我不肯脱衣服,就和衣躺在被褥上。过了半个小时,我想水手们正在吃晚饭,就偷偷地溜了出来,跑到船边准备跳进海里泅水逃生;我是再也不能和"耶胡"在一起过了。但是,我被一名水手拦住了,他报告了船长,我就被他们用链子锁进了舱里。

晚饭之后,彼得罗先生来到我跟前,问我为什么要那样舍命企图逃走;他向我保证,他只是想尽力帮我的忙;他说得非常感人,所以我最终还是把他当作一个略有几分理性的动物看待了。我向他简单地说了说我航行的经过,说了我手下的人怎么谋反,怎么把我弄到了一个国家的海岸上,以及我在那个国家生活了五年的情形。所有这一切他认为就像是一场梦或者是一种幻想,对此我非常反感,因为我已经差不多忘记怎么说谎了;说谎这种本领是在"耶胡"统治的所有国家里"耶胡"们所特有的,他们因此对自己同类说的实话也加以怀疑。我问他,他们国家是否有说子虚乌有之事的习惯?我对他说,我差不多已经不明白他所谓的"虚假"是什么意思了,就是我在"慧骃"国住上一千年,也绝不会听到

[8] 乞求无效,"我"注定要回到人类中,继续做一只自己厌恶的"耶胡"。

最下等的仆人说一个谎,信不信由他,我全不在乎。不过为了报答他的恩情,我尽可以原谅他堕落的本性;他如果有什么反对的意见要提,我都可以回答,以后他自然会发现事实是怎么回事。

船长是位聪明人,他好几次都力图想在我说的故事中找出点差错来,可最终还是开始渐渐地认为我的话是真实可靠的了。更何况他自己都承认,他就碰到过一位荷兰船长,声称自己曾和五名水手在新荷兰以南的某个岛或是大陆登陆取淡水时,看到过一匹马赶着几只样子跟我描述的"耶胡"完全一模一样的动物[9];还有其他一些详细的情况,船长说他都记不起来了,因为他当初以为那一切全都是撒谎。不过他又接着说,既然我宣称自己那样绝对地忠于真理,我必须说话算话,答应他决不再起舍命逃跑的念头,跟他一起完成这次航行,否则在到里斯本以前,他将一直把我禁闭起来。我答应了他的要求,可同时还是向他申明,我宁可受最大的苦,也不愿意回去同"耶胡"们一起生活。

[9] 荷兰船长的见闻证实了"我"话语的真实性。

我们一路上没有遇到什么重大事件。为了报答船长的恩情,我有时也接受他的恳求陪他在一起坐坐。我竭力掩饰自己对人类的厌恶,可它不时地还会爆发出来;船长倒耐心不错,不去注意就放它过去了。但是一天中的大部分时间我还是躲在自己的舱里不见任何水手。船长几次三番请我把那身野蛮人的衣服脱下来,要把他自己那套最好的衣服借给我。这他可是怎么劝说我都不能接受,因为我讨厌把"耶胡"穿过的任何东西穿到自己的身上。我只希望他能借我两件干净的衬衫,我想他穿过之后总要洗的,所以不太会玷污了我的身子。这两件衬衫我就每隔一天换一次,并且换下之后都由自己亲自洗[10]。

[10] "我"对"耶胡"的憎恶之情已经扩大到连他们穿过的衣服"我"都不愿意再碰的地步。

1715年11月5日,我们到达了里斯本。上岸时,船长硬要我把他的斗篷穿上,免得一帮乌合之众②上来围观我。他把我领到他自己家里,在我的恳切要求下,他带我来到房子后部最高的一个房间。我求他不要对任何人讲起我跟他说过的关于"慧骃"的事,因为只要走漏一点风声,不但会引来许多人看我,说不定我还会有被异教徒审判所监禁或者烧死的危险。船长劝说我接受一身新做的衣服,可是我容不得裁缝给我量尺寸;好在彼得罗先生

---

② 乌合之众:像暂时聚合的一群乌鸦。比喻临时杂凑的、毫无组织纪律的一群人。

身材跟我差不多,那衣服穿起来倒还相当合身。他还给我准备了其他一些必需品,全都是新的,我把它们晾晒了二十四个小时后才使用。

船长没有妻子,只有三个佣人,我们吃饭时却不要他们在一旁侍候。他的一举一动都彬(bīn)彬有礼③,加上又非常能理解人,我倒真的开始愿意让他和我在一起了。他赢得了我极大的好感,我也因此敢从后窗往外张望了。后来渐渐地过了一段时间,我搬到了另一间屋子;我从那儿探头朝大街上望了望,但吓得立即把头缩了回来。一个星期之后,他诱使我来到门口,我发现恐惧已经逐渐减少了,可仇恨和鄙视似乎有了增长。最后我已敢由他陪着到街上去走走,但我总是用芸香(有时也用烟草)把鼻子捂得好好的[11]。

[11] 详细叙述"我"逐渐发生的改变,使故事看起来真实可信。

我已经跟彼得罗先生说起过我家里的一些事,所以十天以后他就哄劝我说,为了名誉和面子,我都应该回到祖国去跟老婆孩子一起过。他告诉我,港里有艘英国船就要起航了,我所需要的一切都由他来提供。他说了不少理由,我则提出了反对的意见,可这些说起来太长,没有什么意思。他说,找那么一座我理想中的孤岛定居下来是根本不可能的,但我在自己家里可以自己做主,想怎么隐居就怎么隐居。

我发现也没有什么更好的办法,最后还是依了他。11月24日,我乘一艘英国商船离开了里斯本,可船长是谁我从来也没有打听过。彼得罗先生送我上了船,又借给我二十英镑。他与我亲切告别,分手时还拥抱了我,我只好尽量忍着。在最后一段航程中,我和船长、船员都根本不来往,我只推说自己身体有病,一步不离自己的船舱。1715年12月5日上午9点钟左右,我们在唐兹抛锚。下午3点,我平安回到瑞德里夫我自己的家中。

我的妻子和家人迎接到我是又惊又喜,因为他们都断定我早就死了。但是我必须承认,见到他们我心中只充满了仇恨、厌恶和鄙视,而一想到我同他们的密切关系,就更是如此了[12]。因为虽然我不幸从"慧骃"国里被放逐了出来,强忍着同"耶胡"们见面,同彼得罗·德·孟德斯先生说话,可我记忆里、想象中还都时

[12] 这段话中既有对人类的憎恶,也有对国家当权者的不满。

---

③彬彬有礼:形容文雅有礼貌的样子。

时刻刻一直被那些崇高的"慧骃"的美德和思想满满地占据着,而我想到自己曾和一只"耶胡"交媾过,从而成了几只"耶胡"的父亲,心中感到莫大的耻辱、惶惑和恐惧。

　　我一回到家妻子就拥抱我、吻我;多少年不习惯碰这种可厌的动物了,所以她这么一来,我立即就晕了过去,差不多一个小时后才醒过来。写这部书的时候,我回英国已经五年了。回家后第一年,我都不准我妻子和孩子到我跟前来,他们身上的气味我受不了,更不要说让他们同我在一个房间里吃饭了。时至今日,他们还是不敢碰一碰我的面包,也不敢用我的杯子喝水,我也从来不让他们任何一个牵我的手[13]。我花的第一笔钱是买了两匹小马,我把它们养在一个很好的马厩里。除了马以外,马夫就是我最宠爱的人了,他在马厩里沾染到的那种气味我闻到就觉得精神很多。我的马很能理解我,我每天至少要同它们交流四个小时。它们从不带辔头和马鞍。我同它们和睦相处,它俩之间也很友爱。

[13] 可见慧骃国的经历对"我"影响之大——"我"已经很难再融入人类社会了。

第十二章

写作计划

> 格列佛记事真实可靠——他出版本书的计划——他谴责那些歪曲事实的旅行家——格列佛表明自己写作并无任何险恶目的——有人反对,格列佛答辩——开拓殖民地的方法——格列佛赞美祖国——他认为国王有权占领他描述的那几个国家——征服那些国家的难处——格列佛向读者作最后告别;谈到他将来的生活方式;提出忠告;游记结束。

亲爱的读者,我已经把我十六年又七个多月来的旅行历史老老实实地对你们说了。我没有刻意讲究文采,只是注重叙述事实。我也许可以像别人那样说一些荒诞不经的故事来使你们大吃一惊,可是我还是愿意用最简朴的语言和文笔叙述一些平凡的事实,因为我主要的目的是向你们报道而不是给你们消遣。

英国人或者欧洲其他国家的人是很难到一些遥远的国家去旅行的,像我们这种去过那些地方的人,如果把海上或者陆地上的奇异动物描写一番那是很容易的。但是,一个旅行家的主要目的应当是使人变得聪明、善良,应当用异国他乡的正反两方面的事例来改善人们的思想[1]。

我衷心希望能制定一项法律,即,每一位旅行家必须向大法官宣誓,保证他想要发表的东西都绝对是真实的,然后才能得到许可出版自己的游记,这样世人就不会像平常那样受到欺骗了。有些作家为了使自己的作品受到大众的欢迎,硬是撒一些弥天大谎①来蒙骗缺乏警惕的读者。我年轻的时候也曾以极大的兴趣仔细阅读过几本游记,但自从我走遍地球上的大部分地区,并且能

[1] 点出旅游家的职责所在,也表明自己写作这本书的目的,是改善人们的思想。

---

① 弥天大谎:形容天大的谎话。

够根据自己的观察反驳那许多不符合事实的叙述以后，我对这种作品就十分厌恶了，同时对人类那么轻易地就相信了这些东西也感到有些生气。所以，既然熟识我的人都认为我辛辛苦苦努力写出来的这本书还可以为国内读者所接受，我就坚决要求自己永远恪守一条准则：严格遵守事实。实际上我也永远不会受任何诱惑偏离事实，因为我心中一直牢记着我那高贵的主人和其他优秀的"慧骃"的教诲和榜样；我曾有幸在那么长的时间里聆（líng）听它们的教导。

"……虽然厄运使西农落难，却不能强使他诳语欺人[2]。"

我非常清楚，写这类作品既不需要天才也不需要学问，只要记忆力强、记录精确，用不着别的能力，写出来也享不了什么大名。我也知道，游记作家也像编字典的人一样，将来一定是湮（yān）没②无闻，因为后来者居上，以后的人不论在分量和篇幅上都会超过他们。那些读了我这部作品的旅行家如果日后去我描述过的那些国家游历，就会发现我的错误（如果有错误的话），还会增添不少他们自己的新发现，这样就会把我挤出流行作家的圈子，自己取而代之，使世人忘记我曾经也是个作家。这样的事是极有可能发生的。如果我写作是为了求名，这确实是莫大的屈辱；然而我著书的唯一目的是为了大众的利益，这样我就根本不可能感到失望。因为既然自认为是统治本国的理性动物，谁读到我提到的那些光荣的"慧骃"的种种美德，不要为自己的罪恶感到羞耻呢？关于由"耶胡"统治的那些遥远的国家我什么也不想说了；在那些国家当中，布罗卜丁奈格人腐败的程度最轻，所以他们在道德和统治方面的英明准则应该是我们所乐于遵从的。可是我不想再往下说了，怎么评价怎么做，都留给贤明的读者自己去想吧。

我非常高兴我的这部作品可能不会受到什么责难。一个作家，他只叙述发生在那么遥远的国度里的一些平凡的事实，我们既没有半点兴趣同这些国家做生意，又不想同它们谈判，对于这样的一个作家，还有什么可反对的呢？我曾十分谨慎地避免了一般游记作家的每一个毛病，他们因为这些毛病常常受到指责也是

[2]引自维吉尔的《伊尼德》。作品以"阿喀琉斯的愤怒"为情节主干，写十年战争最后一年的五十一天。格列佛引用此句意在表明自己所言非虚。

②湮没：埋没。

罪有应得。另外,我对任何政党的事都不插手。我写作不动怒,不带偏见,对任何人或者任何团体的人都没有敌意。我写作的目的是最高尚的,只想给人类传递见闻,教育人类。我倒并不是不谦虚,我自以为比一般的人可能要略高一筹,因为我曾那么长时间同最有德行的"慧骃"在一起交谈,我自有优势。我写作既不为名也不为利。我从来都不肯用一个词儿让人感觉到像在责难别人,即使对那些最爱认为自己是受了指责的人,我也尽可能不去得罪他们。因此,我希望我能够公正合理地表明自己是个绝对无可指责的作家,任何抗辩家、思想家、观察家、沉思家、挑毛病专家、评论家对我都永远无计可施③。

我承认,有人曾悄悄地跟我说,作为一个英国的臣民,我有义务一回来就向国务大臣递交一份报告,因为一个英国臣民发现的任何土地都是属于国王的[3]。但是,我怀疑如果我们要去征服我说到的那些国家,是不是会像弗迪南多·柯太兹④征服赤身裸体的美洲人那么容易。利立浦特人,我想征服他们所得的好处几乎都抵不上派遣一支海陆军队的消耗;对布罗卜丁奈格人有所企图我又怀疑是否慎重或安全;而英国军队的头顶上浮着那么一座飞岛他们会不会感到很自在,"慧骃"看来倒真的对战争没有什么准备,它们对战争这门科学而尤其是对大规模的武器完全是外行。尽管如此,假如我是国务大臣,是决不会主张去侵犯它们的。它们审慎、团结、无畏、爱国,足可弥补它们在军事方面的所有缺陷。想想看,两万"慧骃"冲进一支欧洲的军队,冲乱队伍,掀翻车辆,用后蹄将士兵的脸踢得稀烂。因为它们完全担当得起奥古斯都的性格:Recalcitrat undique tutus。但是我不会主张去征服那样一个高尚的民族,我倒希望它们能够或者愿意派遣足够数量的"慧骃"来教化我们,教我们学习关于荣誉、正义、真理、节制、公德、刚毅、贞洁、友谊、仁慈和忠诚等基本原则。在我们的大多数语言中还保留着这一切美德的名词,在古今作家的作品中也还能碰见这些名词;我自己虽然读书不多,这些名词倒还能说得出来。

但是我还有一个理由为什么不那么赞同国王陛下要用我发

[3] 讽刺了英国到处扩张、占领殖民地的罪恶、现实。

---

③ 无计可施:没有办法可用。
④ 佛迪南多·柯太兹(1485—1547):西班牙的冒险家、殖民者。

现的地方来扩张其领土。说老实话,对分派君主去那些地方统治的合法性我已经有些怀疑了。比方说吧,一群海盗被风暴刮到了一个不知名的地方,最后一名水手爬上主桅发现了陆地,于是他们就登陆掠抢。他们看到的是一个于人无害的民族,还受到友好招待;可是他们却给这个国家起了一个新国名,为国王把它给正式占领了下来,再竖上一块烂木板或者石头当纪念碑。他们杀害二三十个当地人,再掳走几个做样品,回到家里就被赦免了。一片新的领土就这样开辟了,它的获得名义上还是神圣的。国王立刻派船前往那地方,把当地人赶尽杀绝。为了搜刮当地人的黄金,他们的君主受尽折磨。国王还对一切惨无人道、贪欲放荡的行为大开绿灯,整个大地于是遍染当地居民的鲜血。这一帮如此效命冒险远征的该死的屠夫,也就是被派去改造开化那些盲目崇拜偶像的野蛮民族的现代殖民者[4]。

[4] 无情地揭露和批判了殖民者的残忍和贪婪。

但是我坦率地说,这一段描述跟英国民族毫无关系。英国人在开辟殖民地方面所表现出的智慧、关心和正义可以做全世界的楷模。他们在促进宗教和学术方面具有充分的才能;他们选派虔诚、能干的教士传布基督教义;他们谨慎小心地从本王国挑选出生活正派、谈吐清楚的人移居各地;他们派出最能干、最廉洁的官员到各殖民地管理行政,严守正义;更令人高兴的是,他们派出去的总督都是些最警醒、最有德行的人,一心一意只考虑到治下人民的幸福和他们国王主子的荣誉。

但是,我描述过的那几个国家似乎都不愿意被殖民者征服、奴役或者赶尽杀绝,他们那里也不盛产黄金、白银、食糖和烟草,所以在下以为,他们并不是我们表现热情、发挥勇武或者捞点好处的合适的对象。然而,如果那些和这事更有利害关系的人觉得应该持与我不同的意见,那么我在依法被召见的时候就准备宣誓作证:在我之前还从未有什么欧洲人到过那几个国家。我的意思是说,如果我们相信当地居民的话,事情是不会有什么争议的,除非是关于那两只据说是许多年前出现在"慧骃"国一座山上的"耶胡"可能会引起争议;根据那种意见,"耶胡"种就是它俩的后裔,而据我所知,那两只"耶胡"可能就是英国人。这一点,说实话,从它们后代面容的每一点来看,我是有点怀疑的;但这是否就构成我们占据那地方的理由,我只有留给精通殖民法的人去考虑了。

但至于以国王陛下的名义正式占领那几个地方,我却是从来都不曾想到过,而即使有过那种想法,就我当时的情形来看,为了慎重和自我保护起见,我也许还是等以后有更好的机会再说。

作为一个旅行家,我可能受到的责难也许只有这一个了,而我现在已经作了答辩。在此我谨向我的每一位敬爱的读者最后告别。我要回到瑞德里夫我的小花园中去享受自己静思默想的快乐,去实践我从"慧骃"那儿学来的那些优秀的道德课程,去教导我自己家里的那几只"耶胡"直到把它们都培养成驯良的动物。我要常常照镜子看看自己的形象,使自己渐渐养成习惯,以后看到人类不至于忍受不了。我很惋惜我国的"慧骃"有兽性的表现,可是看在我那高贵的主人,它的家人、朋友以及全体"慧骃"的面上,我对它们一直还是很尊敬的。我们的"慧骃"每一处轮廓都有幸同"慧骃"国的"慧骃"一样,可是它们的智力却渐渐地退化了。

从上星期开始,我已经允许妻子与我同桌吃饭了,我让她坐在一张长桌子的一头,离我很远,也让她回答我提的几个问题(不过只让她极简单地回答)。可是"耶胡"的气味还是非常难闻,我总是用芸香、熏衣草或者烟草将鼻孔塞得紧紧的。老年人虽然难以改变旧日的习惯,可我也不是全无希望,一段时间之后,总可以受得了让邻居的"耶胡"与我相聚,而不会像现在这样要担心他用牙齿或爪子来伤害我。

如果一般的"耶胡"仅仅有着它们天生的罪恶和愚蠢,我同它们和睦相处可能还不是很困难。我见到律师、扒手、上校、傻子、老爷、赌棍、政客、嫖客、医生、证人、教唆犯、讼棍、卖国贼等也并不动气,这都是很自然的事情。但是当我看到一个丑陋的笨蛋,身上心里都有病,却还骄傲不堪,我的耐心马上就消失了。我怎么也弄不明白这样一种动物怎么会和这么一种罪恶搅和到一起。聪明而有德行的"慧骃"富于理性动物所能具有的一切美德,而在它们的语言中却没有表达这种罪恶概念的名词。它们的语言中,除了那些用来描述"耶胡"的可恶品性的名词外,没有任何可以表达什么罪恶的名词。它们因为对人性缺乏透彻的了解,所以在"耶胡"身上还辨认不出有这种骄傲的罪恶,可在"耶胡"这种动物统治的国家里,骄傲这一特性是显而易见的。我的经验要多一些,所以能够清清楚楚在"耶胡"的身上看到几分骄傲的本性。

但是,在理性支配下生活着的"慧骃"却不会因自己具有那些优点而感到骄傲,就像我并不会因为自己没缺少一条腿或者一只胳膊而感到骄傲一样;虽说四肢不全肯定会痛苦,但头脑正常的人也绝不会因为自己四肢齐全就得意起来。这个问题我谈得多了些,为的是想尽一切办法使英国的"耶胡"们不至于叫人不能忍受;所以我在这儿请求那些沾染上这种荒谬罪恶的人,不要随便走到我的眼前来[5]。

[5]总结全文,最后一次和读者交流,格列佛的游记历程就此落幕。

名著导读

一、关于作者

乔纳森·斯威夫特(1667—1745),英国讽刺作家、政治家、诗人,以讽刺作品名垂青史。他是一名牧师,一位政治撰稿人,一个才子。他出生于爱尔兰都柏林,六岁上学,在基尔凯尼学校读了八年。1682年进都柏林著名的三一学院学习,他除了对历史和诗歌有兴趣外,别的一概不喜欢,还是学校"特别通融"才拿到学位。之后,他在三一学院继续读硕士,一直到1686年。1688年,爱尔兰面临英国军队的入侵,他前往英国寻找出路。

接下来的十年是对斯威夫特一生中具有重要影响的关键时期。他通过亲戚的关系,在穆尔庄园当私人秘书。穆尔庄园的主人坦普尔是一位经验丰富的政治家,也是位哲学家,修养极好,这无疑给斯威夫特起了积极的,甚至是导师性质的作用。这从政治或者其他较实际的角度看,对斯威夫特可能是一种失望,但就一个讽刺作家来说,近十年的时间却使他得到了充分的学习。他早期的两部讽刺杰作《桶的故事》和《世纪战争》正是在这里写成的。

离开穆尔庄园后,斯威夫特回到爱尔兰继续做他的牧师。为了教会,他投入政治活动中。他在后半生写了无数的政治小册子,获得了相当的声誉。虽然他一时间名闻遐迩,可他的内心是孤独的。他甚至一步步走到了绝望的边缘。他经历了一切,也看透了一切,于是,他写了《格列佛游记》。

1745年10月19日,斯威夫特在黑暗和孤苦中告别了人世,终年七十八岁。

【背景资料】

《格列佛游记》成书于1726年左右,是英国18世纪杰出的讽刺作家乔纳森·斯威夫特的代表作。本书的构思源于与朋友的一次聚会。斯威夫特谈到当时政界种种贪婪无耻的行径时激动万分,嬉笑怒骂,信笔开始了《格列佛游记》第一卷的创作。成书后经过无数次增删修改,终于1726年匿名发表,并立刻在英国社会引起了很大争议。两百多年来,它被译成几十种文字,在世界各地广为流传。

二、主要内容和主题思想

《格列佛游记》是英国文学史上最优秀的讽刺小说之一。全书共分四卷。小说以第一人称,通过主人公英国外科医生格列佛周游"小人国""大人国""飞岛国""慧骃国"的奇遇,对18世纪前半期的英国进行了全面的讽刺和批判,抨击了当时的议会、司法等方面的黑暗,揭露了英国统治者的殖民政策,歌颂了劳动人民的反抗精神,具有鲜明的民主主义思想特色。作品想象力丰富,手法夸张,讽刺尖刻,语言朴实,用语简洁。全书的虚构和细节的真实结合完美,具有深刻的批判现实主义力量,是开创英国文学史上讽刺传统的代表作品之一。

【主要内容】

格列佛以医生的身份到船上工作,不幸遇难,漂流到利立浦特岛上。岛上居民身高都只有六英寸左右。后来,他又起航到了巨人岛,那里的国王身高有六十英尺之巨。接着,他又展开了第三次航行,来到了勒皮他飞岛,那是个与世隔绝的世界,人们的观念封闭阻塞。最后格列佛航行到一个叫慧骃国的地方,那里的主宰者慧骃族是马,有高度的智慧,圈养一种叫作"耶胡"的人形怪物。因为人类的外形酷似耶胡,又从格列佛口中得知人类有撒谎、贪婪等邪恶行径,所以慧骃族的首领对人类十分排斥。在岛上生活了一阵子后,他就被放逐了,在海上漂泊被救起后回到英国。回到家中后,格列佛对人的气味略有厌恶之意,便买了两匹马,安度晚年。

【主题思想】

《格列佛游记》政治倾向鲜明,它的批判锋芒集中在抨击当时英国的议会政治和反动的宗教势力上。小说通过格列佛在利立浦特(小人国)、布罗卜丁奈格(大人国)、勒皮他(飞岛国)和慧骃国的奇遇,反映了18世纪前半期英国社会的一些矛盾,揭露批判了英国统治阶级的腐败和罪恶及英国资本主义在资本主义原始积累时期的疯狂掠夺和残酷剥削。

三、故事梗概

1699年,外科医生格列佛随"羚羊"号出航南太平洋,不幸中途遇上海难,漂到了利立浦特(即小人国),被小人捆住。利立浦特人用专车把体型巨大的格列佛运到京城献给国王,他的出现几乎吸引了小人国所有的人。格列佛温顺的表现逐渐赢得了国王和人民对他的好感,他也渐渐熟悉了小人国的风俗习惯。当时,另一小人国不来夫斯库帝国准备从海上入侵利立浦特帝国,格列佛涉过海峡,把50艘最大的敌舰拖回利立浦特国的港口,立了大功。但是格列佛不愿灭掉不来夫斯库帝国,使国王很不高兴。这时,皇后寝宫失火,格列佛情急生智,撒了一泡尿把火扑灭,谁知却让皇后大为恼火。于是,小人国君臣沆瀣一气准备除掉格列佛。格列佛听到风声,赶快逃到不来夫斯库帝国,后来平安回到英国。

格列佛回家不久,就随"冒险"号再次出海,不幸又遇上风暴,船被刮到布罗卜丁奈格(大人国)。格列佛被一位高大的农民捉住,农民带格列佛到全国各大城市表演,最后来到首都。这个农民发财心切,每天要格列佛表演十场,把他累得奄奄一息。当这个农民眼看无利可图时,便把格列佛卖给了王后。由于小巧伶俐,格列佛在宫廷中非常得宠,但是也常常遭到老鼠,小鸟等动物的侵袭。面对国王,格列佛沾沾自喜地介绍了英国各方面的情况及近百年来的历史,但被国王一一否定。格列佛在该国的第三年,陪同国王巡视边疆。由于思乡心切,他假装生病,来到海边呼吸新鲜空气。天空中的鹰错把他住的箱子当成乌龟叼了起来。几只鹰在空中争夺,箱子掉进海里,被路过的一艘船发现,格列佛获救后,乘船回到英国。

在家待了一段时间,格列佛又随"好望"号出海。这一次,格列佛所乘的船遭贼船劫持,格列佛侥幸逃脱,被一座叫"勒皮他"的飞岛救起。这些人的相貌异常,衣饰古怪,整天沉思默想。国王和贵族都住在飞岛上,老百姓则住在巴尔尼巴比等三座海岛上。格列佛离开飞岛后,来到巴尔尼巴比进行访问,并参观了岛上的拉格多科学院。这所科学院研究的全部是些荒诞不经的课题,结果造成全国遍地荒凉,房屋坍塌,人民无衣无食。

接着,格列佛来到巫人岛。岛上的总督精通魔法,能随意召唤任何鬼魂,格列佛因此会见了古代的许多名人,结果发现史书上的记载很多不符合史实,甚至是非颠倒。然后,格列佛又游览了拉格奈格王国,见到一种长生不老人"斯特鲁德布鲁格"。离开该国后,格列佛来到日本,然后乘船回到英国。

格列佛回家后五个月,受聘为"冒险"号船长,再次乘船出海。途中水手叛变,把他囚禁了几个月,然后被放逐到慧骃国。在这里,格列佛遭到一种形状像人的名为耶胡的畜生的围攻。幸亏一匹具有智慧的马——慧骃来给他解了围。原来马是该国有理性的居民和统治者,而耶胡则是马所豢养和役使的畜生。格列佛的举止言谈在慧骃国的马民看来是一只有理性的耶胡,因此引起了他们的兴趣。格列佛很快学会了该国语言,应主人的邀请,他谈到在世界其他地方马是畜生,而像他那样的耶胡则具有理性,并且是马的主人。这使慧骃感到很震惊。在慧骃各种美德的感化下,格列佛一心想留在慧骃国。然而慧骃国全国代表大会通过决议要消灭那里的耶胡,所以格列佛的愿望无法实现。无奈之下,格列佛只好乘小船离开该国打道回府。格列佛怀着对慧骃国的向往,一辈子与马为友。

【四大部分】

第一卷:利立浦特(小人国)游记。叙述格列佛在小人国的游历见闻。这里的人,身长不满六英寸,他置身其中,就像巍巍的大山一般。小朝廷里充斥阴谋诡计、倾轧纷争。穿高跟鞋的一派与穿低跟鞋的一派互相攻击,势不两立。

第二卷:布罗卜丁奈格(大人国)游记。格列佛在利立浦特人的心目中是个庞然大物,但一到布罗卜丁奈格,他就像田间的鼬鼠一般小了。格列佛被当作小玩意儿装入手提箱里,带到各城镇表演展览。后来,国王召见他,他慷慨陈词,夸耀自己的祖国的伟大,政治的贤明,法律的公正,然而均一一遭到国王的抨击与驳斥。

第三卷:勒皮他、巴尔尼巴比、拉格奈格、格勒大锥、日本游记。主要描述格列佛在勒皮他(飞岛)和格勒大锥(巫人岛)的游历。飞岛上的人长得奇形怪状,整天担忧天体会发生突变,地球会被彗星撞击得粉碎,因而惶惶不可终日。在科学院里,设计家们正在研究如何从黄瓜中提取阳光取暖,把粪便还原为食物,繁殖无毛的绵羊,软化大理石等课题。在巫人岛上,岛主精通巫术,擅长招魂,他们博览古今,发现历史真相被权贵歪曲,娼妓般的作家在哄骗人世。

第四卷:慧骃国游记。叙述格列佛在慧骃国的游历。在这个国度里,居主宰地位的是有理性的公正而诚实的马,供马驱使的是一种类似人形的畜类耶胡,后者生性淫荡、贪婪、好斗。

【经典故事】

1. 出航南太平洋

格列佛在家中排行老三,在剑桥住了三年攻读学业,后到伦敦著名外科医生詹姆斯·贝茨手下当了四年学徒,之后又在莱顿学医两年〇七个月。不久,贝茨先生推荐他到亚伯拉罕·潘耐尔船长统率下的"燕子"号商船上当外科医生。格列佛曾多次去利凡特和其他一些地方。回来之后,在伦敦行医,与玛丽·伯顿小姐成了亲。后来生意惨淡萧条,他再度出海,先后在两艘船上当外科医生,六年里多次航行到东、西印度群岛。1699 年,格列佛随"羚羊"号前往东印度群岛,突遇强风暴,船撞上了一块礁石,碎了,连他在内的6名船员乘着救生的小船,又被狂风掀翻,他和同伴失散了。大约晚上8点多,格列佛在草地上睡着了。

2. "小人国"的俘虏生活

清晨醒来时,格列佛发现胳膊、腿、头发被牢牢地绑着。朝他射箭的人身高不足6英寸,他们在离他右耳约4码远的地方竖起一个一英尺半高的平台,旁边还有两三副梯子用以攀登。格列佛饿了,大约100个居民将盛满了肉的篮子向他嘴边送。皇帝派了500个木匠与工程师建造他们最大的车,900名最强壮的汉子用了不到3小时把他吊起来放到车上,1500匹强壮高大的御马拖着他向半英里之外的京城走去。第二天中午,格列佛被押运到了离城门不足200码的地方。皇帝下令给他准备了一张用600张普通尺寸拼合起来的床,派了600个人当他的听差,雇了6名最伟大的学者教他学习他们的语言。格列佛接受他们的搜查,交出了他的随身物品。

3. 参观小人国首都

格列佛有条件获得自由后,皇帝答应他去参观首都。京城有城墙环绕着,城墙两侧有坚固的塔楼。京城是一个标准的正方形,十字交叉将全城分作4个部分,全城可容纳50万人。格列佛去瞻仰金碧辉煌的宫殿,他用小刀在皇家公园里砍下了几棵最大的树,做了两张凳子,用带弯钩的棍棒把凳子钩进皇家内院。格列佛侧身躺下挨到那扇特地为他打开的窗子前,看到了辉煌壮丽的皇家内宫。

4. 巨人英雄

内务大臣告诉格列佛国家受到来自不来夫斯库帝国的入侵,在过去的36个月里两国一直血战着。敌方正准备一支庞大的舰队向小人国发起进攻。格列佛向皇帝贡献了如何夺取敌人整个舰队的方案。经过侦查,格列佛请求赶制大量最结实的缆绳和铁棍,他把3根缆绳拧成一股,把3根铁棍扭到一起,两头弯成钩形。格列佛将敌方最大的50艘战舰轻而易举地拖走。不来夫斯库受到重创,格列佛带着战利品安全返回利立浦特皇家港口,皇帝当场封他"那达克"的最高荣誉称号。时隔不久,几位朝廷大臣半夜呼喊格列佛去宫中灭火,火势太猛,用水浇灭无济于事,格列佛狠狠地撒了一泡尿,结果不到3分钟火就被扑灭了,使其他皇家建筑免遭被毁。

5. 逃离小人国

格列佛在小人国住了9个月13天,生活得很惬意。但财政大臣佛利姆奈浦暗地里一向与他为敌,还和海军大臣、陆军大将、掌礼大臣诬陷他犯有叛国和其他重大罪行,皇帝对格列佛没了兴趣,皇后也支持把他处死。格列佛找了一只小船,带了皇帝的许多赠品,赶上了一艘英国商船,经北、南太平洋由日本返航,回到家中。

6. 误入巨人国

1703年,他们抛锚停船去寻找淡水。格列佛独自走了大约一英里,后来被落下了。格列佛恐慌中爬上了一座陡峭的小山,看到有个怪物般的巨人在海水中追赶他的同伴。格列佛躲在收割中的麦地里,被巨人从身后用拇指和食指捏住腰,提到离眼睛不到三码的地方,然后放进衣袋。吃完饭,格列佛睡了大约两个钟头的午觉,醒来时发现两只老鼠沿着帐幔爬了上来,他抽出腰刀自卫,两只畜生有大獒犬那么大。女主人9岁的女儿怕老鼠再伤害到格列佛,把他放在一块悬空的吊板上。格列佛开始学习他们的语言,她是格列佛的语言教师。她给他起了个名字,叫"格里尔特里格"(即侏儒、矮子)。

7. 巨人国的"怪兽"

趁赶集的日子,格列佛被带到邻近的镇上展览。格列佛成了怪兽,在旅馆的桌子上表演,为主人赚大钱。主人让他在沿途的市镇上进行表演,直到首都。后来主人带他进宫给王后和贵妇们表演取乐。王后用1000金币把他买下,让他住在宫里。皇帝陛下对他产生了兴趣,给他设计一只用作卧室的箱子。王后吩咐手下找出最薄的丝绸给他做衣服。

8. 巨人国的见闻

这个王国是一个半岛,东北边界是一条高三十英里的山脉,山顶有火山,另外三面环海。大河里到处是船只,也盛产味道鲜美的鱼。这个国家人口稠密,有51座大城市,有城墙的城镇大约有100个,此外还有无数个村庄。城市有8万多户人家,居民在60万左右。国王的宫殿是一座不太规则的大厦,它是一堆占地方圆约7英里的建筑物。国王赐给格列佛一辆马车。国王陛下逢重大节日出巡时,为了显示其威仪,总有500匹马组成的警卫队相随。

9. 遭遇麻烦事

在王后的花园里,酒桶般的苹果将格列佛砸趴在地。在草地上,来势凶猛的冰雹立即把他砸倒在地。格列佛掉进了鼹鼠运土时进出的洞,一直没到他的脖子。格列佛给一只蜗牛绊倒了,撞在壳上,伤了右小腿。一只画眉鸟竟敢用嘴把一块饼从他手上抢走,那是他的早饭。格列佛在水槽里划船自娱,一名侍从把他拿起来放到船上,格列佛却不知怎么从她的指缝间滑了下来,幸好挂在她胸衣插着的一枚别针上。仆人在换水时把一只大青蛙倒在水槽里,它却爬上船,把船弄得向一边倾去,差点造成船翻。御厨管理员养的一只猴子发现了他,用右前爪将他抓起,爬上邻屋的屋顶,将食物硬挤出来往他嘴里填。后来在几个人的帮助下,格列佛被装到马裤裤袋里,安全地带到地上。

10. 和国王的探讨

有一天,格列佛给巨人国国王详细地说了英国政府的情况。为了达到国王能给他更多宠幸的目的,格列佛告诉国王把一种粉末装入空心的大铁球,然后用一种机器将大铁球射出去,这样可以将道路炸毁,房屋炸碎,所有走近的人也会被炸得脑浆迸裂。国王听了表示震惊,不允许格列佛再提这非人道的事情。

11. 离开巨人国

格列佛在巨人国已经有两年了。第三年起格列佛被放在旅行箱里陪同国王和王后到王国的南海沿岸巡行。行程结束时,格列佛和箱子被一只鹰叼起举到高空。不久,鹰遭到袭击,箱子掉进大海。格列佛打开屋顶的透气活板,用各种语言大声呼救,他终于被托马斯·威尔柯克斯船长救出。格列佛向船长讲述了他的故事,向船长借了五先令回家。

12. 稀奇古怪的飞岛国

飞岛国的人们头不是偏右,就是朝左;眼睛一只内翻,另一只朝上直瞪天空。他们的衣服装饰着太阳、月亮和星星的图案,以及许许多多格列佛在欧洲没有见过的乐器图案。有钱人家全都养着一名拍手(仆人)。格列佛被请进王宫,晚饭的菜肴和面包都被切成几何图形。飞岛国的房间见不到一个直角。飞岛国的人们担心太阳每天都在消耗能量,地球也将因此而毁灭。

13.巴尔尼巴比见闻

告别飞岛国,格列佛到达巴尔尼巴比首都拉格多。大贵人孟诺迪给格列佛讲了他们古怪的想法:所有重要的城市都建立了一所设计家科学院。应用这些科学院的方法和工具,一座宫殿一周内就可以建成,并且建筑材料经久耐用,永远也不用维修。在科学院里,格列佛看见有的设计家在研究从黄瓜里提取阳光,有的研究怎样把人的粪便还原为食物,有的在将冰煅烧成火药。

14.抵达"巫人岛"

格列佛决定回欧洲,等了一个月都没有船去拉格奈格。在逗留期间,他和两位朋友乘着一艘轻便的三桅小帆船到格勒大锥小岛一游(译名是"巫人岛")。它的面积不大,物产非常丰富。岛上的居民全是巫人,由部落首领管辖。他们只和本部落的人通婚,同辈中年龄最长的继任岛主或长官。长官精通魔法,有本事随意地召唤任何鬼魂。

15.艰难到达拉格奈格

朋友送格列佛登上了开往拉格奈格的船。这次航行足足有一个月,又遇上了一次强风暴,船只好向西航行,才趁着季风一直又往前行驶。他们的船抛锚,发出信号要求拉格奈格派引水员来援助,引水员领着他们穿过部分暗礁与岩石,船进入了开阔的内湾,到达拉格奈格。

16.见到不舒服的怪兽

格列佛到"冒险"号大商船上做了船长。途中格列佛招募一批新水手,他们大部分都做过海盗。一天早上,格列佛被他们丢到浅滩上。格列佛走上陆地,发现一两只类似人的动物在树上坐着。它们长相奇特而且丑陋,头部和胸脯都覆盖着一层厚厚的或卷曲或挺直的毛发,长着山羊一样的胡子,脊背上和腿脚的前面部分都长着长长的毛,身上其他地方光光的,浅褐色的皮肤,没有尾巴。它们爬起高树来像松鼠一样敏捷,行动灵巧至极。

17.格列佛和他的同类

在慧骃国,格列佛是一个耶胡,努力学习着慧骃语。他们那儿的慧骃,假如它们被贵族所养,就被用于旅行、比赛或者拉车。主人常要格列佛更详细地谈一谈整个欧洲的情况。说到整个战争过程,大约有100万只耶胡被杀,100多座城市被攻陷,主人不相信有如此万恶的畜生。慧骃开阔了格列佛的眼界,也扩大了格列佛的认识范围,使格列佛用另一种眼光看待人类的行为和感情。

四、创作特色

一、讽刺手法的运用。当时的英国是作者抨击和挖苦的对象。格列佛历险的第一地是小人国。在这个缩微的国度里,党派之争势不两立,邻邦之间不但想战胜而且要奴役对方。小人国的国王用比赛绳技的方法选拔官员,为获得国王赏给的几根彩色丝线,官员不惜小丑似的做着可笑的表演。这个小朝廷是当时英国的缩影,连利立浦特的朝政风习和典章制度也同当时的英国政局一模一样;在第二卷里,作者更是指名道姓地批评英国。格列佛长篇大论地向大人国国王介绍英国的历史、制度和现状,以及种种为国家为自己辩解的事,可是从大人国的眼光看来,英国的历史充斥着"贪婪、竞争、残暴、伪善、淫欲、阴险和野心"产生的恶果。作者借国王的话,"那样一个卑微无能的小虫"是"自然界中爬行于地面的小毒虫最有害的一类",讽刺了英国社会的方方面面;在第三卷里,通过对拉格多科学院人士所从事的无聊而荒唐的科学研究,讽刺了英国当时的伪科学;有关勒皮他岛的描绘则批评了英国对爱尔兰的剥削压迫。

小说不但抨击了社会现状,还在更深的层面上直接讽刺了人性本身。在第四卷里,关于"钱"的那段议论就是如此。格列佛来到没有金钱、没有军队警察的慧骃国,向他的马主人解释说:"我们的耶胡就认为,不论是用钱还是存钱,钱总是越多越好,永远也不会有满足时候,因为它们发现自己天性就是这样,不是挥霍浪费就是贪得无厌。富人享受着穷人的劳动成果,而穷人和富人在数量上的比例是一千比一。因此我们大多数人民被迫过着悲惨的日子⋯⋯"作者注意到资本主义社会人与人之间纯粹的金钱关系,并由此对人性产生了疑问。

二、情节的幻想性与现实的真实性有机结合,也给小说增添了独特的艺术魅力。例如,在描述小人与大人、人与物的比例关系时,一概按一与十二之比缩小或放大。小人国里的小人比格列佛小十二倍;大人国的大人又比格列佛大十二倍。格列佛的区区一块手帕,可以给小人国皇宫当地毯;大人国农妇的那块手帕,盖在格列佛身上,就变成一床被单了。在描述飞岛的运行、宫殿的建筑、城镇的结构时,作者还有意运用了数学、物理、化学、天文、医药诸方面的知识与数据。这样,就使人物局部细节的真实、和谐、匀称,转化为整个画面、场景的真实、和谐、统一,极大地增强了作品的真实感和感染力。

三、作者的文笔朴素而简练。尽管小人国、大人国、慧骃国的情景各异,主人公的境遇也不相同,但整部小说的布局、风格前后一致,格列佛每次出海的前因后果都有详尽的交代,复杂纷繁的情节均按时间、空间顺序依次描述,文字简洁生动,故事性强,因而数百年来,《格列佛游记》在欧洲各国雅俗共赏,妇孺皆知。

【名人点评】

斯威夫特以幽默丰富了作品的道德含义,以讽刺揭露荒诞,并通过人物性格和叙述框架使难以置信的事件成为现实,即使《鲁滨逊漂流记》也难以在叙述的刻薄性和多样性方面与其媲美。

——[英]司各特

二百多年来,《格列佛游记》被译成几十种语言,在世界各国流传甚广,深入人心。如果要我开一份书目,列出哪怕其他书都被毁坏时也要保留的六本书,我一定会把《格列佛游记》列入其中。

——[英]乔治·奥威尔

《格列佛游记》是一部独具特色的小说杰作。它和18世纪欧洲众多小说一样,继承了流浪汉小说的结构方法,袭用了当时流行的描写旅行见闻的小说,尤其是航海冒险小说的模式,叙述主人公格列佛在海上漂流的一系列奇遇。它无疑在相当程度上受到笛福的《鲁滨逊漂流记》和其他一些游记体冒险小说的影响,然而,《格列佛游记》和他们虽然形式相似,性质却截然不同。它是《桶的故事》和《书籍之战》那类讽喻故事的进一步发展,具有与18世纪开始兴起的写实主义小说不同的若干独特性质。

——吴厚恺《简论讽喻体小说〈格列佛游记〉及其文学地位》

伟大的艺术就其效果来说是静态的,它只存在于其自身,不需要自身以外的任何东西。而动态艺术的存在就是为了要自身以外的东西,它不是独立的,而需要厌恶或是渴望这些情感来加以完善。至今仍有学者对《格列佛游记》第四部进行喋喋不休的争论。是不是斯威夫特对人类巨大、强烈、超越了现实和合理范围的仇恨,令我们在仇恨人类的同时也对他的想象力产生不容怀疑的厌恶?事实上,这就是一个建立在上述论断基础上的争论。

——马克·舒勒《〈纽约时报〉书评——崭新的新语言》

五、人物形象

人物——典型情节——性格特征

格列佛 以外科医生的身份到船上工作,在1699年5月4号乘"羚羊"号航向南方……船起初平安无事,后来遭遇风暴漂流到利立浦特(小人国),小人国居民身高都只有六英寸左右。后来,他又起航,却在布罗卜丁奈格(大人国)搁浅了。那里的国王身高有六十英尺之巨。接着,他又展开了第三次航行,来到了飞岛,那是个与世隔绝的世界,人们的观念封闭阻塞。在岛上盘桓数日后,他出发到海上。格列佛最后航行到一个慧骃国的地方,那里的主宰者是马,有高度的智慧、自制力、礼节,在那个世界里,没有贪婪,没有欺骗,没有战争,没有陷害,就像生存在幻境中似的。他们是慧骃族。他们圈养一种叫作"耶胡"的人形怪物,让他们为自己劳作。因为人类的外形酷似耶胡,又从格列佛口中得知人类有一些他们认为不可理喻的"撒谎""贪婪"等邪恶行径,所以慧骃族的首领对人类十分排斥。在岛上生活了一阵子后,他就被首领放逐了,在海上漂泊之时,被一商人救起,回到英国。回到家中后,格列佛因为已经习惯了慧骃族良好的品质,而对家人的气味略有厌恶之意,便买了两匹马,天天与它们谈心,安度晚年。

他在游历之中,洞察到社会现实的日趋堕落,得出英国社会并不文明的结论。格列佛的形象,是作者思想的体现。作者将自己的种种美德赋予笔下的人物,格列佛不计较个人的得失,而对别人关怀备至,是个正面的理想的人物。

典型情节:四次出海;在飞岛国,格列佛用翻译与实物等多种手段学习外语,在有利的外语环境里,一个月就勉强掌握了该国的语言;帮助小人国抵抗不来夫斯库帝国的入侵,但断然拒绝为小人国国王的侵略扩张政策效劳,在小人国,皇后的寝宫失火,格列佛用尿浇灭大火,挽救了其余的宫殿等。

性格特征:天生喜欢冒险,不甘寂寞,记忆力很强,善于学习和观察,善于思考,有独特的思维,善良正直,爱憎分明,聪明机智,有胆识,处事圆滑合理,做事坚决果断,能够见机行事。

佛利姆奈浦(财政大臣) 即利立浦特王国的财政大臣,对于国王一味阿谀奉承,为了能够讨好国王,他会想方设法让其开心,甚至愿意做出威胁自己生命安全的行为来得到国王的欢心,反过来对人民却颐指气使,看不起平民,认为他们比自己低级。佛利姆奈浦有才能和本领,却不将此运用到正途上来,没为百姓做多少好事。他猜忌、阴险、狠毒、狡诈,心眼极其狭小,嫉妒心强,对于党派斗争十分熟悉,痛恨比自己有能耐的人,并且睚眦必报,喜欢暗地里给人打小报告,诬蔑他人,做事毒辣,狠得下心来,不计较后果,不惜一切代价寻找机会来进行打击报复,不给对手留下丝毫的余地。

典型情节:格列佛的仁怀宽厚和俘获不来夫斯库国舰队的军功受到小人国国王的赏识,佛利姆奈浦就大为恼火,并怀疑格列佛与自己的妻子通奸,就联络其他大臣设谋陷害、大加污蔑,最后迫使格列佛逃往不来夫斯库。

性格特征:猜忌、阴险、狠毒、狡诈。

布罗卜丁奈格国王 一个性格儒雅、聪明、善于思考、思想深邃、有自己独特的见解和主张的人。他公正无私,治国有方。格列佛曾向他提出一项对其极有利的建议,使用火药,但国王拒绝了,这说明他蔑视权力,主张和平。他酷爱音乐,博闻强识,但由于环境的限制,与世隔绝,对于外界事物所知不多,有些固执己见。他待人热情,正义、仁慈,容易接近,不喜欢阴暗、虚伪、残暴的人,心中都是美好的念头。在格利佛的心中,他是理想君主的形象。

典型情节:他厌恶格列佛所说的卑劣的政客、流血的战争。

性格特征:博学多识,性情善良,他用理智、公理、仁慈来治理国家。

格兰姆达尔克立契 "大人国"一户农家的小女孩,是格列佛的"小保姆"。她很喜欢格列佛,处处对他进行无微不至的关怀和照顾。格兰姆达尔克立契知晓生病的格列佛想去海边休息后,感到一阵不安,哭成了一个泪人。事实上,最终格列佛在箱子中,被鹰叼走,离开了大人国。

典型情节:有意照顾格列佛,把他放出箱子使他能够呼吸新鲜空气;教格列佛学习字母,并讲解词义;知晓生病的格列佛想去海边休息后,感到一阵不安,哭成了一个泪人。

性格特征:聪明、善良。

六、妙语佳句

1. 他们运来了六百张普通尺寸的床,在我的屋子里安置起来。一百五十张小床被缝在一起,做成一张长宽适度的床,其余的也照样缝好,四层叠在一起。但是我睡在上面也不见得比睡在平滑的石板地上好到哪里去。他们又以同样的计算方法给我准备了床单、毯子和被子,对于我这么一个过惯了艰苦生活的人来说,这一切也就很过得去了。

2.11月5日,那一带正是初夏时节,天气雾塞霾布,水手们在离船半链的地方发现了一块礁石;但是风势太猛,我们被刮得直撞上去,船身立刻触礁碎裂。

3. 所以问题不在于一个人愿不愿意永葆青春,永远健康幸福,而在于他在老年所带来的种种常见的不利条件下,如何来安排他那永恒的生命。

4. 这个民族的学术很不完备,只有伦理、历史、诗歌和数学几个部分。应该承认,他们在这几个方面的成就还是很卓越的。可是他们的数学完全应用到有益于生活的事情上去了,用来改良农业以及一切机械技术,所以在我们看来不足称道。至于什么观念、本体、抽象、先验,我是永远也不可能将哪怕是一丁点的概念灌输到他们的头脑中去的。

5. 我累得很,想睡觉,女主人看出来了,就把我放到了她自己的床上,给我身上盖了一条干净的白手帕,但那手帕比一艘战舰的主帆还要大,也粗糙得多。

6. 拴住我左腿的链条长约两码,不仅使我可以在一个半圆的范围内自由地活动,而且因为拴链条的地方离大门不到四英寸,所以我可以爬进庙去,伸直身子躺在里面。

7. 我明白地表示,我不愿做人家的工具,使一个自由、勇敢的民族沦为奴隶。

8. 天已经亮了,我没有向国王道贺就回到了自己的家,因为虽说我立了一大奇功,但我不知道国王对我这种立功的方式是不是很反感。

9. 这一决定未免太大胆危险，我敢说在同样情形下，任何一位欧洲的君主都不会效仿这一做法的。不过依我看，他们这么做既是非常慎重的，又是很宽宏大量的，因为假如这些人趁我睡着的时候企图用矛和箭杀死我，那么我一感觉疼痛，肯定就会惊醒过来，那样也许就会使我大怒，我一用力气就能够挣断绑着我的绳子，到那时，他们无力抵抗，也就不能指望我心慈手软了。

10. 他们一站整齐就立即分成两队，进行小规模的军事演习，一时枪箭齐发，刀剑出鞘，跑的跑，追的追，攻的攻，退的退，总之他们表现出了我从未见过的严明的军事纪律。

11. 我们遵奉陛下之命，将他身上所有的口袋都认真地搜查了一遍。我们还在他腰间看到了一条腰带，是由一种巨兽的皮革制成的。腰带的左边挂了一把五人高的长刀，右边挂着一只皮囊，里面又分做两个小袋，每只小袋均可装得下三个陛下的臣民；其中的一只装了些和我们脑袋一样大小的重金属球，要一手好力气才拿得起来；另一只盛了一堆黑色颗粒，个儿不大也不重，我们一手可以抓起五十多个。

12. 贵妇人和廷臣们全都穿得非常华丽，他们站在那里看起来仿佛地上铺了一条绣满了金人银人的衬裙。

13. 不来夫斯库人一点儿也没有想到我要干什么，起初只是一片惊慌失措。他们看到我割绳，还以为我只是想让船只随波漂流或互相撞击而沉，可当他们发现整个舰队竟秩序井然地动起来而又见我在一头拉着时，立即尖叫起来，那种悲哀绝望的喊叫声简直难以形容，不可想象。

14. 只有一次，一位队长骑的一匹性情暴烈的马用蹄子乱踢，在手帕上踢了一个洞，马腿一滑，人仰马翻。但我马上就将人马都救起了，一手遮住洞，一手像原先送他们上台时那样将人马放回了地上。失足的马左肩胛扭伤了，骑手则什么事也没有。我尽量将手帕补好，不过我再也不相信这手帕有多坚牢，能经得起这种危险的玩意儿了。

15. 不过他们写字的方法很特别，既不像欧洲人那样从左到右，也不像阿拉伯人那样从右到左，不像中国人那样自上而下，也不像卡斯卡吉人那样自下而上，他们写字是从纸的一角斜着写到另一角，和英国的太太小姐们的写字方式是一个样子。

16. 在天文学上，我们将会有多么神奇的发现！我们活着就可以看到自己的预言变成事实；我们可以观察到彗星的运行和再现，以及日月星辰的种种运行变化。

巩固训练

一、填空题

1. 《格列佛游记》的作者是_____国的_____。

2. 利立浦特国不远处还有个小人国叫_____。

3. 格列佛应"好望"号船长_____邀请再一次出航。

4. 格列佛所到达的"飞岛"是借助_____或升或降,从一处移到另一处。

5. 慧骃国每四年的春分时节要举行_____大会。

6. 《格列佛游记》中,格列佛第一次出游,发现小人国是用_____来选拔官员的,她第四次出游来到了_____(国名)。

7. 慧骃马族两个美德是_____、_____。

8. 作者在慧骃国待了_____之久。

9. 飞岛上的臣民与国王对什么感兴趣?写出两个:_____、_____。

10. 马国的畜生是_____。

11. 《格列佛游记》讲述的是英国船医格列佛因_____等原因先后流落到_____国、_____国、_____国、_____国等地的经历。

12. 小人国利立浦特的党派之争是以_____划分阵营,两派是_____党、_____党。

13. 格列佛最后一次来到_____国,展示了_____颠倒的怪诞景象。

14. 格列佛在大人国的语言是_____教的。

15. 在飞岛国中有两种侦查案件的方法:_____、_____。

16. 千万人熟知的"雅虎"网站,站名源于《格列佛游记》第四卷(慧骃国游记)中提到的怪物_____。

17. 为了给格列佛提供食品,小人国皇帝下令每天早上必须送上_____头牛、_____只鸡及其他食品。

18. 大人国的"安息日"是每星期的_____。

19. "我"帮助利立浦特人与帝国作战时,用"我"的_____作为我的防御工事。

20. 利立浦特人称格列佛为"_____",并把他身上的_____、_____和_____搜出送到皇帝的御库。

二、选择题

1. "洛布鲁格鲁德"的意思是( )
   A. 伟大的自然　　　　B. 上帝的恩赐
   C. 灵活的手臂　　　　D. 宇宙的骄傲

2. 慧骃国中"骃"的意思是(　　)

A. 驴　　B. 猪　　C. 马　　D. 狗

3. 飞岛国又称作(　　)

A. 勒皮他　　B. 布罗卜丁奈格　　C. 日本　　D. 利立浦特

4. 下列有关《格列佛游记》的表述不正确的一项是(　　)

A.《格列佛游记》的作者是18世纪英国著名的讽刺作家斯威夫特。

B. 利立浦特和不来夫斯库是因为鸡蛋该打大头还是小头而产生矛盾的。

C. 斯威夫特通过格列佛在飞岛国五岛的经历,讽刺了英国的科技、历史等,并严词痛斥了英国殖民统治。

D.《格列佛游记》讲述的是船医格列佛因海难等原因先后流落到小人国、大人国、慧骃国、飞岛国等地的经历。

5. 下列关于《格列佛游记》的叙述不正确的一项是(　　)

A.《格列佛游记》讲述了英国船医格列佛因海难等原因分别流落到小人国、大人国、飞岛国以及马(慧骃)国等地的经历。

B.《格列佛游记》中"语言的妙用"的情节,作者以平和的心情谈到妇女怎样和俗人、文盲联合起来反对取消日常的语言,巧妙运用了反语讽刺。

C. 小说以辛辣的讽刺与幽默,离奇的想象与夸张,意在揭露英国统治阶级的腐败与罪恶。

D. 主人公格列佛是一个具有质疑精神、酷爱真理、有忍耐力的游者形象。他和鲁滨逊一样,是一个天生喜欢冒险的人。

6. 下列对《格列佛游记》表述正确的一项是(　　)

A. 利立浦特国用比赛绳技的方式选拔官吏。正在后补朝廷中的重要官职和希望得到皇帝信任的人都会来表演绳技,他们为了争宠,几乎是奋不顾身,格列佛就亲眼看见财政大臣佛利姆奈浦在一次表演中差点摔死。

B. 飞岛国的三位教授准备改变本国语言。他们的第一个计划是简化言辞;第二个计划是取消语言中所有的词汇。作者借此用反语的方式讽刺了英国的殖民统治。

C. 格列佛随"好望"号出海,不幸遇上风暴,船被刮到大人国。一个当地农民把格列佛卖给了国王。面对国王,格列佛介绍了英国各方面的情况及近百年来的历史,得到了国王的赞赏。

D. 格列佛受聘为"冒险"号船长,再次乘船出海。途中水手叛变,他被放逐到慧骃国。马是该国有理性的居民和统治者,而耶胡(人类)则是马所豢养和役使的畜生。作为人类,格列佛很不喜欢这里的生活,借机逃离了慧骃国。

7. 下列有关《格列佛游记》的说法不正确的一项是(　　)

A. 格列佛是以随船医生的身份出游的。他第一次出游乘的是"羚羊"号,游历的是小人国。高跟党与低跟党以及在绳子上跳舞等都是他此次所经历的。

B. 格列佛第二次出游乘坐"冒险"号游历了大人国。大人国的国王是以理智和仁慈来治理国家的。

C. 格列佛第三次出游乘坐"冒险"号游历了飞岛国。飞岛上的人很聪明,这里进行了许多奇怪的"科学"研究,如取消词汇、食物还原等。在这里他游历了拉格奈格王国。

D. 格列佛第四次游历的是慧骃国,他被慧骃称作"耶胡"。这里每四年春天举行一次全国代表大会。仁慈和友谊是这个国家的美德。

8. 下列关于《格列佛游记》内容及常识的表述,不完全正确的一项是(　　)

A. 小说通过虚构幻想的离奇情节和丰富的讽刺手法,深刻地剖析了当时英国社会的现实。

B. 在大人国,朝廷曾一度决定刺瞎格列佛的眼睛,让其自生自灭,但是格列佛的勇敢善战促使朝廷改变原先的想法,决定善待他。

C. 小说主人公格列佛依次游历了小人国、大人国、飞岛国和慧骃国等国家。

D. 绳上跳舞是小人国选拔官员的重要手段,大臣们会冒着脖子被跌断的危险,表演这种游戏。

9. 选出对《格列佛游记》表述不准确的一项(　　)

A. 格列佛历险的第一个地方是小人国利立浦特。这是个十二分之一的缩微国度。小人国的人为了把他这个庞然大物运到京城,动用了五百工匠,制造了一个长七英尺、宽四英尺、有二十个轮子的木架。

B. 格列佛历险到大人国布罗卜丁奈格时经历了几件事,如,有一天他在草坪上玩耍,突然下起了一阵冰雹,他被一阵网球似的冰雹打得遍体鳞伤。

C. 格列佛历险到日本,他管它叫飞岛或浮岛。岛的中心有一个直径大约五十码的陷窟,天文学家就从大圆顶洞进入这个陷窟口,这个陷窟口被称为"天文学家之洞"。

D. 格列佛出外航海,当了船长。他的部下共谋不轨,把他抛弃在不知名的陆地上。举动理性、观察敏锐的一匹灰色斑马和一匹栗色马把他领进家里,他得到主人的帮助和教导,专心学习马国的语言。

10. 下列关于文学名著内容及常识的表述正确的一项是(　　)

A. 《格列佛游记》是法国作家斯威夫特创作的长篇讽刺小说,写了格列佛在小人国、大人国、飞岛国和慧骃国的旅行经历,反映了十八世纪前半期英国的社会现实。

B. 格列佛拖走不来夫斯库五十艘军舰,被封为"哥斯拉"。但是不愿帮皇帝消灭不来夫斯库而失宠,皇帝决定:刺瞎双眼,逐渐减少口粮让他慢慢饿死。

C. 在小人国,皇宫失火,格列佛撒了一泡尿浇灭了皇宫的大火,皇后很是恼火。

D. 格列佛和利立浦特人之间的大小比例是1∶6,和大人国的比例是6∶1。

11. 对《格列佛游记》表述准确的一项是(　　)

A. 小人国通过在横杆上跳来爬去的技艺候补朝中重要的官职,佛利姆奈浦就是因为表演得最敏捷、时间最长而获得财政部长职务的。

B. 格列佛向大人国国王提出用火药和枪炮来巩固国防,国王主张用理智、公理、仁慈、正义、良知治理国家,这个建议被拒绝。

C. 飞岛国平息叛乱的方法有两种:一种温柔,用大块石头往下扔,砸碎房屋让人无处藏身;

一种强硬,让飞岛直接降落,毁灭人和房屋。

D. 慧骃国每四年举行一次全国代表大会,他们在大会上辩论的问题是:如何争抢有不同颜色而闪闪发光的石头。

12. 下面对《格列佛游记》相关内容的叙述不正确的一项是(　　)

A.《格列佛游记》是英国作家乔纳森·斯威夫特的一部长篇游记体小说,通过格列佛在不同地方的奇遇,反映了当时统治阶级的腐败和罪恶。

B. 利立浦特人用车把格列佛运到京城献给国王,他的出现几乎吸引了小人国所有的人。

C. 格列佛回英国后不久,就随"冒险"号再次出海,不幸又遇上风暴,船被刮到布罗卜丁奈格,即大人国,他被一位高大的人捉住。

D. 格列佛来到利立浦特岛,因为他精通魔法,能随意召唤任何鬼魂,因此会见了古代的许多名人,结果发现史书上的记载很多不符合史实,甚至是非颠倒。

13. 下列对名著《格列佛游记》有关内容的表述不正确的一项是(　　)

A.《格列佛游记》讲述了格列佛在小人国、大人国、飞岛国和慧骃国等地奇遇,故事充满了讽刺意味,影射了当时英国社会的种种弊端,对英国的君主政体、司法制度、殖民政策和社会风尚进行了揭露。

B. 格列佛是这样从大人国逃出来的:被装进小木箱带到海边呼吸新鲜空气时,被老鹰当成乌龟叼起来,掉进海里,被经过的船打捞上岸,重返英国。

C.《格列佛游记》中,"我"在语言学校参观时,了解到三位教授曾计划取消本国语言中的所有词汇,但遭到了很多硕学聪明人的反对。

D. 格列佛所乘航海船遇到强烈风暴,船被撞毁,格列佛逃亡的救生艇又被大风吹翻,格列佛随风和潮汐幸运地漂移到了小人国。

三、列举简述

1. 格列佛到达大人国都经过哪些险阻?请至少举出两例。

2. 请简述第三卷内容(50字以内)。

3. 在飞岛国的设计家科学院里,格列佛获得很多见闻,请说出至少三个来。

4. "慧骃"的品德表现在哪些方面？（写出三个词语）

5. 作者笔下的有关小人国和大人国的故事有哪些现实寓意？请作简要说明。

6. 请你就《格列佛游记》这部名著，举出你印象最深的一个人物，简要说出相关情节，分析一下人物性格，并说说这一人物对你的人生启示。

7. 《格列佛游记》是讽刺小说，请概括写出其中两个讽刺性的故事情节。

8. 《格列佛游记》的第四卷写游慧骃国，这一部分作者将"慧骃"与"耶胡"对比着写。作者笔下的"慧骃"与"耶胡"各有什么特点？作者将两者对比着写有什么作用？

9. 如何理解斯威夫特描写小人国中"绳上跳舞"游戏的寓意？

10. 在小人国格列佛获得自由的条款有哪些？举例。

11. 格列佛在小人国被装在马车里运回京城的途中，本来是昏睡的，后来怎么醒了？请简述一下。

12. 在《格列佛游记》中,好几次提到中国,你能谈谈是关于中国的哪些方面的情况吗?

13. 2010年,电影《格列佛游记》在英国上映,影片中格列佛在出国前是一位窝窝囊囊的邮递员,这一形象备受质疑。请你根据你的阅读体验,试举例说明小说中格列佛的形象。

14.《格列佛游记》中,小人国是怎样选拔官吏的?请你举出在你读过的其他名著中类似的"选官"的情节。

15. 有人认为《格列佛游记》是对《鲁滨逊漂流记》的全面模拟,你对这种观点有何看法?

四、简答题

1. 格列佛为何成了利立浦特国举国称颂的英雄?

2. 是什么原因使格列佛误入小人国的?

3. 格列佛在利立浦特(小人国)是用什么方法扑灭了利立浦特王宫的大火?

4. 请用简洁的语言概括格列佛在大人国的遭遇。

5. 格列佛到达飞岛是以什么为食的？

6. 格列佛在飞岛国因什么而受到轻视？

7. 作者去马国是以什么身份出行的？

8. 格列佛在烤食物时用的工具是什么？

9. 在格列佛主人的家里，主人的九岁的女儿给格列佛起了一个什么名字？

10. 慧骃国代表大会进行大辩论，主题是什么？

11. 格列佛与小人国、大人国国民身高的比例分别是多少？

12. 小人国写字的方法特别之处在哪里？

13. 格列佛在大人国是怎样看书的？

14. 在小人国，她们是如何为格列佛做衬衫的？

15. "万能的学者"两个伟大的计划是什么？

16. 简要概括《格列佛游记》中大人国国王的性格特点。

17. 格列佛用了特殊的方式阻止了敌人对利立浦特的侵略,同时也拒绝了利立浦特国王让他灭掉不来夫斯库帝国的要求。这个故事中表现了斯威夫特怎样的思想感情?

18. 飞岛国人的外衣上饰有什么图案?

19. 飞岛上的人对什么有精深的造诣?

20. 飞岛国怎样平息叛乱?

21. 在拉格奈格被皇帝召见的风俗是什么?

22. 格列佛拜访不来夫斯库国的原因是什么?

23. 在飞岛国中,大家都埋怨君王的宠臣记性很差,一位医生提出了什么建议?

24. 格列佛在第四次出海航行时,是什么原因让格列佛来到了慧骃国?

25. 每隔四年,在春分时节,慧骃国要举行全国代表大会,其主要内容是什么?

五、语段

(一)有一天,我直言不讳地对他说,他对欧洲及世界上其他地方表现出一种鄙视,这似乎与他具备的杰出的智力不大相称。人并不是躯体大头脑就发达,恰恰相反,在我们国家,我们注意到,最高的人往往最没有头脑;在其他动物中间,蜜蜂和蚂蚁跟许多大一点的动物比起来,更具有勤劳和聪明伶俐的好名声。所以,虽然他把我看得微不足道,我倒还希望有生之年能为他做几件了不起的事情让陛下他看看。国王很认真地听我说着,渐渐开始对我产生前所未有的好感。他要我尽可能详细地给他说说关于英国政府的情况,因为虽然君王们一般都喜欢他们自己的制度(他从我以前的谈话中推想,别的君主也都是这样的),但要是有什么值得效法的,他却也乐意听听。

(1)文段中的国王是_____国的国王。

（2）请你回忆一下，在后文中，国王在"我"向他介绍英国政府的一些情况后是如何比喻"我"的同胞的。请你再据此推断一下，作者写"我"在这个国家里的经历的用意是什么。

（二）一个人爬上首相大臣的位置可以通过三种办法。第一，要知道怎么样以比较慎重的方式出卖自己的妻女或姐妹；第二，背叛或者暗害前任首相大臣；第三，在公开集会上慷慨激昂地抨击朝廷的种种腐败。但是英明的君王一定愿意挑选惯于采用第三种办法的人，因为事实证明，那些慷慨激昂的人总是最能曲意逢迎其主子的旨意和爱好。这些大臣一旦控制了所有的要职，就会对元老院或者大枢密院中的大多数人进行贿赂，以此来保全自己的势力。最后，他们还借一种"免罚法"（我向它说明了这条法令的性质）以保证自己事后不受清算，满载着从国民身上贪污来的赃物，从公职上悄然引退下来。

1. 这一情节的内容是什么？

2. 你如何看待这三种爬上首相大臣位置的方法？

3. 作者在这里所要讽刺的是什么？

（三）我走进了另一间屋子，却差点儿被一种臭气熏倒，吓得我赶紧退了出来。我的向导却硬要我往前走，悄悄地求我不要得罪他们，否则他们会恨我入骨的。我因此吓得连鼻子都不敢捂。这间屋里的设计家是科学院里资格最老的学者，他的脸和胡子呈淡黄色，手上和衣服上涂满了污秽（huì）。我被介绍给他的时候，他紧紧地拥抱了我。自从他到科学院工作以来，就一直在研究怎样把人的粪便还原为食物。他的方法是把粪便分解成几个部分，去除从胆汁里来的颜色，让臭气蒸发，再把浮着的唾液除去。每星期人们供应他一桶粪便，那桶大约有布里斯托尔酒桶那么大。

1. 这里的科学家搞什么实验？这个实验有科学根据吗？作者为什么这样写？

2. 在文段中，作者想说明一个什么道理？

（四）我在那个王国经历的最危险的一件事,还是由一位御厨管理员养的一只猴子惹出来的。那是格兰姆达尔克立契一次有事到什么地方去了,或者是去看什么人,她就把我锁在了她的小房间里。天气很暖和,房间的窗户都开着,我自己那只大箱子的门窗也都开着;这箱子因为又大又方便,我一般就住在这里面。我正静静地坐在桌子边沉思,忽然听到有什么东西从小房间的窗口跳了进来,接着就在房间里从这头跳到那头。虽然我十分害怕,还是壮着胆子向外看了一下,只是坐在那里没有起来。接着我就看到了这只顽皮的动物,它在那儿蹿上跳下,没有休息的时候,最后来到了我的箱子前。它见了这箱子似乎又开心又好奇,就从门和每一扇窗口朝里边张望。我退缩到我房间(木箱子)最远的一个角落里,可那猴子从四面往里探头探脑,吓得我一时竟没有想到可以到床底下躲一躲,这我本来是很容易就能办到的。它又是看,又是龇牙咧嘴,还吱吱地叫,过了好一阵子,终于发现了我。它从门口伸进一只爪子来,就像猫逗老鼠玩一样。尽管我躲来躲去想不给它抓到,可最终它还是抓住了我上衣的下摆(这上衣是用这个国家的布料做的,又厚又结实),把我拖了出去。

（1）《格列佛游记》的作者是_____(国家)作家_____。

（2）选文中的"那个王国"指是_____;"格兰姆达尔克立契"的身份是_____。

（3）选文中记叙的这件事,后来"我"被这只猴子带到了什么地方？最后被一个诚实的小伙子用什么办法带下来的？

（五）我举起拖拉舰队的缆绳的一端,高声呼喊:"最强大的利立浦特皇帝万岁！"这位伟大的君王迎我上岸,对我极尽赞颂,当场就封了我"那达克",这是他们最高的荣誉称号了。

国王希望我另找个机会把剩下的敌方军舰全都拉到他的港口来。君王的野心深不可测,他似乎想着要把不来夫斯库帝国整个灭掉,化为一个行省,派上一位总督去统治。他想彻底消灭大端派的流亡者,强迫那个国家的人民也都打鸡蛋的小端,那样他才可以做成全世界独一无二的君主。但是,我尽力设法让他打消这种念头,从政策到道义,我向他列举了许多论据。我明白地表示,我不愿做人家的工具,使一个自由、勇敢的民族沦为奴隶。这件事在国务会议上辩论的时候,大臣中最聪明的那部分人都赞同我的意见。

我的这一公开而大胆的声明完全违背了国王的计划与政策,他因此永远也不会宽恕我。他在国务会议上以一种很策略的方式提到了这事。据说,最聪明的几位大臣至少是以沉默表示了他们是赞成我的意见的。可是另一些人是我的私敌,忍不住就要说话,旁敲侧击地中伤我。从此,国王与一小撮对我不怀好意的大臣之间就开始达成一项阴谋;不到两个月,阴谋暴露,却差点儿以我被彻底消灭而告终。最大的功绩在君王眼里又能算什么,你一拂逆他,不使其野心得到满足,再大的功劳也几乎等于零。

1. 本文段写的是格列佛在小人国的经历,联系全书说说作者借这个国家讽刺了当时英国的哪些政治现象。

2. 文中的君王为什么先是封"我"为"那达克",后来却又与"一小撮对我不怀好意的大臣"达成消灭"我"的阴谋?从中可以看出这位君王是怎样的人?

（六）我获得自由后约两个星期,一天早上,内务大臣瑞尔德里沙(他们这么称呼他)来到我的寓所,随身只带了一个侍从。他吩咐他的马车在远处等候,请求同我谈一个小时。由于他的身份和个人功绩,也由于我在向朝廷提出请求时他帮过不少忙,因此我很快就答应了他。我提出躺下来,这样我听他说话可以更方便些,但他更愿意让我把他拿在手里同我交谈。他先是祝贺我获得了自由。他说在这件事情上他自认为也有些功劳;不过他又说,要不是朝廷现在这个处境,我也许不会这么快就获得自由。"因为,"他说,"虽然在外国人看来我们的国势很昌隆,实际我们却深为两大危机所苦:一是国内党争激烈,一是国外强敌入侵的危险。至于第一个,你要知道,七十多个月以来,帝国内有两个党派一直在互相争斗;一个党叫作特莱姆克三,一个党叫作斯莱姆克三,区别就在于一个党的鞋跟高些,另一个党的鞋跟低些。事实上,据说高跟党最合古法,但不论怎样,国王却决意一切政府行政管理部门只起用低跟党人。这一点你是不会觉察不到的。国王的鞋跟就特别低,和朝廷中任何一位官员比,他的鞋跟都至少要低一'都尔'('都尔'是一种长度,约等于十四分之一英寸)。

"两党间积怨极深,从不在一块儿吃喝或谈话。我们算来,特莱姆克三或高跟党的人数要超过我们,可是权力却完全掌握在我们手中。我们担心的是,作为王位继承人的太子殿下有几分倾向于高跟党,至少我们清清楚楚地看到他的一只鞋跟比另一只要高些,所以走起路来一拐一拐的。而正当我们内患方殷(yīn),却又受到不来夫斯库岛敌人入侵的威胁。

"那是天地间又一个火帝国,面积与实力和我皇陛下治下的这个帝国几乎不相上下。至于我们听你说世界上还有其他一些王国和国家,住着像你一般庞大的人类,我们的哲学家对此深表怀疑,他们宁可认为你是从月球或者其他某个星球上掉下来的,因为身躯像你这么大的人只要有一百个,短期内就肯定会将国王陛下领地上所有的果实与牲畜吃个精光。再说,我们六千月的历史除了利立浦特和不来夫斯库两大帝国外,也从来没有提到过其他什么地方。我下面就要告诉你的是,这两大强国过去三十六个月以来一直在苦战。

"战争是由以下原因引起的:我们大家都认为,吃鸡蛋前,原始的方法是打破鸡蛋较大的一端。可是当今国王的祖父小时候吃鸡蛋,一次按古法打鸡蛋时碰巧将一个手指弄破了,因此他的父亲,当时的国王,就下了一道敕令,命全体臣民吃鸡蛋时打破鸡蛋较小的一端,违者重罚。人民对此法极为反感。历史告诉我们,由此曾发生过六次叛乱,其中一个国王送了命,另一个丢了王位。这些内乱常常是由不来夫斯库国的君王们煽(shān)动起来的。骚乱平息后,流亡的人总是逃到那个帝国去寻求避难。据估计,先后几次有一万一千人情愿受死也不肯去打破鸡蛋较小的一端。"

1. 文段选自英国小说家_____写的《_____》,选文是小说的第一卷内容,写"我"来到了_____(国名)所遭遇的事情。

2. 文段主要写了哪两件事?对当时的英国有何讽刺意义?

3. 打破鸡蛋本来是一件小事情,可文中却因此引发了多次战争,给国内带来不安,对于文段的故事你有何感想?

(七)我向他叙述了我国过去一百年来发生的重大事件,他听了大为震惊。他断然宣称,那些事不过是一大堆阴谋、叛乱、暗杀、大屠杀、革命和流放,是贪婪、党争、虚伪、背信弃义、残暴、愤怒、疯狂、仇恨、嫉妒、淫欲、阴险和野心所能产生的最大恶果。

1. 这里的"我"指的是_____,"我国"指的是_____,"他"是_____。

2. 通过"他"对"我"国历史的评价进行分析,"他"的国家应是_____的国家。

3. 在这里,作者的写作意图是什么?

(八)国王对我描述的那些可怕的机器以及我提出的建议大为震惊。他很惊异像我这么一只无能而卑贱的昆虫(这是他的说法),竟怀有如此非人道的念头,说起来还这么随随便便,似乎我对自己所描绘的那些毁灭性的机器所造成的流血和破坏这样普通的结果丝毫都无动于衷。<u>他说,最先发明这种机器的人一定是恶魔天才,人类公敌。</u>

1. 联系相关情节,说一说国王为什么会对"我提出的建议"感到"大为震惊"。

2. 阅读画线句子,并简要分析作者借此表达出怎样的写作目的。

六、综合

1. 班级的语文科代表菲菲和潇潇决定在班内办一个"名著加油站",请你以《格列佛游记》这本书为例,和同学们说几句话,以激发同学们阅读和探讨的热情。现在请你来帮助她们写一段"站长的话"吧。

2. 901班举行《格列佛游记》文学形象辩论会,请表达你的看法。

小明:格列佛自傲自大,自以为是,甚至对救他于危难的船长都憎恨鄙视。所以这个人物不值得学习。

你的看法:_____
_____

小明:在慧骃国的一次全国代表大会上,有慧骃提出要把耶胡从地面上消灭干净。这样的想法表现了慧骃的残忍。

你的看法:_____
_____

3. 少年正是读书时,读书可以解不惑,明事理,懂人生,看风景。下面的是有关名著阅读的一些活动,我们一起来完成吧。

(1)下面两幅图中反映的内容,分别出自哪部名著的什么情节?请填写在相应的横线上。

A._____
B._____

(2)名著B中主人公在海上航行,经历了好几次历险。请根据下面提供的信息在横线上分别写出与之对应的历险地国家名称。

① 这里的主人是马,它们有理性,公正而诚实,友谊和仁慈是其美德。

a_____

② 我看到了它的头和一只爪子,估计这只猫有三头公牛那么大。

b_____

· 23 ·

③皇帝的野心很大,他要再找机会把敌人的船舰都拉回他的港口。

　　c_____

④这里的人相貌异常,衣饰古怪,整天沉思默想。他们侦查案件的方法是"粪便侦查法"和"字母破译法"。

　　d_____

4.本学期,九年级同学开展了"细读名著,我写我感"的读书活动。活动包括三个环节,请你参与其中。

环节一:展示读书笔记

(1)以下是小明同学的读书笔记,其中有两处错误,请你指出来并改正。

《格列佛游记》讲述的是格列佛游历四个国家的经历。大人国有个科学院,这里的科学家们,他们研究从屋顶建起,逐层建到地基的建筑方法。有的研究如何靠嗅觉和触觉来分辨不同的颜色……在慧骃国展示了人兽颠倒的怪诞景象,其中人形动物叫"慧骃",是邪恶、肮脏的畜生。

环节二:采访同学,交流感受

(2)请你设计一个关于《格列佛游记》写作特色的具体问题采访同班同学。

环节三:知识竞赛

(3)班级的知识竞赛中,你抽到的题目是:慧骃是怎么教育孩子的?

实战演练

1.【2017·苏州市】

下面关于《格列佛游记》的情节内容,哪一项表述有错?( )

A. 在小人国的时候,格列佛仅凭个人之力,就用绳索、钩子拖走了不来夫斯库国50艘战舰,帮助利立浦特小人国不战而胜。

B. 在大人国的时候,格列佛曾被一位农夫带回家,农夫把格列佛装到箱子里,带到各城镇表演展览,供人欣赏,获得了不少收益。

C. 在飞岛国的时候,格列佛受到了该国臣民们的歧视,因为该国的国王与人民对医学和音乐特别精通,而格列佛对此并不擅长。

D. 在慧骃国的时候,格列佛看到了人兽颠倒的怪诞景象,慧骃是该国有理性的居民和统治者,耶胡则是慧骃所豢养和役使的畜生。

2.【2017·苏州市】名著阅读。下面关于名著内容的表述,不正确的一项是( )

A.《格列佛游记》中,格列佛当上了船长,出外航海。他的手下图谋不轨,关押他并弃他在一块不知名的陆地上,这块陆地就是他后来游历的慧骃国。

B.《钢铁是怎样炼成的》中,保尔是一个自觉的、无私的革命战士,他不怕牺牲,甘愿为革命事业献身,他为了救革命者朱赫来而被告密入狱。

C."身躯凛凛,相貌堂堂。一双眼光射寒星,两弯眉浑如刷漆。胸脯横阔,有万夫难敌之威风;语话轩昂,吐千丈凌云之志气。……"这段话描写的是武艺高强、行侠仗义的打虎英雄武松。

D.《西游记》中猪八戒又叫猪悟能,原为管理天界三军的天蓬元帅,获罪下凡,误投猪胎,曾占山为妖,后经太白金星点化,保唐僧取经,得成正果。

3.【2017·泰州市】名著阅读。

(1)下图是电影《格列佛游记》中的剧照,其所展示的情节是_____。

(2)格列佛从慧骃国回国后不让妻子子女靠近是因为_____。

4.【2017·泰州市】名著阅读。

(1)阅读下列《格列佛游记》中一段文字,完成填空。

休息两三分钟后,我又推了一阵,一直把船推到海水只能够到我的腋窝的地方。最艰巨的工作完成了,我又拿出一些放在另一艘军舰上的绳索,将它们一头系着小船,另一头系在供我调遣的九艘军舰上。这时是顺风,水手们在前面拉,我在后面推,一直推到离岸不足四十码的地方。潮水退后,我把小船弄出水,又有两千人拿了绳索和机器帮我的忙,我终于将它底朝天地翻了过来,这时我发现船只受到一点损伤。

选段中提到的"九艘军舰"和"水手"是_____国(填小人国中的某一国名)的,格列佛把船弄上岸的目的是_____。

(2)下列关于《格列佛游记》的表述,错误的一项是(　　)

A. 在小人国里,格列佛成了庞然大物,刀枪不入,一连吞了几十头黄牛仍填不饱肚子。

B. 在大人国里,格列佛变成了巨人们的玩偶,被玩弄于手掌间,并与苍蝇和黄蜂展开斗争。

C. 在大人国,王后曾向富农买下格列佛,格列佛便向王后提出一个请求:要把富农女儿留下当姐姐。皇后答应了。

D. 格列佛来到神秘的飞岛国,这里的人利用岛的下部的天然磁铁和海底下的磁铁的力量,随心所欲地移动,这同时也是一个可随时传唤鬼魂对话、专门提些莫名其妙的研究的离奇国家。

5.【2017·昆明市】

书是人类知识的宝库,书是人类精神的殿堂。在这里我们认识了多彩的世界,在这里我们读懂了喜怒哀乐,在这里我们跨越时空,触摸历史的沧桑……每一次读书,我们都心存一份感动;每一次读书,我们的心灵都得到一次净化。某班同学在"好读书,读好书"的综合性学习中开展了如下活动,请你踊跃参加。

【活动一】领略书的魅力——热爱读书

(1)书的世界是一个多彩的世界,与书为伴将是人生最大的幸事,请你为校园读书活动拟写一条公益广告。

【活动二】走进书的世界——品味经典

朱光潜先生说,读小说不能仅仅读故事,更要通过感悟、品味、欣赏,读出故事背后的诗意。这诗意就是对社会与人生深刻而独到的发现和认识。

(2)《水浒传》中,浮浪破落子弟高俅因会踢球而被皇帝看中,提升为殿帅府太尉。《格列佛游记》中,小人国里有一种很奇特的风俗,即国王用①_____的方法来选拔官吏;这两个情节都极具讽刺意味,反映了当时社会②_____的现实。

(3)下列对《格列佛游记》内容的理解及常识的表述,不完全正确的一项是(　　)

A. 乔纳森·斯威夫特从小就喜爱学习历史与诗歌,他创作了长篇小说《格列佛游记》,他是英国18世纪前期最优秀的讽刺作家和政论家。

B. 小说叙述了主人公格列佛经历的四次航海生活:乘"羚羊"号到了小人国,乘"冒险"号到了大人国,乘"好望"号到了飞岛国,受聘为"冒险"号的船长去了慧骃国。

C. 慧骃国的居民分为状似野兽的耶胡和有智慧、会说话的慧骃马两类,耶胡代表了人类的贪欲和败坏,而慧骃马则生活在原始的善良社会。

D. 笛福通过笔下鲁滨逊进化的结果,完全否定了英国那些所谓现代文明的东西,斯威夫特却通过笔下的格列佛承认了笛福通过主人公的形象所否定的英国现存文明。

6.【2017·苏州市】名著阅读。

(1)阅读下面一段话,回答问题。

我就常常看到他们中有两位大学问家,背上的负荷压得他们快要倒下了,就像我们这里的小贩子一样。他们在街上相遇后,就把背上的东西放下来,然后打开背包,在一起谈上一个钟头。

这两位学者在执行什么计划?这种方法在实际生活中会带来什么麻烦?

(2)下列关于文学名著内容的表述,不完全正确的一项是( )

A. 格列佛有很强的生存能力。在大人国他用国王的胡子做梳子,用王后的落发做椅子和钱包。在慧骃国,他用燕麦做饼,用耶胡的毛发编罗网捕猎物,还会制作奶油、被子、鞋袜等。

B. 大人国国王对格列佛敬献制作火药和枪炮的方法来报答他的恩典的建议很恼火,因为他是用公理和仁慈来治国的,他既没有仇敌又没有敌国,所以他的国家也没有军队。

C. 小人国的机械学发展到了完善的程度;大人国的数学完全用在改良农业和机械技术上;飞岛国国王痴迷天文学和数学,但他们轻视实用几何学,房屋建筑得很糟糕,还整天杞人忧天;慧骃国没有自己的文字,但它们能根据日月的周转运算年月。

D. 格列佛在回国后没有向国务大臣报告自己的发现,因为他怀疑征服这些国家很不容易,而且对君王们威慑寰宇的方法发生怀疑。

7.【2018·扬州市】语文综合实践。

请你根据要求,在学校开展以"走进小说天地"为主题的综合性学习活动中,完成下列任务。

活动一:重温名篇

小说作品,总有一些场景、一些情节、一些经典形象在我们心中挥之不去。请你从下列作品中选择一篇,就你最难忘的内容,仿照示例,编写一个谜语,并写出相应的课题(谜底)。

短篇小说:《社戏》《窗》《最后一课》

长篇小说:《水浒传》《儒林外史》《格列佛游记》

示例:一声老爷,喊出隔膜悲凉——《故乡》

_____

_____

活动二:了解名著

《格列佛游记》中,在飞岛国的拉格多科学院里,格列佛获得很多见闻,请说出两个来。

8.【2018·无锡市】文学名著简答。

"我的小朋友格里尔特里格,你对你的祖国发表了一篇最为堂皇的颂词。你已经清楚地证明:无知、懒惰和腐化有时也许正是做一个立法者所必备的唯一条件;那些有兴趣、有能力曲解、混淆和逃避法律的人,才能最好地解释、说明和应用法律。我想你们原来还有几条规章制度可以说得过去,可是那一半已经被废除了,剩下的全被腐败所玷污。……我很希望你至今为止没有沾染上你那个国家的许多罪恶。"

文段节选自《格列佛游记》,作者借大人国国王之口来批评格列佛,用意是什么?

9.【2018·镇江市】阅读《格列佛游记》"慧骃国"片段,回答问题。

听了我主人的话,我一下子悲伤绝望透顶,痛苦得无法自支,就昏倒在了它的脚下。我醒过来之后它对我说,它刚才都断定我已经死了,因为这里的"慧骃"不可能天生那么没有用。我以微弱的声音回答说,真要是死了倒是莫大的幸福。我说虽然我不能怪代表大会提出那样的劝诫,也不能怪它的朋友们来催促它,然而从我无力而又错误的判断来看,我想它们对我稍许宽容一点,也还是符合理性的吧。

(1)"我虽然不能怪代表大会提出那样的劝诫"中"劝诫"是指什么内容?

(2)"我"昏倒的原因是_____。

10.【2018·成都市】阅读下面的文字,回答问题。

国王希望我另找个机会把剩下的敌方军舰全都拉到他的港口来。君王的野心深不可测,他似乎想着要把不来夫斯库帝国整个灭掉,化为一个行省,派上一位总督去统治。

以上文段节选自名著《格列佛游记》。依据小说内容,面对国王的要求,"我"是怎样做的?

11.【2018·常熟市】

下面是有关《格列佛游记》的读书笔记,哪一项表述是正确的( )

A. 在《格列佛游记》一书中,作者斯威夫特用虚构的情节和讽刺的手法,剖析了当时法国丑陋的社会现实。

B. 格列佛在农夫手中受尽了屈辱,常被带着四处表演赚钱,有一次还把他扔到盛满乳脂的大银碗里。

C. 格列佛发现勒皮他人学习方式很独特,把命题和答案写在饼干上,然后再让孩子们把饼干吃下去。

D. 格列佛的船舶遭海盗劫持,他弃船来到慧骃国并和慧骃交上了朋友,最后因该国要彻底消灭耶胡而不得不离开。

12.【2019·苏州市】阅读关于《格列佛游记》的内容概括,回答问题。

格列佛乘坐"冒险"号往北美航行,不幸中途遇到海难,格列佛死里逃生,漂到大人国,于是格列佛就这样待在了大人国……格列佛与大人国国王一起讨论许多政治问题:格列佛讲述英国近百年发生的大事,国王认为全是一大堆阴谋、反叛、暗杀、流放;格列佛也向国王建议帮他制造枪炮火药来巩固国防,国王很反感,认为发明这个的人是"人类的公敌",并说"谁要能使本来只生产一串谷穗、一片草叶的土地长出两串谷穗、两片草叶来,谁就比所有的政客更有功于人类,对国家的贡献就更大"。当然,这个国家对于中国的印刷术更是从未听说过。

上述概括中有两处与原文情节不符,请找出来并改正。

(1)不符的是:＿＿＿＿＿＿＿＿＿＿＿,应是＿＿＿＿＿＿＿＿＿＿＿。

(2)不符的是:＿＿＿＿＿＿＿＿＿＿＿,应是＿＿＿＿＿＿＿＿＿＿＿。

13.【2019·河北定兴】阅读下面文字,回答问题。

与此同时,国王多次召开会议,讨论应对我采取的措施。我有一位地位很高的特殊的朋友,被认为参与了这桩机密事件,他后来向我证实,因为我,朝廷面临重重困难。他们怕我挣脱逃跑;我的伙食费太贵,可能会引起饥荒。他们曾一度决定将我饿死或者用毒箭射我的脸与手,那样很快就可以将我处死。但他们又考虑到,这么庞大的一具尸体,发出恶臭来,可能会造成京城瘟疫,说不定还会在整个王国传染开来。

选文出自哪部名著?文中的主人公是怎样的一个人?

14.【2019·河南驻马店】名著阅读。

习主席曾说过,"大雁之所以能够穿越风雨、行稳致远,关键在于其结伴而行、相互助力"请你从下面三个选项中任选一个,结合作品相关内容从正反两个面来印证这个观点。

①《西游记》②《水浒传》③《格列佛游记》

15.【2019·南宁市】下列关于文学名著表述有误的一项是(　　)

A. 在《骆驼祥子》中,"他只是个有时候教点书,有时候也作些别的事的一个中等人物……他的家庭是沙漠中的一个小绿洲",这里的"他"就是被祥子看成圣贤的刘四爷。

B.真假孙悟空都神通广大,沙僧、菩萨、玉帝、唐僧、地藏等均不能辨出真假,直至来到如来佛祖面前,被佛祖轻而易举判出真假。真悟空打死假悟空,师徒团聚。

C.格列佛在慧骃国遇到很有理性、观察敏锐而且判断正确的慧骃马,对它顶礼膜拜,学它走路,模仿它说话的腔调。当慧骃马要求他离开时,格列佛非常悲伤。

D.水浒英雄各有绰号,有些绰号鲜明地概括出人物的特征,如"豹子头",突出林冲生得"豹头环眼,燕颔虎须";"神行太保"则突出戴宗能"程途八百里,朝去暮还来"。

16.【2019·无锡市】下列对名著有关内容的表述不正确的一项是( )

A.《藤野先生》中,藤野先生毫无民族偏见,在学业上给了鲁迅无私的帮助。回国后,鲁迅一直保存着他的照片,表示对藤野先生的尊敬和怀念。

B.因人参果树被推倒,唐僧师徒被阻五庄观,孙悟空多方求助,请来观音菩萨救活了果树。最终镇元子和唐僧结为兄弟,并请各位仙家品尝人参果。

C.保尔·柯察金在朱赫来的影响下,逐步走上革命道路,成长为无产阶级战士,他身上具有钢铁般的意志和顽强奋斗的品质。

D.《格列佛游记》中"慧骃"们绝不溺爱子女;18岁以前,一般不让他们吃到一粒燕麦,也很少让它们吃奶;夏天,让它们早晚都到户外各吃两个钟头青草。

17.【2019·泰州市】名著阅读。

下列关于文学名著内容的表述,错误的两项是_____

A.小王子见到狐狸,狐狸告诉他:用心去看才看得清楚。

B.大圣在与二郎神打斗时变化成土地庙,但因"旗竿立在后面"而被二郎神识破。

C.保尔写成《暴风雨所诞生的》最后一章后,达雅花了几天时间,把全篇小说念给保尔听。

D.《格列佛游记》中,"我"在"慧骃"主人的帮助和指导下,认真学习它们的语言。

E.《五猖会》中,"我"所见的赛会一次比一次繁盛,赛会后"我"都留存很多纪念品。

18.【2019·台州市】名著阅读。

名著阅读可以采取多部联读的方法。下面是《西游记》《镜花缘》《格列佛游记》三部作品的阅读任务,请你完成。

探究孙悟空、唐敖、格列佛三个人物形象。同学们在探究这三个人物形象时,有的认为他们都很机智,有的认为他们都很勇敢,你支持哪种观点?请结合作品相关内容简要阐述。

19.【2018·宿迁市】下列有关名著的表述不正确的一项是( )

A.《钢铁是怎样炼成的》中的保尔是一个有血有肉的人物,他做过傻事、错事,陷入绝境时曾一度动摇、绝望,但最终成长为百折不挠的钢铁战士。

B.《格列佛游记》中"慧骃"们教育子女学习克制、勤勉以及整洁等课程,还训练子女沿着陡峭山坡上下奔跑,以提高它们的力量、速度和耐力。

C.《骆驼祥子》叙写了旧北京人力车夫的辛酸故事,小说大量使用北京口语,还有一些关于老北京风土人情的描写,是现代白话小说的经典作品。

D.《阿长与〈山海经〉》中阿长是我们家保姆,她姓长,又高又瘦,她迷信唠叨,令人厌烦,但她为我买来了《山海经》,让我对她产生了新的敬意。

20.【2018·随州市】下列有关文学名著的内容与理解,表述有误的两项是(　　)

A. 关羽斩颜良诛文丑,过五关斩六将,单刀赴会,可谓勇武过人;他追随刘备,降汉不降曹,挂印封金,又可谓义重如山。(《三国演义》)

B. 蟠桃会上,孙悟空喝光宴会用的仙酒,吃尽太上老君的金丹。太上老君大怒,随即和哪吒太子带十万天兵去花果山捉拿悟空,被悟空打败。(《西游记》)

C. "成功的花,人们只惊羡她现时的明艳!然而当初她的芽儿,浸透了奋斗的泪泉,洒遍了牺牲的血雨。"这首哲理小诗告诉我们:在羡慕别人取得成功的时候,更应看到成功背后的艰辛。(《繁星·春水》)

D. 在"慧骃"各种美德的感化下,格列佛一心想留在慧骃国。经慧骃国全国代表大会表决通过,格列佛实现愿望,留了下来。(《格列佛游记》)

21.【2018·泰州市】下列关于文学名著内容的表述,错误的两项是(　　)

A. 汤姆、乔和哈克三个小"海盗"在杰克逊岛的清晨生活,自由自在,无拘无束,充满了情趣。

B.《水浒传》中,高俅被梁山好汉擒捉上山,宋江安排筵席给他压惊,请他促成招安。高俅回京后,立即奏请招安。于是,皇帝派人去梁山泊招抚。

C. 看着面对困难依然干劲冲天的筑路队员们,朱赫来感慨:"钢铁就是这样炼成的!"

D. 飞岛国国王迫使地上人民归顺的极端手段是让飞岛直接落到他们头上,将人和房屋一起毁灭。

E.《阿长与〈山海经〉》中的长妈妈,是作者儿时的保姆。祖母叫她阿长,是因她身材高大。

22.【2017·滨州市】阅读下面的文字。

这样的游戏往往伴有致命的意外事故,其中大多是有案可稽的。我自己就亲眼看到两三个候补人员跌断了胳膊和腿。但是更大的危险发生在大臣们自己奉命来表现功夫的时候,因为他们想跳得比以前好,又想胜过同跳的人,猛然来一下,很少有不栽倒的,有人甚至要跌两三次。

以上文字节选自英国著名作家_____的小说《格列佛游记》,"这种游戏"指的是_____。

23.【2017·宁波市】名著阅读。

为下列名著选择合适的广告语。

①《格列佛游记》_____　②《海底两万里》_____　③《西游记》_____

A. 虚幻绮丽的神魔世界,现实社会的艺术投影

B. 光怪陆离的四国漫游,尖锐深邃的讽刺笔法

C. 科学理性的故事框架,惊险奇特的冒险历程

24.【2017·成都市】

《格列佛游记》中,在利立浦特,格列佛表示:"我不愿做人家的工具,使一个自由、勇敢的民族

沦为奴隶。"正是基于这个理由,格列佛做了一件什么事?

25.【2017·常州市】下列有关名著的表述,不正确的两项是( )( )

A.《西游记》是一部章回体神魔小说,全书以丰富的想象描写了师徒四人在取经途中历经磨难的过程,歌颂了取经人百折不挠的精神。

B.取经成功,观音菩萨授唐僧为"金蝉子",孙悟空为"金身罗汉",猪八戒为"天蓬元帅",沙僧为"斗战胜佛"。

C.宋江怒杀阎婆惜之后,被发配到江州,一日乘酒兴写下"反诗",因此被抓,下到死囚牢中,最后梁山好汉劫了法场,救出宋江。

D.鲁达打死镇关西后东奔西逃,智真长老收留了他,赐他法名"智深",为了更好地保护他,智真长老又将他介绍到东京大相国寺。

E.格列佛为利立浦特王国立下了大功,但后来得罪了皇帝,皇帝坚持要将他砍头,还对他用可耻手段扑灭寝宫大火的事怀恨在心。

参考答案

【巩固训练】

一、

1. 英　斯威夫特

2. 不来夫斯库

3. 威廉·罗宾逊

4. 磁石

5. 全国代表

6. 跳绳比赛　慧骃国

7. 友谊　仁慈

8. 三年

9. 数学　音乐

10. 耶胡

11. 海难　小人　大人　飞岛　慧骃

12. 鞋跟高低　高跟党　低跟党

13. 慧骃　人兽

14. 格兰姆达尔克立契

15. 粪便侦察法　字母破译法

16. 耶胡

17. 六　四十

18. 星期三

19. 眼镜

20. "巨人山"　腰刀　手枪　弹药

二、

1.D　2.C　3.A　4.D　5.B　6.B　7.C　8.B　9.C　10.C　11.B　12.D　13.C

三、

1.（1）两只老鼠爬上床,格列佛与老鼠格斗。（2）一只比牛大三倍的小花猫,使格列佛大吃一惊。（3）农民把格列佛带到集市,强迫他表演各种姿势赚钱。

2.写格列佛在飞岛国等五岛的经历,通过对这些经历的描述,表达了对现代科技的怀疑,并严词痛斥了殖民统治。

3.（1）收集黄瓜中的阳光。（2）把冰烧成粉末变作火药。（3）建房,先从屋顶造然后依次往下,最后再筑地基。（4）如何用感觉和嗅觉区别颜色。（5）一套利用猪耕地的方法可以节省用牛耕地的费用。(6)用蜘蛛丝织布。

4. 贤明、团结、爱国、无畏等。

5. 作者在这两个故事当中蕴含了对现实社会的讽刺意义。其中小人国里所发生的许多事情实际上都是针对当时英国社会的,如作品描写的小人国里的大臣们因为鞋跟的高低而分为高跟派和低跟派,这实际上是对英国议会中无原则的党派之争的嘲笑;小人国和邻国不来夫斯库因为吃鸡蛋时应该先打大头还是先打小头的分歧而爆发的战争看似荒唐,实际上是对统治阶级穷兵黩武、残酷嗜战的影射;小人国里的大臣们依靠在悬空的绳子上表演绳技来谋取官职,更是对英国宫廷大臣们只会专营奉迎却又极端无能的讽刺挖苦。通过大人国这一故事,作者借第三只眼睛来反观英国文明,格列佛沾沾自喜地向大人国的国王介绍了英国的议会、法庭、财政等各方面的情况,可这些制度在国王的反诘下,却是漏洞百出,一无是处。反而是大人国里的国王靠公理、良知、正义来治理国家,使国家民风淳朴,秩序井然。这实际上间接地表现了作者对当时英国的一些政治制度、文明体制的不认同,也在一定程度上把自己的理想寄托在了大人国这个乌有之乡上。

6. 人物:格列佛

人物性格:富有正义感

相关情节:利立浦特国王想做全世界的皇帝,于是命令格列佛把不来夫斯库国灭掉。格列佛拒绝执行这一荒谬的命令,他坚决地说,他不能做其他人的工具,使一个自由、勇敢的民族沦为奴隶。

7. (1)小人国用跳绳比赛来选拔官员。

(2)在飞岛国与鬼魂谈话。

8. (1)慧骃(指马)有理性,公正而诚实,友谊和仁慈是其美德。(意思对即可)

(2)耶胡(指人)贪婪、淫荡、丑陋龌龊、残酷好斗。(意思对即可)

(3)借此对英国当时社会政治生活和恶劣风气予以讽刺。

9. 斯威夫特借这个游戏,抨击英国宫廷和大臣们的昏聩无能,无情地讽刺了高官厚禄获得者们阿谀奉承的丑恶嘴脸。

10. (1)如果没有加盖我国国玺的许可证,巨人山不得离开本土。

(2)不得命令,不准擅自进入首都;如经特许,居民应在两小时前接到通知闭户不出。

(3)巨人山只准在我国的主要大路上行走,不得随便在草地上或庄稼地里行走卧躺。

(4)在上述大路走动时,须绝对小心,不得践踏我国良民及其车马;没有本人同意,不得将我国良民拿到手里。

(5)如遇需要特殊传递的急件,巨人山须将专差连人带马装进口袋,一月一次跑完六天的路程。如果必要,还须将该专差安全送回到国王驾前。

(6)他应和我国联盟,迎战不来夫斯库岛的敌人,竭尽全力摧毁正准备向我们发起侵略的敌军舰队。

(7)巨人山闲时应帮助我们的工匠抬运巨石,建造大公园院墙以及其他皇家建筑。

(8)巨人山须用沿海岸步行的计算方法,在两个月内,呈交我国疆域周长精确测量报告一份。

11. 车出了点毛病,急需修理,停下没多长时间,就有两三个年轻人因为好奇,想看看格列佛睡着时的模样,爬上机器来,悄悄地来到格列佛的脸前,其中一个是卫队军官,他把短枪的枪尖往格列佛的左鼻孔里伸,像一根稻草那样弄得格列佛鼻孔发痒,猛打喷嚏。这样格列佛就醒了。

12. 中国人的书写自上而下;中国服装庄重大方;中国人很久以前就有了印刷术;中国言语拼写很困难。

13. 小人国国王想让格列佛彻底摧毁敌国舰队,格列佛设法打消国王的这个念头,不愿让一个名族沦为奴隶,这说明格列佛是个勇敢正义的人。

14. 小人国是用跳绳选拔官吏的。例如《水浒传》中高俅是通过踢球获得赏识至太尉的。

15. 相同点:反映相同的时代,具有现实意义;格列佛与鲁滨逊一样,是一个天生喜欢冒险,不甘寂寞与无聊的人;故事都是以游记方式体现。

不同点:《格列佛游记》的立场是表达了对现代社会虚伪文明的愤懑情绪,具有强烈的讽刺性,《鲁滨逊漂流记》的立场是肯定现代社会的文明,具有一定的歌颂性。说得通俗点儿,就是笛神"唱戏",斯威夫特"拆台"。

四、

1. 利立浦特国不远处还有个小人国,两国之间经常交战,这次由于格列佛潜入水中,用长绳和钩子把那个小人国的战船都拉回了利立浦特国,利立浦特国未发一兵一卒就大获全胜,所以格列佛就成了该国举国称颂的英雄。

2. 格列佛所乘航海船遇到强烈风暴,船被撞毁,格列佛逃亡的救生艇又被大风吹翻,格列佛随风和潮汐幸运地漂到了小人国。

3. 格列佛在王宫上撒了一泡尿。

4. 格列佛又一次出海时,遭遇风暴,被刮到了一片陌生的陆地,那里的居民身高有如铁塔,在大人国的农夫面前,格列佛像鼹鼠般大小,被农夫当作玩物带回家,为了赚钱,农夫把他带到市镇上,让他耍把戏,供人观赏。后来他被王后买去,得以与国王相处。逐渐地,格列佛思乡之情日益浓烈,在一次随国王巡视边境时佯称有病,去海边呼吸新鲜的空气,当他在岸边钻进小木箱睡觉时,一只大鹰将木箱叼走。后来木箱落入海中,被路过的船只发现,里面的格列佛获救,终于又回到了英国。

5. 岛上岩石林立,但格列佛找到很多鸟蛋,燃起一堆石南草和干海藻,烤蛋吃。

6. 因为国王和岛上的臣民只对数学和音乐感兴趣,而格列佛对于这两门学科的了解比他们差远了。

7. 作者这次是以船长身份出行的。

8. 格列佛随身带着火石、火镰、火柴和取火镜等。

9. 格里尔特里格

10. 要不要把耶胡从地面上消灭干净。

11. 12∶1 和 1∶12

12. 小人国写字的方法很特别,既不像欧洲人那样从左到右,又不像阿拉伯人那样从右到左,不像中国人那样自上而下,也不像卡斯卡吉人那样自下而上,他们写字是从纸的一角斜着写到另一角,和英国的太太小姐们的写字方式是一个样子。

13. 把想要看的书斜靠在墙壁上,先爬到梯子上面的一块踏板上去,然后脸朝着书,从一页书的头上开始,根据一行行不同的长度,向右或向左来回走八到十步,一直看到眼睛不太能看得到的地方,再慢慢地一级一级往下降,直到最底层。之后重新爬上梯子,用同样的方法阅读另一页。

14. 格列佛躺在地上给女裁缝们量尺寸,她们一个站在格列佛脖子那儿,一个站在腿肚那儿,各执一端,拉直一根粗线,再由第三人拿一根一英寸的尺子来量粗线的长度。接着量过格列佛右手的大拇指后,她们就不再需要量什么了,因为按照数学的方法来计算:大拇指的两周就等于手腕的一周,依此类推,她们又算出他脖子和腰围的粗细;格列佛再把他的一件衬衫摊在地上给她们做样子参考,结果她们做出的衬衣非常合他的身。

15. (1)用谷壳来播种。
(2)在两只小羊身上涂上树脂、矿石和蔬菜的混合物,不让羊长毛,并希望繁殖一种无羊毛。

16. 公正无私,治国有方,主张和平,代表了理想的君主。

17. 斯威夫特借这个故事表现他反对侵略战争和殖民主义的思想感情。

18. 他们的外衣上都饰有太阳、月亮和星星的图形,中间夹杂着许多乐器,如提琴、长笛、竖琴、军号、六弦琴以及其他乐器的图形。

19. 数学和音乐。

20. (1)将飞岛长时间地浮翔在该地人民的头顶,剥夺他们享受阳光和雨水的权利,当地人民因此遭受饥荒和疾病的侵袭;(2)岛上的大块石头往下扔,把人们的房屋砸碎,叫他们无处藏身;(3)让飞岛直接落在他们的头上,因此将人和房屋一起统统毁灭。

21. 把肚子贴在地上朝前爬,一边爬一边舔地板。

22. 利立浦特国的财政大臣、海军大臣、陆军大臣包括皇后相处死格列佛,并设计让格列佛慢慢死去。格列佛得到消息后才借口拜访不来夫斯库国,其实是逃离。

23. 在他报告完公事以后,应该拧一下这位大臣的鼻子,或者在他的肚子上踢一下,在他的鸡眼上踩一脚,或者捏住他的两只耳朵扯三下,或者弄根大头针在他屁股上戳一记,要不就把他的手臂拧得青一块紫一块的;以后每个上朝的日子都这么来一下,直到这位大臣把公事办好,或者坚决拒绝办理为止。

24. 格列佛船上有几名水手患热病死了,格列佛招募的新水手大部分都是坐过海盗的。他们把格列佛船上的其他的船员全部拖下了水,他们一起策划了一个阴谋,要夺下船,并且把格列佛囚禁起来。后来逼格列佛上了一艘长舢板,把格列佛丢到了一片浅滩上,就这样漂到了慧骃国。

25. 会上它们要了解各地区的情况,它们的干草、燕麦、母牛、"耶胡"是富足有余还是短缺不足;会让孩子们的调整问题也可以得到解决。

五、

(一)(1)大人国
(2)自然界中爬行于地面的小毒虫中最有害的一种。(答案关键词:"毒虫")作者以此表达对英国统治阶级腐朽政治的讽刺。

（二）1.叙述爬上首相大臣的办法。

2.人类为了权力可以选择任何手段,不惜任何代价。

3.政府官员的腐败,政府职能发挥不了应有的作用,反而成了腐败人员敛财的工具。

（三）1.研究怎样把人的粪便变成食物;没有;讽刺当代科学,讽刺有些科学家带有荒唐成分的行为。

2.说明了搞科学研究,必须脚踏实地,实事求是地进行有科学根据的实验,而不应打着科学的幌子搞迷信活动和欺诈活动的道理。

（四）（1）英国　　斯威夫特

（2）大人国　　保姆

（3）邻屋的房顶上　　装在马裤裤袋里带下来的

（五）1.讽刺了当时英国政坛上的党派之争以及英法两国之间的连年征战。

2.君王封"我"为"那达克"是因为"我"帮助他打败了不来夫斯库国。后来因"我"不使其野心得到满足,所以阴谋消灭"我"。

从中可以看出这位君王是个贪婪、狠毒、忘恩负义的人。

（六）1.斯威夫特　　《格列佛游记》　　利立浦特（小人国）

2.一是国内党争激烈,一是国外强敌入侵的危险。讽刺英国统治阶级的腐败政治和各个统治阶级集团之间的矛盾。

3.略(言之有理即可)。如:从团结、不要忽视细小的事情,不要以自己的标准去过分约束他人,所谓己所不欲,勿施于人等方面谈体会。

（七）1.格列佛　　英国　　大人国的国王

2."他"的国家应是一个国家制度古朴,民风淳朴,公正、正义、和平的国家。

3.对英国的制度、历史等进行批判和讽刺。

（八）1.格列佛建议帮他制造火药和枪炮来巩固国防,体现这种做法的不人道;而大人国的国王始终以理智和仁慈来治理国家,因此会大为震惊。

2.借用大人国国王之口,揭露了英国统治阶级的腐败和罪恶,表达作者的批判。

六、

1.示例:

同学们好!欢迎来到"名著加油站"。读《格列佛游记》,你可以和格列佛一起畅游小人国、大人国,在奇异的想象中,领略辛辣的讽刺、热切的忧世情怀。来吧,和大师们携手同游,我们将快乐无比,收获多多!

2.例:(1)自傲自大、自以为是是格列佛性格中的缺点,但是除此之外,他善良、正直,他帮助利立浦特人打败了侵略者,扑灭王宫大火,等等(聪明、有胆识,面对困难从不畏惧,无私、真诚、崇尚自然,善于学习和观察,善于思考……),这些还是值得我们学习的。我们应该取人之长、补己之短。

例:(2)慧骃之所以要消灭耶胡,是因为耶胡本性野蛮,会干出许多放肆无礼的事。而后来慧骃并没有去消灭耶胡。所以并不能因此就断定它们是残忍的。相反,它们还具有节制、勤劳、清洁、热爱运动、有灵性、真诚不说谎、厌恶阴暗的事物、维护正义等优点。

3.(1)A.《阿长与〈山海经〉》:阿长为我买来了日思夜想的《山海经》。

B.《格列佛游记》:初到小人国,小人们趁"我"昏迷将"我"捆绑固定在地上。

(2)① a. 慧骃国

② b. 大人国

③ c. 小人国

④ d. 飞岛国

4.(1)大人国应为飞岛国;人形动物叫耶胡

(2)《格列佛游记》最大的写作特色是幻想与现实的有机统一,请结合文中的人物谈谈你的理解。

(3)示例一:绝不溺爱子女,十八岁以前,不让它们吃到一粒燕麦,也很少让它们吃奶。在夏天,它们早晚都到户外吃两个钟头的青草,它们的父母在一旁监督。

示例二:让子女接受艰苦的训练。让子女在陡峭的山坡跑上跑下,或者在坚硬的石子地上奔来奔去,以此来训练它们的体力、速度和胆量。它们跑得浑身出汗时,就命令它们一头扎进池塘或河中。

示例三:定期检验运动情况。每年集会四次,表演跑、跳以及其他体力或技巧方面的本领。

示例四:重视子女们的学习。节制、勤劳、运动和清洁是它们必须学习的课程。

【实战演练】

1.C

2.D

3.(1)格列佛为了帮助利立浦特国打败不来夫斯库国,把敌国的战舰拉到利立浦特国的海港。

(2)讨厌他们身上的"耶胡"气味。

4.(1)不来夫斯库 他想乘船离开不来夫斯库国(小人国)

(2)C

5.(1)交流读书心得,分享读书喜悦。(或好书共读,快乐同享。)

(2)①比赛绳技   ②在选拔、任用人才上十分荒谬

(3)D

6.(1)以物示意。如果一个人要办的事很大,种类又很多,他就不得不把一大捆东西背在背上,费时费力。

(2)B

7.活动一示例:一条小船,满载纯真快乐——《社戏》;一堵光秃秃的墙,折射灵魂的高贵与卑劣——《窗》。

活动二:(1)收集黄瓜中的阳光;(2)把冰烧成粉末变作火药;(3)建房,先从屋顶造,然后依次往下,最后再筑地基;(4)如何用感觉和嗅觉区别颜色;(5)一套利用猪耕地的方法可以节省用牛耕地的费用;(6)用蜘蛛丝织布。

8. 借此批判和抨击英国统治阶级的腐化败坏和不合理的政治制度。

9. (1)要么像对"我"的同类一样使用"我",要么命令"我"还是游回"我"原来的那个地方去。
(2)不得善终;跟"耶胡"在一起生活,没有榜样的指引,没有表率使得"我"永远沿着道德之路前进。

10. "我"从政策到道义,向他列举了许多论据,打消了他这个念头。

11. C

12. (1)不幸中途遇到海难,格列佛死里逃生,漂到大人国;途中遇到风暴,在海上漂来漂去三个月,船上的淡水用完了,格列佛和十二名船员,到一座岛上寻找淡水,被一巨人追赶,其他人划船跑了,格列佛来不及逃跑被巨人抓住了;(2)这个国家对于中国的印刷术更是从未听说过;很久以前就知道中国的印刷术了。

13. 《格列佛游记》 是一个天生喜欢冒险,不甘寂寞与无聊,善于学习和观察,善于思考,有独特的思维,性情朴实温和,具有质疑精神,酷爱真理,有忍耐力,聪明机智,有胆识,处事圆滑合理,说话巧妙伶俐,做事坚决果断的人。

14. ①示例:《西游记》中,因孙悟空三打白骨精,唐僧愤而将其驱逐,结果被黄袍怪所捉,性命垂危,幸而猪八戒使用激将法,将孙悟空请回。师兄弟三人团结一心,将唐僧救出。因为唐僧对孙悟空的不信任,使师徒人心四散,唐僧被捉;也因为师徒四人的团结一心,才渡过难关,继续西行。师徒四人也靠着精诚团结最终佛镀金身,修成正果。

②示例:《水浒传》中,忠义豪放的宋江、才高八斗的吴用、勇气可嘉的武松等梁山泊众好汉各自都身怀绝技,但在社会的各角落,他们不是被贪官污吏迫害,就是被恶势力欺压,甚至时刻有生命危险,所以大都是被迫上了梁山,落草为寇。在梁山泊,各路好汉聚首,他们打着"替天行道、除暴安良"的大旗,并肩作战,同生共死,几乎每场仗都取得了胜利。但被朝廷招安之后,其内部分裂严重,平定方腊时死伤惨重,最后落得个或死或逃的下场。

③示例:《格列佛游记》中,小人国的国王用比赛绳技的方法选拔官员。为获得国王的彩色丝线,官员不惜小丑似的做着可笑的表演,并不能团结一心治理国家,所以众人都虚伪狡诈、丑恶贪婪;反观慧骃国,慧骃国的马都仁慈、诚实和友好,夫妻之间没有争吵,朋友之间没有嫉妒,整个国家上下一心,非常团结。

15. A(A中的"他"是指曹先生)

16. B

17. CE

18. 示例一:我认为他们都很机智。孙悟空路上与妖魔鬼怪斗智,如三借芭蕉扇这一情节中,不断与铁扇公主斗智;唐敖在女儿国,揭檄文治水智救林之洋;格列佛在小人国机智地用一泡尿浇灭宫廷大火。

示例二：我认为他们都很勇敢。孙悟空大闹天宫勇敢地与天庭对抗；唐敖在淑士国挺身而出，救出身处险境的徐承志；格列佛不畏艰险，一次次勇敢地冒险出航。

19. D

20. BD

21. BE

22. 斯威夫特；绳上舞蹈

23. B　C　A

24. 格列佛帮助打败了不来夫斯库国，没有答应皇帝的要求灭掉不来夫斯库国，尽力设法让利立浦特国国王打消把不来夫斯库整个国家灭掉这种念头。

25. BD